Buch

Sam Hunter ist ein Mann mit Vergangenheit. Aufgewachsen in einem Reservat in Montana, hieß er einst Samson Hunts Alone. Heute ist er ein gutsituierter, cleverer und skrupelloser Versicherungsvertreter, der mit seinem indianischen Erbe nichts mehr zu tun haben will. Sam hat sich mit der Welt der Weißen arrangiert. Doch dann tritt Old Man Coyote in sein Leben, ein Geist aus der Mythologie der Crow, der sich vorgenommen hat, Sam mit allen Mitteln zu seinen Wurzeln zurückzubringen. Coyote krempelt Sams Leben um – aber auf seine ureigene, total chaotische Weise. Und dazu kommt, daß Sams Geliebte, die schöne Calliope Kincaid, ziemliche Probleme mit ihrem Ex-Lover hat, der obendrein auch noch ihr gemeinsames Kind nach Las Vegas entführt. Und nun steht Sam am Scheideweg. Soll er sein gesichertes Yuppie-Leben aufgeben und alles aufs Spiel setzen, was er sich aufgebaut hat? Und genau das will Coyote:
Sam soll alles riskieren, wirklich alles. Und noch mehr.
Ein großartiger, charmanter, lebenskluger und liebenswerter Roman über die Kunst, das Leben an den Jackenaufschlägen zu packen – »Ein wunderbares, faszinierendes Buch.« *Patti Davis*

Autor

Christopher Moores erster Roman, *Practical Demonkeeping*, der ihm Vergleiche mit Tom Robbins und Douglas Adams einbrachte, wird gerade von Walt Disney Productions verfilmt. Der ehemalige Journalist lebt in Cambria, Kalifornien, wo er unter der E-Mail-Adresse BSFiends@AOL.com zu erreichen ist.
Weitere Romane sind bei Goldmann in Vorbereitung.

Bereits erschienen:

Lange Zähne. Roman (8143)

CHRISTOPHER MOORE

BLUES FÜR VOLLMOND UND KOJOTE

EIN MAGISCHER ROMAN

Aus dem Amerikanischen
von Christoph Hahn

GOLDMANN VERLAG

Die amerikanische Originalausgabe erschien 1994
unter dem Titel »Coyote Blue«
bei Simon & Schuster, New York

Umwelthinweis:
Alle bedruckten Materialien dieses Taschenbuches
sind chlorfrei und umweltschonend.
Das Papier enthält Recycling-Anteile.

Der Goldmann Verlag
ist ein Unternehmen der Verlagsgruppe Bertelsmann
Deutsche Erstveröffentlichung 12/96
Copyright © der amerikanischen Originalausgabe 1994
by Christopher Moore. All rights reserved.
Copyright © der deutschsprachigen Ausgabe 1996
by Wilhelm Goldmann Verlag, München
Umschlaggestaltung: Design Team München
Umschlagmotiv: Zefa/Stockmarket
Satz: Uhl & Massopust, Aalen
Druck: Elsnerdruck, Berlin
Verlagsnummer: 43430
Lektorat: Sky Nonhoff
Redaktion: Regina Winter
Herstellung: Sebastian Strohmaier
Made in Germany
ISBN 3-442-43430-0

1 3 5 7 9 10 8 6 4 2

**Dieses Buch
ist dem Volk der Crow
gewidmet.**

Anmerkung des Autors

Die Personen in diesem Buch sind das Produkt meiner Phantasie; jede Ähnlichkeit mit lebenden oder toten Personen ist von daher reiner Zufall. Die beschriebenen Orte existieren zum Teil wirklich, doch habe ich mir bei ihrer Schilderung künstlerische Freiheiten zugestanden, so daß jede Ähnlichkeit eine Nachlässigkeit meinerseits darstellt. Kurz gesagt: Das ganze Buch ist erstunken und erlogen, und zwar von vorn bis hinten.

Aussprache

SUBSTANTIV

Bezieht sich das Wort *Coyote* auf ein hundeartiges Raubtier, so wird es KAI-YO-TIH ausgesprochen.

EIGENNAME

Bezeichnet Coyote eine Figur mit menschlichen Eigenschaften wird es KAI-YOT ausgesprochen; ebenso in dem Namen *Old Man Coyote*.

Teil Eins

Die Verkündigung

1. KAPITEL

Irgendwann erwischt es jeden

Santa Barbara, Kalifornien

Während draußen auf dem Gehsteig Zauberpulver verstreut wurde, erledigte Samuel Hunter mechanisch die tägliche Büroroutine – er fertigte Leute am Telefon ab, überprüfte Computerausdrucke und blaffte seine Sekretärin an, damit sie wußte, was sie den Tag über zu erledigen hatte. Diese Art, seinen Tag zu beginnen, war ihm zur Gewohnheit geworden – er agierte wie eine Maschine, bis zu dem Zeitpunkt, wenn er sich auf den Weg zu seinem ersten Kundengespräch machte und in die Rolle schlüpfte, die ihm für einen Geschäftsabschluß am passendsten schien.

Seine Bekannten hielten Sam für einen fleißigen, intelligenten Menschen, mit dem gut auszukommen war, und genau das war auch der Eindruck, den er erwecken wollte. Sam hatte ein gesundes Selbstvertrauen, das sich auf seinen geschäftlichen Erfolg gründete, doch trug er diesen nicht zur Schau, und es war nicht zuletzt seine Bescheidenheit, die ihm allenthalben Sympathien eintrug. Er war hochgewachsen und schlank und lächelte gern, und er wirkte in einem Savile-Row-Anzug vor einem Aufsichtsrat ebenso glaubwürdig wie in Jeans am Pier von Santa Barbara, wenn er mit den Fischern Seemannsgarn spann. Eben jene Unbefangenheit, mit der Sam jedermann begegnete, war andererseits jedoch die einzige Eigenschaft, die manche Leute irritierte. Wie kam es, daß jemand derart mühelos in so viele verschiedene Rollen schlüpfen konnte, ohne jemals den

Eindruck zu erwecken, er sei fehl am Platz oder er fühle sich nicht wohl dabei? Irgendwas schien da nicht zu stimmen. Sicher, er war kein schlechter Kerl, doch man kam einfach nicht an ihn heran, konnte ihn nicht einordnen oder mit Bestimmtheit sagen, was für ein Mensch sich hinter dieser Fassade freundlicher Unverbindlichkeit versteckte. Was genau der Effekt war, den Sam erzielen wollte. Er fürchtete, sich eine Blöße zu geben, wenn er sich Gefühle wie Verlangen, Leidenschaft oder sogar Zorn anmerken ließ, und so unterdrückte er diese Emotionen, bis er sie schließlich nicht mehr empfand. Sein Leben verlief in geregelten Bahnen, ohne besondere Höhepunkte oder Tiefen.

Und so geschah es nicht ganz zwei Wochen nach seinem fünfunddreißigsten Geburtstag und etwa zwanzig Jahre, nachdem er von zu Hause weggelaufen war, daß Samuel Hunter an einem milden Herbsttag aus seinem Büro auf die sonnendurchflutete Straße hinaustrat – und plötzlich vor Begierde fast umgeworfen wurde.

Er sah ein Mädchen, das gerade dabei war, Lebensmitteleinkäufe in einem alten Datsun 280Z zu verstauen, der am Straßenrand geparkt stand, und er wußte nur noch eines: Dieses Mädchen wollte er haben.

Erst später fielen ihm wieder Einzelheiten ein – die Linie ihres sonnengebräunten Schenkels, abgeschnittene Jeans, die untere Partie ihres Busens, die einen Augenblick lang unter ihrem kurzen Top hervorlugte. Ihre strohblonden Haare hatte sie nachlässig aufgesteckt, so daß einzelne Strähnen ihre hohen Wangenknochen umspielten und ihre großen braunen Augen einrahmten. Sie wirkte auf Sam wie ein langer, schmachtender Saxophonton, der wie Öl in jene Hirnsphäre hinabgleitet, die wir mit Echsen gemeinsam haben und in der die Libido ihren Sitz hat. Von dort aus durchströmte er seinen ganzen Körper bis runter in die Leisten und von dort aus zurück zum Magen, der sich so schmerzhaft zusammenzog, daß Sam beinahe zusammengeklappt wäre.

»Willst du sie?« Die Frage kam von irgendwo neben ihm. Es war offensichtlich eine Männerstimme. Diese Tatsache war zwar ein wenig verwirrend, doch auch wieder nicht so sehr, daß er seinen Blick von dem Mädchen losgerissen hätte.

Wieder kam die Frage. »Willst du sie?«

Sam, ohnehin schon ziemlich angeschlagen, drehte sich um und trat erschrocken einen Schritt zurück. Ein junger Indianer in schwarzen, mit roten Federn verzierten Hirschlederhosen, saß neben der Tür zu seinem Büro auf dem Gehsteig. Während Sam noch darum bemüht war, seine Fassung wiederzuerlangen, grinste der Indianer über beide Ohren und zog einen langen Dolch aus dem Gürtel.

»Wenn du sie willst, dann schnapp sie dir«, sagte er und schleuderte den Dolch quer über den Gehsteig in den Vorderreifen des Wagens des Mädchens. Es gab zunächst ein dumpfes Geräusch, dann folgte ein pfeifendes Zischen, als die Luft aus dem Reifen entwich.

»Was war das?« sagte das Mädchen. Sie knallte die Heckklappe zu und ging um den Wagen herum.

Sam, von Panik erfaßt, sah sich nach dem Indianer um, der jedoch verschwunden war – ebenso wie das Messer. Sam wandte sich um und spähte durch die Glastür in sein Büro, aber auch dort war von dem Indianer nichts zu sehen.

»Ich kann einfach nicht glauben, daß ich es schon wieder geschafft habe«, sagte das Mädchen und starrte auf den platten Reifen. »Mir geht doch einfach alles schief. Ich bin zum Scheitern verurteilt.«

Sams Verwirrung steigerte sich noch. »Was reden Sie da?«

Das Mädchen drehte sich um und schaute ihn an. Bis dahin hatte sie ihn gar nicht zur Kenntnis genommen. Sie sah ihn einen Moment lang an und sagte dann: »Jedesmal, wenn ich es endlich geschafft habe, einen neuen Job zu bekommen, ziehe ich irgendein Unheil an, das meine Chancen, den Job auch zu behalten, zunichte macht.«

»Aber es ist doch nur ein platter Reifen. Dafür können Sie doch nichts. Ich habe den Kerl gesehen, der es getan hat. Es war...« Sam hielt inne. Der Indianer hatte in ihm die Angst wiedererweckt, entdeckt und ins Gefängnis gesteckt zu werden. Das wollte er nicht noch einmal erleben. »Vermutlich sind Sie irgendwo über eine Glasscherbe gefahren. So was läßt sich kaum vermeiden.«

»Wieso sollte ich mir eine Scherbe in den Reifen schaffen?« Ihre Frage war ernst gemeint, und sie versuchte, in Sams Gesicht eine Antwort darauf zu finden. Selbst wenn er eine gewußt hätte, wäre sie ihm beim Blick in ihre Augen abhanden gekommen. Er hatte nicht den blassesten Schimmer, was er jetzt tun sollte.

Er sagte: »Der Indianer –«

»Haben Sie ein Telefon?« unterbrach sie ihn. »Ich muß meinen Chef anrufen und Bescheid sagen, daß ich später komme. Ich habe nämlich keinen Ersatzreifen.«

»Ich kann Sie hinfahren«, erwiderte Sam, der mächtig stolz darauf war, daß er überhaupt ein Wort herausbrachte. »Ich war gerade auf dem Weg zu einem Termin; mein Wagen steht um die Ecke.«

»Das würden Sie machen? Ich muß ziemlich weit hoch ans andere Ende der State Street.«

Sam sah auf die Uhr – allerdings mehr aus einer Gewohnheit heraus; er hätte sie auch nach Alaska gefahren, wenn sie ihn darum gebeten hätte. »Kein Problem«, sagte er. »Kommen Sie mit.«

Das Mädchen schnappte sich ein Bündel Kleider, das im Datsun lag, und folgte Sam um die Ecke zu seinem Auto. Er öffnete ihr die Tür des Mercedes und versuchte, nicht hinzuschauen, während sie einstieg. Jedesmal, wenn er sie ansah, schien sein Hirn wie leergepustet, und er mußte krampfhaft überlegen, was er als nächstes tun sollte. Als er in den Wagen stieg und für einen kurzen Augenblick ihre braunen Schenkel auf dem schwarzen Leder des Beifahrersitzes sah, vergaß er glatt, wo er den Zündschlüssel hinstecken sollte. Er stierte aufs Armaturenbrett und versuchte, sich wieder zu beruhigen, obwohl er insgeheim dachte: *Das kann einfach nicht gut ausgehen.*

Das Mädchen sagte: »Glauben Sie, daß die Deutschen so gute Autos bauen, um für den Holocaust Buße zu leisten?«

»Was?« Er wollte sich schon zu ihr umdrehen, aber im letzten Moment zwang er sich, weiter auf die Straße zu blicken. »Nein, ich glaube nicht. Warum fragen Sie?«

»Es ist vermutlich egal. Ich dachte nur, daß es Sie vielleicht stört. Ich habe eine Lederjacke, und jedesmal, wenn ich die anhabe, muß ich meilenweite Umwege fahren, damit ich nicht an einer Kuhweide vorbeikomme. Nicht, daß die Kühe sie zurückhaben wollten – die Reißverschlüsse würden ihnen nur zu schaffen machen –, aber sie haben einfach so schöne Augen, daß ich ganz traurig werde. Das hier sind Ledersitze, stimmt's?«

»Vinyl«, sagte Sam. »Eine ganz neue Sorte Vinyl.« Er spürte ihren Duft in der Nase, eine Mischung aus Jasmin und Zitrone, was ihm beim Fahren ähnliche Probleme bereitete wie dabei, ihren Ausführungen zu folgen. Er drehte die Klimaanlage voll auf und konzentrierte sich darauf, seine Geschwindigkeit den Ampelphasen anzupassen.

»Ich wollte, ich hätte auch Augen wie ein Kalb – diese langen Wimpern.« Sie klappte die Sonnenblende herunter und betrachtete sich im Schminkspiegel. Dann beugte sie sich herüber, bis sie mit dem Kopf fast das Lenkrad berührte und musterte Sam. Er warf ihr einen kurzen Blick zu und spürte, wie ihm der Atem stockte, als sie ihn anlächelte.

Sie sagte: »Sie haben goldfarbene Augen. Das ist ungewöhnlich für jemanden, der so eine dunkle Haut hat. Sind Sie Araber?«

»Nein, ich bin ... Ich weiß nicht. Vermutlich eine Promenadenmischung.«

Sie hatte das offenbar falsch verstanden, denn sie erwiderte: »Ich bin noch nie einem Nomadenmischling begegnet. Soweit ich weiß, sind das prima Reiter. Meine Mutter hat mir immer ein Gedicht vorgelesen, in dem es um Kublai Khan und einen Freudenpalast ging, den er bauen ließ, und irgendwer hat mir mal erzählt, die asiatischen Nomaden wären so was wie die Rocker ihrer Zeit gewesen.«

»Wer hat Ihnen das erzählt?«

»Jemand, der selber Rocker ist.«

»Jemand?« Sam wußte, daß es irgendwo einen Funken Realität geben mußte, einen Strohhalm, an den er sich klammern konnte, um so die Kontrolle zurückzugewinnen – er mußte ihr nur eine einzige vernünftige Antwort entlocken.

»Kennen Sie das Tangerine Café oben an der State Street? Da arbeite ich nämlich.«

»Sagen Sie mir einfach einen Block vorher Bescheid.«

Selbst nach zwanzig Jahren konnte Sam die verschiedenen Viertel von Santa Barbara immer noch nicht auseinanderhalten. Alles sah gleich aus: überall Stuckverzierungen und rote Ziegeldächer. Die Stadt war bei einem Erdbeben 1925 teilweise zerstört worden, und danach hatten die Stadtplaner festgelegt, daß alle neuen Gewerbebauten in diesem seltsamen Kolonialstil errichtet werden sollten – sogar die Farbe des Außenanstrichs wurde einem vorgeschrieben. Das Ergebnis war ein wunderbar geschlossenes Erscheinungsbild, aber keinerlei markante Punkte, an denen man sich hätte orientieren können. Für gewöhnlich entdeckte Sam seinen Zielort in dem Augenblick, wenn er gerade daran vorbeifuhr.

»Das dahinten war es«, sagte das Mädchen.

Sam fuhr rechts ran. »Ich fahre noch mal um den Block.«

Sie öffnete die Tür. »Schon gut, ich kann ja einfach hier rausspringen.«

»Nein! Es macht wirklich keine Umstände.« Er wollte nicht, daß sie ging. Jedenfalls noch nicht. Aber sie war schon ausgestiegen. Sie beugte sich kurz hinunter und streckte ihm die Hand hin, um sich zu verabschieden.

»Vielen Dank. Ich arbeite bis vier. Irgendwie muß ich dann wieder zu meinem Wagen zurückkommen. Bis dann.« Und schon war sie weg. Sam blieb zurück, die Hand noch immer ausgestreckt und den Anblick ihres Busens eingebrannt auf seiner Netzhaut.

Einen Augenblick saß er reglos da und schnappte nach Luft. Er fühlte sich desorientiert, dankbar, ja sogar ein wenig erleichtert – ungefähr so, als wäre er im letzten Augenblick aufgeschreckt und mit beiden Füßen auf die Bremse gestiegen, als er gerade drauf und dran war, in den Wagen vor ihm reinzurasseln. Er griff nach den Zigaretten in seiner Jacke, schüttelte eine aus der Packung, und als er sein Feuerzeug in die Hand nahm, fiel sein Blick auf das Kleiderbündel, das noch immer auf dem Rücksitz lag. Er schnappte sich die Sachen, stieg aus und machte sich auf den Weg zum Café.

Der Laden hatte handgeschnitzte Massivholztüren im pseudospanischen Stil mit eisernen Zierbändern, wie die meisten Restaurants in Santa Barbara, aber von innen sah er aus wie ein Schnellrestaurant aus den fünfziger Jahren. Sam ging auf eine grauhaarige Frau zu, die an der Kasse am Ende des langen Tresens saß. Das Mädchen konnte er nirgendwo sehen.

»Entschuldigen Sie bitte«, sagte er. »Das Mädchen, das gerade reingekommen ist – sie hat blondes Haar –, hat das hier in meinem Wagen vergessen.«

Die Frau musterte ihn von oben bis unten. Sie schien überrascht zu sein. »Calliope?« fragte sie ungläubig.

Sam überprüfte unauffällig, ob er Flecken auf der Krawatte hatte oder sein Hosenlatz offenstand.

»Ich weiß nicht, wie sie heißt. Ich habe sie nur hergebracht; sie hatte eine Reifenpanne.«

»Oh«, sagte die Frau erleichtert. »Sie sehen auch gar nicht aus, als wären Sie ihr Typ. Sie ist hinten und zieht sich um, aber ohne das hier wird sie ja wohl nicht allzuweit kommen.« Die Frau nahm Sam das Kleiderbündel ab. »Wollten Sie noch mit ihr reden?« fragte sie.

»Ach, nein. Ich denke, es ist besser, wenn ich sie nicht von der Arbeit abhalte.«

»Das ist kein Problem, der andere Kerl da hinten wartet auch auf sie.« Die Frau deutete an das andere Ende des Tresens. Sam folgte ihrem Blick, bis er den Indianer sah, der an der Theke saß und eine Zigarette rauchte, wobei er nach jedem Zug den Rauch in alle vier Himmelsrichtungen blies. Er blickte auf und grinste Sam an. Sam wich vom Tresen zurück und taumelte rückwärts nach draußen, wobei er auf der Schwelle ins Stolpern geriet und sich eben noch am schmiedeeisernen Geländer festhalten konnte.

Als hätte er sich gerade einen harten Kinnhaken eingefangen, lehnte er an dem Geländer und schüttelte den Kopf. Was war hier eigentlich los? Es konnte natürlich eine Falle sein, und der Indianer und das Mädchen steckten unter einer Decke. Aber woher wußten die beiden, wer er war? Wie war der Indianer so schnell ins Restaurant gekommen? Und wenn sie ihn erpressen wollten, wenn sie von dem Mord wußten, warum versuchten sie es auf diese Tour? Was sollte diese Heimlichtuerei?

Während er wieder in seinen Mercedes stieg, versuchte er die bösen Vorahnungen, die ihn beschlichen, wieder abzuschütteln. Er war gerade dem schönsten Mädchen begegnet, das er je gesehen hatte, und er würde sie bald wiedersehen. Er war ihr zu Hilfe geeilt, er hatte sie gerettet; hätte er beim ersten Mal einen besseren Eindruck machen können? Nie im Leben, selbst wenn er es vorgehabt hätte. Der Indianer war schierer Zufall. Das Leben war prima, oder?

Er ließ den Motor an und legte den ersten Gang ein, als ihm plötzlich einfiel, daß er nicht den blassesten Schimmer hatte, wo er überhaupt hinfahren wollte. Er hatte irgendeinen Termin gehabt, als er sein Büro verließ. Mehrere Blocks weit versuchte er, sich zu erinnern, mit wem er sich hatte treffen wollen und in welche Rolle er zu diesem Zweck zu schlüpfen hatte. Schließlich gab er auf und drückte die automatische Wähltaste seines Mobiltelefons. Während die Wählautomatik sich piepsend durch die Telefonnummer seines Büros arbeitete, traf es ihn wie ein Blitz. Plötzlich wußte er, warum er sich so unbehaglich fühlte: Der Indianer hatte goldfarbene Augen.

Während der kurzen Zeitspanne, bis seine Sekretärin antwortete, brachen zwanzig Jahre seines Lebens in sich zusammen, zwanzig Jahre voller Lug und Trug – es war, als würde ihm der Boden unter den Füßen weggezogen, und er fühlte sich hilflos und verängstigt.

2. KAPITEL

Der Medizinschluckspecht von Montana

Crow Country, Montana

Black Cloud Follows – Dem-die-schwarze-Wolke-folgt – donnerte durch die morgendliche Stille der reifbedeckten Talsenke von Little Bighorn, hinaus auf dem Crow Reservat, unter dem Highway 90 hindurch, und kam auf dem kiesbestreuten Parkplatz von Wiley's Tankstelle und Supermarkt zum Stehen. Black Cloud Follows war ein ockerfarbener 77er Oldsmobile Cutlass mit Dieselmotor, der sich anhörte, als würde er jeden Moment den Geist aufgeben – besonders nun, da er spuckte und keuchte, bis er schließlich eine ölig-schwarze Wolke ausstieß, die sich wie eine tragbare Sonnenfinsternis zwischen den goldenen Pappeln und Eschen am Ufer des Little Bighorn hin verzog, und Adeline Eats zurückließ, die neben dem Wagen stand und den Draht wieder zusammendrehte, mit dem die Fahrertür zugehalten wurde.

Adeline hatte ihr rabenschwarzes Haar mit Hilfe von Unmengen Haarspray zu einem glänzenden Schneckenhaus aufgetürmt. Der grellrosa Parka über ihrem Flanellhemd und dem Overall verlieh ihr eine verblüffende Ähnlichkeit mit dem Michelin-Mann. Während der Cutlass noch zuckte und wackelte – das Ding wollte einfach keine Ruhe geben –, zündete sie sich eine Salem 100 an, sog den Rauch tief ein und verpaßte Black Cloud Follows mit ihren roten Reeboks einen heftigen Tritt gegen die Stoßstange. »Ruhe da drinnen«, sagte sie.

Wie auf Kommando verstummte der Wagen und handelte sich dafür ein liebevolles Tätscheln ein. Indirekt verdankte Adeline diesem alten Wagen ihren Mann, sechs Kinder und ihren Job. Sie brachte es einfach nicht über sich, längere Zeit sauer auf ihn zu sein.

Während sie ums Auto herumging, um den Kofferraum zu öffnen, bemerkte sie, daß im reifbedeckten Gras etwas lag, das ebenfalls von Reif überzogen war und eine ziemliche Ähnlichkeit mit einer Leiche hatte. *Wenn er tot ist,* überlegte sie, *kann er warten, bis ich einen Kaffee gekocht habe. Wenn er noch lebt, kann er ihn vermutlich gebrauchen.*

Sie schloß die Ladentür auf und watschelte herum, bis sie alle Lichter eingeschaltet und alle Türen aufgeschlossen hatte, dann setzte sie die Kaffeemaschine in Gang und ging wieder hinaus, um den Waschsalon aufzuschließen, der sich in einem weiteren Blockhaus befand, welches ebenso wie ein Motel mit acht Zimmern zu Wiley's Tankstelle gehörte. Knirschend stakte sie durchs gefrorene Gras und warf einen weiteren Blick auf den Körper, der sich in der Zwischenzeit nicht bewegt hatte. Hätte nicht der Frost eingesetzt, wäre Old Man Wiley jetzt schon unterwegs, um Zieselfallen aufzustellen, und dann hätte er sich um das Problem mit dem leblosen Körper gekümmert. Außerdem hätte sich Adeline von ihm wegen Black Cloud Follows wieder mal jede Menge Scheiß anhören müssen, denn deswegen nölte er schon seit fünfzehn Jahren rum.

Wiley – ein Weißer – war derjenige, dem der Wagen seinen Namen verdankte. Crow gaben normalerweise Autos oder Tieren keine Namen – aber Wiley ließ keine Gelegenheit verstreichen, den Leuten, an denen er sein Geld verdiente, eins reinzuwürgen. *Wenn ich nur meine Ruhe habe, ist es nicht zuviel verlangt, sich um einen Toten zu kümmern,* dachte Adeline.

Als der Kaffee fertig war, goß sie zwei große Styroporbecher voll (einen für sich und einen für die Leiche) und kippte in jeden eine ordentliche Ladung Zucker. Die Leiche hatte lange Zöpfe, weswegen sie annahm, daß es sich um einen Crow handelte, der vermutlich Zucker im Kaffee trinken würde – immer vorausgesetzt, er war noch am Leben. Falls nicht, würde Adeline seinen Kaffee trinken, und sie wollte ganz bestimmt Zucker drin.

In den Tagen, als die Büffel noch das Tal bevölkerten, hatte der Cheyenne-Prophet Sweet Medicine eine Vision, daß Männer mit Haaren im Gesicht kommen und den Indianern weißen Sand bringen würden, der Gift für sie war. Die Prophezeiung hatte sich bewahrheitet, der weiße Sand war Zucker, und Adeline gab dem Weißen Mann die Schuld daran, daß er sie vergiftet hatte und sie deshalb nun zweihundert Pfund wog.

Sie nahm den Kaffee, stieß mit dem Hinterteil die Hintertür auf und ging knirschenden Schrittes zu der Stelle, wo die reglose Gestalt lag. Die Leiche lag mit dem Gesicht nach unten, und auf ihren Jeans und ihrer Levi's-Jacke glitzerte der Rauhreif. Adeline stieß sie mit dem Fuß in die Rippen. »Bist du erfroren?« fragte sie.

»Nee«, sagte der Tote, und weil er mit dem Mund auf dem Boden lag, wirbelte er beim Sprechen neben dem Dunst auch ein wenig Staub auf.

»Verletzt?«

»Nee.« Mehr Staub.

»Betrunken?«

»Yep.«

»Willst du 'nen Kaffee?« Adeline stellte einen der Becher neben seinen Kopf. Der Tote – Adeline bezeichnete ihn in Gedanken immer noch so – rollte herum, und jetzt erkannte sie, daß es Pokey Medicine Wing war, der alte Lügenbold.

Mit knackenden Gelenken richtete Pokey sich auf und versuchte, den Becher zu packen, doch offensichtlich waren seine Hände so steifgefroren, daß er es nicht schaffte. Also hob Adeline den Becher auf und hielt ihn ihm hin.

»Ich dachte, du wärest tot, Pokey.«

»Gut möglich. Ich hatte gerade einen Medizintraum.« Als er den Becher zum Mund hob, fing er an zu zittern, und er mußte in den Rand beißen, um ihn einigermaßen ruhig zu halten. »Ich bin schon zweimal gestorben, das weißt du...«

Adeline überging diese Lüge und deutete auf einen seiner Zöpfe, der ihm in den Becher gefallen war.

Pokey zog den Zopf heraus und wischte das perlenbesetzte Band, mit dem er umwickelt war, an seiner Jacke trocken. »Guter Kaffee«, sagte er.

Adeline schüttelte eine Salem aus ihrer Zigarettenschachtel und bot sie ihm an.

»Danke«, sagte er. »Nach einem Medizintraum muß man ein Gebet sprechen.«

Adeline gab ihm mit ihrem Bic-Feuerzeug Feuer. »Ich bin doch jetzt Christin«, sagte sie. Sie hoffte inständig, daß er darauf verzichten würde, ein Gebet über die Zigarette zu sprechen. So lange war es nun auch noch nicht her, seit sie zum christlichen Glauben übergetreten war, und die alten Sitten und Gebräuche verunsicherten sie immer noch ein wenig. Außerdem log Pokey wahrscheinlich, was die Sache mit dem Medizintraum anging – er log, wenn er nur den beinahe zahnlosen Mund aufmachte.

Pokey schaute sie mit zusammengekniffenen Augen an und grinste, doch er sprach kein Gebet. »Ich habe den Jungen von meinem Bruder Frank gesehen – den mit den gelben Augen, der den Bullen vom Damm geschmissen hat. Weißt du noch?«

Adeline nickte. Sie hatte absolut keine Lust, sich diesen Kram anzuhören. »Vielleicht solltest du einem Medizinmann davon erzählen.«

»Ich *bin* ein Medizinmann«, sagte Pokey. »Es glaubt mir bloß keiner. Ich brauche niemand, der mir meine Visionen erklärt. Ich habe den Jungen zusammen mit Old Man Coyote gesehen, und bei den beiden war ein Schatten, der aussah wie der Tod.«

»Ich muß mich jetzt an die Arbeit machen«, sagte Adeline.

»Ich muß den Jungen finden und ihn warnen«, sagte Pokey.

»Es ist jetzt zwanzig Jahre her, seit der Junge verschwunden ist. Vermutlich ist er längst tot. Du hast einfach nur geträumt.« Pokey war ein Lügner, und Adeline wußte, daß es eigentlich keinen Grund gab, sich von seinen Tiraden beunruhigen zu lassen, und doch war sie nervös geworden. »Wenn du in Ordnung bist, kann ich ja wieder an die Arbeit gehen.«

»Du glaubst nicht an Medizin, wie?«

»Mr. Wiley wird bald auftauchen. Ich muß den Laden aufmachen«, sagte Adeline. Sie drehte sich um und machte sich auf den Weg zum Laden.

»Ist das nicht eine Schreieule?« rief Pokey ihr nach.

Adeline ließ ihren Kaffee fallen, duckte sich und suchte in heller Panik den Himmel ab. Den alten Überlieferungen zufolge war die Schreieule das schlimmste aller Omen; in ihrer Gestalt lebten böse Geister; wenn man eine sah oder hörte, so war das, als blickte man seinem eigenen Tod ins Auge. Adeline hatte eine Heidenangst.

Pokey grinste sie an. »Ach, wohl doch nicht. Muß ein Falke gewesen sein.«

Adeline erholte sich wieder von ihrem Schreck, und als

sie in den Laden stapfte, betete sie zu Jesus, daß Er Pokey seine Sünden vergeben und ihm kräftig in den Arsch treten möge, wenn Er Zeit dazu hätte.

3. KAPITEL

Die Launen der Technik kitzeln das Gedächtnis

Santa Barbara

Nachdem Sam von seiner Sekretärin erfahren hatte, wo er sich mit seinem Klienten treffen wollte, legte er sein Mobiltelefon auf und tippte die Angaben in das Navigationssystem, das er in seinen Mercedes hatte installieren lassen, damit er immer wußte, wo er sich gerade befand. Egal, wo er sich aufhielt, Sam war immer erreichbar. Neben dem Mobiltelefon hatte er noch einen Beeper, durch den er via Satellit an jedem Ort der Erde angepeilt werden konnte. Faxgeräte und Computer standen in seinem Büro und bei ihm zu Hause, und außerdem besaß er noch einen Notebook-Computer mit einem Modem, das ihm den Zugang zu Datenbanken ermöglichte, die ihn mit allen wichtigen Informationen von demographischen Daten bis zu Zeitungsausschnitten über seine Klienten versorgten. Mittels dreier Fernseher mit Kabelanschluß, die ihn über das Wetter, das Weltgeschehen und die letzten Sportereignisse auf dem laufenden hielten, holte er sich die Welt in seine vier Wände und ließ sich darüber hinaus mit dem üblichen Stumpfsinn versorgen, wenn ihm in seinen Mußestunden der Sinn nach seichter Unterhaltung stand. Dank dieser Technologie wußte er, was gerade angesagt war und was nicht, und sie versorgte ihn mit allen möglichen Informationen darüber, was notwendig war, um in jede beliebige Rolle zu schlüpfen, wenn er einem potentiellen Kunden gegenüberzutreten hatte. An die Stelle des Vertreters vergangener Tage, der sich ganz auf sein Lächeln und seine hochglanzpolierten Schuhe verlassen hatte, war der Verkäufer getreten, der sein Opfer umkreiste wie ein Hai, dabei gleichzeitig ein Meister der Tarnung war und nicht eher lockerließ, bis er den Abschluß unter Dach und Fach hatte. Sam, der seine wahre Identität schon vor langer Zeit begraben hatte, war ein exzellenter Verkäufer.

In dem gleichen Maße, wie er sich der Technologie bediente, um mit der Welt in Kontakt zu treten, benutzte er sie, um sich die rauhe Wirklichkeit vom Halse zu halten. Alarmanlagen sollten kriminelle Elemente von seinem Wagen und seiner Wohnung fernhalten, während die Klimaanlage das Wetter aussperrte und der CD-Spieler störende Außengeräusche zum Verstummen brachte. Mittels einer monströsen schwarzen Apparatur, die in seinem unbenutzten zweiten Schlafzimmer stand, konnte er die Bewegungsabläufe beim Laufen, Skilanglauf, Treppensteigen und Schwimmen simulieren, während das Gerät gleichzeitig seinen Blutdruck und die Pulsfrequenz anzeigte und darüber hinaus künstliches Meeresrauschen produzierte, das die Alphawellen in seinem Gehirn stimulierte. Und all das ohne das Risiko von Gipsverbänden, Beinbrüchen oder Ertrinken. Außerdem blieb er auf diese Weise von der Verwirrung verschont, die ihm möglicherweise drohte, wenn er seine vier Wände verließ und tatsächlich irgendwas unternahm. Airbags und Sicherheitsgurte schützten ihn im Inneren seines Wagens, und Kondome boten Schutz im Inneren einer Frau. (Und an Frauen herrschte kein Mangel, denn er war als Verführer nicht weniger erfindungsreich und verschlagen wie als Verkäufer.) Wenn Frauen ihn mit der Begründung verließen, daß er zwar sehr charmant sei, sie aber irgend etwas vermißten, gab es immer noch eine Telefonnummer, wo jemand für 4,95 $ pro Minute nett zu ihm war.

Nur manchmal, wenn er sich die Haare schneiden ließ und er ohne seine Schutzvorrichtungen und seine Scheinidentitäten auf dem Friseurstuhl saß und die Friseuse ihm mit der Hand über den Nacken strich, spürte er, wie dieser kurze menschliche Kontakt ihm einen Schauer über den Rücken jagte, und es versetzte ihm einen Stich ins Herz.

»Ich möchte zu Mr. Cable«, sagte er zu der Sekretärin, einer attraktiven Mittvierzigerin. »Sam Hunter, Aaron Assurance Associates. Ich habe einen Termin.«

»Jim erwartet Sie«, antwortete sie. Sam gefiel es, daß sie den Vornamen benutzte, wenn sie von ihrem Boß sprach; er fühlte sich in seiner Einschätzung der Persönlichkeit seines zukünftigen Klienten bestätigt. Dank seiner Maschinen und Apparate wußte Sam, daß James Cable einer der beiden Haupteigner von Motion Marine Inc. war – einem Unternehmen, das mit großem Erfolg professionelle Tiefsee-Tauchausrüstungen und Taucherhelme für den industriellen Bedarf herstellte. Cable selbst hatte als Unterwasserschweißer auf Ölplattformen vor der Küste von Santa Barbara gearbeitet, bis er und sein Partner, ein Ingenieur namens Frank Cochran, einen Taucherhelm aus Fiberglas entwickelt hatten, in den ein Funkgerät integriert war und an dem man gleichzeitig das Gasgemisch an die Druckverhältnisse unter Wasser anpassen konnte. Innerhalb eines Jahres waren die beiden zu Millionären geworden, und nun, zehn Jahre später, erwogen sie, die Firma in eine Aktiengesellschaft umzuwandeln. Cochran wollte dabei sichergehen, daß zumindest einer der Partner weiterhin die Kontrolle über die Firma behielt, für den Fall, daß einer von ihnen zu Tode kam. Sam hatte eine Police ausgearbeitet, die dem überlebenden Partner so viel Kapital in Aussicht stellte, daß er die Anteile des anderen würde übernehmen können.

Es war eine relativ simple Angelegenheit, wie sie unter Geschäftspartnern nicht unüblich ist. Bei Cochran, dem Ingenieur, hatte Sam keinerlei Probleme gehabt, sein Angebot an den Mann zu bringen. Er dachte in mathematischen Kategorien, schätzte Ordnung und Genauigkeit und versuchte, alle möglichen Risiken schon im Vorfeld auszuschließen. Einem Ingenieur präsentierte Sam nur die Fakten – schön ordentlich, wie eine mathematische Gleichung –, und es dauerte nie lange, bis er die Frage hörte, auf die er hingearbeitet hatte: »Wo soll ich unterschreiben?« Ingenieure waren berechenbar, folgten eingefahrenen Verhaltensmustern und bereiteten ihm keine Schwierigkeiten. Im Gegensatz dazu war Cable, der Taucher, ein elend harter Brocken.

Cable war ein Spieler; ein Mann, der Risiken nicht scheute. Jeder, der zehn Jahre damit zugebracht hat, in über hundert Meter Tiefe mit explosiven Gasen zu arbeiten, während er Helium atmet, entwickelt eine ganz eigene Einstellung zu seinen Ängsten. Und Ängste waren Sams Geschäft.

In den meisten Fällen ließ sich relativ einfach ausmachen, welche Ängste und Befürchtungen seine Klienten bewegten. Es war nicht die Angst vor dem Tod, sondern vielmehr die Furcht, unvorbereitet zu sterben. Wenn Sam seine Sache gut machte, vermittelte er seinen Kunden das Gefühl, als forderten sie, wenn sie sein Angebot ablehnten, das Schicksal geradezu heraus, ihnen einen Tod zur Unzeit zu bescheren. (Nicht, daß Sam je davon gehört hätte, daß jemanden der Tod »genau zum richtigen Zeitpunkt« ereilt hatte.) Es war eine Art Aberglauben, in den sie sich verrannten, und wie jede Form von Aberglauben basierte auch dieser auf der Furcht vor der Ironie des Schicksals. Wenn man ein einziges Mal im Leben ein Lotterielos verliert, kann man fast sicher sein, daß gerade dieses Los gewinnt, wenn man den Führerschein zu Hause vergißt, wird man garantiert von der Polizei angehalten, und wenn man eine Versicherung angeboten bekommt, die erst dann ausgezahlt wird, wenn man tot ist, unterschreibt man natürlich. Ironie des Schicksals. Das war die unterschwellige Botschaft, die Sam bei jedem Verkaufsgespräch an den Mann brachte.

Er betrat Jim Cables Büro mit dem ungewohnten Gefühl, völlig unvorbereitet zu sein. Vielleicht hatte das Mädchen ihn durcheinandergebracht. Oder der Indianer.

Cable stand hinter einem langgestreckten Schreibtisch, der aus einem alten Beiboot gezimmert worden war. Er war hochgewachsen und drahtig wie ein Langstreckenläufer. Sein Schädel war völlig kahl. Er streckte Sam die Hand entgegen.

»Jim Cable. Frank hat Sie schon angekündigt. Ich muß Ihnen allerdings sagen, daß ich mir noch nicht ganz klar darüber bin, was ich von der Sache halten soll.«

»Sam Hunter.« Sam ließ Cables Hand los. »Darf ich mich setzen? Es wird nicht lange dauern.« Der Anfang war schon mal gemacht.

Cable bedeutete Sam, sich zu setzen und nahm selbst wieder Platz. Sam blieb erst einmal stehen. Er wollte vermeiden, daß der Schreibtisch eine Barriere zwischen ihnen bildete; auf diese Weise konnte Cable sich zu einfach zur Wehr setzen.

»Würde es Ihnen etwas ausmachen, wenn ich den Stuhl hier auf Ihre Seite des Schreibtisches ziehe? Ich möchte Ihnen einige Unterlagen zeigen, und dazu ist es notwendig, daß ich neben Ihnen sitze.«

»Sie können die Unterlagen einfach hierlassen. Ich werde sie durchsehen.«

Diesen Einwand hatte Sam schon hundertmal gehört, doch so leicht war ihm nicht beizukommen. Mit Hilfe der Technik hatte er dieses Hindernis noch jedesmal gemeistert. »Nun, es handelt sich dabei nicht um Papierkram, sondern um Daten in meinem Computer, und ich muß auf der gleichen Seite des Bildschirms sitzen wie Sie.«

»Nun gut, in dem Fall ist das was anderes.« Cable rollte seinen Stuhl etwas zur Seite und machte Platz für Sam.

Das ist schon mal geschafft, dachte Sam. Er schob seinen Stuhl zurecht, setzte sich neben Cable und klappte sein Notebook auf.

»Nun, Mr. Cable, so wie es aussieht, gibt es keine Probleme, die Angelegenheit unter Dach und Fach zu kriegen. Es wäre nur noch notwendig, daß Sie und Frank sich einer Gesundheitsprüfung unterziehen.«

»He!« Cable hob abwehrend die Hände. »Noch sind wir uns nicht einig.«

»Oh«, sagte Sam. »Ich hatte Frank so verstanden, als ob die Entscheidung in dieser Angelegenheit bereits gefallen sei – und daß unsere Unterhaltung heute nur die steuerlichen Aspekte und die Alterssicherung betrifft.«

»Ich wußte gar nicht, daß Rentenzahlungen mit eingeschlossen sind.«

»Deswegen bin ich hier«, log Sam. »Um Ihnen alles zu erklären.«

»Nun, Frank und ich haben uns über Details noch gar nicht unterhalten. Ich bin gar nicht so sicher, ob ich das Ganze für eine so gute Idee halte.«

Sam mußte ihn ablenken. Er legte sich bei seinem Vortrag ins Zeug wie eine Kreuzung aus einem Pitbullterrier und Willy Loman. Während er redete, illustrierten Tabellen, Grafiken und Projektionen auf dem Computerbildschirm das, was er sagte. Alle fünf Sekunden huschte eine

Botschaft so schnell über den Bildschirm, daß das Auge sie gar nicht wahrnahm, aber langsam genug, um sich im Unterbewußtsein des Betrachters festzukrallen wie eine Verführungskünstlerin. Die Botschaft lautete: SEI CLEVER, GREIF ZU UND KAUF MICH. Sam hatte das Programm selbst entwickelt. Der erste Teil der Botschaft – SEI CLEVER – konnte von Klient zu Klient abgewandelt werden. Es gab verschiedene Möglichkeiten: SEI SEXY, SEI JUNG, SEI SCHÖN, SEI SCHLANK, SEI GROSS und Sams Lieblingsvariante, SEI GOTT. Auf die Idee war er eines Abends gekommen, als er im Fernsehen einen Werbespot sah, in dem sechs muskelbepackte Kerle an einem Strand herumliefen und einen mordsmäßigen Eindruck auf die ebenfalls anwesenden gutaussehenden Damen machten, was angeblich daran lag, daß die Kerls Leichtbier tranken. SEI EIN GANZER MANN, TRINK LIGHT.

Sam beendete seinen Vortrag und fiel plötzlich in Schweigen. Er hatte das Gefühl, etwas vergessen zu haben. Er saß einfach nur da und wartete. Darauf, daß die Stille unangenehm wurde. Er rührte nicht weiter am Thema – es war, als läge eine tote Katze vor ihnen auf dem Schreibtisch. Der Taucher sollte sich seine eigenen Gedanken machen und von sich aus die einzig richtige Entscheidung treffen. Wer als erster anfängt zu reden, hat verloren. Sam wußte das. Und er spürte, daß Cable es auch wußte.

Schließlich sagte Cable: »Einen großartigen kleinen Computer haben Sie da. Würden Sie ihn verkaufen?«

Sam war wie vor den Kopf geschlagen. »Und was ist mit der Police?«

»Ich halte es nicht für eine sonderlich gute Idee«, sagte Cable. »Aber Ihr Computer gefällt mir. Ich denke, es wäre clever, wenn ich ihn kaufen würde.«

»Clever?«

»Ja, ich denke einfach, es wäre clever, ihn zu kaufen.«

Soviel zum Thema Verkaufsstrategien, die das Unterbewußtsein ansprechen. Sam machte sich in Gedanken eine Notiz, daß er seinen Slogan in Sei clever, greif zu und kauf diese Police ändern mußte. »Schauen Sie, Jim, einen solchen Computer bekommen Sie in einem Dutzend Läden, aber diese Police ist so ausgearbeitet, daß sie Ihnen zum jetzigen Zeitpunkt die größten Vorteile bringt. Sie werden nicht jünger, Sie sind prima in Form – wer weiß, wie sich Ihre gesundheitliche Verfassung entwickelt –, und die Prämien werden nie wieder so günstig sein wie jetzt, ganz abgesehen davon, daß Sie jede Menge Steuern sparen können.«

»Aber ich brauche sie nicht. Meine Familie ist versorgt, und mir ist es egal, wer die Firma leitet, wenn ich tot bin. Wenn Frank eine Police auf mich abschließen will, mache ich die Gesundheitsprüfung, aber ich werde doch nicht gegen mich selbst wetten.«

Das war es. Der Mann hatte keine Angst, und Sam wußte, daß er sich von ihm auch keine einjagen ließ. Er hatte gelesen, daß Cable diverse Unfälle beim Tauchen überlebt hatte und einmal sogar mit einem Helikopter abgestürzt war, der ihn zu einer Ölplattform vor der Küste hatte bringen sollen. Wenn das nicht gereicht hatte, um ihm seine Sterblichkeit vor Augen zu führen, wie sollte Sam diesem Mann das Antlitz des Schnitters in den Rasierspiegel zaubern? Es war das beste, zu gehen und sich damit zufriedenzugeben, daß er das Geschäft zumindest zur Hälfte an Land ziehen konnte, indem er Cables Partner zu einem Abschluß bewegte.

Sam stand auf und klappte das Notebook zu. »Nun, Jim, ich werde mit Frank die Details der Police besprechen und einen Termin für die Gesundheitsprüfung vereinbaren.«

Sie schüttelten sich die Hände, und auf dem Weg nach draußen versuchte Sam zu analysieren, was schiefgelaufen war. Wieder und wieder tauchte der Angstfaktor auf. Warum war es ihm nicht möglich gewesen, Jim Cable an diesem Punkt zu treffen? Zugegeben, seine Konzentration hatte durch die Ereignisse des Morgens etwas gelitten. Aber er hatte sich nichts anmerken lassen. Sein Vortrag war hieb- und stichfest. Abgesehen davon, was hatte er zu verbergen? Es war ein korrektes Geschäft, absolut wasserdicht und sauber.

Als er in den Mercedes einstieg, lag eine rote Feder auf dem Sitz. Er wischte sie mit einer Handbewegung nach draußen und knallte die Tür zu. Auf der Fahrt ins Büro drehte er die Klimaanlage voll auf. Und doch war er, als er zehn Minuten später dort ankam, schweißgebadet.

4. KAPITEL

So folgen wir nun den Eingebungen des Augenblicks

Santa Barbara

Es gibt Tage – bestimmte Augenblicke im Leben –, an denen ohne ersichtlichen Grund die Sinne so geschärft sind, daß selbst das Gewöhnliche plötzlich eine erhabene Qualität gewinnt. Für Sam Hunter war es einer dieser Tage.

Plötzlich war ein Mädchen aufgetaucht, und sie hatte Verlangen in ihm ausgelöst. Damit hatte alles angefangen. Dann war da noch der Indianer gewesen, dessen Gegenwart ihn so verwirrt hatte, daß er wie im Schlaf durch den Tag taumelte und über Dinge staunte, die er normalerweise keines zweiten Blickes gewürdigt hätte. Als er sein Vorzimmer betrat, warf er einen kurzen Blick auf seine Sekretärin und staunte nur noch, wie unglaublich abgrundtief grottenhäßlich sie war – ein richtiger Kinderschreck.

Es gibt Menschen, die in Ermangelung physischer Schönheit eine innere Schönheit und Freundlichkeit entwickeln, die ihr Erscheinungsbild zweitrangig werden läßt. Diese Menschen heiraten aus Liebe und bleiben verheiratet, sie ziehen glückliche Kinder groß, die ein fröhliches Gemüt haben und keine überstürzten Entscheidungen treffen. Gabriella gehörte nicht dazu. Sie war nicht nur häßlich, sondern auch eine überaus unangenehme Person. Aber am Telefon war sie gut, und es kam vor, daß Sams Kunden so froh waren, aus ihrem Büro rauszukommen und bei ihm im Zimmer zu sitzen, daß sie aus schierer Dankbarkeit eine seiner Policen abschlossen. Und deshalb behielt er sie.

Er hatte sie vor drei Jahren eingestellt, aufgrund des Lebenslaufes, den sie eingeschickt hatte. Sie war für die Stelle gewaltig überqualifiziert, und Sam erinnerte sich noch daran, daß er sich gewundert hatte, warum sie sich überhaupt bewarb. Drei Jahre lang war er vor ihrem Schreibtisch hin- und hergerauscht, ohne sie jemals wirklich anzusehen, doch in der seltsamen Gemütsverfassung, in der er sich heute befand, inspirierte ihre Unansehnlichkeit zur Poesie. *Aber was reimte sich auf Gabriella?*

Sie sagte: »Mr. Aaron will Sie unbedingt sofort sehen, Mr. Hunter. Er hat verlangt, daß Sie sofort zu ihm ins Büro kommen, sobald Sie hier auftauchen.«

»Gabriella, Sie sind jetzt schon drei Jahre hier. Sie können Sam zu mir sagen.« Er grübelte immer noch an einem Reim. *Salmonella?*

»Danke, Mr. Hunter. Aber mir ist es lieber, wenn alles seinen geschäftsmäßigen Gang geht. Mr. Aaron schien sehr viel daran zu liegen, Sie sofort zu sehen.«

Gabriella schaute noch einmal auf ihren Notizblock, der vor ihr auf dem Schreibtisch lag, und las dann laut vor: »›Sagen Sie ihm, daß er seinen verdammten Arsch in mein Büro schaffen soll, sobald er einen Fuß in die Tür setzt, oder ich werde ihn mit der Brechstange rattenficken.‹«

»Was soll das heißen?« fragte Sam.

»Ich glaube, daß er Sie ziemlich bald sehen will, Sir.«

»Das habe ich mir gedacht«, sagte Sam. »Mir ist der Teil mit dem Rattenficken nicht ganz klar. Was denken Sie, Gabriella?«

> *Gabriella, Gabriella,*
> *schön wie eine Salmonella.*

»Ich habe keine Ahnung. Vielleicht fragen Sie ihn danach.«

»Genau«, sagte Sam.

Er ging den Flur entlang zur Aaron Aarons Vorzimmer und dichtete dabei weiter an seinem Werk.

*Es macht mich kein bißchen stutzig,
daß alle glauben, du bist schmutzig.*

Aaron Aaron war nicht Aarons wirklicher Name – er hatte ihn ändern lassen, damit seine Versicherungsagentur in den Gelben Seiten als erste aufgelistet würde. Aarons wirklichen Namen kannte Sam nicht, und er hatte auch nie danach gefragt. Er selbst hieß schließlich auch nicht Samuel Hunter, obwohl er im Alphabet keine Vorteile verbuchen konnte.

Aarons Sekretärin hieß Julia. Sie war gertenschlank und eigentlich Schauspielerin/Model/Tänzerin. Nun saß sie in Aarons Vorzimmer, tippte Briefe, nahm Anrufe entgegen und verwendete den Begriff Genie vorzugsweise im Zusammenhang mit Friseuren. Sie begrüßte Sam mit einem Lächeln, das Tausende von Dollars für Gebißkorrekturen gekostet hatte. »Hi, Sam, er ist stinksauer. Was haben Sie angestellt?«

»Angestellt?«

»Ja, bei Motion Marine. Die haben vor ein paar Minuten angerufen, und Aaron ist schier in die Luft gegangen.«

»Ich habe überhaupt nichts angestellt«, sagte Sam. Er wollte gerade zu Aaron ins Büro gehen, da drehte er sich noch einmal zu Julia um. »Julia, wissen Sie, was *rattenficken* heißt?«

»Nein, Aaron hat nur gesagt, daß er das mit Ihnen anstellen wird, weil sie ihm die Freude an seinem neuen Kopf vermiest haben.«

»Er hat einen neuen Kopf? Was ist es denn?«

»Der Keiler, den er letztes Jahr abgeknallt hat. Der Präparator hat ihn heute morgen geliefert.«

»Danke, Julia, ich werde darauf achten, ihn nicht zu übersehen.«

»Viel Glück.« Julia lächelte ihn an und hielt das Lächeln, bis sie sich noch einmal im Schminkspiegel auf dem Schreibtisch betrachtet hatte.

Wenn man in Aarons Büro kam, hatte man den Eindruck, einen englischen Jagdclub aus dem 19. Jahrhundert zu betreten: Walnußpaneele an den Wänden, die geschmückt waren mit den ausgestopften Köpfen erlegter Tiere; zahlreiche Drucke von Wildgänsen im Flug; schwere Ledersessel; ein Schreibtisch aus Kirschbaum, der nicht vermuten ließ, daß hier geschäftliche Transaktionen getätigt wurden. Der Kopf des Keilers stach Sam sofort ins Auge.

»Aaron, was für ein Prachtexemplar.« Sam blieb mit ausgebreiteten Armen vor dem Kopf stehen. »Ein wahres Meisterwerk.« Er überlegte sich, ob er vielleicht einen Kniefall machen sollte, um an Aarons latenten irischen Katholizismus zu rühren, doch er nahm dann doch lieber Abstand von dieser Idee, weil seinem Partner die Unredlichkeit dieses Unterfangens vermutlich nicht verborgen geblieben wäre.

Aaron war ein eher kleiner Mann mit Stirnglatze. Er war fünfzig Jahre alt, und die Äderchen auf seinem Gesicht zeugten davon, daß er dem Alkohol nicht abgeneigt war. Er drehte sich auf seinem hohen ledernen Chefsessel herum und legte die *Vogue* hin, die er gerade durchgeblättert hatte. Aaron hatte keinerlei Interesse an Mode – ihn interessierten vor allem die Models. Sam hatte etliche Nachmittage damit verbracht, Aaron zuzuhören, wie er sich darüber erging, wie toll es doch wäre, eine Frau zu haben, die richtig was hermacht. »Wie hätte ich denn damals wissen sollen, daß Katie aufgeht wie ein Hefekloß und ich so einen Erfolg haben würde? Ich war doch erst zwanzig, als wir geheiratet haben. Ich dachte, wenn man regelmäßig was zu bumsen hat, ist es die Sache wert. Ich brauche eine Frau, die zu meinem Jaguar paßt. Nicht Katie. Sie ist eher was für einen abgeranzten Kombi.« Dann deutete er gewöhnlich auf irgendeine Anzeige in der *Vogue*. »Wenn ich eine Frau wie die hier an meiner Seite hätte...«

»Würde sie dich wegoperieren lassen«, pflegte Sam dann zu antworten.

»Klar, nur weiter so, Sam. Du weißt ja nicht, wie es ist, wenn man immer daran denken muß, daß schon der kleinste Fehltritt einen die Hälfte seines Vermögens kosten kann. Ihr Singles seid fein raus.«

»Jetzt hör schon auf mit diesem romantischen Kram, Aaron. Hast du noch nie gehört, daß Sex lebensgefährlich ist?«

»Prima, mach du nur meine Träume mies und tritt sie in den Staub. Weißt du, früher habe ich mich noch auf Sex gefreut, weil ich dann wenigstens eine Viertelstunde lang nicht an den Tod und die Steuer denken mußte.«

»Wenn du überhaupt mal an den Tod und die Steuer denkst, dann dauert das höchstens eine halbe Stunde.«

»Das meine ich ja damit. Ich kann mich bei Katie nicht mehr entspannen. Weißt du, was jemand mit meinem Einkommen an Steuern zahlt?« Diese Frage kehrte in all ihren Unterhaltungen wieder. Die beiden arbeiteten nun schon seit zwanzig Jahren zusammen, und Aaron behandelte Sam noch immer, als sei er gerade mal fünfzehn Jahre alt.

»Ich weiß ganz genau, was jemand mit deinem Einkommen eigentlich an Steuern zahlen *sollte*, und das ist ungefähr zehnmal soviel, wie du derzeit zahlst.«

»Was meinst du, wie mich das belastet! Das Finanzamt könnte alles, was du hier siehst, beschlagnahmen.«

Sam malte sich aus, daß eine Mannschaft von Finanzbeamten all die Köpfe der toten Tiere in Aarons Jaguar verlud, so daß zu allen Fenstern Geweihe herausragten und Katie, die danebenstand, wenn sie damit losfuhren, ihnen hinterherbrüllte: »Heh, die Hälfte davon gehört mir!« Sam gefiel diese Vorstellung ganz gut. Aaron konnte so viel erreichen, wie er wollte, er würde niemals die Angst loswerden, alles zu verlieren, ohne die Gelegenheit gehabt zu haben, seinen Besitz ganz auszukosten. Nun stellte Sam sich vor, wie Aaron mit Tränen in den Augen dastand und zuschaute, wie sie den Kopf des Keilers an den Hauern heraustrugen.

»Das Ding hier ist fantastisch«, sagte Sam. »Ich glaube, ich kriege schon vom Anblick allein eine Latte.«

»Ich habe es Gabriella getauft«, sagte Aaron voller Stolz. Er hatte einen Augenblick ganz vergessen, daß er eigentlich stocksauer sein sollte. »Was zum Teufel hast du bei Motion Marine abgezogen? Frank Cochran will uns verklagen.«

»Wegen der unterbewußten Verkaufsförderung? Das ist doch lächerlich.«

»Unterberwußte Verkaufsförderung! Jim Cable ist ohnmächtig geworden, nachdem du deine Masche abgezogen hast. Sie wissen immer noch nicht genau, was passiert ist. Es könnte ein Herzinfarkt gewesen sein. Hast du den Verstand verloren? Ich könnte deswegen die Agentur verlieren.«

Sam konnte förmlich sehen, wie Aarons Blutdruck stieg, denn seine Stirnglatze lief tiefrot an. »Du hast letzte Woche, als ich es dir vorgeführt habe, selbst gesagt, daß es eine gute Idee ist.«

»Zieh mich da nicht mit rein, Sam. Das hier mußt du allein ausbaden. Ich war selbst nicht immer wählerisch, wenn es darum ging, den Angstfaktor auszureizen, aber um Himmels willen, ich habe nie einem Klienten einen Indianer auf den Hals gehetzt.«

»Ein Indianer.« Sam mußte schwer schlucken. Er ließ

sich auf einen der Ledersessel sacken. »Was für ein Indianer?«

»Jetzt versuch nicht, mich zu verscheißern, Sam. Ich habe dir alles beigebracht, was du zu dem Thema weißt. Gleich nachdem du sein Büro verlassen hast, ist Jim Cable auch gegangen und wurde vor dem Gebäude von Motion Marine von einem Kerl angegriffen, der eine Indianermontur trug. Mit einem Tomahawk. Wenn die den Kerl schnappen und der erzählt, daß du ihn angeheuert hast, sind wir beide erledigt.«

Sam versuchte, etwas zu sagen, aber ihm blieb einfach die Luft weg. Aaron war sein Lehrmeister gewesen, und in gewisser Weise waren sie Freunde, obwohl sie in einem Konkurrenzverhältnis zueinander standen. Sam hatte Vertrauen zu Aaron, doch es ging nicht so weit, daß er ihm seine Ängste offenbart hätte. Es gab zwei Sachen, vor denen er sich fürchtete: Indianer und Bullen. Indianer deswegen, weil er selbst einer war, und wenn das jemand rausfinden würde, würde es die Bullen auf den Plan rufen, denn er hatte einen von ihnen umgebracht. Und nun, nach zwanzig Jahren, holten sie ihn tatsächlich ein. Er war starr vor Schreck.

Aaron kam hinter seinem Schreibtisch hervor und legte Sam die Hände auf die Schultern. »Du bist doch nicht dumm; ich weiß doch, daß du mehr drauf hast, Kleiner.« Als er Sams Verwirrung bemerkte, wurde er versöhnlicher. »Ich weiß, daß es ein dickes Geschäft war, aber so einen Blödsinn kannst du nicht machen. Man darf die anderen nie merken lassen, daß man hungrig ist. Das ist die erste Regel, die ich dir beigebracht habe, stimmt's?«

Sam gab keine Antwort. Er betrachtete den Hirschkuhkopf, der über Aarons Schreibtisch hing, aber statt dessen sah er den Indianer vor sich, wie er in dem Café saß und ihn angrinste.

Aaron schüttelte ihn. »Paß mal auf. Noch sitzen wir nicht völlig in der Scheiße. Wir können eine Vereinbarung aufsetzen, in der du mir deine Anteile an der Agentur überträgst. Das Ganze wird um eine Woche zurückdatiert. Dann wärst du ein freier Mitarbeiter wie alle anderen. Ich könnte dir für deine Anteile, sagen wir mal, dreißig Cent pro Dollar unter dem Tisch geben. Du hättest genug, um die Sache vor Gericht auszufechten, und wenn sie dir die Lizenz nicht abnehmen, kannst du immer noch hier weiterarbeiten. Was sagst du dazu?«

Sam stierte den Kopf der Hirschkuh an. Aarons Stimme nahm er nur als entferntes Gemurmel wahr. Sam war sechsundzwanzig Jahre und zwölfhundert Meilen weit weg auf einem Hügel außerhalb der Crow-Reservation in Montana. Die Stimme, die er hörte, war die seines Lehrmeisters, seines Mentors, des Bruders seines Vaters und Clan-Onkels: Ein selbsternannter Schamane namens Pokey Medicine Wing, der nur noch einen einzigen Zahn im Mund hatte.

5. KAPITEL

Der geschenkte Traum
Crow Country – 1967

Sam, dessen Name damals noch Samson Hunts Alone – Der-Allein-Jagt – lautete, stand vor dem Kadaver des Rehs, das er gerade erschossen hatte und wiegte die Winchester in seinen Armen.

»Hast du dem Reh dafür gedankt, daß es sein Leben für dich gegeben hat?« fragte Pokey. Als Samsons Clan-Onkel hatte Pokey die Aufgabe, den Jungen in die Sitten der Crow einzuführen.

»Ich habe ihm gedankt, Pokey.«

»Du weißt, daß es bei den Crow Sitte ist, das erste Reh zu verschenken. Weißt du schon, wem du es geben wirst?« Pokey grinste, eine Salem zwischen den Lippen.

»Nein, das wußte ich nicht. Wem sollte ich es denn geben?«

»Es ist ein gutes Geschenk für den Clan-Onkel, der viele Gebete gesprochen hat, damit du bei deiner Reise ins Land der Visionen einen Hilfreichen Geist findest.«

»Dann sollte ich es also dir zum Geschenk machen?«

»Das ist deine Sache. Andererseits wäre eine Stange Zigaretten auch eine gute Idee, wenn du dir das leisten kannst.«

»Ich habe überhaupt kein Geld. Ich werde dir das Reh schenken.« Samson Hunts Alone setzte sich neben das tote Reh auf den Boden und ließ den Kopf hängen. Er zog die Nase hoch, um gegen die Tränen anzukämpfen.

Pokey kniete sich neben ihn. »Bist du traurig, weil du das Reh getötet hast?«

»Nein. Ich verstehe nur nicht, warum ich es weggeben soll. Warum können wir es nicht mit nach Hause nehmen, und Großmutter kocht es für uns alle?« Pokey nahm dem Jungen das Gewehr aus der Hand und legte eine Patrone ein. Dann stieß er einen Kriegsruf aus und feuerte in die Luft. Samson starrte ihn an, als hätte er den Verstand verloren.

»Du bist jetzt ein Jäger!« rief Pokey. »Samson Hunts Alone hat sein erstes Reh erlegt!« schrie er zum Himmel hinauf. »Bald schon wird er ein Mann sein!«

Dann kauerte er sich wieder neben den Jungen. »Du solltest froh darüber sein, das Reh verschenken zu dürfen. Du bist jetzt ein Crow, und so ist es Brauch bei den Crow.«

Sam blickte zu ihm auf, seine goldfarbenen Augen waren gerötet, er war den Tränen nahe. »Einer der Jungs in der Schule sagt, die Crow wären nichts weiter als Diebe und Aasgeier. Er sagt, die Crow wären Feiglinge, weil sie niemals gegen den Weißen Mann gekämpft haben.«

»Ist dieser Junge ein Cheyenne?« sagte Pokey.

»Ja.«

»Dann ist er nur neidisch, weil er kein Crow ist. Ohne die Crow wären die Cheyenne und die Lakota und die Blackfoot doch morgens nie aus den Federn gekommen. Sie waren zehnmal soviele wie wir, und dennoch haben wir unser Land zweihundert Jahre lang gegen sie verteidigt, bevor der Weiße Mann kam. Sag diesem Jungen, er sollte den Crow dankbar sein, daß sie so gute Feinde waren. Und dann tritt ihm ordentlich in den Arsch und mach ihn fertig.«

»Aber er ist größer als ich.«

»Wenn deine Medizin mächtig ist, wirst du ihn schlagen. Wenn du nächste Woche anfängst zu fasten, bete für eine Krieger-Medizin.«

Samson wußte nicht, was er erwidern sollte. In der nächsten Woche sollte er in die Wolf Mountains hinaufsteigen, um seine erste Reise ins Land der Visionen zu machen. Er würde fasten und beten und darauf hoffen, Hilfreichen Geist zu finden, doch war er nicht sicher, ob er wirklich an all das glaubte, und er wußte nicht, wie er das Pokey beibringen sollte.

»Pokey«, sagte er schließlich ganz leise, so daß er über dem Rauschen des Winds im Präriegras kaum zu verstehen war, »es gibt eine Menge Leute, die sagen, daß du überhaupt keine Medizin hast, sondern einfach nur ein Säufer bist, der nicht mehr alle Tassen im Schrank hat und einen Haufen Stuß erzählt.«

Pokey schob sein Gesicht so nahe an das von Samson, daß der Junge den Geruch von Alkohol und Zigaretten, den er verströmte, ganz deutlich riechen konnte. Und mit einer Stimme, die kaum mehr war als ein leises, melodisches Krächzen, sagte der Alte sanft: »Sie haben recht. Ich bin ein Säufer, der rumspinnt. Die anderen haben Angst vor mir, weil ich verrückt bin. Weißt du warum?«

Sam schniefte: »Nee.«

Pokey griff in seine Tasche und zog ein kleines hirschledernes Bündel heraus, das mit einem Lederriemen zugebunden war. Er löste den Riemen und breitete das Leder auf dem Boden aus. Darin lag eine Ansammlung von scharfen Zähnen, Krallen, ein hellbraunes Büschel Fell, etwas loser Tabak, etwas Duftgras und Salbei. Der größte Gegenstand war ein etwa fünf Zentimeter großer, aus Holz geschnitzter Coyote. »Weißt du, was das ist, Samson?« fragte Pokey.

»Sieht aus wie ein Medizinbündel. Solltest du nicht eigentlich ein Lied singen, wenn du es aufmachst?«

»Braucht man bei dem hier nicht. Niemand hatte jemals so eine Medizin wie diese hier. Ich habe es noch nie jemand gezeigt.«

»Was sind das für Zähne?«

»Coyotenzähne. Coyotenkrallen, Coyotenfell. Ich habe aufgehört, den Leuten davon zu erzählen. Alle denken, ich spinne, aber mein Hilfreicher Geist ist Old Man Coyote.«

»Den gibt's doch nur in den alten Geschichten«, sagte Sam. »Old Man Coyote gibt es gar nicht.«

»Das glaubst du vielleicht«, erwiderte Pokey. »Er kam zu mir, als ich so alt war wie du und das erste Mal fastete. Ich wußte gar nicht, daß er es war. Ich dachte, es wäre ein Bär oder ein Otter, denn ich hatte um eine Kriegsmedizin gebetet. Aber als ich vier Tage gefastet hatte, blickte ich auf, und da stand dieser junge Krieger in schwarzen Hirschlederhosen, die an den Beinen mit roten Buntspechtfedern verziert waren. Als Kopfschmuck trug er ein Coyotenfell.«

»Woher wußtest du, daß es nicht irgendwer aus dem Reservat war?«

»Keine Ahnung. Ich sagte ihm, er solle weggehen, und er antwortete, er sei schon lange genug fort gewesen. Er sagte, daß er damals, als er den Crow so viele Feinde zum Geschenk machte, versprochen habe, er werde immer bei ihnen bleiben, damit sie viele Pferde stehlen könnten und wilde Krieger aus ihnen würden. Er sagte, der Zeitpunkt seiner Rückkehr sei nicht mehr weit.«

»Aber wo ist er?« fragte Samson. »Das ist doch schon so lange her, und niemand hat ihn bis jetzt gesehen. Wenn er hier wäre, würde niemand sagen, daß du verrückt bist.«

»Old Man Coyote ist ein Schwindler, ein Trickser, er führt einen an der Nase herum. Ich glaube, er hat mir diese Medizin gegeben, damit ich verrückt werde und mich immerzu betrinken will. Pretty Eagle – er war damals ein mächtiger Medizinmann – hat mir gezeigt, wie man dieses Bündel macht, und er hat zu mir gesagt, wenn ich schlau wäre, würde ich es jemand anderem geben oder es in den Fluß werfen. Aber ich habe es nicht getan.«

»Und wenn es nun schlechte Medizin ist, wenn dir dein Hilfreicher Geist überhaupt nicht hilft...«

»Geht die Sonne nur für dich allein auf, Samson Hunts Alone?«

»Nein, sie scheint über die ganze Welt.«

»Aber sie zieht über dich hinweg und macht dich so zu einem Teil ihrer Bahn, stimmt's?«

»Ja, ich glaube schon.«

»Nun, vielleicht ist diese Medizin mächtiger als ich. Vielleicht bin ich auch nur ein Teil des Kreislaufs. Wenn sie mich unglücklich macht, dann weiß ich wenigstens, wieso ich unglücklich bin. Weißt du, warum du unglücklich bist?«

»Mein Reh...«

»Es wird noch viele Rehe geben. Du hast deine Familie, du bist gut in der Schule, du hast zu essen, und du hast Wasser zu trinken. Du darfst sogar die Sprache der Crow sprechen. Als ich ein Junge war, wurde ich zur Schule des Büros für Indianerangelegenheiten geschickt, wo sie uns geschlagen haben, wenn wir die Sprache der Crow benutzt haben. Nächste Woche wirst du, wenn du reinen Herzens bist, einen Hilfreichen Geist finden und eine mächtige Medizin bekommen. Du kannst ein großer Krieger werden oder vielleicht sogar ein Häuptling.«

»Es gibt doch gar keine Häuptlinge mehr.«

»Es wird noch lange dauern, bis du alt genug bist, um ein Häuptling zu sein. Du bist noch zu jung, um wegen der Zukunft unglücklich zu sein.«

»Bin ich aber. Ich will auch gar kein Crow sein. Ich will nicht sein wie du.«

»Dann sei doch einfach wie du selbst.« Pokey wandte sich von dem Jungen ab und zündete sich eine Zigarette an. »Du machst mich wütend. Gib mir dein Messer, und ich werde dir zeigen, wie man so ein Reh ausnimmt. Wir werden die Eingeweide in den Fluß werfen, als Geschenk an die Erde und die Ungeheuer des Wassers.« Pokey schaute Samson an, als warte er nur darauf, daß der Junge Zweifel äußerte oder widersprach.

»Entschuldige, Pokey, es tut mir leid.« Der Junge öffnete den Verschluß der Messerscheide an seinem Gürtel und zog ein seltsam geschwungenes Messer hervor. Er hielt es dem Mann hin, der das Messer nahm und sich dann daran machte, das Reh aufzubrechen.

Als er das Messer in die Bauchdecke des Rehs stieß, sagte er: »Ich werde dir einen Traum zum Geschenk machen, Samson.«

Samson wandte den Blick von dem Reh ab und schaute Pokey in die Augen. Bei den Crow war es üblich, daß man sich gegenseitig beschenkte – wenn man einen Namen erhielt, bei der Sonnentanz-Zeremonie, beim Powwow auf dem großen Fest der Crow, wenn jemand anders einen Namen verliehen bekam – man verteilte Geschenke für Medizin, Geschenke an die Clan-Onkel oder -Tanten, Geschenke für Gebete. Man verschenkte Tabak, Duftgras, Hemden, Decken, Pferde oder Kleinlaster – es war eine solche Hin-und-Herschenkerei, daß niemand je arm oder reich dabei wurde. Doch wenn einem ein Traum zum Geschenk gemacht wurde, war das etwas ganz Besonderes. Es war etwas von solcher Reinheit, daß man es durch nichts aufwiegen konnte. Samson hatte noch nie davon gehört, daß jemand einen Traum verschenkt hatte.

»Ich habe geträumt, daß Old Man Coyote zu mir kam und sagte, ›Pokey, wenn es dir eigentlich gut geht, du aber furchtbare Angst hast, daß *vielleicht* etwas schiefgehen könnte und du darüber völlig niedergeschlagen bist, dann ist das der Coyotenjammer. In diesen Zeiten werde ich zu dir kommen und dich wieder aufrichten.‹ Diesen Traum habe ich geträumt, und nun schenke ich ihn dir, Samson.«

»Was hat dieser Traum zu bedeuten, Onkel Pokey?«

»Ich weiß es nicht, aber es ist ein sehr wichtiger Traum.« Pokey wischte das Messer an der Hose ab und reichte es Samson. Dann wuchtete er sich das Reh auf die Schultern. »Also, wem wirst du dieses Reh nun schenken?«

6. KAPITEL

Unverträglichkeiten und Nebenwirkungen
Santa Barbara

»Sieh mal, Sam«, sagte Aaron, »ich kann verstehen, daß du nicht begeistert bist von der Idee, daß ich dir deine Anteile abkaufe. Sei's drum. Ich weiß, daß du eine Menge in diese Agentur investiert hast. Ich kann dir vierzig Cents pro Dollar zahlen, aber du mußt dich mit einem Wechsel zufriedengeben. Im Augenblick sieht es bei mir mit Bargeld ein wenig schlecht aus, weil Katie unbedingt ein Extrazimmer für die ganzen Trophäen haben wollte und der Anbau doch einiges gekostet hat.«

Sam löste seinen Blick von dem Kopf des Rehs. »Aaron, ich habe keinen Indianer angeheuert, damit er Jim Cable attackiert. Ich war mit Cochran doch schon einig und hatte eine Hälfte des Geschäfts unter Dach und Fach. Außerdem hatte ich so den Fuß in der Tür, um irgendwann auch noch Cable an Land zu ziehen. So etwas setze ich doch nicht aufs Spiel.«

Aaron zog zwei Spiegel aus seiner Schreibtischschublade und hielt sie so hin, daß er seinen Hinterkopf betrachten konnte. Sam kannte diese Prozedur – Aaron überprüfte stündlich, wie weit seine Kahlköpfigkeit bereits fortgeschritten war. »Cochrans Sekretärin hat gesehen, wie der Indianer aus deinem Wagen gestiegen ist«, sagte Aaron beiläufig. Dann widmete er sich wieder den Spiegeln und sagte: »Ich habe Minoxidil mit ein wenig Retin A und dem Kram gemischt, für den der Kerl aus ›Solo für O.N.K.E.L‹ im Fernsehen Werbung macht. Glaubst du, es hilft?«

Sam dachte an die Feder auf dem Sitz seines Wagens. Er war ganz sicher, daß er den Wagen abgeschlossen hatte; der Indianer hätte unmöglich einsteigen können, ohne den Alarm auszulösen. »Mich interessiert nicht, was irgendwer gesehen hat – ich habe keinen verdammten Indianer angeheuert, damit er auf Cable losgeht, und ich kann nicht glauben, daß du denen ihre Geschichte abkaufst, ohne zuerst mich zu fragen.« Nach diesem Wutausbruch fühlte er sich besser. Zumindest war er jetzt klarer im Kopf.

Aaron legte die Spiegel zurück in den Schreibtisch und lächelte. »Ich habe sie ihnen nicht abgekauft, Sam. Aber wenn sie wahr wäre, könntest du mir doch wohl keinen Vorwurf daraus machen, daß ich versucht habe, mir deine Anteile unter den Nagel zu reißen.«

»Du geldgeiler kleiner Scheißer.«

»Sam.« Aaron verfiel nun in einen »väterlichen« Tonfall. »Samuel.« Ein kurzes Augenzwinkern. »Sammy, wenn ich geldgeil gewesen bin, war das denn nicht immer auch in deinem Interesse? Ich will nur, daß du auf Draht bist, Junge. Wenn ich nicht versucht hätte, aus einer schlimmen Situation das Beste zu machen, hättest du doch sämtlichen Respekt vor mir verloren, oder? Das war doch das erste, was ich dir beigebracht habe.«

»Ich kenne keinen Indianer. Es ist nicht passiert.«

»Wenn du das sagst, dann wird es wohl so gewesen sein. Du hast mir nie etwas vorgemacht. Ich kann mich nicht mal dran erinnern, daß du damals von den Rauchdetektoren, die wir verkauft haben, die Kabel abgeschnitten hast, weil die Kundin auf schnurlosen Modellen bestand.«

»Du hast mir gesagt, daß ich das tun soll! Ich war doch erst siebzehn.«

»Stimmt. Na ja, wie sollte ich auch wissen, daß sie im Bett raucht?«

»Hör zu, Aaron. Ich werde rausfinden, was bei Motion Marine passiert ist – und zwar gleich morgen früh. Wenn die anrufen, während ich weg bin, halte dich nach Möglichkeit zurück und unterschreibe kein Geständnis in meinem Namen, okay? Ich muß jetzt gleich zu jemand am anderen Ende der State Street, wenn das also alles...«

»Der neue Kopf gefällt dir wirklich?«

Normalerweise hätte Sam gelogen, aber nun, da so viele Fragen in seinem Kopf herumschwirrten, war sein ansonsten reicher Lügenvorrat erschöpft. »Er sieht scheiße aus, Aaron, und ich denke, du solltest diesen Kerl aus ›Solo für O.N.K.E.L.‹ verklagen.« Er war noch nicht zur Tür heraus, da hatte sich Aaron auch schon wieder seine beiden Handspiegel geschnappt.

Gabriella legte gerade den Telefonhörer auf, als Sam hereinkam. »Das war der Sicherheitsbeauftragte der Eigentümervereinigung von Ihrem Wohnblock, Mr. Hunter. Er möchte dringend mit Ihnen sprechen. Die Eigentümervereinigung hält heute abend eine außerordentliche Versammlung ab, um zu diskutieren, was sie wegen Ihres Hundes unternehmen wollen.«

»Ich habe keinen Hund.«

»Er war sehr aufgeregt. Ich habe seine Nummer notiert, aber er hat darauf bestanden, daß er Sie persönlich sprechen möchte, bevor der« – sie warf einen Blick auf ihren Notizblock – »Lynchmob Sie zu fassen bekommt.«

»Rufen Sie ihn zurück, und sagen Sie ihm, daß ich keinen Hund habe. In dem Wohnkomplex sind Hunde verboten.«

»Das hat er auch erwähnt, Sir. Das scheint das Problem zu sein. Er hat gesagt, Ihr Hund ist auf der Veranda und heult herum, und er läßt niemand an sich heran. Und wenn Sie nicht herkämen, müßte er die Polizei rufen.«

Sam konnte nur noch eines denken: *Nicht heute.* Er

sagte: »In Ordnung, rufen Sie dort an und sagen Sie, ich sei auf dem Weg. Und rufen Sie bei der Werkstatt weiter unten auf der Straße an, damit sie den platten Reifen an dem orangefarbenen Datsun vor der Tür flicken. Sie sollen die Rechnung über meine Kreditkarte abwickeln.«

»Sie haben um drei einen Termin mit Mrs. Wittingham.«

»Sagen Sie ab.« Sam wandte sich zum Gehen.

»Mr. Hunter, es handelt sich um einen Todesfall. Mr. Wittingham ist letzte Woche verstorben, und seine Frau möchte, daß Sie ihr helfen, die Formulare auszufüllen.«

»Gabriella, ich werde Ihnen jetzt mal was verraten. Wenn ein Kunde erst mal tot ist, kann man sich eine gewisse Laxheit beim Service erlauben. Die Chancen für die Wiederaufnahme der Geschäftsbeziehungen sind, nun ja, nicht sehr groß. Also vereinbaren Sie einen neuen Termin, oder erledigen Sie es selbst.«

»Aber Sir, ich habe noch nie einen Todesfall bearbeitet.«

»Das ist ganz leicht: Fühlen Sie ihm den Puls, und wenn es nichts zu fühlen gibt, rücken Sie das Geld heraus.«

»Ich finde das überhaupt nicht komisch, Mr. Hunter. Ich bemühe mich immer um eine sachliche Atmosphäre, und Sie haben nichts anderes zu tun als diese Bemühungen permanent zu unterminieren.«

»Kümmern Sie sich drum, Gabriella. Rufen Sie die Werkstatt an. Ich muß los.«

Von seinem Büro aus war Sam in fünf Minuten an seinem Wohnblock in den Cliffs, einem Komplex mit dreihundert Wohneinheiten auf dem Plateau von Santa Barbara. Wenn er auf seiner Terrasse stand, konnte Sam über die Stadt hinweg bis zu den Bergen von Santa Lucia sehen, und sein Schlafzimmerfenster hatte einen Blick aufs Meer. Zunächst hatte er die Wohnung nur gemietet, doch als die Cliffs in Eigentumswohnungen umgewandelt wurden, hatte er sich zum Kauf entschlossen. Seitdem war der Wert seines Apartments um sechshundert Prozent gestiegen. Die Anlage war mit drei Swimmingpools, Saunas, einem Kraftraum und Tennisplätzen ausgestattet. Hier durften nur Erwachsene ohne Kinder oder Hunde wohnen – Katzen hingegen waren erlaubt. Als Sam eingezogen war, stand der Komplex im Ruf eines Party-Mekka für swinging Singles. Inzwischen waren die Immobilienpreise gestiegen, und die Mittelklasse existierte nicht mehr, so daß die meisten Bewohner Ruheständler oder wohlhabende, berufstätige Ehepaare waren, die alle ihre Unterschrift unter eine Einverständniserklärung gesetzt hatten, welche strikte Auflagen in bezug auf Lärm und die Anzahl der erlaubten Besucher zum Inhalt hatte. Rund um die Uhr patrouillierte eine Wachmannschaft in Golfwägelchen auf den Straßen des Komplexes. Ihr Chef war ein hartgesottener Ex-Einbrecher namens Joe Spagnola.

Sam parkte seinen Mercedes neben Spagnolas Büro, das im rückwärtigen Teil des Clubhauses der Cliffs lag, welches mit seinen terrakottageflieten Innenhöfen, den stuckverzierten Bogengängen und schmiedeeisernen Toren eher an die *Casa Grande* einer spanischen Hazienda gemahnte als an einen Treffpunkt für die Bewohner des Blocks. Die Bürotür stand offen, und als Sam eintrat, fand er sich Spagnola gegenüber, der ins Telefon brüllte. Er hatte den Chef des Sicherheitsdienstes noch nie brüllen hören. Ein schlechtes Zeichen.

»Nein, ich kann nicht einfach hingehen und den verdammten Hund abknallen! Der Eigentümer ist auf dem Weg, aber ich werde nicht in sein Townhouse eindringen und seinen Hund abschießen – Vorschrift hin oder her.«

Sam fiel auf, daß Spagnola, obwohl er sauer war, nicht vergaß, seine Wohnung als ›Townhouse‹ zu bezeichnen.

Niemand war bereit, für eine Wohnung eine halbe Million Dollar auszugeben; bei einem ›Townhouse‹ war das etwas anderes. Wenn es um ihre vier Wände geht, sind die Leute empfindlich. Wenn Sam Versicherungen an Leute verkaufte, die in Wohnwagen lebten, bezeichnete er diese stets als *mobile Anwesen*. Diese Bezeichnung hatte den Vorteil, daß sie eine gewisse strukturelle Integrität implizierte; man hörte selten davon, daß ein Tornado durch eine Siedlung mobiler Anwesen gerauscht sei und dort alles zu Kleinholz gemacht habe.

»Ich *höre Ihnen zu*, Dr. Epstein«, fuhr Spagnola fort. »Aber Sie scheinen meine Position angesichts Ihres versäumten Mittagsschlafes nicht zu verstehen. Es ist mir schnurzegal. Es kratzt mich kein bißchen. Es geht mir glatt am Arsch vorbei. Es ist mir wurscht. Ich werde nicht in Mr. Hunters Wohnung eindringen, bevor er hier eintrifft.«

Spagnola schaute auf und bedeutete Sam, daß er sich setzen solle. Dann grinste er, verzog das Gesicht und machte den Anrufer am anderen Ende der Leitung nach. Anschließend schaute er gelangweilt, tat so, als ob er einschliefe und machte Wichsbewegungen, bis er schließlich sagte: »Ist das so, Doktor? Nun, so weit ich weiß, habe ich seit den Tagen der Kreuzigung keine Vorgesetzten mehr, aber Sie können ruhig mal Ihr Glück versuchen.«

Sam sagte: »Haben Sie was gegen Dr. Epstein in der Hand?«

Spagnola lächelte. »Er macht mit der moralisch vollkommen unbescholtenen Montag-Mittwoch-Freitag-Masseuse rum.«

»Das macht doch jeder.«

»Nein, jeder macht mit der Dienstag-Donnerstag-Samstag-Masseuse rum. Montag-Mittwoch-Freitag ist ganz exklusiv.«

»Und moralisch vollkommen unbescholten.«

»So steht's im Prospekt.« Spagnola grinste, dann griff er sich beiläufig eine Notiz von seinem Schreibtisch und überflog sie. »Samuel, mein Freund, wegen deinem Schoßhund bin ich schon den ganzen Tag beschäftigt, mit so reizenden Leuten wie Dr. Epstein zu telefonieren. Soll ich dir mal das Logbuch vorlesen?«

»Ich weiß nicht, wovon du redest, Josh. Ich habe keinen Hund.«

»Dann ist es dir bestimmt ein brennendes Bedürfnis, den Sicherheitsdienst über den großen Hund auf deiner Terrasse zu informieren, der zu diesem Zeitpunkt Dr. Epstein in seiner Mittagsruhe stört.«

»Ich meine es ernst, Josh. Wenn ein Hund auf meiner Terrasse ist, habe ich keine Ahnung, was es damit auf sich hat.« Sam fiel plötzlich ein, daß er die Schiebetür zur Terrasse offengelassen hatte. »Herrgott!«

»Ja, die Tür ist offen. Ich habe dir schon öfters gesagt, so etwas ist eine Einladung an Einbrecher.«

»Diese Terrasse liegt in sieben Meter Höhe. Wie ist der Hund da hingekommen? Wie ist er in meine Wohnung gekommen, ohne daß der Alarm ausgelöst wurde?«

»Darüber habe ich mich auch schon gewundert. Wenn es nicht dein Hund ist, wie ist er dort hingekommen? Es sieht schlecht aus. Die anderen Mitglieder der Eigentümervereinigung haben für heute abend eine Sondersitzung einberufen, um über das Problem zu diskutieren.«

»Es gibt gar kein Problem. Gehen wir los und erledigen diesen verdammten Köter.«

»Genau; auf geht's. Unterwegs lese ich dir das Logbuch vor.« Spagnola erhob sich, schnappte sich den Notizblock und hielt Sam die Tür auf. Er überlegte einen Augenblick, dann schloß er das Büro ab und schaltete die Alarmanlage ein. »Heutzutage kann man einfach niemandem trauen«, sagte er.

Sie gingen die Laubengänge entlang, über denen sich Bougainvilleasträucher in diversen Rottönen rankten und Schatten spendeten, während Spagnola vorlas: »Neun Uhr: Mrs. Feldstein ruft an und berichtet, daß gerade ein Wolf auf ihre Glyzinien uriniert hat. Diesen Anruf habe ich ignoriert. Neun Uhr fünf: Mrs. Feldstein berichtet, daß der Wolf ihre Perserkatze zum Geschlechtsverkehr zwingt. Diesem Anruf bin ich persönlich nachgegangen, nur um es mit anzusehen. Neun Uhr zehn: Mrs. Feldstein berichtet, daß der Wolf die Perserkatze gefressen hat, nachdem er seinen Spaß mit ihr hatte. Auf dem Weg zu ihrem Haus war Blut, und es lag auch ein bißchen Fell herum, als ich dort ankam, aber von einem Wolf war nichts zu sehen.«

»Ist das Vieh denn ein Wolf?« fragte Sam.

»Ich glaube nicht. Ich habe es nur von unterhalb deiner Terrasse gesehen. Der Farbe nach könnte es ein Coyote sein, allerdings ist es dafür viel zu groß. Nee, es kann kein Wolf sein. Bist du ganz sicher, daß du gestern nicht eine Puppe mit nach Hause gebracht hast, die völlig vergessen hat, dir zu erzählen, daß sie einen stark behaarten Freund im Wagen hat?«

»Josh, bitte!«

»Okay. Zehn Uhr fünfzehn: Mrs. Narada ruft an und meldet, daß ihre Katze von einem großen Hund angegriffen wurde. Jetzt habe ich alle Jungs rausgeschickt, um das Vieh zu suchen, aber bis elf keine Spur. Dann ruft einer von ihnen an und meldet, daß ein großer Hund gerade ein paar Löcher in den Reifen von seinem Golfcart gebissen hat und dann weggelaufen ist. Elf Uhr fünfunddreißig: Mrs. Nocross will gerade mit den Kindern auf der Terrasse ein paar Burger grillen, als ein großer Hund über das Geländer springt, die Kinder anknurrt und dann davonläuft. Zum ersten Mal fällt der Begriff ›verklagen‹.«

»Kinder? Da haben wir sie doch«, sagte Sam. »Kinder sind nicht erlaubt, oder?«

»Ihre Enkelkinder aus Michigan sind zu Besuch. Sie hat vorher die Formulare ordnungsgemäß ausgefüllt.« Spagnola atmete tief durch und las weiter vor. »Elf Uhr einundvierzig: Ein großer Hund scheißt in Dr. Yamatas Aston Martin. Zwölf Uhr drei: Ein Hund frißt zwei – wohlgemerkt zwei – von Mrs. Wittinghams Siamkatzen. Sie hat erst letzte Woche ihren Mann verloren, und das hier war wohl etwas zu viel für sie. Wir mußten Dr. Yamata anrufen und ihn mitten in einer Partie vom Golfplatz holen, damit er ihr ein Beruhigungsmittel verabreicht. Neben ihr wohnt ein Anwalt, der auf Unfälle mit Personenschäden spezialisiert ist und der gerade zum Mittagessen zu Hause war. Er ist rübergekommen, um zu helfen und hat gleich angefangen, von Schadensersatz zu reden, obwohl wir noch nicht einmal wußten, wem der Hund überhaupt gehört.«

»Das wißt ihr immer noch nicht.«

Spagnola ignorierte Sams Einwand. »Von zwölf Uhr dreißig bis ein Uhr wurde er mehrfach gesichtet – unter anderem relativ häufig beim Urinieren, aber ich will dich nicht mit Einzelheiten langweilen –, dann hat einer meiner Leute den Hund gesehen und ist ihm bis zu deiner Wohnung gefolgt, wo er für eine Minute verschwunden ist, um schließlich auf deiner Terrasse wieder aufzutauchen.«

»Er ist verschwunden?«

»Ich denke, er meinte damit, daß er das Vieh aus dem Blickfeld verloren hat. Aber egal, seit etwa zwei Stunden ist der Hund jetzt auf deiner Terrasse, und die anderen Bewohner glauben, es sei dein Hund. Sie wollen dich aus der Anlage rauswerfen.«

»Das können sie nicht. Die Wohnung gehört mir.«

»Technisch gesehen können sie es doch, Sam. Dir gehören Anteile an der gesamten Anlage, und in dem Fall, daß zwei Drittel der Bewohner dafür stimmen, können sie dich dazu zwingen, deine Anteile zu dem Preis zu verkaufen, den du dafür gezahlt hast. So steht es in der Einverständniserklärung, die du unterschrieben hast. Ich habe extra nachgeschaut.«

Sie waren nun etwa hundert Meter von Sams Wohnung entfernt, und Sam konnte das Geheul hören. »Das Apartment ist fünfmal so viel wert, wie ich dafür bezahlt habe.«

»Auf dem offenen Markt ja, aber nicht für die übrigen Bewohner. Mach dir keine Gedanken, Sam. Es ist ja nicht dein Hund, oder?«

»Haargenau.«

Vor Sams Tür standen ungefähr dreißig Nachbarn, die sich die Köpfe heißredeten, während sie sich gleichzeitig nach allen Richtungen umschauten. »Das ist er!« rief einer von ihnen und deutete auf Sam und Spagnola. Einen Augenblick lang war Sam dankbar, daß er Spagnola an seiner Seite hatte, und Spagnola wiederum hatte eine Achtunddreißiger.

Der Ex-Einbrecher neigte sich zu Sam und flüsterte: »Sag jetzt nichts. Kein Wort. Die Angelegenheit kann ziemlich häßlich werden – ich sehe bei dem Haufen da mindestens zwei Anwälte.«

Spagnola hob die Hände und ging auf die Menge zu. »Leute, ich weiß, daß ihr sauer seid, aber wenn wir das Problem lösen wollen, ist es notwendig, daß Mr. Hunter am Leben bleibt.«

»Vielen Dank«, raunte Sam ihm zu.

»Das war gratis«, sagte Spagnola. »Die waren gar nicht auf die Idee gekommen, dich umzubringen. Und jetzt ist ihnen die Situation peinlich, und sie gehen nach Hause. Lynchen ist politisch ziemlich unkorrekt, weißt du.« Spagnola blieb stehen und wartete. Sam rührte sich nicht von seiner Seite. Als hätte der Chef des Sicherheitsdienstes es choreographiert, schauten sich die Leute, die vor Sams Tür standen, um, wobei sie jeglichen Blickkontakt miteinander vermieden und gingen dann mit gesenkten Köpfen in verschiedene Richtungen davon.

»Du bist unglaublich«, sagte Sam zu Spagnola.

»Quatsch, es ist nur so, daß mein Lebensunterhalt über Jahre hinweg von der Vorhersehbarkeit der Verhaltensmuster der besserverdienenden Klasse abhing. Mittlerweile hängt er von der Vorhersehbarkeit der Verhaltensmuster der kriminellen Klasse ab. Man braucht die gleichen Fähigkeiten, hat aber weniger Risiken. Soll ich zuerst reingehen?«

»Du hast die Knarre.«

»Gut, dann wartest du hier.« Spagnola schloß die Tür auf und schob sie langsam auf. Als der Spalt groß genug für ihn war, zwängte sich der drahtige Mann hindurch und zog die Tür hinter sich zu.

Sam fiel auf, daß das Geheul verstummt war. Er preßte sein Ohr an die Tür und horchte, ohne zu bedenken, daß er drinnen eine schalldichte Feuerschutztür hatte einbauen lassen. Es vergingen ein paar Minuten, dann klickte das Schloß, und Spagnola streckte den Kopf heraus.

»Nun?« fragte Sam.

»Wie sehr hängst du an deinem Ledersofa?«

»Es ist versichert«, sagte Sam. »Wieso, hat er es zerrissen? Ist er noch drin?«

»Er ist drin, aber ich war mir nicht sicher, ob du vielleicht – na ja – eine gefühlsmäßige Bindung an das Sofa hast.«

»Nein. Warum? Was ist da drin los?«

Spagnola riß die Tür auf und trat aus dem Weg. Das Wohnzimmer lag am Ende des Flures, einige Stufen tiefer als der Eingang. Sam schaute ins Wohnzimmer, wo ein großer beigefarbener Hund seine Zähne in eine Armlehne des Ledersofas geschlagen hatte und zuckend wie ein pelzbesetzter Preßlufthammer darauf herumrutschte und es zu begatten versuchte.

»Josh, knall dieses Vieh ab.«

»Sam, ich weiß, was du jetzt empfindest. Dein ganzes Leben lang glaubst du, du bist der einzige, und dann kommst du zur Tür herein und wirst mit so was konfrontiert – das kann dem Ego schon einen Schlag versetzen.«

»Knall den verdammten Köter endlich ab, Josh.«

»Geht nicht. Die Gesetze des Staates Kalifornien besagen ausdrücklich, daß der Gebrauch von Schußwaffen innerhalb der Stadtgrenzen nur bei unmittelbarer Gefahr für Leib und Leben erlaubt ist. Es steht nichts drin vom Schutz der Ehre einer Couch.«

Sam rannte die Stufen zum Wohnzimmer hinunter, doch als er sich dem Hund näherte, knurrte dieser ihn an. Das Tier legte die Ohren an, zog die goldfarbenen Augen zu Schlitzen zusammen und drängte Sam immer noch knurrend in eine Ecke des Wohnzimmers.

»Josh! Ist jetzt die Gefahr für Leib und Leben gegeben? Bitte sag ja.«

»Schon unterwegs«, sagte Spagnola ganz ruhig, während er seine Pistole zog. »Laß ihn nicht merken, daß du Angst hast, Sam. Hunde können so was spüren.«

»Das hier ist kein Hund, das ist ein Coyote. Das ist ein wildes Tier, Josh.« Sam stand mit dem Rücken zum 130er-Bildschirm seines Fernsehers und versuchte, noch weiter zurückzuweichen, wodurch der Fernseher in eine gefährliche Schieflage geriet. Er roch den fauligen Moschusgeruch, den das Tier verströmte. »Erschieß ihn, bitte. Jetzt mach schon.«

»Ganz ruhig, Sam. Ich ziele ja schon. Man darf sie nicht in den Kopf schießen. Den brauchen sie, um festzustellen, ob er Tollwut hat. Coyoten sind normalerweise nicht aggressiv. Das habe ich in einem Dokumentarfilm im Fernsehen gesehen.«

»Der hier hat den Film nicht gesehen, Josh. Jetzt knall ihn ab.«

»Kann sein, daß ich zwei Schüsse brauche, um ihn zu erledigen. Wenn er dich anspringt, halt die Hände vor die Kehle, bis ich den zweiten Schuß anbringe.«

Spagnola feuerte, und hinter Sam zersprang der Fernseher in tausend Teile. Der Coyote blieb ungerührt stehen, wo er war. Sam krabbelte voller Panik rückwärts über den Trümmerhaufen, und Spagnola feuerte erneut. Diesmal erwischte er eine Vase auf dem Kamin. Der Coyote warf Spagnola einen drolligen Blick zu. Der dritte Schuß zerschmetterte die gläserne Schiebetür, der vierte und fünfte durchlöcherten einen Lautsprecher der Stereoanlage, und der sechste prallte am Kamin ab und zischte über die Stadt.

Als der Abzug nur noch klickte, weil die Revolvertrommel leer war, drehte Spagnola sich um und hechtete zur Tür hinaus. Sam kroch hinter den Trümmern des Fernsehers hervor und erwartete den Angriff des Coyoten. Die Schüsse klirrten ihm noch in den Ohren, aber plötzlich hörte er Gelächter aus der gegenüberliegenden Ecke des Zimmers. Der Coyote war verschwunden, und auf dem Sofa saß nun in schwarzen, mit roten Federn verzierten Hirschlederhosen der Indianer, den Kopf im Nacken, und lachte.

»Heh!« rief Sam. »Was machst du da?«

Augenblicklich sprang der Indianer auf und rannte durch die zersprungene Glastür auf die Terrasse. Er schaute noch einmal über seine Schulter und grinste Sam an, bevor er einen Satz über das Geländer machte und verschwand.

Sam rannte ihm nach und spähte über das Geländer. Der Indianer war fort, doch er hörte, wie sein heiseres Lachen durch den Canyon hallte und sich in Richtung Stadt entfernte.

Sam ließ das Geländer los und taumelte zurück in die Wohnung. Er setzte sich auf die Couch und schlug die Hände vors Gesicht. Es mußte doch irgendeine Erklärung geben. Jemand machte ihm das Leben zur Hölle. Er dachte so weit zurück, wie er es sich gestattete und überlegte, wen er sich wohl zum Feind gemacht haben könnte. Möglichkeiten gab es genug – konkurrierende Vertreter, verärgerte Kunden, noch mehr verärgerte Frauen – sie alle säumten sein Leben wie Pusteblumen einen Feldweg. Aber es war niemand darunter, der derart umständliche Maßnahmen ergriffen hätte, um ihm Ärger zu machen. Als er mit der ehrlichen Bestandsaufnahme seines Lebens fertig war, kam er zu der Einsicht, daß er nichts mit einer solchen Leidenschaft betrieben hatte, daß jemand darüber in derartige Aufregung hätte geraten können – sei es nun im positiven wie im negativen Sinne. Seit er aus dem Reservat geflohen war, konnte er es sich nicht leisten aufzufallen, und deswegen hatte er gelernt, seine Emotionen zu zügeln. Dennoch – es mußte doch irgendwo eine Antwort geben.

Sam dachte über Gebete und den Glauben nach, als ihm plötzlich etwas einfiel, das im hintersten Winkel der Schublade lag, in der er seine Socken aufbewahrte. Er rannte die Treppe zu seinem Schlafzimmer hoch und riß die Schublade heraus. Er brachte ein kleines Bündel aus Hirschleder zum Vorschein und öffnete das Lederband, mit dem es zugebunden war. Gegenstände, die er seit zwanzig Jahren nicht mehr angeschaut hatte – Zähne, Fell und Büschel aus Duftgras – fielen heraus auf die Kommode. Darunter war auch eine rote Feder, die er nie zuvor gesehen hatte.

Sam betrachtete die Coyoten-Medizin und begann zu zittern.

Coyote erschafft die Welt

Vor langer Zeit war überall Wasser. Old Man Coyote schaute sich um und sagte: »Heh, wir brauchen Land.« Der Große Geist hatte ihm die Befehlsgewalt über alle Tiere übertragen, die damals den Namen ›Der Stamm der Feuerlosen‹ trugen. Also rief Coyote vier Enten zu sich, damit sie ihm halfen, Land zu finden. Er gab ihnen den Befehl, ins Wasser hinabzutauchen und dort nach Schlamm zu suchen. Die ersten drei kehrten zurück, ohne daß sie etwas gefunden hätten, aber erstens ist vier eine Glückszahl, und zweitens läuft es in diesen Geschichten immer so, und so kam die vierte Ente zurück und hatte etwas Schlamm vom Grund im Schnabel.

»Astrein«, sagte Old Man Coyote. »Dann machen wir jetzt mal ein bißchen Land.« Er erschuf die Berge und Flüsse, die Prärien und Wüsten, die Pflanzen und Tiere. Dann sagte er: »Ich denke, jetzt werde ich mal ein paar Leute machen, damit es jemand gibt, der Geschichten über mich erzählt.«

Er nahm den Schlamm und formte daraus einige hochgewachsene, schöne Menschen. Old Man Coyote gefielen sie sehr. »Ich werde sie Absarokee nennen. Das heißt ›Kinder des Großschnäbligen Vogels‹. Irgendwann werden ein paar weiße Deppen kommen, die Übersetzung völlig falsch verstehen und sie einfach Crow nennen.«

»Was werden sie essen?« fragte eine der Enten.

»Sie haben weder Federn noch ein Fell«, meinte eine andere.

»Genau«, sagte eine dritte. »Sie sehen zwar ganz hübsch aus, aber bei schlechtem Wetter nützt ihnen das nichts.«

Old Man Coyote überlegte eine Weile, warum er Enten nicht sonderlich leiden konnte, dann nahm er noch etwas von dem Schlamm und formte daraus ein seltsam aussehendes Tier mit einem dicken Fell und Hörnern. »Alles was sie brauchen, gibt ihnen dieses Tier. Ich nenne es Büffel.«

Die vierte Ente hatte die ganze Zeit zugeschaut, eine Zigarette im Schnabel. »Das ist aber ein großes Tier. Deine Leute werden es gar nicht fangen können«, sagte sie und blies Old Man Coyote eine dicke Wolke blauen Dunstes ins Gesicht. »Okay, hier ist noch ein anderes Tier, auf dem sie reiten können, um den Büffel zu fangen.«

»Und wie sollen sie das fangen?« fragte die vierte Ente.

»Hör mal zu, Ente, muß ich mich eigentlich um alles kümmern? Ich habe die Welt gemacht und diese Menschen, und ich habe ihnen alles gegeben, was sie brauchen, also gib jetzt endlich Ruhe.«

»Aber wenn sie alles haben, was sie brauchen, was sollen sie den lieben langen Tag lang machen? Einfach nur rumsitzen und sich Geschichten über dich erzählen?«

»Das wäre ganz schön.«

»Stinklangweilig«, sagte die Ente.

»Dann mache ich ihnen jetzt noch eine Menge Feinde, und zwar so viele, daß sie hoffnungslos in der Minderheit sind und andauernd kämpfen und alle möglichen Kriegszeremonien veranstalten müssen.«

»Dann werden sie vernichtet.«

»Nein, denn ich stehe ihnen bei. Die Kinder des Großschnäbligen Vogels sind meine Lieblingskinder, obwohl auch einige ihrer Feinde Geschichten über mich erzählen werden.«

»Was ist, wenn die Büffeltiere alle getötet werden?«

»Das wird nicht passieren. Es gibt zu viele davon.«

»*Und wenn doch?*«

»*Dann sind sie halt angeschissen. Ich bin jetzt müde und dreckig, und mir ist von der ewigen Rumsteherei im Wasser ganz kalt. Ich werde jetzt das Schwitzbad erfinden und mich aufwärmen.*«

Also baute Old Man Coyote aus Weidenzweigen und Büffelhäuten eine Schwitzhütte. Er machte Steine im Feuer heiß und legte sie in die Mitte der Schwitzhütte, dann krochen er und die Enten hinein und schlossen die Tür, so daß es drinnen vollkommen dunkel war.

»*Heh, mach die Zigarette aus!*« sagte Old Man Coyote zu der vierten Ente.

Die Ente warf die Zigarette auf die heißen Steine, und das Zelt füllte sich mit Rauch. »*Das riecht ganz gut*«, sagte Old Man Coyote. »*Los, wir probieren das noch mit anderem Kram und sehen mal, wie es kommt.*« Er warf ein paar Zedernnadeln auf die Steine, und auch das roch ganz gut. Dann probierte er es mit Duftgras und etwas Salbei. »*Dieser ganze Kram soll auch zur Schwitzzeremonie gehören. Und Wasser. Wir brauchen Wasser, damit es so richtig elend heiß hier drin wird.*«

»*Damit wir ganz und gar rein und sauber werden?*« fragte die dritte Ente.

»*Genau*«, sagte Old Man Coyote. »*Erst gieße ich vier Kellen Wasser auf die Steine – für die vier Himmelsrichtungen.*«

»*Und die vier Enten.*«

»*Richtig*«, sagte Old Man Coyote. »*Und jetzt sieben Kellen für die sieben Sterne des Großen Wagens, und dann noch zehn, denn zehn ist eine schöne runde Zahl.*«

Er reichte jeder der Enten einen Weidenzweig, damit sie sich damit auf den Rücken schlugen. »*Hier, damit könnt ihr es euch richtig geben.*«

»Wozu soll das gut sein?«

»Das macht zart... ähhm... Ich wollte sagen... es treibt den Schweiß heraus und macht noch reiner.«

Und als sich nun die Enten mit den Weidenzweigen auf den Rücken schlugen, sagte Old Man Coyote: »Okay, ich werde jetzt mal ordentlich Wasser auf die Steine gießen. Ich zähle nicht mal mit, wie viele Kellen es sind, aber es wird uns mächtig heiß werden, und hinterher sind wir völlig rein und sauber.« Dann goß er und goß, bis es in dem Zelt so heiß wurde, daß es ihm zu viel war, und er schlüpfte zur Tür hinaus, ohne daß die Enten, die drinnen zurückblieben, es bemerkten.

Später, nachdem er zur Abkühlung in den Fluß gesprungen war, verspeiste er eine opulente Mahlzeit und ruhte sich ein wenig aus. »Spitzenmäßig astrein«, sagte er zu sich. »Ich denke, ich werde meinem neuen Volk das Schwitzbad zum Geschenk machen. Es soll ihre Kirche und Weihestätte sein, und sie können an mich denken, wann immer sie hineingehen. Was mit den Enten passiert ist, braucht ja niemand zu erfahren.« Dann rupfte er einen Weidenzweig ab und pulte sich etwas Entenfleisch zwischen den Zähnen heraus. »Der Salbei macht sich in diesem Zusammenhang eigentlich ganz gut.«

7. KAPITEL

Die Kinder des Großschnäbligen Vogels
Crow Country – 1967

Samson Hunts Alone saß auf einer Bank hinter dem Haus seiner Großmutter, wo die Schwitzhütte stand, und schaute zu, wie Pokey mit einer Mistgabel heiße Steine von der Feuerstelle zu der Grube im Inneren der Hütte trug. Samson sollte das Ritual aufmerksam verfolgen und sich darauf vorbereiten, zum Großen Geist zu beten, damit er ihm beim Fasten gute Medizin brächte, aber viel lieber hätte er zusammen mit den anderen Kindern und den Frauen im Haus gesessen und »Bonanza« angeschaut. Seine Großmutter hatte eine große Portion fritiertes Maisbrot gebacken, das nach dem Schwitzbad verspeist werden sollte, und allein bei dem Gedanken daran knurrte Samson der Magen.

Pokey, der sich mit einer Mistgabel voll rotglühender Steine abrackerte, sagte: »Die ersten vier Male darf niemand meinen Weg vom Feuer zur Sauna kreuzen.«

Onkel Harlan saß neben Samson und kicherte sarkastisch, weswegen Pokey ihm einen vorwurfsvollen Blick zuwarf.

»Die Jungs müssen das lernen, Harlan«, sagte Pokey.

Harlan nickte. Auf der anderen Seite neben Samson saßen seine beiden älteren Cousins Harry und Festus, die sich der reinigenden Schwitzzeremonie bereits unterzogen und damals um Erfolg im Basketballteam der Hardin Junior High School gebetet hatten. Sie waren zusammen mit ihrem Vater Harlan die fünfzehn Meilen bis Crow Agency gefahren, um an Samsons erstem Schwitzbad teilzunehmen.

Onkel Harlan hielt nicht viel von den alten Bräuchen. Er äußerte immer wieder die Ansicht, daß es ihm nicht recht war, wenn man seinen Jungs einen Haufen Flöhe ins Ohr setzte, die in der modernen Welt doch nicht funktionierten. Dennoch fühlte er sich der Familie noch so stark verbunden, daß er relativ häufig hergefahren kam und an den Schwitzzeremonien oder dem rituellen Austausch von Geschenken teilnahm. Außerdem hatte er kein einziges Mal den Sonnentanz im Juni versäumt. Er lebte nördlich der Reservation, in Hardin, wo er tagsüber Lastwagenmotoren wieder aufmöbelte und nachts in den Bars schwer einen wegtrank. Er prügelte sich häufig und verlor selten. Wenn er mit Pokey zusammen trank, lagen die beiden gewöhnlich auf der Ladefläche von Pokeys Pickup und starrten den Sternenhimmel an, während sie eine Flasche Dickel Sour Mash hin- und herwandern ließen. Harlan erzählte dann von seiner Zeit in Vietnam, den beiden Brüdern, die er verloren hatte und davon, daß in den Adern der Familie Hunts Alone Kriegerblut floß. Pokey reagierte auf Harlans schmerzgetränkten Stolz mit Parabeln und mystischen Querverweisen, bis es Harlan einfach nicht mehr aushielt.

»Verdammt noch mal, Pokey, kann deine Medizin einen Cummings Diesel reparieren? Kann sie ein Steuerformular ausfüllen? Kann sie dir einen Job besorgen? Scheiß auf die Medizin. Scheiß aufs Fasten. Scheiß auf den Sonnentanz. Wenn ich könnte, würde ich Joan und die Kinder in den Wagen packen und tausend Meilen weit weg von hier ziehen.«

»Du würdest zurückkommen«, sagte Pokey dann gewöhnlich, und die beiden tranken einige Minuten lang schweigend weiter, bis einer von ihnen auf Basketball, die

Jagd oder Lastwagenmotoren zu sprechen kam – Hauptsache, es war irgend etwas Harmloses, worüber Harlan nicht in Rage geriet.

In manchen dieser Nächte kroch Samson aus seiner Koje, schlich an den sechs Cousins und Cousinen vorbei, die ebenfalls in seinem Zimmer schliefen, hinaus auf den Hof, wo er sich neben das Rad des Pickup auf den Boden legte und den beiden Männern beim Reden zuhörte.

Von all den Erwachsenen, die Samson kannte, war Harlan der einzige, der über die Toten sprach. Also lag der Junge mit dem Gesicht im kalten Gras und hoffte darauf, etwas über seinen Vater oder seine Mutter zu hören, aber meistens drehte es sich um seine beiden Onkel, die im Dschungel ihr Leben gelassen hatten, oder um seinen Großvater, der Stück für Stück in einem weißen Krankenhaus gestorben war. Sein Vater war zu jung gestorben, um viele Geschichten oder einen starken Geist zu hinterlassen. Nicht, daß Harlan je zugegeben hätte, daß er an Geister glaubte. »Wenn hier was herumspukt und mich verfolgt«, pflegte er zu Pokey zu sagen, »dann sind das nicht meine ungerächten Brüder, sondern deine altmodischen Scheißbräuche.«

Wenn dann einige Zeit vergangen war und die beiden ihren Kater verdaut hatten, fragte Samson Pokey über Harlan aus, doch er bekam immer nur die gleiche Antwort: »Der arme Harlan, er ist völlig durcheinander. Ich sollte beim Sonnentanz für ihn tanzen.« Das war natürlich keine Antwort, und so blieb Samson mit seiner Verwirrung allein.

Samson schaute zu, wie Harlan sich von der Bank erhob und für das Schwitzbad auszog. Er war hochgewachsen und schlank, seine Haut schimmerte im Schein des Feuers rötlich braun, und seine Augen und Haare waren so schwarz wie eine Pfeilspitze aus Obsidian. Ein Crow-Krieger, wie er im Buche stand. Während Samson sich nun ebenfalls auszog, wunderte er sich darüber, warum sein Onkel mit seinem Erbe so unglücklich war. Es schien, als faßte er das Crow-Blut, das in seinen Adern floß, als einen Fluch auf, während Pokey es als Segen begriff. Die beiden waren Halbbrüder, sie hatten dieselbe Mutter. Sie gehörten zum selben Clan, waren im selben Haus aufgewachsen – warum waren sie so verschieden voneinander? Warum schien es so, als fühlte sich keiner von beiden wohl in seiner Haut?

Als sie alle nackt waren, krochen sie in die niedrige, pagodenförmige Schwitzhütte und setzten sich mit dem Rücken zur Wand im Kreis um die Grube mit den heißen Steinen. Pokey stellte einen Eimer voll Wasser daneben und zog dann den Vorhang am Eingang zu. Er streute Duftgras und Zedernnadeln auf die heißen Steine, und während er seine Gebete sang, füllte sich der Raum mit wohlriechendem Rauch. Er sprach seine Gebete auf Englisch, was ihm – wie Samson wußte – etwas peinlich war. Pokey war, ebenso wie Großmutter, in einem Internat des BIA erzogen worden, wo es den Indianern verboten war, ihre eigene Sprache zu sprechen oder etwas über ihre Religion zu lernen. Auf diese Weise, hoffte das BIA, würde die Kultur der amerikanischen Ureinwohner verschwinden und in der der weißen Mehrheit aufgehen. Harlan wiederum war zehn Jahre jünger als Pokey und hatte ebenso wie Samson an der Schule Crow gelernt, weil das BIA nun umgeschwenkt war zu einer Politik der Bewahrung indianischer Kultur.

Pokey goß vier Kellen Wasser über die Steine, und Samson neigte den Kopf, um dem Dampf auszuweichen. Während Pokey sang, ließ Samson seine Gedanken zur Ponderosa schweifen. Er hätte auch gerne auf dieser großen Ranch gewohnt und ein eigenes Zimmer und zwei Pistolen gehabt wie Little Joe Cartwright. Bis zu dem Zeitpunkt vor einem Jahr, als Großmutter all ihre Unterhaltszahlungen zum K-Markt getragen und einen großen Schwarzweiß-Fernseher gekauft hatte, war Samson der Auffassung gewesen, daß jedermann in einem kleinen Haus lebte – zusammen mit zwanzig Cousins und Cousinen, fünf oder sechs Onkeln und Tanten und der Großmutter. Zumindest in der Reservation schien es so zu sein. Bevor das Fernsehen in sein Leben trat, wußte Samson nicht, daß er arm war. Nun verbrachte er jeden Abend zusammengezwängt mit den anderen Familienmitgliedern im Wohnzimmer und schaute zu, wie Leute, die er nicht kannte, an Orten, die fern seiner Vorstellungskraft lagen, Sachen taten, die er nicht verstand, während die Werbeeinblendungen ihm weismachten, daß er genauso sein könnte wie jene Leute. Von denen niemals einer an einer Schwitzzeremonie teilnahm.

Pokey hatte die sieben Kellen über die Steine gegossen, und im Saunazelt war es nun so heiß, daß Samson weiß vor Augen wurde. Er legte sich auf den Boden, um etwas kühlere Luft zu atmen. Jemand hob seinen Kopf hoch und fragte, ob er in Ordnung sei. Er antwortete ja und fiel in Ohnmacht.

Jemand spritzte ihm Wasser ins Gesicht. Samson kam wieder zu sich und bemerkte, daß er in Harlans starken Armen lag.

»Wir haben dir in einer feierlichen Zeremonie einen Namen verliehen, Samson«, sagte Harlan. »Von jetzt an heißt du Squats Behind the Bush – Der-Hinter-dem-Busch-Kauert. Dafür schuldest du jedem von uns eine Stange Zigaretten und einen neuen Ford Pickup.«

Samson sah, daß Harlan ihn angrinste und lächelte zurück. »Wenn ich den Namen nicht annehme, muß ich euch die Geschenke trotzdem geben?«

Harlan lachte und stellte den Jungen neben einem Zweihundertliterfaß auf den Boden, aus dem Harry und Festus sich kellenweise kaltes Wasser über die Köpfe gossen.

Nachdem sie abgetrocknet und angezogen waren, tauschte Pokey die Steine in der Grube gegen neue aus, so daß die Frauen ihr Schwitzbad nehmen konnten.

Als Pokey fertig war, ließ er sie ins Haus, in dem es erstaunlich still geworden war. Die kleineren Kinder lagen im Bett, und die Frauen gingen im Gänsemarsch schweigend nach draußen zum Saunazelt, sobald die Männer eingetreten waren. Auf dem billigen Resopaltisch standen fünf Plastikschüsseln um einen Topf mit einem Eintopf aus Reh und Kohl und einem Korb mit Maisbrot. Harlan schenkte ihnen allen Kaffee aus einer großen Kanne ein, die auf dem Küchentresen stand. Pokey verteilte den Eintopf. Samson schnappte sich ein Stück Brot und nagte gerade an der krapfenartigen Kruste, als Harlan sich neben ihn setzte und ihn fragte: »Nun, Squats Behind the Bush, was wirst du morgen anstellen, wenn Old Man Coyote in deiner Vision auftaucht, wie es auch schon deinem Onkel Pokey passiert ist?«

Festus und Harry kicherten. Samson antwortete auf den Sarkasmus seines Onkels voller Ernst: »Pokey ist der einzige mit einer Coyotenmedizin. Das hat Pretty Eagle selbst gesagt.«

»Nicht schlecht, stimmt schon«, sagte Harlan. »Aber manche von uns müssen in der Wirklichkeit leben.«

»Harlan!« rief Pokey. »Jetzt hör aber auf.«

»Es ist schon vorbei«, sagte Harlan. »Aus, vorbei und abgehakt, Pokey.«

Schweigend beendeten sie ihre Mahlzeit, während Samson sich wunderte, was Harlan wohl mit »es ist vorbei« gemeint haben könnte. Später, als er dem ruhigen Atmen seiner Cousins zuhörte und darüber einschlief, stellte er sich vor, daß er auf der Ponderosa wohnte; er schlief in seinem eigenen Zimmer, trieb die Herde auf seinem schwarzen Pferd zusammen. Er hatte zwei sechsschüssige Revolver an seinem Gürtel, übte schnell zu ziehen und war immer auf der Hut vor Indianern.

8. KAPITEL

Auftritt der Muse, Mr. Lizard King

Santa Barbara

Calliope Kincaid saß auf der Treppe des Tangerine Tree Café und sinnierte darüber, wie das wohl mit den früheren Leben von Eidechsen war. Eine kleine braune Alligatorechse sonnte sich auf dem Blumenkasten neben der Treppe, und ihre lidlosen Augen, die aufmerksam alles verfolgten, was in ihrer Umgebung vor sich ging, erinnerte Calliope an ein Bild von Jimi Hendrix, das neben dem Bett ihrer Mutter gestanden hatte, als Calliope noch ein Kind war. Sie überlegte sich, ob es sein konnte, daß diese Echse eine Reinkarnation von Jimi war, und was es wohl für ein Gefühl wäre, wenn man sein Dasein versteckt in einem Blumenkasten fristen mußte, nachdem man ein Rockstar gewesen war.

Im Alter von sieben bis neun war Calliope als Hindu erzogen worden, und während dieser Zeit hatte sie ein so starkes Mitgefühl für andere Geschöpfe entwickelt, daß sie beim Anblick von allem, was da kreuchte und fleuchte, überlegte, ob es vielleicht ihr Vater oder ihre Großmutter sein könnte, die sich gerade mit irgendeinem Karma abmühten. Sie war drauf und dran, eine ausgewachsene Agoraphobie zu entwickeln, die sich darin äußerte, daß sie kaum noch einen Fuß vor die Tür zu setzen wagte aus Angst, sie könnte einen Verwandten zertreten, der gerade sein Dasein als Stinkkäfer fristete, als ihre Mutter schließlich zum NSA-Buddhismus übertrat und mit Calliope zusammen vor einem Gong sitzend um Wohlstand chantete, bis die Heizkörper des Apartments zu vibrieren begannen. Nachdem sie wegen Belästigung der anderen Mieter vor die Tür gesetzt wurden, widmete sich Calliopes Mutter der Anbetung der höchsten Göttin, was Calliope ganz gut gefiel, weil sie bei den Zeremonien keine Kleider tragen mußte und überall Blumen herumstanden. Als sie im Alter von dreizehn aufzublühen und die Aufmerksamkeit des männlichen Teils der neoheidnischen Gemeinde auf sich zu ziehen begann, trat ihre Mutter zum Islam über, änderte Calliopes Namen in Akeema Mohammed Kincaid und stattete sie mit einem Schleier aus. Auf Calliope, die all die Vorstellungen von Karma und Reinkarnation, Transzendenz und Einheit, Harmonie mit der Natur und der ihr innewohnenden Göttin in sich aufgesogen hatte, wirkte der Islam mit seinen Konzepten von Schuld, Selbstgeißelungen und Demut wie ein Schock. Prompt rasierte sie sich eine Seite des Kopfes kahl, färbte die andere Hälfte ihres hüftlangen blonden Haares grellrosa und begann halluzinogene Drogen zu nehmen und mit schüchternen, pickligen Jungs mit Irokesenfrisuren zu schlafen. Männer traten an die Stelle der Religion, und mit der gleichen Offenheit und Neugierde, die sie den Göttern entgegengebracht hatte, fiel sie auf ihre Verführungsmaschen herein.

Ihre Mutter versuchte, dem Abdriften ihrer Tochter ins spirituelle Abseits entgegenzuwirken, indem sie der unitarischen Kirche beitrat, doch Calliope hatte die Nase von der Ökumene bereits gestrichen voll und bedeutete ihrer Mutter, daß sie ihre Himmel-und-Hölle-Spielchen in Zukunft allein veranstalten könne. Derzeit lebte ihre Mutter in einem Ashram in Oregon, wo sie als Medium für eine viertausend Jahre alte, supererleuchtete Entität namens Babar fungierte, der allerdings mit dem Elefanten gleichen Namens weder verwandt noch verschwägert war.

Die Vielzahl der Religionen, mit denen Calliope in ihrer Kindheit konfrontiert wurde, hatte zur Folge, daß sie auch als Erwachsene zum Mystizismus neigte. Ungetrübt von Zynismus oder Wissenschaften, hatte sie so viele Glaubensrichtungen in sich aufgesogen, daß sie allem und jedem in der Welt um sie herum seinen Platz zuweisen konnte, die Höhen und Tiefen des Lebens widerspruchslos hinnahm und nie von der Notwendigkeit geplagt wurde, etwas zu verstehen. Warum sollte man auch verstehen, wenn man glauben konnte? Für Calliope war jedes Ereignis voller Mystik und jeder Augenblick voller Magie; ein platter Reifen war die Manifestation des Karma, oder eine Eidechse konnte Jimi Hendrix sein. Wenn sie sich zu schnell verliebte und darunter zu leiden hatte, so lag das nicht an ihrer mangelnden Urteilskraft, sondern einfach nur am Glauben.

Sie summte der Eidechse gerade »Castles Made of Sand« vor, als Sams Mercedes vorgefahren kam. Sie blickte auf und lächelte ihn an, nicht im geringsten verwundert, daß er eine halbe Stunde zu spät kam. Es wäre ihr gar nicht in den Sinn gekommen, daß er nicht auftauchen könnte. Kein Mann hatte je eine Verabredung mit ihr nicht eingehalten.

Sie lief zum Wagen und klopfte an die Scheibe der Beifahrertür. Sam drückte einen Knopf und mit einem Zischen öffnete sich das Fenster. »Einen Moment, ich hab noch was zu tun«, sagte sie.

Sie ging um den Wagen herum und suchte den Kühlergrill ab, bis sie eine Motte fand, die relativ unversehrt geblieben war, als sie das Zeitliche gesegnet hatte. Sie zupfte die Motte vom Kühlergrill, trug sie zu dem Blumenkasten und schwenkte sie vor der Eidechse hin und her, wobei sie ein paar Takte von »Little Wing« sang. Die Echse schnappte ohne große Begeisterung nach der Motte und glitt unter die

Geranien, um zu schmollen. Calliope hatte insofern recht mit ihrer Vermutung, als diese spezielle Eidechse in einem früheren Leben tatsächlich ein Rockstar gewesen war, und hätte sie den Chorus von »L. A. Woman« oder »Light My Fire« gesungen, wäre die Echse entzückt gewesen, aber wie hätte sie das ahnen können.

Calliope ließ die Motte in den Blumenkasten fallen und ging zurück zum Wagen.

»Entschuldigung, daß ich zu spät dran bin«, sagte Sam.

»Ist doch nur Zeit«, antwortete sie. »Ich komme andauernd zu spät.«

»Ich habe dafür gesorgt, daß Ihr Wagen repariert wird.« Er versuchte, sie nicht anzuschauen. Er hatte seine Nerven gerade wieder soweit unter Kontrolle, daß er überhaupt fahren konnte, und wollte sich nicht schon wieder von dem Mädchen aus der Fassung bringen lassen, aber er wäre nie auf die Idee gekommen, sie nicht abzuholen. Während des Debakels in seiner Wohnung hatte die ganze Zeit über der Gedanke in seinem Kopf herumgespukt, daß er sie unbedingt wiedersehen mußte, und schließlich war es dieser Gedanke gewesen, der ihn aus seiner Verwirrung über die Coyotenmedizin herausgerissen hatte. Stand sie in irgendeiner Beziehung zu dem Coyoten?

»Das ist lieb von dir«, sagte sie. »Hast du dir den Wagen angesehen?«

»Angesehen? Nein. Ich habe nur bei der Werkstatt angerufen und gesagt, daß sie kommen sollen.«

»Der Wagen ist echt klasse«, sagte Calliope. »Er hat dreihundert PS, sechs Weber-Vergaser, Rennfahrwerk und – Schaltung – auf gerader Straße schafft er zweihundertneunzig. Damit kann ich einen Porsche von der Straße pusten.«

Sam wußte nicht, was er sagen sollte, also sagte er: »Das ist ja prima.«

»Ich weiß, daß sich Frauen normalerweise nicht mit so was abgeben. Meine Mutter meint, daß ich eine Manie für Fahrzeuge entwickelt habe, weil ich in einem VW-Bus gezeugt worden bin und dort den größten Teil meiner Kindheit verbracht habe. Wir sind ziemlich viel rumgezogen.«

»Wo wohnt sie?« fragte Sam. Er würde sie auch noch nach dem Indianer fragen – ganz bestimmt. Es galt nur, den richtigen Zeitpunkt abzupassen.

»In Oregon. Ich habe den Wagen natürlich nicht selbst gebaut. Ich habe mal in Sedona, Arizona, mit einem Bildhauer zusammengelebt, der sich das Ding gebaut hatte, um nachts damit in der Wüste rumzukurven. Eines Tages habe ich ihm erzählt, daß Autos meiner Ansicht nach Gewehre als Phallussymbole abgelöst hätten und ich es ziemlich interessant fände, daß seins so klein und schnell war. Da ist er am nächsten Tag losgezogen und hat einen Lincoln gekauft und mir den Datsun geschenkt. Das fand ich richtig süß.«

»Richtig süß«, echote Sam. Jetzt oder nie, dachte er. »Calliope – so heißt du doch, oder?«

»Ja«, sagte das Mädchen.

Sam verfiel in seinen *dies-ist-eine-ernste-Angelegenheit* Vertretertonfall. »Calliope, weißt du, wer der –«

»Ich heiße aber nicht schon immer Calliope«, unterbrach sie ihn. »Sherman – das war der Bildhauer – hat irgendwann angefangen, mich Calliope zu nennen, nach der griechischen Muse der epischen Dichtung. Er hat gesagt, daß sie Männer zu Kunstwerken inspiriert und in den Wahnsinn getrieben hat. Mir hat der Name vom Klang her gut gefallen, und deshalb habe ich ihn angenommen. Sogar meine Mutter nennt mich mittlerweile Calliope.«

Sam hatte es in Tausenden von Verkaufsgesprächen immer wieder geschafft, zum eigentlichen Thema zurückzukehren, wenn die Kunden abschweiften – er würde sich von diesem Mädchen nicht in die Irre führen lassen. »Calliope, wer war der Indianer –?«

»Weißt du, daß die Indianer früher auch ihre Namen geändert haben, wenn sie erwachsen wurden und ihre Persönlichkeit sich veränderte oder sie irgendwelche Sachen gemacht haben, wie Der-Durch-die-Wüste-schreitet oder so. Hast du das gewußt?«

»Nein, wußte ich nicht«, log Sam. »Aber ich muß wirklich unbedingt wissen –«

»Oh, da steht ja mein Wagen!«

Sam schluckte und parkte den Mercedes hinter dem Datsun. »Calliope, bevor du gehst –«

»Wir können heute abend nicht miteinander schlafen«, sagte sie. »Ich muß ein paar Sachen erledigen, aber ich kann morgen abend für dich kochen, wenn du willst.«

Sam starrte sie an. Seine Kinnlade war heruntergeklappt. Calliope saß da, lächelte ihn an und wartete auf eine Antwort. Es fiel Sam plötzlich auf, daß sie jedesmal, wenn er sie angeschaut hatte, einen verwunderten Ausdruck im Gesicht hatte, und daß er jedesmal aufs neue davon hingerissen war. Verdammt, nicht ablenken lassen. Sie war schlau, aber er war schlauer. Er war derjenige, der das Ruder in der Hand hielt.

»Okay«, sagte er.

»Prima. Ich wohne Anapamu Street 17 1/2 – das ist im ersten Stock. Klingel bloß nicht an der Tür im Erdgeschoß. Um sechs Uhr, okay?« Ohne seine Antwort abzuwarten, stieg sie aus und machte sich auf den Weg.

Sam ließ das Fenster herunter und rief ihr nach. »Ich heiße Sam.«

Sie blickte sich kurz um und lächelte, dann stieg sie in den Datsun und ließ den Motor an. Sam schaute zu, wie der kleine Sportwagen zu beben begann, als sie das Gaspedal voll durchtrat. Als sie mit durchdrehenden Reifen davonbretterte, war die Luft erfüllt von blauem Qualm und Quietschen.

9. KAPITEL

Jetzt aufzuhören
verringert die Aussicht auf Visionen

Crow Country – 1967

Es war noch einige Zeit bis Sonnenaufgang, und in den Häusern und Geschäften von Crow Agency brannte noch kein Licht. Pokey steuerte seinen alten Kleinlaster durch den Ort, auf dem Sitz neben ihm Samson, der noch ganz verschlafen war und ordentlich durchgeschüttelt wurde.

»Wie weit ist es noch bis zu der Stelle, wo ich fasten soll?« fragte Samson.

»Ungefähr zwei Stunden, obwohl es nur fünfzig Meilen oder so sind.« Pokey grinste Samson an und nahm einen ordentlichen Schluck aus einer Halbliterflasche Whiskey. Er und Harlan hatten nach Samsons erster Schwitzzeremonie die ganze Nacht geredet und getrunken, und nun bewegte er sich auf der Straße wie auf einer gebutterten Hure – er rutschte von links nach rechts, während er versuchte, in der Mitte zu bleiben. Samson, dessen Kopf jedesmal gegen das Fenster knallte, wenn Pokey von der Straße abkam und den Wagen wieder herumriß, um festen Boden unter die abgefahrenen Reifen zu kriegen, bekam es mit der Angst zu tun.

»Können wir vielleicht ein bißchen langsamer fahren, Pokey?«

»So schnell fahren wir doch gar nicht.«

Samson warf einen Blick auf den Tachometer, der wie all die Instrumente im Wagen schon lange seinen Geist aufgegeben hatte und Null anzeigte. Pokey erwischte ihn dabei und grinste ihn an.

»Mir droht keinerlei Gefahr, mußt du wissen. Ich habe meinen Tod in einem Medizintraum gesehen. Ich werde erschossen und ich bin nicht mal in der Nähe von diesem Wagen. Nee, in dem Wagen hier bin ich sicher, egal, was ich anstelle.«

»Und was ist mit mir?« fragte Samson.

»Keine Ahnung? Was hast du für einen Todestraum?«

»Ich hatte nie einen.«

Pokey schaute Samson voller Verwunderung an. »Du hattest nie einen?«

»Nee«, antwortete Samson und mußte schlucken.

»Na ja, dann steckst du natürlich schwer in der Scheiße, wenn ich hier 'nen Unfall baue.« Er kurbelte heftig am Lenkrad herum und lehnte sich gegen Samson, als der Wagen erneut von der Straße rutschte. »Oh Scheiße! Die Reifen sind ganz runter! Mach dir keine Sorgen, Kleiner, ich werde beim Sonnentanz für deinen Geist tanzen.«

»Pokey, bitte hör auf damit!« Als sein Onkel sich an ihn lehnte, hatte Samson angefangen zu kichern.

»Schlaf schnell ein und träume, daß du auf einer hübschen Frau liegst und stirbst, Samson. Das ist deine einzige Chance.«

»Pokey!« Samson krümmte sich vor Lachen, als Pokey die abenteuerlichsten Schlangenlinien fuhr und mit Bremse und Kupplung so ruckelte, daß Samsons Kopf wackelte wie ein Pudding.

Pokey rief: »Sei bereit, Samson Hunts Alone, das ist ein guter Tag zum Sterben.« Dann trat er mit beiden Füßen auf die Bremse und brachte den Wagen mitten auf der Straße zum Stehen. Samson wurde auf den Boden geschleudert, in eine Ansammlung alter Bierdosen und Colaflaschen. Immer noch kichernd kletterte er wieder auf den Sitz und fing an, Pokey auf die Schultern zu trommeln, bis dieser ihn an den Händen packte und ihn mit einem »Pst« zum Schweigen brachte.

»Sieh mal, da«, sagte Pokey und deutete vor den Wagen. Samson wandte sich um und sah, wie ein riesiger Büffel vor ihnen die Straße überquerte.

»Wo kam der denn her?« fragte Samson, während er dem Bullen nachschaute, wie er aus dem Lichtkegel der Scheinwerfer davontrottete.

»Vermutlich ist er den Yellowtails abgehauen. Die haben ein paar Büffel.«

»Gut, daß du ihn rechtzeitig gesehen hast.«

»Ich habe ihn nicht gesehen. Diese Dinger sind so dunkel, daß sie das Licht der Scheinwerfer glatt schlucken. Ich hab dich nur veräppelt, als ich stehengeblieben bin.«

»Da haben wir ja noch mal Glück gehabt«, sagte Samson.

»Quatsch. Ich habe dir gesagt, wir sind in Sicherheit. Hörst du jetzt mal endlich auf mit einer Angst vor Sachen, die noch nicht passiert sind. Deswegen habe ich dir doch extra diesen Traum geschenkt.«

Pokey setzte den Wagen wieder in Gang, und sie fuhren eine Weile schweigend dahin und lauschten dem Geknatter und Geknirsche des alten Fordmotors. Der Himmel hellte sich bereits auf, und Samson konnte die jungen Blätter der Bäume und die Blüten der Pyramidenpalmen erkennen. Er war froh, daß seine Fastenzeit mit dem Sprießen des neuen Grases zusammenfiel. Die Tage würden mild und warm sein, aber nicht heiß.

»Pokey«, sagte er. »Was mache ich, wenn ich Durst bekomme?«

Pokey nahm einen tiefen Zug aus der Flasche, bevor er antwortete. »Du mußt darum beten, daß dein Leiden angenommen wird und ein Hilfreicher Geist sich um dich kümmert.«

»Aber was soll ich machen? Was ist, wenn ich sterbe?«

»Du wirst nicht sterben. Wenn du es nicht mehr aushältst, brichst du in die Welt der Geister auf. Du siehst, wie du durch ein Loch im Boden hinabsteigst in einen Tunnel. Wenn du wieder ans Licht kommst, bist du in der Welt der Geister. Dort gibt es weder Hunger noch Durst. Warte dort, und dein Hilfreicher Geist wird zu dir kommen.«

»Was ist, wenn mein Hilfreicher Geist nicht kommt?«

»Dann mußt du wieder durch den Tunnel und nach ihm suchen, bis du ihn findest. In den Tagen der Büffel brauchte man einen Hilfreichen Geist, wenn man in die Schlacht zog, oder die anderen dachten, du bist ein Verrückter-Hund-der-Sterben-Will.«

»Was ist das?«

»Ein Krieger, der so verrückt oder so traurig ist, daß er gegen die Feinde anreitet, damit sie ihn töten.«

»War mein Vater ein Verrückter-Hund-der-Sterben-Will?«

Pokey lächelte und schaute schwermütig geradeaus. »Es bringt Unglück, wenn man über so etwas spricht, aber nein, er war nicht lebensmüde und wollte sterben. Er hat nach dem Baskettballspielen einfach zuviel getrunken und ist zu schnell gefahren.«

Sie fuhren in südlicher Richtung durch Lodge Grass, wo noch niemand auf den Beinen war außer ein paar Hunden, die sich die Kehle freihusteten für ihr morgendliches Gebell, und einigen Ranchern, die sich den Kaffee schmecken ließen, den es in der Futtermittel- und Samenhandlung umsonst gab. Kurz nach der Ortschaft bog Pokey ostwärts in eine unbefestigte Straße ein und fuhr der aufgehenden Sonne entgegen auf die Wulf Mountains zu. Am Fuß der Berge mehrten sich die Schlaglöcher in der Straße, die an manchen Stellen ganz ausgewaschen war. Pokey schaltete herunter, und der Wagen kam nur noch im Kriechtempo voran. Nach einer nierenzerfetzenden, nervenaufreibenden halben Stunde über Stock und Stein brachte Pokey den Wagen auf einem hochgelegenen Kamm zwischen zwei Berggipfeln zum Stehen.

Von hier aus konnte Samson in westlicher Richtung bis nach Grass Ridge sehen und die grüne Prärie der Cheyenne-Reservation im Osten überblicken. Pinien säumten die Hangseiten des Bergkammes wie das dichte Gefieder eines Vogels. Hier oben in der Nähe des Gipfels standen sie nur noch vereinzelt, weil der Boden so steinig und von Findlingen übersät war, daß außer einigen Yuccapflanzen und Büscheln von Büffelgras und Salbei nichts mehr wuchs.

»Dort«, sagte Pokey und deutete nach Osten zu einer Gruppe von Felsbrocken, die in etwa die Größe eines Autos hatten und ungefähr fünfzig Meter von der Straße entfernt lagen. »Das ist der Ort, an dem du fasten wirst. Ich werde auf der anderen Straßenseite auf dich warten, aber du darfst nur hier heraufkommen, wenn du eine Vision hattest oder in ernsten Schwierigkeiten steckst.« Pokey hob eine Tasche vom Boden des Wagens auf und reichte sie Samson durch das Fenster. »Da drin sind eine Decke und ein paar Blätter Minze. Die kannst du kauen, wenn du Durst bekommst. Geh jetzt. Ich werde dafür beten, daß dir Erfolg beschieden ist.«

Als er den Hang zu den Felsbrocken hinunterging, spürte Samson, wie sich ihm die Kehle zuschnürte. Was nützt einem Medizin, wenn man verdurstet? Was nützt einem Medizin überhaupt? Er wäre viel lieber in der Schule gewesen. Irgendwie machte ihm das hier überhaupt keinen Spaß, sondern er hatte Angst. Warum mußte Pokey auch so seltsam sein? Warum konnte er nicht ein bißchen mehr sein wie Harlan oder Ben Cartwright?

Als er unterhalb der Felsbrocken stand, konnte er die Stelle sehen, wo er bleiben sollte, während er fastete: eine kleine ringförmige Feuerstelle aus Steinen unterhalb einer überhängenden Felsplatte. Samson setzte sich mit dem Gesicht zur Sonne, die sich als mächtiger orangefarbener Ball über den Horizont erhob.

Er dachte an seine Großmutter zu Hause. Sie würde jetzt gerade Cornflakes in jedermanns Schüssel schütten, das Insulin für seine kleine Cousine Alice aus dem Kühlschrank nehmen und die Spritze aufziehen und kontrollieren, daß alle ordentlich angezogen und fertig waren, um zur Schule zu gehen. Onkel Harlan würde im Wohnzimmer sitzen, Kaffee trinken und den Kindern sagen, daß sie leise sein sollen, weil er einen Kater hatte. Samsons Tanten würden die Decken aus der Schwitzhütte heraustragen und auf Harlans Kleinlaster laden, um sie zum Waschsalon zu bringen. Normalerweise würde Samson jetzt mit Harry und Festus raufen und seiner Großmutter vorflunkern, daß er seine Hausaufgaben gemacht hätte. Er wäre so gerne zu Hause gewesen bei all den anderen und hatte absolut keine Lust, allein auf diesem Berg hier herumzusitzen. Er war noch nie allein gewesen, und es gefiel ihm kein bißchen. Zum ersten Mal in seinem Leben fühlte er sich einsam.

Er versuchte, an die Welt der Geister zu denken. Vielleicht schaffte er es ja, richtig schnell dort hinzukommen und einen Hilfreichen Geist zu finden, damit er wieder zum Wagen zurückgehen konnte und Pokey mit ihm nach Grass Lodge fuhr und ihm eine Cola kaufte: dreißig Minuten, höchstens. Rein, raus, aus die Maus, wie Onkel Harlan immer sagte. Er hatte das wohl in Vietnam aufgeschnappt.

Samson versuchte, sich das Loch vorzustellen, durch das er in die Welt der Geister gelangen sollte. Er schaffte es nicht. Vielleicht half es, wenn er betete.

»Oh, Großer Geist und Große Mutter«, betete er in Crow. »Hört mein Gebet. Bitte laßt mich einen Hilfreichen Geist finden, damit ich nach Hause gehen kann.«

Er wartete einen Augenblick. Das klappte also auch nicht. Wieder zurück zu dem Loch in der Erde.

Nach zwei Stunden wurde ihm langweilig, und er ließ seine Gedanken zur Ponderosa schweifen, dann zur Schule. Er dachte an zu Hause, den Planeten Krypton, die Snack Bar in Crow Agency, das McDonalds in Billings, und den feuchten Keller der Lodge Grass High School, wohin sein Onkel Harlan ihn eines Tages mitgenommen hatte, um ihm ein paar alte Schwarzweißfilme zu zeigen, auf denen sein Vater zu sehen war, wie er Basketball spielte. Er fragte sich, wie sein Vater wohl gewesen sein mochte. Dann überlegte er, was seine Mutter wohl für ein Mensch gewesen war. Sie war gestorben, als er zwei Jahre alt war. Leberversagen, hatte Onkel Harlan erzählt. Außer ihm sprach niemals jemand über die Toten. Er versuchte, sich an sie zu erinnern, aber es kamen ihm nur seine Großmutter und seine Tanten in den Sinn. Das bisher nicht gekannte Gefühl der Einsamkeit wurde immer schlimmer.

Vielleicht könnte er sich ja einfach eine Vision ausdenken. Er könnte Pokey erzählen, daß er eine Vision gehabt und seinen Hilfreichen Geist gefunden hatte. Pokey würde ihm zeigen, wie er sein Medizinbündel machen sollte, und dann könnten sie nach Hause fahren. Das würde klappen. Er überlegte einen Moment, welches Tier er sich als Hilfreichen Geist aussuchen sollte und entschied sich für einen Falken. Er wußte nicht, worin die Falkenmedizin bestand, aber sie tat einem vermutlich ganz gut, wenn man nicht gerade Hühner züchten wollte oder so.

Samson rannte den Hügel hinauf, und als er den Kamm hinaufstieg, fing er an zu rufen: »Pokey, Pokey! Ich hatte

eine Vision! Ich habe meinen Hilfreichen Geist gesehen!«
Als er die Straße erreichte, war der Wagen verschwunden und niemand zu sehen. Er spähte in beiden Richtungen die Straße entlang und schaute dann auf der anderen Seite des Kammes nach. Pokey war fort.

Samson spürte, wie seine Lippen zu zittern begannen und sich seine Augen mit Tränen füllten. Er fühlte sich plötzlich so elend, daß es ihm schier das Gedärm zerriß. Er setzte sich in den Staub und ließ seinen Tränen freien Lauf. Sein Schluchzen hallte durch das Tal, und er vergrub das Gesicht in den Händen und weinte, bis ihm die Kehle weh tat. Als er den Tiefpunkt seiner Trauer erreicht hatte, hob er den Kopf und wischte sich mit dem Unterarm die Tränen ab.

Warum hatte Pokey ihn bloß alleingelassen? Vielleicht war er ja nur Bier holen. Vielleicht brachte er ihm sogar eine Cola mit. Samson merkte auf einmal, wie durstig er war. Die Sonne stand nun wesentlich höher am Himmel als zuvor, und es wurde langsam heiß. Er schaute sich nach einem schattigen Platz um, wo er warten konnte, doch die am nächsten gelegene Stelle war bei den Felsbrocken, und von dort aus konnte er nicht sehen, wenn der Wagen zurückkam. Er setzte sich in die pralle Sonne, auf einen kleinen Felsen an der Straße.

Es vergingen zwei Stunden, in denen Samson seinen gesamten Vorrat an Minzeblättern kaute und anschließend dazu überging, Kieselsteine zu lutschen, weil ihm sonst der Mund zu trocken wurde. Er malte gerade mit einem Stock im Staub herum, als er ein Motorengeräusch hörte. Er stand auf und sah in etwa zwei Meilen Entfernung eine Staubwolke, die sich der Straße entlang auf ihn zubewegte. Das war bestimmt Pokey.

Samson stellte sich auf den Felsbrocken und hielt nach

dem Kleinlaster Ausschau. Allerdings stellte er, als die Staubwolke näher kam fest, daß es sich nicht um Pokeys Wagen handelte, sondern um ein großes taubenblaues Auto, wie er es noch nie zuvor zu Gesicht bekommen hatte. Er ließ sich wieder auf dem Felsblock nieder und kämpfte gegen einen erneuten Tränenschwall an, als der Wagen mit quietschenden Reifen neben ihm anhielt und ihn in eine Staubwolke hüllte. Mit einem hohen Summen glitt das Fenster nach unten und gab den Blick frei auf das runde Gesicht des Fahrers, eines Weißen, der unterhalb seines eigentlichen Kinns noch vier oder fünf weitere zu haben schien.

»Entschuldigung, mein Junge.« Der Mann am Steuer lächelte. »Ich habe mich wohl verfahren. Weißt du zufällig, wie ich zum Highway 90 komme?«

»Das ist ein ziemliches Stück«, sagte Samson. »Sie müssen den Berg runter nach Grass Lodge, von dort aus nach Crow Agency, und dort ist dann der Highway.« Der weiße Mann war gar nicht richtig weiß, sondern eher hellrosa, und ein Lächeln klang in seinem Tonfall mit, als sei Samson sein bester Freund.

»Ich komme nicht ganz mit, mein Sohn. Lodge Grass?«

»Sie müssen auf dieser Straße den Berg runterfahren und dann abbiegen.«

»Das habe ich kapiert, mein Sohn, aber in welche Richtung?«

Samson deutete mit dem Finger den Berg hinunter, und die Augen des Fahrers folgten ihm, bis er Samson schließlich ziemlich verwirrt anschaute. »Du mußt nicht zufällig auch in diese Richtung, mein Sohn, oder?«

Samson dachte einen Augenblick nach, bevor er antwortete. Wenn dieser Mann ihn bis zur Highway-Auffahrt in Crow Agency mitnahm, konnte er von dort aus zu Fuß nach Hause laufen. Vertraue niemals einem Weißen Mann, der dir etwas geben will, hatte Pokey gesagt. Sobald du glaubst, es ist deins, nimmt er es dir wieder weg und dazu noch alles, was dir gehört. Andererseits konnte Samson sich einfach nicht vorstellen, wie dieser Mann sich die Fahrt von ihm wieder zurückgeben lassen wollte, und außerdem besaß Samson nichts außer einem Jagdmesser. Wenn der Weiße Mann versuchen würde, ihm das wegzunehmen, würde Samson ihm die Eingeweide rausschneiden. »Ich bin auf dem Weg nach Crow Agency«, sagte er. »Ich kann Ihnen zeigen, wie Sie fahren müssen.«

»Na dann nichts wie rein, Partner. Da draußen ist es ja heiß wie in einem Ofen, und die Hitze kriecht in den Wagen.«

Samson ging um das Auto herum und dachte an Pokeys Worte darüber, daß man einem Weißen nicht über den Weg trauen durfte. Er hatte noch nie einen Wagen gesehen, der so groß und so blau war. Vielleicht lag es an der Hitze, aber es kam ihm so vor, als brauchte er eine Ewigkeit, bis er um den Wagen herumgegangen war. Als er die Tür öffnete, schlug ihm ein so kalter Luftschwall entgegen, daß er eine Gänsehaut auf Armen und Rücken bekam. Er sprang in den Wagen und starrte verwundert auf die Lüftungsschlitze im Armaturenbrett, aus denen die kalte Luft drang. Er hatte noch nie eine Klimaanlage gesehen.

»Mach die Tür zu, mein Sohn. Oder sollen wir hier drin braten?«

Sam schloß die Tür, und der Wagen setzte sich in Bewegung. »Schön kühl ist es hier, und es riecht gut.«

Der Fahrer, der noch immer lächelte, schaute zu Samson hinunter und tippte sich an die Krempe seines Strohhuts. Er war der fetteste Mann, den Samson je gesehen hatte, und er trug einen Anzug in dem gleichen Taubenblau wie der Wagen, er füllte den Fahrersitz aus wie ein Sack voller Himmel. Jetzt, wo er neben ihm saß, bemerkte Samson, daß sein rosafarbener Teint von den vielen Äderchen rührte, die sein Gesicht durchzogen wie die Straßen einer Landkarte.

»Noch mal herzlichen Dank, mein Sohn. Ich heiße Commerce. Lloyd Commerce, Propagandist des exquisitesten Reinigungsutensils, das es auf der Welt gibt, des Miracle.«

Er streckte Samson seine fette Hand entgegen. Samson nahm zwei seiner Finger und schüttelte sie mit der Rechten. Die Linke ließ er hinabsinken zum Griff seines Jagdmessers. »Ich habe keine Ahnung, was das ist«, sagte Samson. »Ich heiße Samson Hunts Alone.«

»Du hast keine Ahnung, was der Miracle ist? Nun, Samson Hunts Alone, dann laß dir Folgendes sagen: In ein paar Jahren wird der Miracle einen Standard an Sauberkeit setzen, der das Ende aller Staubsauger bedeutet. In ein paar Jahren wird jeder, der keinen Miracle in seiner Besenkammer stehen hat, genausogut ein Schild vor die Tür hängen können, auf dem steht: ›Wir leben im Dreck.‹ Der Miracle ist einfach das fortschrittlichste Gerät zur Beseitigung von Schmutz, Staub und Krankheitserregern im Haushalt, das die Welt je gesehen hat.«

Samson war fasziniert, wie sich Lloyd ins Zeug legte – es schien, als verstärkte sich der rosafarbene Ton seiner Haut, je länger er redete. Auch wenn es vielleicht unhöflich war, dachte Samson, daß er Lloyd besser unterbrechen sollte, bevor er sich so in Rage redete, daß ihm was passierte. »Ich weiß, was ein Mirakel ist – ein Wunder. Eine meiner Tanten ist Christin. Ich weiß nur nicht, was ein Propagandist ist.«

Lloyd atmete tief durch und warf Samson ein kurzes Lächeln zu. »Ich bin ein Vertreter, mein Sohn, einer von den letzten wirklich freien Menschen auf diesem Planeten.

Ich verkaufe auch Wunder, nicht nur Staubsauger. Ich verkaufe wahrhaftige Wunder, so wie die Sache mit den Broten und den Fischen.« Er fiel für einen Moment in Schweigen und wartete. Samson klammerte sich an der Tür fest. Die eine Hand immer am Griff des Messers, dachte er, daß er noch nie jemanden so seltsame Sachen hatte erzählen hören, von Pokey einmal abgesehen.

»Ich weiß, was du denkst«, fuhr Lloyd fort. »Du denkst, *Lloyd, was für ein Wunder vollbringst du?* Hab ich recht?«

»Nee«, sagte Samson. »Ich habe an eine Cola gedacht.«

»Da in der Kühlbox auf dem Rücksitz sind welche«, sagte Lloyd knapp, weil er wieder zum Thema kommen wollte. »Sei so nett und gib mir auch gleich eine, mein Sohn.«

Samson krabbelte die Rückenlehne hoch und kramte in den Eiswürfeln der Kühlbox herum, wo ein Dutzend Colaflaschen und ein Dreiviertelliter Rum lagen. Er schnappte sich zwei Cola und glitt wieder zurück auf seinen Sitz. Lloyd nahm die Flaschen und öffnete sie. Er reichte eine davon Samson, der sie in einem Zug halbleer trank.

»Wunder«, sagte Lloyd.

Samson war egal, wie verrückt Lloyd war – das Leben war prima. Im Wagen war es kühl und ruhig, und es roch angenehm. Er war nicht mehr durstig und außerdem auf dem Weg nach Hause. So holprig die Straße hier am Berg auch sein mochte, der Wagen glitt dahin, als ob er schwebte. Samson machte ein Auge zu und ruhte sich aus, während er mit dem anderen Lloyd im Blick behielt. »Wunder?« sagte Samson.

»Haargenau. Aus dem Nichts mache ich Träume, aus Träumen mache ich Wünsche, aus Wünschen Bedürfnisse, und schließlich hältst du einen Traum in deiner Hand. Und weißt du, wie ich das mache?«

Samson schüttelte den Kopf. Dieser Mann war genau wie

Pokey; wenn er einem etwas erzählen wollte, dann tat er das auch, selbst wenn man tot umfiel.

»Nun, mein Sohn, es fängt an mit dem Lächeln an der Tür. Wenn du vor diese Tür trittst, dann ist es ja nicht so, daß die Leute da drin die ganze Zeit nur rumgesessen und auf dich gewartet hätten. Sie haben rumgesessen und sich überlegt, wie elend ihr Dasein ist. Sie haben keine glorreiche Vergangenheit, und ihre Zukunft sieht auch nicht gerade rosig aus. Wenn sie die Tür aufmachen, sind sie so sauer wie unreife Orangen, aber ich zahle es ihnen nicht in gleicher Münze zurück. Ich strahle sie an mit einem Lächeln so süß wie Honig, und was ich ihnen sage, bringt Licht in ihr Leben. Ich sage ihnen, was sie hören wollen. Wenn sie häßlich sind, erzähle ich ihnen, wie gut sie aussehen. Wenn sie offensichtliche Versager sind, bewundere ich ihren Erfolg. Noch bevor sie die Hand am Riegel der Fliegentür haben, bin ich schon der beste Freund, den sie je hatten. Und warum? Weil ich in ihnen das sehe, was sie schon immer sein wollten und nicht das, was sie sind. Dieses eine Mal in ihrem Leben können sie ihren Traum ausleben – und zwar nur deshalb, weil ich ihnen das Gefühl gebe, daß er Wirklichkeit ist.

Aber dann schauen sie sich um, und es ist ihnen nicht ganz wohl in ihrer Haut. Wenn sie alles haben, was sie immer wollten, warum spüren sie es dann nicht? Woher kommt dieses Gefühl der Leere? Nun, mein Sohn, unter uns gesagt, es gibt keine Zufriedenheit, kein völliges Wohlbehagen diesseits des Grabes. Man sieht nie so gut aus und hat nie soviel Geld, wie man möchte. Niemand schafft das, und es wird auch niemals jemand schaffen. Das wissen die Leute allerdings nicht. Die Leute glauben, es gibt ein Mittel gegen dieses Unbehagen und diese Angst, die ihnen immer im Nacken sitzt, egal, was sie auch anstellen.«

»Der Coyotenjammer«, sagte Samson.

»Red doch keinen Unsinn, Junge. Ich versuche, dir etwas beizubringen. Wo war ich noch mal? Ach ja, sie glauben, es gibt ein Mittel dagegen. Also gebe ich ihnen dieses Wundermittel. Ich schaue ihnen in die Augen, wenn ich ihnen erzähle, wie gut es ihnen doch eigentlich geht, und wenn sie kurz davor sind zu verzweifeln, weil sie es selbst nicht sehen, erzähle ich ihnen von dem Miracle.

Plötzlich ist ein sauberer Teppich alles, was sie brauchen, um so zu sein, wie sie es sich schon immer gewünscht haben. Ich packe also mein Gerät aus und sauge ihre Betten ab. Der ganze Staub landet in einem kleinen schwarzen Beutel. Dann lasse ich sie diesen Beutel aufkochen, und es dauert nicht lange, da stinkt das ganze Haus wie ein Schlachtfeld in der sengenden Sonne. Es ist nämlich so: Die ganzen abgestorbenen Hautzellen, die sich von deinem Körper ablösen, während du schläfst, wandern in die Matratze, und wenn man das Zeug kocht, gibt das einen ekelhaften Gestank. In den Häusern dieser Leute ist Dreck. Wie zum Teufel sollen sie jemals zu den Reichen und Schönen gehören, wenn sie in diesem Dreck leben? Unmöglich. Das Problem ist der Dreck, und der Miracle ist die Lösung. Und jetzt wollen sie ihn.

Also reden wir noch ein bißchen weiter, und irgendwann tue ich so, als müßte ich weiter. Aber sie wollen das Gerät haben. Das kann ich verstehen, andererseits haben sie ja schon einen Staubsauger. Sie brauchen mein Gerät doch gar nicht. Ein bißchen Dreck hat noch nie jemandem geschadet. Aber sie brauchen es *wirklich*, sagen sie. Sie brauchen es einfach. Und warum brauchen sie es? Weil dadurch – und nur dadurch – ihr Traum Wirklichkeit werden kann. Also notiere ich ihre Bestellung. Ich nehme ihr Geld und lasse sie zurück mit ihrem Traum in Händen, während ich weiterfahre. Wünsche werden zu Bedürfnissen, Bedürfnisse zu Träumen – normalerweise dauert es nicht mal fünfundvierzig Minuten. Und das ist ein verdammtes Wunder, mein Sohn.«

»Sie legen sie rein«, sagte Samson.

»Sie wollen reingelegt werden. Ich biete ihnen nur den Service. Es ist nichts anderes, als ins Kino zu gehen oder sich einen Zauberer anzuschauen. Du willst doch gar nicht sehen, daß die Säbel der Piraten aus Gummi sind, stimmt's? Genausowenig wie die versteckten Taschen im Ärmel eines Zauberers. Du willst etwas glauben, von dem du weißt, daß es das nicht gibt – zumindest für eine Weile. Die Leute verwenden eine Menge Zeit und Geld darauf, sich hinters Licht führen zu lassen. Und ich komme auf diese Weise zu einem hübschen Wagen, wohne in guten Motels, esse in Restaurants und komme auf angenehme Weise in der Gegend herum.«

Samson dachte eine Weile darüber nach. In einem großen, kühlen Wagen herumzufahren, der so gut roch, war fast so gut wie auf der Ponderosa zu leben. Wenn nicht sogar besser. Niemand in der Reservation fuhr einen solchen Wagen, und kaum jemand aß je in einem Restaurant – von dem Burgerstand in Crow Agency mal abgesehen. Vielleicht war das ja eine Möglichkeit, seine Brötchen zu verdienen. Leute hinters Licht zu führen schien jedenfalls lukrativer als Heuballen zu binden oder Lastwagenmotoren zu reparieren.

»Glauben Sie, daß ich auch Miracles verkaufen könnte?« fragte Samson.

Lloyd lachte. »Erst mal mußt du noch ein bißchen wachsen. Davon abgesehen kann nur ein Mann von Charakter mit der Freiheit umgehen. Hast du denn einen Charakter, Samson?«

»Ist das so was wie Medizin?«

»Es ist besser als jede Medizin. Sieh zu, daß du dir einen Charakter zulegst und komm in ein paar Jahren wieder zu mir. Dann sehen wir weiter.«

Das war ein Wort. Samson würde sich einen Charakter zulegen und Wunder verkaufen. Er lehnte sich auf dem Sitz zurück und schloß die Augen. Lloyd fing wieder an zu reden. Eingewiegt vom rhythmischen Klang der Worte, die leise an sein Ohr drangen, und voll mit Coca-Cola und Wundern fiel Samson Hunts Alone in einen tiefen Schlaf.

»Samson, wach auf.«

Jemand rüttelte ihn an den Schultern. Er öffnete die Augen und sah Pokey, der ihn festhielt.

»Was machst du hier oben an der Straße?« fragte Pokey.

»Was?« Samson schaute sich um. Er war oben auf dem Bergkamm, wo er gesessen hatte, bevor der große schwarze Wagen aufgetaucht war. »Wo ist Lloyd?«

»Wer ist Lloyd?« fragte Pokey. »Ich war gerade mal zwei Stunden weg. Warum bist du hier raufgekommen? Hattest du deine Vision?«

»Nein, ich bin mit jemand mitgefahren. Ich bin mit einem Mann mitgefahren, der Wunder verkauft hat.«

»Samson«, sagte Pokey. »Ich glaube, du bist nirgendwo hingefahren. Ich denke, es ist besser, du erzählst mir, was der Mann zu dir gesagt hat.«

Samson erzählte Pokey von Lloyd Commerce. Er erzählte ihm von dem Wagen, der so lang war wie ein Haus und davon, wie man Wunder verkauft und Leute hinters Licht führt und sich ein schönes Leben macht. Als er fertig war, schaute Pokey den Jungen eine ganze Weile schweigend an und sagte dann: »Samson, ich glaube, du hattest deine Vision. Es tut mir leid.«

»Warum tut es dir leid, Pokey? Weil ich meinen Hilfreichen Geist nicht gefunden habe?«

»Ich wünschte, du hättest ein Eichhörnchen gesehen oder eine Natter, Samson, aber du hast einen Staubsaugervertreter gesehen«, sagte Pokey niedergeschlagen.

»Aber er war doch nur ein fetter Weißer Mann.«

»Er sah nur aus wie ein Weißer Mann. Ich glaube, du hast Old Man Coyote gesehen.«

10. KAPITEL

Beidseitig gebraten, politisch korrekt

Santa Barbara

Sam verbrachte den Großteil des Abends damit, die Trümmer zu beseitigen, die Josh Spagnolas Schießkünste hinterlassen hatten. Erschöpft von den Ereignissen eines ganz und gar abstrusen Tages, ging er früh zu Bett, doch lag er bis einige Zeit nach Mitternacht wach und grübelte darüber nach, was mit ihm geschah. Zunächst war er von Sorge erfüllt, dann versuchte er, den Geschehnissen auf die Spur zu kommen, bis ihn schließlich der Gedanke an das Mädchen gefangennahm. In all dem Elend hatte er die Hoffnung nicht verloren, obwohl es dafür keine logische Erklärung gab. Eigentlich war sie ja nur ein Mädchen, wenn auch das abgedrehteste, das ihm je begegnet war. Dennoch mußte er lächeln bei dem Gedanken, sie wiederzusehen, und schließlich sank er in einen traumlosen Schlaf.

Als er am nächsten Morgen aufwachte, machte die Welt einen wesentlich freundlicheren Eindruck. Es schien, als lägen die Katastrophen des vergangenen Tages in weiter Ferne und könnten ihm nichts anhaben. Es war wieder Ordnung eingekehrt. Es gab eine Zeit, da hätte er einen solchen Tag damit begonnen, daß er beim Anblick der aufgehenden Sonne dem Großen Geist dafür dankte, daß er wieder Harmonie in seine Welt gebracht hatte – so wie Pokey es ihn gelehrt hatte. Er hätte Ausschau gehalten nach Regenwolken, überlegt, was die Winde ihm an diesem Tag alles bringen würden, er hätte den Tau gerochen und den Salbei und auf den Schrei des Adlers gelauscht, das mächtigste aller glückverheißenden Zeichen, und innerhalb kurzer Zeit wäre er zu der Einsicht gelangt, daß er und die Welt vom gleichen Geist beseelt waren und miteinander im Einklang standen.

Heute hatte er den Sonnenaufgang um drei Stunden verpaßt. Er begann seinen Tag in der Dusche, wo er sich die Haare mit einem Shampoo wusch, das garantiert noch nie einem Kaninchen ins Auge geträufelt worden war und von dessen Verkaufserlösen zehn Prozent an eine Stiftung zur Rettung der Wale abgeführt wurden. Er schäumte sein Gesicht mit einer Rasiercreme ein, die frei von Fluorchlorkohlenwasserstoffen war und so zum Schutz der Ozonschicht beitrug. Zum Frühstück verspeiste er fruchtbare Eier, die von sexuell befriedigten, zu Musik von Brahms frei umherlaufenden Hennen gelegt worden waren, sowie Muffins aus pestizidfreiem Getreide, dessen unbedachter Verzehr die Dicke der Wände von Adlereiern nicht in Mitleidenschaft zog. Er briet seine Rühreier in Margarine, die keine tropischen Öle enthielt und so zum Schutz des Regenwaldes beitrug und verwendete Milch in einem Karton aus Recyclingpapier, die von einer kleinen, im Familienbesitz befindlichen Farm stammte. Als er seine zweite Tasse Kaffee getrunken hatte, wodurch er angeblich die Erziehung der Kinder eines mittellosen Kleinbauern namens Juan Valdez mitfinanzierte, war Sam kurz davor, sich selbst zur Rettung des Planeten zu beglückwünschen – allein dadurch, daß er sich morgens überhaupt aus dem Bett erhob. Dabei war es gerade einmal zwei Jahre her, seit er sich auf diesen ungewohnten Pfad der Tugend begeben hatte – kaum zu fassen.

Er machte sich gerade eine Notiz, die unterbewußte Verkaufsbotschaft auf seinem Computer in *RETTEN SIE DEN*

PLANETEN, KAUFEN SIE DIESE POLICE zu ändern, als Josh Spagnola anrief.

»Sam, hast du gehört, was gestern bei der Eigentümerversammlung passiert ist?«

»Nein, Josh, ich habe meine Wohnung aufgeräumt.«

»Die Wohnung, Sam. Ich denke, die Umstellung wird dir nicht so schwerfallen, wenn du in Zukunft von der Wohnung sprichst.«

»Du willst damit sagen, daß sie mich rauskanten wollen? Ohne mich zu fragen? Ich kann es einfach nicht glauben.«

»Ich war selbst ganz erstaunt, Sam. Du bist anscheinend extrem unbeliebt bei den Leuten. Ich denke, der Hund war nur ein Vorwand, um es dir mal so richtig zu zeigen.«

»Du hast ihnen doch gesagt, daß es nicht mein Hund war, oder?«

»Klar habe ich das, aber es war zwecklos. Die hassen dich, Sam. Die Anwälte und Ärzte hassen dich, weil du es dir leisten kannst, hier zu wohnen. Die verheirateten Kerls hassen dich, weil du ein Single bist. Die verheirateten Frauen hassen dich, weil du ihre Männer daran erinnerst, daß sie keine Singles mehr sind. Die alten Leute hassen dich, weil du jung bist, und der Rest haßt dich, weil du Haare auf dem Kopf hast. Für jemand, der sich sonst eigentlich ziemlich zurückhält, hast du eine ganz schöne Lawine an Animositäten losgetreten.«

Sam hatte sich über seine Nachbarn nie Gedanken gemacht; mit den meisten hatte er noch nie geredet. Die Information, daß sie ihn so sehr haßten, daß sie ihn aus seinem Zuhause vertreiben wollten, war ein Schock. »Ich habe doch niemandem was getan.«

»Ich würde die Angelegenheit nicht persönlich nehmen, Sam. Nichts schweißt Menschen so sehr zusammen wie die Aussicht auf Profite. Gegen die neue Sandplatz-Tennisanlage hattest du halt keine Chance.«

»Was soll das heißen? Wir haben keine Sandplatzanlage.«

»Nein, aber wenn sie dein Haus zu dem Preis zurückkaufen, den du dafür bezahlt hast, und es dann zum gängigen Marktpreis an jemand verkaufen, der ihnen besser paßt, kann die Eigentümergemeinschaft den Profit in den Bau von Sandplätzen investieren. Dadurch steigt der Wert der gesamten Anlage um mindestens zehn Prozent. Es tut mir leid, Sam.«

»Gibt es denn gar nichts, das ich tun könnte? Kann ich dagegen nicht klagen oder so?«

»Das hier ist kein offizieller Anruf, Sam. Ich rufe dich an, weil ich dein Freund bin und nicht, weil ich von der Eigentümergemeinschaft dazu beauftragt worden wäre. Also gebe ich dir einen Rat, was rechtliche Schritte angeht: Es wäre Selbstmord. Die Hälfte der Kerls, die dafür gestimmt haben, dich rauszuwerfen, sind Anwälte. Es würde gerade mal ein halbes Jahr dauern, bis du pleite wärst und diese Aasgeier beim Backgammon sitzen und das Blut trinken, das sie aus dir herausgezogen haben. Einen Anwalt hättest du dir damals vor acht Jahren nehmen sollen, als du die Einverständniserklärung unterschrieben hast.«

»Prima. Wo warst du damals?«

»Ich habe deine Rolex geklaut.«

»Du hast meine Rolex geklaut? Das warst du? Meine goldene Rolex? Du Drecksack!«

»Damals habe ich dich doch gar nicht gekannt, Sam. Es war eine berufliche Angelegenheit. Außerdem ist das inzwischen verjährt. Man muß auch vergeben und vergessen können.«

»Leck mich am Arsch, Josh. Ich schicke dir eine Rechnung wegen dem Schaden, den du angerichtet hast.«

»Sam, weißt du, wie sehr mich deine Rechnung kratzt? Es ist mir schnurzegal, es geht mir glatt am Arsch vorbei, es –«

Sam knallte den Telefonhörer auf. Sofort klingelte das Ding erneut, und er saß einfach nur da und starrte es eine Weile an. Sollte er Josh die Genugtuung bereiten, in dieser Angelegenheit das letzte Wort zu behalten? Er betrachtete die Trümmer dessen, was früher einmal sein Fernseher gewesen war, hob den Hörer ab und brüllte: »Jetzt hör mal zu, du verfickter kleiner Wurm, du kannst von Glück sagen, wenn ich nicht runterkomme und dir den Schädel zerquetsche wie einen Pickel!«

»Sam, hier ist Julia vom Büro. Ich habe Aaron für Sie am Apparat.«

»Entschuldigen Sie, Julia, ich habe mit jemanden anderem gerechnet. Warten Sie bitte einen Moment.« Sam setzte sich aufs Sofa und hielt den Hörer mit der Sprechmuschel an seine Brust, während er versuchte, die Fassung wiederzuerlangen. Der Wechsel war zu prompt gewesen. Er konnte sich von Aaron nicht mit runtergelassenen Hosen erwischen lassen. Sein guter Freund Aaron, sein Partner, sein Mentor. Und Josh Spagnola, der angeblich ebenfalls sein Freund war? Was war mit ihm los, daß er sich plötzlich gegen ihn stellte? Wie konnte so etwas über Nacht passieren?

Sam zündete sich eine Zigarette an, nahm einen tiefen Zug und blies den Rauch langsam in die Luft, bevor er wieder in den Hörer sprach. »Julia, ich war gerade in der Dusche. Sagen Sie Aaron, ich bin in einer Stunde im Büro. Wir unterhalten uns dann.« Er legte auf, bevor sie etwas antworten konnte, und wählte dann die Nummer des Sicherheitsbüros. Josh Spagnola hob ab.

»Josh, hier ist Sam Hunter.«

»Das war eben aber sehr unfreundlich, Sam. Einfach so aufzuhängen, während ich dir erkläre, wie egal mir alles ist, ist nicht die Art des feinen Mannes.«

»Das ist nicht der Grund, warum ich anrufe. Ich habe deine Ansprachen schon oft genug gehört. Ich will nur wissen, was du gegen mich in der Hand hast.«

»Dann hast du heute morgen noch nicht in die Zeitung geschaut?«

»Ich hab dir schon gesagt, daß ich den ganzen Morgen damit zu tun hatte, irgendwelche Scheißlöcher zuzukleistern. Also was ist los?«

»Nun, es sieht so aus, als ob Jim Cable, der Taucherkönig, vor seinem Büro von einem Indianer angegriffen wurde und einen Herzanfall hatte. Und das kurz nach dem Besuch eines Versicherungsvertreters.«

»Worauf willst du hinaus, Josh?«

»Worauf ich hinaus will, ist Folgendes, Sam: Nachdem ich gestern aus deiner Wohnung rausgerannt war, bin ich durch die Wohnung nebenan auf die Terrasse. Ich dachte, ich falle dem Hund in den Rücken und erwische ihn doch noch mit einem Schuß. Als ich dann allerdings dort war, habe ich einen Indianer gesehen, der über das Geländer von deiner Terrasse gehechtet ist. Und dieser Indianer war ganz in Schwarz, haargenau so wie der, den sie in der Zeitung beschrieben haben. Interessanter Zufall, hmm?«

Sam wußte nicht, was er sagen sollte. Spagnola hatte die Hälfte der Bewohner des Komplexes unter seiner Fuchtel, aber Sam war bisher in dem Glauben gewesen, daß er die Informationen, über die er verfügte, lediglich als Druckmittel nutzte, das es ihm ermöglichte, sich jede Unverschämtheit herausnehmen zu können. Sam vermied es, den Begriff Erpressung ins Spiel zu bringen, solange er sich nicht sicher war, daß Spagnola es einfach nur darauf anlegte, daß jemand sich wand und krümmte. Sam hatte tausend Klienten durch geschickte Manipulationen dahin gebracht, sich zu winden und zu krümmen, doch er war sich nicht klar darüber, wie er selbst damit umgehen sollte. Also entschied er sich für den direkten Weg. »Okay, Josh«, sagte er. »Du hast mich am Boden. Also was jetzt?«

»Sammy, ich liebe dich einfach, mein Kleiner. Wir sind vom gleichen Schrot und Korn. Du und ich und dieser Aaron in deinem Büro.«

»Du kennst Aaron?«

»Ich habe heute morgen mit ihm telefoniert, als ich bei dir im Büro angerufen habe. Deine Sekretärin hat gesagt, du wärest aus der Firma ausgeschieden, und Mr. Aaron würde sich von jetzt an um deine Anrufe kümmern. Aaron und ich haben uns eine ganze Weile unterhalten.«

»Hast du ihm von dem Indianer erzählt?«

»Nein, er hat mir davon erzählt. Schon seltsam, Sam, er scheint ziemlich scharf darauf zu sein, dich aus der Firma rauszuhaben, aber es geht dabei wohl weniger ums Geld. Ich denke, er hat Schiß, daß ihr eine Menge Aufmerksamkeit auf euch zieht, wenn herauskommt, daß du mit dem Indianer, der Cable angegriffen hat, zusammensteckst. Wer, glaubst du, hat mehr zu verlieren: Du oder Aaron?«

»Keiner von uns wird irgendwas verlieren, Josh. Die ganze Geschichte ist ein Mißverständnis. Es ist mir egal, was du gesehen hast, ich weiß nichts von irgendeinem Indianer, und versteckte Drohungen kann ich nicht ausstehen.«

»Das ist keine Drohung, Sam. Es ist lediglich eine Information. Die sauberste Ware, die es gibt, wußtest du das? Keinen Ärger mit Fingerabdrücken, Fasern oder Seriennummern. Es ist irgendwie ätherisch – man könnte beinahe sagen, es hat etwas Religiöses. Die Leute zahlen für etwas, das sie nicht greifen, schmecken oder riechen können. Das ist doch großartig, oder nicht? Ich hätte Spion werden sollen.«

Sam hörte Spagnola seufzen und dann nur noch das Geräusch seines Atems. Da war es wieder – diese hochnäsige Arroganz. Wie oft schon hatte er in den vergangenen Jahren klein beigegeben? Wie oft hatte er aus Furcht davor, entdeckt zu werden, zurückgesteckt und sich in seine Opferrolle gefügt? Zu oft, verdammt noch mal. Es schien, als wäre er permanent auf der Flucht vor der Vergangenheit und versuchte der Zukunft auszuweichen, aber die Zukunft ließ sich nicht aufhalten.

Ganz leise, beinahe flüsternd, sagte Sam: »Josh, bevor du ganz aus dem Häuschen gerätst, überlege dir lieber, welche Informationen du nicht hast.«

»Nämlich welche, alter Kumpel?«

»Du hast keine Ahnung, wer ich bin, und zu was ich in der Lage bin.«

Einen Augenblick lang herrschte Stille, als ob Spagnola darüber nachdachte, was Sam gesagt hatte. »Bis dann, Josh«, flüsterte Sam.

Er legte den Hörer auf, schnappte sich seine Autoschlüssel und machte sich auf den Weg zu seinem Mercedes. Als er die Alarmanlage ausschaltete und in den Wagen stieg, fiel ihm auf, daß er selbst nicht wußte, wer er war und wozu er in der Lage war, und zum ersten Mal in seinem Leben machte ihm das keine Angst. Im Gegenteil, er fühlte sich blendend.

Coyote erhält seine Macht

Eines Tages vor langer Zeit, als es weder Menschen noch Fernseher gab und nur Tiere die Erde bevölkerten, beschloß der Große Geist, der erste Arbeiter, daß jeder einen neuen Namen erhalten solle. Er ließ bekanntmachen, daß jeder einen neuen Namen erhalten solle. Er ließ bekanntmachen, daß sich bei Sonnenaufgang alle Tiere bei seiner Hütte einfinden sollten, damit er jedem von ihnen einen neuen Namen und die Kräfte, die damit verbunden waren, verleihen konnte. »Damit es fair zugeht«, sagte der Große Geist, »wird nach dem Prinzip ›wer zuerst kommt, mahlt zuerst‹ verfahren.« Auf der Erde ging es damals noch ziemlich gerecht zu, vorausgesetzt, man tauchte rechtzeitig auf.

Coyote hatte damit allerdings seine Probleme. Er schlief gern bis zum Mittag und lümmelte dann bis zum späten Nachmittag herum und dachte sich neue Tricks aus. Insofern war es natürlich ein Problem, bei Sonnenaufgang schon aufzustehen, andererseits war er aber auch scharf darauf, einen guten Namen zu erhalten. »Adler wäre prima«, dachte er. »Dann wäre ich schnell und stark. Oder wenn ich mich Bär nennen ließe, könnten meine Feinde einfach nicht gegen mich an. Also gut; ich muß zusehen, daß ich an einen guten Namen komme, selbst wenn ich dafür die ganze Nacht aufbleiben muß.«

Als die Sonne unterging, suchte Coyote die ganze Gegend nach einer guten Espresso-Bar ab, doch selbst in jenen Tagen waren diese bevölkert von aufgeplusterten pseudointellektuellen Tieren, die in Sandalen herumsaßen und darüber jammerten, wie ungerecht die Welt war – was aber gar nicht stimmte. »Das kann ich mir nicht antun«, sagte der Coyote. »Ich denke, ich besorge mir was von diesem magischen Wanderpulver und mache die Nacht durch.«

Coyote stattete Rabe einen Besuch ab. Unter den Tieren war es kein Geheimnis, daß Rabe eine Connection zu einem grünen Vogel aus Südamerika hatte und von daher immer gut mit Wanderpulver versorgt war.

»Es tut mir leid, mein lieber Coyote. Aber anschreiben ist nicht drin. Ich brauche drei Präriehunde, und zwar im voraus, wenn du die Ware haben willst. Und denk daran, ich mag meine Präriehunde richtig gut plattgequetscht.« Rabe war ein schmieriger kleiner Mistbraten, der dachte, er sei cool, bloß weil er immer mit Sonnenbrille rumlief – sogar nachts. Wie kam er bloß dazu, den dicken Max zu markieren und sich derart chefmäßig aufzuspielen? Coyote schlich davon.

»Ich kann auch ohne diesen Zauber wachbleiben«, sagte Coyote. »Ich muß mich bloß konzentrieren.«

Also versuchte er wachzubleiben, aber als dann der Mond hoch am Himmel stand, fielen ihm die Augen zu. »So geht es nicht«, sagte er. »Ich kann die Augen nicht offenhalten.« Wenn er Selbstgespräche führte, kam Coyote häufig auf ganz gute Gedanken, was recht nützlich war, weil sich sonst kaum jemand mit ihm unterhalten mochte. Also brach er ein paar Stacheln von einem Kaktus ab und klemmte sie sich zwischen die Augenlider. »Ich bin ein Genie«, sagte er und war einen Augenblick später eingeschlafen.

Als Coyote schließlich wieder aufwachte, stand die Sonne hoch am Himmel. Er hetzte zur Hütte des Großen Geistes und schoß zur Tür herein. »Adler! Ich will Adler heißen«, sagte er.

Seine Augen waren ganz ausgetrocknet und runzlig, weil

sie die ganze Zeit aufgestanden hatten, und sein Fell war an den Stellen, wo sich die Stacheln durch seine Lider gebohrt hatten, blutverklebt.

»Adler ist als erstes vergeben worden«, sagte der Große Geist. »Was ist mit dir los? Du siehst aus wie ein plattgewalztes Stück Scheiße.«

»War 'ne fürchterliche Nacht«, sagte Coyote. »Was ist denn noch übrig? Bär wäre auch ganz gut.«

»Es ist nur noch ein Name übrig«, sagte der Große Geist. »Keiner wollte ihn haben!«

»Was ist es?«

»Coyote.«

»Du willst mich verscheißern.«

»Der Große Geist ist kein Scheißer.«

Coyote rannte nach draußen, wo all die anderen Tiere herumstanden und sich vergnügt über ihre neuen Namen unterhielten und darüber, welche Kräfte sie nun besaßen. Er versuchte jemanden zu finden, der bereit war, mit ihm den Namen zu tauschen. Doch selbst der Mistkäfer sagte, er solle sich vom Acker machen. Der Große Geist beobachtete das Ganze von seiner Hütte aus, und er bekam Mitleid mit Coyote.

»Komm mal her, Kleiner«, sagte der Große Geist. »Dein Name ist echt übel, und du wirst ihn auch nicht mehr los, aber vielleicht kann ich dich ja dafür entschädigen. Den Namen mußt du behalten, doch bist du von heute an der Häuptling des Stammes der Feuerlosen. Und von jetzt an kannst du jede Gestalt annehmen, die du möchtest und sie solange behalten, wie du Lust hast.«

Coyote dachte einen Augenblick darüber nach. Das war ja nun wirklich eine ziemlich gute Gabe; vielleicht sollte er häufiger die Mitleidsmasche reiten. »Das heißt also, jeder muß machen, was ich sage?«

»Manchmal«, sagte der Große Geist.

»Manchmal?« fragte Coyote. Der Große Geist nickte, und Coyote dachte, er sollte sich lieber aus dem Staub machen, bevor der Große Geist es sich anders überlegte. »Danke, G.G., ich zische mal los. Ich muß mir noch von jemand eine Sonnenbrille besorgen.« Und schon sprang er in großen Sätzen davon.

11. KAPITEL

The God, the Bad, and the Ugly
Santa Barbara

Während der kurzen Fahrt zum Büro faßte Sam den Entschluß, daß er Gabriella feuern würde, wenn sie auch nur eine winzige Bemerkung machte. Wenn schon alles, was er sich aufgebaut hatte, vor seinen Augen den Bach runterging, dann gab es nicht den geringsten Grund, sich von irgendwelchen undankbaren Angestellten Frechheiten bieten zu lassen. Außerdem gab es noch zwanzig jüngere Vertreter, die unter Sam arbeiteten, und solange er noch offiziell Teilhaber der Firma war, war er befugt, Leute einzustellen und zu entlassen. *Soll bloß einer von denen den Mund aufmachen*, dachte er. *Soll mich bloß einer blöd anschauen, und zack, schon sind sie Lichter, die am Horizont verschwinden, eine blasse Erinnerung, weg, Klappe zu, Affe tot, mit 'nem Tritt in den Arsch auf der Straße, von einem Moment auf den anderen arbeitslos.*

Schön gereizt und in miesester Stimmung betrat er sein Büro, bereit, auf alles zu schießen, was sich bewegte. Doch der Anblick, der sich ihm bot, entwaffnete ihn vollständig. Gabriella hing auf ihrem rückwärts gekippten Stuhl, den Rock hochgezogen, die Beine weit gespreizt, ihre Absätze stocherten mal in die Luft, mal gruben sie sich in den Rücken des nackten Indianers, der vor ihr kniete, den Stuhl vor und zurück rollte und bei jeder seiner von gieriger Hingabe erfüllten Stöße ein »Yippie« ausstieß, wodurch ein Kontrapunkt zu den affenartigen Schreien gesetzt wurde, die Gabriella in rhythmischen Ausbrüchen entfuhren.

»Hey!« rief Sam.

Gabriella blickte über die eine Schulter des Indianers zu Sam herüber, streckte einen Finger aus, als wollte sie etwas Bestimmtes sagen, und deutete auf den Notizblock auf ihrem Schreibtisch. »Ein Anruf«, keuchte sie. Der Indianer riß sie mit aller Macht an sich, und Gabriella krallte sich mit beiden Händen in seine Schultern, wobei ihre künstlichen Fingernägel abplatzten und in hohem Bogen durch den Raum segelten.

Sam schüttelte seinen Schock ab, stürmte vorwärts und packte den Indianer am Hals. Der Indianer stieß mit seinem Schwanz in die Luft, während Sam ihn im Würgegriff packte und von Gabriella herunter durch das Vorzimmer zerrte. Den sich immer noch windenden Indianer im Arm, fiel Sam rückwärts durch die Tür zu seinem eigenen Büro, und dabei ging ihm auf, daß er, wenn die Ereignisse nicht schnell eine Wendung zum Besseren nahmen, gute Aussichten hatte, ebenfalls besprungen zu werden. Also rollte er den Indianer herum, preßte ihn mit dem Gesicht auf den Teppich und sah sich nach einer Waffe um. Es war nichts in Reichweite außer dem großen Telefon auf seinem Schreibtisch. Sam lockerte seine Umklammerung und streckte sich nach dem Telefon, das er schließlich an der Schnur zu fassen bekam. Er schwang gerade noch rechtzeitig herum, um dem Indianer, der sich schon auf alle Viere erhoben hatte, damit einen Schlag ins Gesicht zu verpassen. Das Telefon explodierte förmlich, elektronische Splitter spritzten durch den Raum, und der Indianer klatschte mit dem Gesicht auf den Teppich, wo er bewußtlos, aber immer noch von kurzen Nachzuckungen geschüttelt, liegenblieb.

Sam betrachtete das Büschel bunter Drähte am Ende der Schnur, wo einmal das Telefon gewesen war, ließ es fallen und kam schwankend wieder auf die Beine. Gabriella stand in der Tür und strich sich den Rock glatt. Ihr Lippenstift war übers ganze Gesicht verschmiert, und ihre spray- und schweißverklebten Haare standen in den abenteuerlichsten Winkeln ab, wie bei einer Vogelscheuche. Sie setzte gerade dazu an, etwas zu sagen, als sie feststellte, daß ihr eine Brust noch aus dem Kleid herausschaute. »Entschuldigen Sie.« Sie drehte sich um, stopfte alles an seinen Platz und wandte sich dann wieder Sam zu. »Ich kümmere mich um die Anrufe«, sagte sie geschäftig, zog die Tür zu und ließ Sam mit dem nackten, bewußtlosen Indianer im Büro zurück.

»Du bist gefeuert«, flüsterte Sam zu der geschlossenen Tür. Er schaute auf den Indianer hinunter und sah, wie sich unter dessen Kopf ein Blutfleck auf dem Teppich ausbreitete. Er schien gar nicht zu atmen. Sam fiel auf die Knie und griff dem Indianer an die Kehle, um den Puls zu fühlen. Nichts.

»Scheiße, nicht schon wieder!« Sam rannte viermal um seinen Schreibtisch herum, ließ sich in seinen Ledersessel fallen und preßte die Handflächen an die Schläfen, als könnte er so eine Lösung aus dem Schädel quetschen. Statt dessen schossen ihm Gedanken an Polizei und Gefängnis durch den Kopf, und er hatte das Gefühl, als würde alle Hoffnung durch seine Finger rinnen wie flüssiges Licht, während er mit seiner Verzweiflung in der Dunkelheit zurückblieb.

Vom Boden kam ein Knurren. Sam schaute über den Schreibtisch und sah, wie sich der Körper des Indianers bewegte. Er wollte schon einen Seufzer der Erleichterung ausstoßen, da merkte er, daß der Körper sich nicht bewegte, sondern veränderte. Sam riß erschrocken die Augen auf, als die Arme und Beine des Indianers schrumpften und Fell auf ihnen zu sprießen begann, während das Gesicht sich in eine behaarte Schnauze verwandelte und aus der Wirbelsäule ein buschiger Schwanz wuchs. Bevor Sam auch nur nach Luft schnappen konnte, hatte er einen riesigen schwarzen Coyoten vor sich.

Der Coyote rappelte sich auf und schüttelte den Kopf – gerade so, als hätte er Wasser in den Ohren –, dann sprang er auf den Schreibtisch und knurrte Sam an, der mit seinem Stuhl zurückrollte, bis er gegen die Wand hinter sich stieß.

Auf die Armlehnen seines Stuhles gestützt, richtete Sam sich auf, bis er an der Wand stand und verzweifelt nach einer Möglichkeit suchte, den Abstand zwischen sich und der knurrenden Schnauze des Coyoten um einen weiteren Millimeter zu vergrößern. Der Coyote kroch auf dem Schreibtisch auf Sam zu, bis seine Nase nur noch Zentimeter von Sams Gesicht entfernt war. Sam spürte den feuchten Atem des Coyoten in seinem Gesicht. Er roch irgendwie vertraut, nach etwas Verbranntem. Er wollte den Kopf abwenden und die Augen schließen, bis der Horror vorbei war, aber die goldenen Augen des Coyoten hielten seinen Blick gefangen. Sam wollte losschreien, aber seine Kehle war wie zugeschnürt, und so sehr er seine Kinnlade auch bewegte, er brachte keinen Ton heraus.

Der Coyote wich zurück und setzte sich auf den Schreibtisch. Dann stellte er die angelegten Ohren auf und neigte den Kopf zur Seite, so daß es aussah, als sei er verwundert. Sam ertappte sich dabei, wie er nach Luft schnappte und drauf und dran war, »guter Hund, braver Hund« zu sagen, doch dann blieb er doch lieber wie angewurzelt stehen und sagte nichts. Der Coyote fing an, sich zu schütteln, und Sam dachte, er würde ihn gleich anspringen, doch das Tier warf nur den Kopf zurück, als wollte es ein Geheul anstimmen. Die Haut am Hals des Coyoten begann sich zu wellen und zu runzeln, bis sie sich schließlich in ein menschliches

Gesicht verwandelt hatte. Die Haare verschwanden aus dem Gesicht und dann auch von den Vorderbeinen, die zu Armen wurden, und den Hinterbeinen, die sich in menschliche Beine in Kauerstellung verwandelten. Während der Pelz sich abschälte, verlor er seine schwarze Farbe und nahm die normale Tönung eines Coyotenfelles an. Es war, als ob sich ein menschliches Wesen buchstäblich aus einem Kokon aus Coyotenfell herausschälte, wobei alles, was von der schwarzen Farbe übrigblieb, ein Paar mit roten Federn verzierte schwarze Hirschlederhosen waren. Die ganze Verwandlung dauerte gerade einmal eine Minute, aber Sam kam es vor wie ein Jahr. Als sie zu Ende war, hockte der Indianer auf Sams Schreibtisch und trug einen Kopfschmuck aus Coyotenfell, der zuvor seine eigene Haut gewesen war.

»Scheiße«, sagte Sam und ließ sich in den Sessel fallen, ohne den Blick von den goldfarbenen Augen des Indianers zu wenden.

»Wuff«, sagte der Indianer grinsend.

Sam schüttelte den Kopf – dieser Anblick war zuviel für ihn. Sein Verstand schien bei dem vergeblichen Versuch, eine vernünftige Erklärung für alles zu finden, Achterbahn zu fahren, bis er sich schließlich nur noch wünschte, er würde endlich ohnmächtig und seine Knie hörten auf, unter den Adrenalinstößen seines Körpers zu zittern.

»Wuff«, wiederholte der Indianer. Er sprang vom Schreibtisch herunter, rückte seinen Kopfschmuck zurecht, der bis vor kurzem noch seine Haut gewesen war, und setzte sich auf den Stuhl gegenüber von Sam. »Hast du was zu rauchen?« sagte er.

Diese Frage rettete Sam – endlich etwas Konkretes, etwas, das er verstand. Klar, ganz einfach. Eine Zigarette. Er griff in die Brusttasche seines Hemdes, suchte nach den Zigaretten und dem Feuerzeug, fummelte sie heraus, zitterte aber so stark, daß sie ihm aus der Hand fielen und quer über den Schreibtisch segelten. Er wollte sie schon wieder zusammensuchen, als der Indianer den Arm ausstreckte und ihm die Hand tätschelte. Sam stieß einen Schrei aus wie ein kleines Mädchen und machte einen Satz zurück in seinen Sessel, der rückwärts rollte, bis Sam mit seinem Kopf gegen die Wand prallte.

Der Indianer legte den Kopf schief und betrachtete Sam voller Verwunderung – genau, wie es der Coyote zuvor getan hatte –, dann hob er die Zigaretten auf, die immer noch auf dem Schreibtisch lagen, und zündete zwei davon mit Sams Feuerzeug an. Eine hielt er Sam hin, der immer noch in seinen Sessel gedrückt dasaß. Der Indianer nickte ihm zu, daß er sich die Zigarette ruhig nehmen solle, worauf Sam sich vorsichtig Zentimeter für Zentimeter vorwärtsbewegte, schnell die Zigarette schnappte und sich rasch wieder an seine Position an der Wand zurückzog.

Der Indianer nahm einen tiefen Zug an der Zigarette, dann wandte er sich um und stieß den Rauch wieder aus, in Ringen, die über den Schreibtisch wanderten wie Gespenster.

Sam kauerte mittlerweile in seinem Sessel wie ein Embryo im Mutterleib. Er warf nur einmal einen kurzen Seitenblick auf den Indianer, als er selbst an seiner Zigarette zog. Es ging ihm auf, daß er sich eigentlich ziemlich dämlich vorkommen mußte, dies aber erstaunlicherweise nicht tat. Er hatte einfach zuviel Angst, um sich dämlich vorzukommen. Als er seine Zigarette zur Hälfte geraucht hatte, beruhigte er sich allmählich. Seine Furcht verflog und machte Platz für Entrüstung und Zorn. Der Indianer saß ungerührt da, rauchte und schaute sich in Sams Büro um.

Sam rollte mit dem Sessel wieder an den Schreibtisch

und setzte einen Blick auf, von dem er hoffte, daß der Indianer ihn als seinen harten Blick erkennen würde. »Wer bist du?« fragte er.

Der Indianer lächelte, in seine Augen trat ein Glanz wie bei einem strahlenden, aufgeregten Kind. »Ich bin der Gestank in deinen Schuhen, das Klingeln in deinen Ohren, der Wind in den Bäumen. Ich bin der –«

»Wer bist du«, unterbrach ihn Sam. »Wie heißt du?«

Der Indianer grinste weiter, während Rauch zwischen seinen Zähnen herausströmte. »Die Cheyenne nennen mich Wihio, die Sioux Iktome. Die Blackfeet nennen mich Napi Old Man. Die Cree nennen mich Saltaux, die Micmac Glooscap. Ich bin Der Große Hase an der Ostküste und Rabe an der Westküste. Du kennst mich, Samson Hunts Alone, ich bin dein Hilfreicher Geist.«

Sam schluckte. »Coyote?«

»Genau.«

»Du bist ein Mythos.«

»Eine Legende«, sagte der Indianer.

»Du bist bloß ein Haufen Geschichten, die man Kindern erzählt.«

»Wahre Geschichten.«

»Nein, einfach nur Geschichten. Old Man Coyote ist nur eine Märchenfigur.«

»Soll ich mich nochmal verwandeln? Das hat dir doch gefallen.«

»Nein! Nein, mach das nicht.« Sam hatte schon am Tag zuvor, als er das Medizinbündel geöffnet hatte, vermutet, wer der Indianer in Wirklichkeit war, doch hatte er gehofft, daß der Spuk verschwinden und sich alles nur als Überbleibsel kindlichen Aberglaubens herausstellen würde. Religion hatte doch angeblich mit Glauben zu tun. Götter sprangen einem nicht so ohne weiteres auf den Schreibtisch und knurrten einen an. Sie saßen auch nicht bei einem im Büro herum und rauchten einem die Zigaretten weg. Götter taten überhaupt nichts. Sie hatten einen gefälligst zu ignorieren und leiden zu lassen, bis man schließlich starb, ohne daß man je herausbekommen hatte, ob die eigene Religion einfach nur Zeitverschwendung gewesen war. Glaube!

Sicher, es gab etliche Geschichten, in denen von Göttern die Rede war, die sich nicht unbedingt besonders fein benahmen – im Gegenteil, sie waren ein recht unangenehmer Haufen: eifersüchtig, ungeduldig, selbstsüchtig, manchmal vernichteten sie ganze Volksstämme, schändeten Jungfrauen, sandten Plagen und Pestilenz, aber selbst daran gemessen war der Coyote ein besonders übles Exemplar, denn normalerweise blieben sie in ihren Geschichten und spazierten nicht bei einem zum Büro herein und rammelten einem die Sekretärin durch, bis sie Geräusche von sich gab wie ein Affe.

»Was machst du hier?« fragte Sam.

»Ich bin hier, um dir zu helfen.«

»Helfen? Du hast mir mein Geschäft ruiniert und dafür gesorgt, daß ich aus meinem Haus rausgeworfen werde.«

»Du wolltest dem Taucher Angst einjagen, also habe ich das getan. Du wolltest das Mädchen, also habe ich sie dir gegeben.«

»Und was ist mit all den Katzen in meiner Wohnsiedlung? Was ist mit meiner Sekretärin? Was habe ich davon?«

»Wenn es mir nicht bestimmt wäre, häßliche Frauen und Katzen zu haben, warum sind sie dann so einfach zu fangen?«

Das war genau jene verschlungene, perverse Logik, die Sam als Kind schon irritiert hatte. Pokey Medicine Wing war ein Meister darin gewesen. Es schien Sam manchmal, als wollte das gesamte Volk der Crow einen Silicon-Chip mit den Mitteln eines Steinzeitmenschen erklären. Und Sam hatte schon geglaubt, er wäre dem entronnen.

»Warum ausgerechnet ich? Warum nicht jemand, der an so was glaubt?«

»Das hier macht mehr Spaß.«

Sam unterdrückte das Verlangen, dem Indianer über den Schreibtisch hinweg an die Gurgel zu springen. In seinen Gedanken war er immer noch »der Indianer«. Er konnte einfach noch nicht hinnehmen, daß er mit Coyote, dem Häuptling des Stammes der Feuerlosen, sprach. Als ob die unmittelbare Erfahrung des Übernatürlichen noch nicht genug gewesen wäre, suchte er noch immer nach einer logischen Erklärung für das, was sich gerade abspielte. Lebenslanger Unglaube läßt sich nicht so einfach abschütteln. Sam versuchte, sich daran zu erinnern, ob er etwas ähnliches schon einmal erlebt oder zumindest darüber gelesen oder im Bildungskanal des Fernsehens gesehen hatte. Als ihm nichts dazu einfiel, fing er an zu spekulieren.

Wie würde Aaron reagieren, wenn er mit dieser Situation konfrontiert wäre? Aaron hielt sein irisches Erbe auch nicht höher in Ehren, als Sam seine Herkunft als Crow. Was wäre, wenn ein Kobold plötzlich auf Aarons Schreibtisch auftauchen würde? Er würde in breitestes Irisch verfallen und versuchen, den kleinen Scheißer zu überreden, seinen Kessel voller Gold in steuerbegünstigte Festgeldpapiere zu investieren. Nein, Aaron war niemand, der einen in einem akuten Notfall spiritueller Natur weiterhelfen konnte.

Coyote lächelte, als ob er Sams Gedanken gelesen hätte. »Was willst du, Samson Hunts Alone?«

Sam antwortete, ohne auch nur einen Moment nachzudenken: »Ich will mein Leben so, wie es war, bevor du angefangen hast, Scheiße zu bauen und es zu ruinieren.«

»Warum?«

Nun mußte Sam doch nachdenken. Warum eigentlich? Jedesmal, wenn er einen neuen Vertreter einstellte, malte er Aarons und sein Leben in den schönsten Farben. Er setzte den hungrigen jungen Schlaumeier in seinen Mercedes, fuhr mit ihm durch die Gegend, spendierte ihm einen Lunch im Baltimore oder einem anderen der besseren Restaurants in Santa Barbara, wedelte mit Barem und Goldkarten, setzte sich in seinem teuren Anzug in Pose – pflanzte den *Samen der Habgier*, wie Aaron es nannte – und zeigte dem Jungspund dann einen Weg, wie er ans Ziel seiner frischaufkeimenden Wünsche und Träume von materiellem Wohlstand gelangen konnte, wobei Sam zehn Prozent von allem kassierte, was der Junge verkaufte. Es gehörte mit zur Show, es war eine der vielen Rollen, die Sam spielte, und der Wagen, die Kleider, die Wohnung und das ganze Brimborium waren nur Zubehör. Ohne Zubehör konnte die Show allerdings nicht steigen.

»Warum willst du dein Leben wieder, wie es früher war?« fragte Coyote, als ob Sam die Frage schon wieder vergessen hätte.

»Wegen der Sicherheit«, platzte Sam heraus.

»Was ist denn das für eine Sicherheit«, sagte Coyote, »wenn du von einem Tag auf den anderen alles verlieren kannst? Sicherheit ist nur die andere Seite der Angst. Ist es das, was du willst – Angst haben?«

»Ich habe keine Angst.«

»Warum lügst du dann? Du willst das Mädchen.«

»Ja.«

»Ich helfe dir, sie zu kriegen.«

»Ich will deine Hilfe nicht. Ich will, daß du verschwindest.«

»Ich bin sehr gut mit Frauen.«

»Genauso gut wie mit Katzen und Sofas?«

»Große Helden sind von einer großen Geilheit. Du kannst dir gar nicht vorstellen, was es heißt, einen Falken zu beglücken. Man verkrallt sich mit ihr in der Luft und macht es, während man zu Boden rast wie ein Meteor. Es würde dir gefallen; es kommt nie vor, daß eine sich beschwert, du würdest zu schnell kommen.«

»Mach, daß du rauskommst.«

»Gut, ich gehe, aber ich bleibe in deiner Nähe.« Coyote erhob sich und ging zur Tür. Als er sie öffnete, sagte er: »Hab keine Angst.« Er trat aus dem Büro und schloß die Tür hinter sich. Sam sprang plötzlich auf und rannte ihm nach. »Laß die Finger von meiner Sekretärin!« rief er. Er riß die Tür auf und warf einen Blick ins Vorzimmer, wo Gabriella, die sich mittlerweile wieder gefangen hatte, ein Schadensersatzformular ausfüllte. Coyote war verschwunden.

Gabriella schaute mißmutig auf und hob eine Augenbraue. »Gibt es ein Problem, Mr. Hunter?«

»Nein«, sagte Sam. »Alles in Ordnung.«

»Sie hören sich an, als hätten Sie Angst.«

»Ich habe keine Angst, in drei Teufels Namen!« Sam knallte die Tür zu und ging zu seinem Schreibtisch, um sich eine Zigarette zu holen. Die Zigaretten und sein Feuerzeug waren weg. Einen Augenblick lang stand er da und spürte, wie der Zorn in ihm aufstieg, bis er glaubte, laut schreien zu müssen. Dann ließ er sich in seinen Sessel fallen und lächelte bei dem Gedanken an etwas, das Pokey Medicine Wing einmal zu ihm gesagt hatte: »Zorn ist ein Zeichen der Geister dafür, daß du noch am Leben bist.«

12. KAPITEL

Grausam und erbarmungslos rollen sie dahin, die Stahlgürtelreifen des Schicksals
Crow Country – 1973

In den sechs Jahren seit seiner Suche nach einer Vision hatte Samson sich von Pokey Medicine Wing nahezu täglich neue Interpretationen seiner Vision anhören müssen. So oft Samson auch erklärte, es sei nicht so wichtig, so oft bestand Pokey darauf, daß sich der Junge an jedes kleinste Detail der Begebenheit auf dem Berg zurückerinnerte. Es war Pokeys Pflicht als selbsternannter Medizinmann, die Symbole von Samsons Vision zu deuten. Im Lauf der Jahre hatte Pokey immer neue Bedeutungen hineingelesen und verschiedene Versuche angestellt, sein eigenes und Samsons Leben an der Botschaft des Medizintraumes auszurichten.

»Vielleicht wollte Old Man Coyote uns sagen, daß wir unsere Träume zu Geld machen sollen«, sagte Pokey.

Er nahm diese Interpretation zum Anlaß, Samson in verschiedene unternehmerische Heldentaten zu verstricken, die nur einen einzigen Effekt hatten, nämlich die Bevölkerung von Crow Country zu der Einsicht zu bringen, daß Pokey endgültig von allen guten Geistern verlassen war und nur noch Scheiße im Kopf hatte.

Der erste Vorstoß in die Welt des Busineß war eine Wurmranch. Pokey präsentierte Samson die Idee mit dem gleichen, von blindem Glauben erfüllten Enthusiasmus, mit der er auch die Geschichten über Old Man Coyote erzählte, und Samson, wie so viele vor ihm, war ganz gefangen von der Idee, Religion zu Geld zu machen.

Pokey saß im Schein des Feuers, und in seinen Augen leuchtete der Schnaps, als er zu erzählen begann: »Die bauen doch den Damm oben am Bighorn River und erzählen uns, daß wir alle reich werden, weil Leute kommen werden, um an dem neuen See zu angeln und Wasserski zu fahren. Das gleiche haben sie damals auch schon erzählt, als sie das Custer Memorial hier hingestellt haben, aber dann haben die Weißen die ganzen Geschäfte aufgemacht und selbst abgesahnt. Diesmal werden wir unseren Anteil kriegen. Wir züchten Würmer und verkaufen sie als Köder.«

Da sie kein Holz hatten, um die Wurmbetten zu bauen, fuhren Pokey und Samson in die Rosebud Mountains und fällten Fichten, die sie mit dem Lastwagen zurückbrachten. Den ganzen Sommer über karrten sie Holz heran, so daß irgendwann fast das gesamte zweitausend Quadratmeter große Grundstück der Hunts Alone mit leeren Wurmbetten bedeckt war. Pokey, überzeugt davon, daß ihr geschäftlicher Erfolg von ihrem Vorsprung gegenüber anderen potentiellen Wurm-Ranchern abhing, wies Samson an, jedermann, der ihn danach fragte, zu erzählen, sie bauten Koppeln für winzige Pferde, die sie an das Zwergenvolk verkaufen wollten, das in den Bergen lebte. »Es ist leichter, ein Geheimnis für sich zu behalten, wenn die Leute einen für verrückt halten«, sagte Pokey.

Als die Betten fertig waren, stellte sich das Problem, sie zu füllen. »Würmer mögen Kuhscheiße«, sagte Pokey. »Die kriegen wir umsonst.« Und in der Tat, hätte Pokey einige der Rancher in der Gegend gefragt, sie hätten ihn all den Mist, den er brauchte, abkarren lassen, aber weil die meisten Rancher weiß waren und Pokey ihnen nicht traute, beschloß er, die Kuhfladen mit Samson zusammen bei Nacht und Nebel zu stehlen.

Und so geschah es: Kaum war die Sonne untergegangen, fuhren Samson und Pokey in dem Pickup zu einer Weide, wo Pokey den Wagen langsam über das Gras steuerte, während Samson zu Fuß und mit einer Schaufel bewaffnet nebenherging und die Haufen auf die Ladefläche des Pickup wuchtete. Dann stahlen sich die beiden mit ihrer zum Himmel stinkenden Beute davon, um sie in die Wurmbetten umzufüllen, und wieder begann das Ganze von neuem.

»Die Crow waren schon immer die besten Pferdediebe, Samson«, sagte Pokey. »Old Man Coyote wäre bestimmt stolz auf uns, weil wir die Rancher so reingelegt haben.«

Samson konnte Pokeys Enthusiasmus nicht recht nachvollziehen, denn ihm war unklar, wie man eine solche Befriedigung daraus ziehen konnte, etwas zu stehlen, was ohnehin keiner haben wollte. Nichtsdestotrotz, nach einem Monat nächtlicher Raubzüge über die Weiden der Gegend waren die Wurmbetten voll, und Pokey und Samson fuhren zu dem Köderladen in Hardin, um den Grundstock für ihre Zucht zu erwerben: Schwarze Nachtkriecher und rote Regenwürmer – je fünfhundert Stück.

Pokey verbrannte Salbei und Duftgras über den Betten, und sie entließen die Würmer in die mistbedeckten Flächen. Dann warteten sie.

»Wir sollten sie nicht vor dem Frühjahr stören«, sagte Pokey, aber Samson ertappte ihn immer wieder dabei, wie er sich nachts mit einer kleinen Schaufel zu einem der Betten schlich, einen Klumpen Mist umdrehte und sich dann wieder davonstahl. Eines Nachts, als Samson selbst mit einer Schaufel nach draußen schlich, sah er Pokey, der an einem der Betten kniete und sein Gesicht an die Erde preßte. Als er den Jungen hinter sich bemerkte, erhob er sich.

»Weißt du, was ich da gemacht habe?« fragte Pokey.

»Nein«, sagte Samson und hielt seine Schaufel hinter dem Rücken versteckt.

»Ich habe dem Klang des Geldes gelauscht.«

»Du hast da Scheiße am Ohr, Pokey.«

Von da an ließen die beiden bei ihren nächtlichen Erfolgskontrollen etwas mehr Vorsicht walten, doch keiner von ihnen fand auch nur einen einzigen Wurm. Sie warteten den ganzen kalten Winter über in der Gewißheit, daß sie, sobald es Frühling würde, bis zu den Hüften in Würmern und Geld stehen würden. Daß der Yellowtail Damm erst in zwei Jahren fertig werden sollte, spielte dabei keine große Rolle.

Nachdem es getaut hatte, marschierten sie mit Schaufeln bewaffnet zu den Betten, um den zappelnden Inhalt ihres Füllhorns zu begutachten, doch so tief sie auch schaufelten, nichts regte sich. Als sie das dritte Bett umgruben, machte sich bereits eine gewisse Panik breit, und sie schleuderten die Scheiße in hohem Bogen durch die Luft, als Harlan vorgefahren kam.

»Grabt ihr nach Pferden?« fragte er.

»Würmer«, rief Pokey und lüftete das Geheimnis mit einem Wort.

»Woher habt ihr denn den Mist?«

»Von hier und da«, sagte Pokey.

»Von wo hier und da?«

»Von den Ranchen im Reservat.«

Harlan brach in Gelächter aus, und Samson befürchtete einen Moment lang, daß Pokey ihm mit seiner Schaufel den Schädel spalten würde. »Ihr habt versucht, Würmer zu züchten?«

»Wir haben nur getan, was Old Man Coyote gesagt hat«, verteidigte sich Samson. »Wir haben tausend Würmer ausgesetzt, damit sie sich vermehren und wir sie an die Angler verkaufen können.«

»Vermutlich hat Old Man Coyote euch nicht erzählt, daß die Viehzüchter ihren Tieren ein Wurmschutzmittel ins Futter mischen, hmm?«

»Wurmschutzmittel?« sagte Pokey.

»Der Mist da war das pure Gift für eure Würmer. Die waren vermutlich schon zehn Minuten nachdem ihr sie reingesetzt habt, tot.«

Samson und Pokey standen da und schauten sich niedergeschlagen an – dem Jungen schwoll die Unterlippe vor Enttäuschung, dem Mann pochten die Schläfen vor Zorn.

Es gibt Menschen, die behaupten, daß harte Arbeit einen Wert an sich darstellt und daß die Erfüllung, die man dabei findet, wenn man seine Sache gut macht, zur Festigung des Charakters beiträgt; glücklicherweise war niemand von dieser Glaubensgemeinschaft bei jener Gelegenheit zugegen, denn er hätte aufpassen müssen, daß er nicht mit einer Schaufel erschlagen wurde. Pokey und Samson beschlossen, sich zu betrinken. Harlan blieb da, um dem Jungen über seinen ersten Kater hinwegzuhelfen und Großmutter abzulenken, die den beiden Männern das Fell über die Ohren gezogen hätte, wenn sie erfahren hätte, daß sie einem Zwölfjährigen Schnaps zu trinken gaben.

Nachdem sie fast den ganzen Sommer damit verbrachten, über diese herbe Enttäuschung hinwegzukommen und neue Pläne zu schmieden, erschien Pokey eines Tages plötzlich mit einem Pärchen Ziegen. Die Herkunft der beiden Tiere – es handelte sich um einen Bock und ein Weibchen – blieb im dunkeln, das Einzige, was Pokey aus sich herauslocken ließ, war, daß er sie in einer Bar in Hardin bei einer Wette gewonnen hatte und daß in diesem Zusammenhang eine Ananas, ein Wurfmesser und eine Kellnerin namens Debbie involviert gewesen waren. Pokeys alkoholgeschwängerte Schilderungen ließen in punkto Klarheit einiges zu wünschen übrig, doch konnte Samson sich zumindest soviel zusammenreimen, daß Pokey in den Besitz der beiden Ziegen gelangt war, weil Debbie im Gegensatz zu der Ananas die ganze Angelegenheit unbeschadet überstanden hatte.

»Wir könnten eine Zucht aufmachen und sie als Schlachtvieh verkaufen«, sagte Pokey. »Aber ich habe eine bessere Idee. All die Anwälte und Ärzte aus der Stadt kommen nach Montana geflogen, weil sie Bighorn-Schafe abschießen wollen. Die zahlen tausend Dollar pro Stück. Also sage ich, fahren wir doch zum Flughafen in Billings, warten, bis einer von denen aus dem Flugzeug steigt und erzählen ihm, daß er das hier im Reservat für zwei-, dreihundert Dollar pro Stück haben kann. Ich bin der original indianische Pfadfinder und führe sie kreuz und quer durch die Gegend, bis sie nicht mehr wissen, wo ihnen der Kopf steht, und du bringst in der Zeit die Ziegen in die Berge und bindest sie irgendwo an, damit die Kerls sie abknallen können.«

Samson vermutete zwar, daß selbst ein Anwalt aus der Stadt unter Umständen in der Lage wäre, ein Bighorn-Schaf von einer Hausziege zu unterscheiden, doch Pokey wischte seine Zweifel souverän hinweg und beharrte darauf, daß er nur bis zum nächsten Morgen warten solle, und schon würden ihnen ungeheure Reichtümer winken. Als Samson am nächsten Morgen nach den Ziegen schaute, lagen diese auf dem Rücken und reckten die totenstarren Beine schnurgerade gen Himmel. Sie waren mausetot. In seiner Begeisterung hatte Pokey die beiden Tiere in unmittelbarer Nähe eines Schierlingsstrauches angebunden, und die Ziegen hatten, vermutlich ahnend, welches Schicksal ihnen zugedacht war, sich daran gütlich getan, um nach dieser letzten Mahlzeit dem alten Sokrates Gesellschaft zu leisten.

Pokey mußte in seinem Streben nach spirituellem Kapitalismus allerdings nicht ausnahmslos Fehlschläge einstecken. Zumindest einen kleinen Geschäftserfolg erzielte er und Samson mit ihren »authentischen« Tacos auf indianischem Maisbrot, die sie an einem Stand vor dem Custer Battlefield Monument verkauften – jedenfalls solange, bis das Gesundheitsamt Einwände dagegen erhob, daß ihren aus 100% Rindfleisch bestehenden Tacos Murmeltier- und Waschbärfleisch beigemengt war. Außerdem verdienten sie vierzig Dollar damit, daß sie Adlerfedern an Touristen verkauften (in Wirklichkeit handelte es sich um die Federn von zwei Bussarden, die von den Kadavern vergifteter Ziegen gegessen hatten). Dieses Geld investierten sie in den Kauf von Marihuanasamen, und sie brachten eine ganz ansehnliche Ernte etwa traubengroßer Casabamelonen ein. (Harlan sprach in diesem Zusammenhang später von der wundersamen Begebenheit mit den Zauberbohnen). Und während sich Samson schließlich wieder der Schule und dem Basketttballspielen widmete und den Reizen der Mädchen verfiel, wechselte Pokey die Branche und wandte sich der Prostitution zu, indem er in Hardin für fünf Dollar als lebende Reklametafel für 7-Eleven durch die Gegend lief.

Als Samson fünfzehn Jahre alt war, gelangte Pokey zu der Erkenntnis, daß es ihnen vielleicht doch nicht bestimmt war, ihre Träume zu Geld zu machen, und so saßen sie eines Tages wieder einmal in der Küche, und Samson mußte seine Vision von neuem aufrollen.

»Pokey, ich kann mich doch kaum noch an die Vision erinnern – und außerdem, was soll daran überhaupt so wichtig sein? Ich war doch erst neun.« Draußen wartete bereits

Samsons Freund Billy Two Irons, weil die beiden zu einer »Fortynine«-Party am Yellowtail-Damm fahren wollten, und Samson hatte keine Lust, sich zum x-ten Mal über ein Ereignis ausfragen zu lassen, das er am liebsten ebenso wie all die anderen Segnungen seiner Kindheit hinter sich gelassen hätte.

»Weißt du, warum die Crow nie gegen den Weißen Mann gekämpft haben?« fragte Pokey daraufhin bedeutungsschwanger.

»Ach Pokey, was soll der Scheiß? Ich will endlich los.«

»Weißt du, warum?«

»Nein. Warum?«

»Weil ein neunjähriger Junge eine Vision hatte. Deswegen.«

So sehr Samson auch der Sinn danach stand aufzubrechen, er hatte sich jahrelang von den Cheyenne und Lakota anhören müssen, daß die Crow ein Volk von Feiglingen waren, und so konnte er sich einfach nicht losreißen. »Was war das für ein Junge?« fragte er.

»Unser letzter großer Häuptling, Plenty Coups. Als er neun Jahre alt war, hat er seine erste Fastenzeremonie mitgemacht, genau wie du. Er hat sich Streifen aus der Haut geschnitten und fürchterliche Leiden erduldet. Schließlich hatte er seine Vision, und er sah, daß alle Büffel verschwunden waren, und dann sah er die Herden des Weißen Mannes überall auf der Prärie grasen. Er sah überall Weiße Männer, und nirgendwo einen aus unserem Volk. Die höchsten Medizinmänner hörten von seiner Vision und sagten, dies sei eine Botschaft. Die Lakota und die Cheyenne hatten gegen den Weißen Mann gekämpft und ihr Land verloren. Die Vision bedeutete, wenn wir gegen den Weißen Mann kämpften, würden wir unser Land verlieren und ausgelöscht werden. Unsere Häuptlinge beschlossen, nicht zu kämpfen, und die Crow überlebten. Wir sind hier, weil ein neunjähriger Junge eine Vision hatte.«

»Das ist großartig, Pokey«, sagte Samson, dem die Geschichte absolut nichts gebracht hatte. Er hatte jedenfalls nicht vor, sich dem Gespött irgendwelcher Stammesfremder auszusetzen, indem er ihnen erzählte, daß sein Volk seine Lebensweise im Gefolge einer mystischen Vision geändert hatte. Es war schon schwer genug, damit zu leben, daß sein Onkel in dem Ruf stand, er hätte nicht mehr alle Tassen im Schrank. Man brauchte nicht noch zusätzlich Wasser auf die Mühlen derer zu gießen, die sich fragten, ob das nicht auch auf ihn abgefärbt hatte. »Ich muß jetzt los.« Er schnappte sich die Trommel, die Pokey für ihn gemacht hatte, und stieg über seine acht Cousins und Cousinen, die auf dem Fußboden im Wohnzimmer lagen und Zeichentrickfilme im Fernsehen anschauten. »Bis dann, Oma«, rief er über die Schulter seiner Großmutter zu, die auf ihrem ramponierten Lehnstuhl zwischen den Kindern saß und letzte Hand an einen Perlengürtel legte, den sie für ihn machte.

Vor dem Haus war der hochgewachsene, pickelgesichtige Billy Two Irons gerade dabei, einen Kanister Wasser in den Kühler eines zwanzig Jahre alten Ford Fairlane zu füllen. Das Wasser sickerte größtenteils wieder unten aus dem Kühler heraus und breitete sich auf dem Boden zu seinen Füßen aus.

»Glaubst du, das Ding schafft's bis zum Yellowtail rauf?« rief Samson.

»Kein Problem, Alter«, sagte Billy, ohne aufzublicken. »Ich hab zwanzig Milchkanister voll Wasser auf dem Rücksitz. Damit kommen wir bis rauf. Zurück geht's sowieso fast nur bergab.«

»Hast du das Loch im Auspuff geflickt?«

»Klaro – mit 'ner Tomatendose und 'ner Rohrschelle. Funktioniert ganz prima, wenn man nur die Fenster aufläßt.«

»Und was ist mit den Bremsen?« Samson schaute Billy über die Schulter und betrachtete den ölverschmierten Motorraum.

Bevor er antwortete, schraubte Billy den Deckel auf den Kühler und ließ die Motorhaube zuknallen. »Du bremst ihn mit dem Motor runter auf zehn Meilen, dann haust du den Rückwärtsgang rein, und er steht wie 'ne Eins.«

»Na, dann mal los.« Samson sprang in den Wagen. Billy warf den leeren Milchkanister auf den Rücksitz, stieg ein und versuchte, den Motor anzulassen. Samson warf noch einen Blick zurück zum Haus und sah Pokey, der zur Tür herauskam und ihnen zuwinkte.

»Mach schon, Alter«, sagte Samson. »Fahr endlich los.«
Just in dem Augenblick, als Pokey beim Fenster angekommen war, sprang der Motor an. Er mußte brüllen, um sich über das Getöse des defekten Auspuffs verständlich zu machen. »Jungs, paßt bloß auf wegen Enos.«

»Sicher, Pokey«, sagte Samson, während sie sich bereits in Bewegung setzten. Dann wandte er sich an Billy Two Irons und fragte: »Macht Anus schon wieder Nachtschicht?« Mit Anus war Enos Windtree gemeint, ein fettes, übellauniges Halbblut, mit dem nicht gut Kirschen essen war. Zu allem Überfluß arbeitete er als Polizist für das BIA, was seiner Neigung, Jugendliche zu terrorisieren, die an entlegenen Plätzen irgendwelche Parties feierten, natürlich sehr entgegenkam. Einmal waren Samson und Billy zusammen mit ungefähr zwanzig weiteren Jugendlichen auf einer »Fortynine«-Party in der Nähe von Lodge Grass gewesen und hatten getrunken, gesungen und getrommelt, als Samson es plötzlich genau neben seinem Ohr mehrfach klicken hörte. Ihm wurde fast schlecht von dem Geräusch, denn er wußte genau, was das zu bedeuten hatte: eine Patrone vom Kaliber 12 wurde in eine Schrotflinte geschoben. Als er sich umdrehte, rammte Enos ihm den Gewehrkolben mit solcher Wucht gegen die Brust, daß Samson zu Boden geschleudert wurde. Nachdem er die Frontscheinwerfer und Windschutzscheiben von zwei der geparkten Wagen zerschossen hatte, sagte Enos den Kids, sie sollten sich schleunigst aus dem Staub machen. Alle, denen Samson die Geschichte erzählte, meinten, er könne von Glück sagen, daß Enos ihn nicht ins Gesicht geschlagen oder jemanden erschossen hatte. Es gab nämlich Gerüchte, nach denen so etwas schon mal passiert war. In Pine Ridge in der Sioux Reservation hatte es bereits Todesopfer gegeben, die auf das Konto der dortigen Stammespolizei gingen, denn dort herrschte ein regelrechter Bürgerkrieg.

»Enos arbeitet doch immer, wenn er jemandem eins reinwürgen kann«, sagte Billy. »Dem seinen Skalp würde ich mir ja liebend gerne an meine Haustür hängen.«

»Ooohhh, tapferer Krieger sein saumäßig sauer«, erwiderte Samson in Pidgin – sie nannten es Tonto Sprache.

»Willst du mir vielleicht erzählen, daß du was dagegen hättest, Anus' Kopf durch ein Zielfernrohr zu betrachten?«

»Mitnichten, wenn ich einigermaßen sicher wäre, daß ich damit durchkomme. Andererseits würde es mir zu schnell gehen, ihn einfach abzuknallen.«

Die nächsten anderthalb Stunden verbrachten die beiden, wenn sie nicht gerade den Kühler wieder auffüllten, mit Überlegungen, welches die geeignetste Methode sei, sich Enos Windtree vom Hals zu schaffen. Als sie schließlich bei der Party ankamen, waren sie zu dem Ergebnis gelangt, daß man ihn einer Ganzkörperbehandlung mit einem Schleifbandhobel unterziehen sollte, während ihm gleichzeitig mit einer Standfräse ein Loch von fünf Zentimetern Durchmesser langsam durch den Schädel getrieben wurde. (Samson und Billy hatten gerade ihr erstes Jahr Werkunterricht hinter sich und waren immer noch ganz fasziniert von dem makabren Potential, das in den einzelnen Werkzeugen schlummerte; gefördert wurde diese Faszination von ihrem Lehrer, einem Weißen, der nur noch sieben Finger sein eigen nannte und bis ins letzte Detail jeden Unfall seit der Jahrhundertwende beschrieb, im Verlauf dessen ein Schüler im Werkunterricht infolge seiner Unachtsamkeit Verletzungen, Verstümmelungen oder gar den Verlust seines Lebens zu beklagen hatte. Die Bemühungen des Lehrers, seinen Schülern *gebührenden Respekt vor den Werkzeugen* zu vermitteln, waren von einem derartigen Erfolg gekrönt, daß Billy Two Irons nach dem Unterricht glatt zwei Kurse schwänzen mußte, um seine Fassung wiederzuerlangen, und ein drohender Nervenzusammenbruch nur dadurch abgewendet wurde, daß Samson sich bereit erklärte, das Vogelhäuschen seines Freundes zu Ende zu bauen.)

Billy fuhr mit dem Fairlane langsam auf den etwa hundert Meter hohen Damm hinauf, wo bereits einige andere Autos kreuz und quer parkten. Er wuchtete den Rückwärtsgang hinein und trat mit beiden Füßen aufs Gas, bis das Getriebe ein fürchterliches Protestgeheul anstimmte und der Wagen von wüsten Zuckungen geschüttelt zum Stehen kam.

Im nächsten Augenblick war Samson auch schon ausgestiegen und ließ sich den warmen, von Salbeiduft geschwängerten Wind, der von dem neuen Staubecken hinaufwehte, um die Nase streichen. Etwa zwanzig junge Leute saßen auf der Brüstung des Dammes und trommelten und sangen ein Lied in der Sprache der Crow, das von bitter enttäuschten Hoffnungen und gebrochenen Herzen handelte. Samson versuchte, die Gesichter im Mondschein näher auszumachen, doch obwohl ihm alle bekannt waren, lächelte er erst, als er Ellen Black Feather erblickte. Sie trug Jeans und ein T-Shirt. Es wehte ein scharfer Wind, so daß ihr langes Haar wie ein schwarzer Kometenschweif wirkte und ihr T-Shirt sich eng an ihren Körper schmiegte. Samson stellte erfreut fest, daß sie keinen BH trug. Sie sah Samson und erwiderte sein Lächeln.

Es hätte nicht schöner sein können. Genau, wie er es sich schon ein Dutzend Mal vorgestellt hatte, wenn er im Dunkeln wachlag, während seine Cousins und Cousinen schliefen. Sie würden eine Weile singen und trinken, vielleicht sogar einen Joint rauchen, falls jemand einen dabei hatte, und dann würden Ellen und er schließlich auf dem Rücksitz des Fairlane landen und den Abend dort beenden. Er ging zu Ellen und setzte sich neben sie auf das Geländer des Staudamms, ohne auch nur einen Gedanken darauf zu verschwenden, daß es hinter seinem Rücken hundert Meter in die Tiefe ging. Während er anfing, seine Trommel zu schlagen und in den Gesang einstimmte, warf er noch einmal einen Blick herüber zum Wagen, wo Billy Two Irons gerade dabei war, den Kühler aufzufüllen. Bei dieser Gelegenheit fiel ihm auf, daß es wohl ratsam wäre, die zwanzig Wasserkanister aus dem Weg zu räumen, wenn es tatsächlich dazu kommen sollte, daß er und Ellen Black Feather sich auf dem Rücksitz von Billys Wagen vergnügen würden. Er tätschelte ihr das Knie, und mit den Worten, er sei gleich zurück, machte er sich auf den Weg zum Wagen.

»Billy, hilf mir mal mit den Kanistern, die müssen in den Kofferraum.«

»Die sind doch sowieso alle leer, um die brauchst du dich nicht zu kümmern.«

»Ich brauche den Platz. Machst du jetzt also den Kofferraum auf?«

Billy reichte ihm die Wagenschlüssel. »Hunts Alone, du bist ein elendiger geiler Bock.«

Samson grinste, nahm die Schlüssel und rannte zum Heck des Wagens. Er lud gerade die erste Ladung Kanister in den Kofferraum, als er einen Wagen vorbeifahren hörte und der Gesang und das Trommeln abrupt verstummten. Als Samson nachschaute, sah er, wie der grüne Streifenwagen der Stammespolizei in etwa dreißig Meter Entfernung mitten zwischen den jungen Leuten anhielt.

»Scheiße, das ist Anus«, sagte Billy. »Komm wir verpissen uns.«

»Nein, warte doch.« Sachte drückte Samson den Kofferraumdeckel zu und ging zu Billy, der am vorderen Ende des Wagens stand. Sie sahen zu, wie Enos aus dem Wagen stieg und sich dann noch einmal hineinbeugte, um seinen Schlagstock herauszuholen. Die Teilnehmer der Party standen reglos da, wie ein Kaninchen vor der Schlange, und versuchten, unauffällig Ausschau nach eventuellen Fluchtwegen zu halten. Lediglich Ernest Bulltail, der größte in der Gruppe, der in dem Ruf stand, keiner Schlägerei aus dem Wege zu gehen, blickte Enos Windtree unverwandt in die Augen.

»Das hier ist eine illegale Versammlung«, knurrte Enos und schlenderte auf Ernest zu. »Ihr wißt das, und ich weiß das. Darauf stehen zweihundert Dollar Strafe, zahlbar sofort. Also spuckt den Zaster mal aus.« Enos rammte Ernest, um seiner Forderung Nachdruck zu verleihen, seinen Schlagstock in den Solarplexus, so daß Ernest vornüberkippte. Er versuchte, sich wieder aufzurichten, doch Enos versetzte ihm einen Stockschlag ins Gesicht. Einer der anderen jungen Männer machte einen Schritt vorwärts, blieb jedoch wie angewurzelt stehen, als Enos die Hand auf die Magnum an seinem Gürtel sinken ließ.

»Kommen wir also zu der Geldstrafe«, sagte Enos.

»Fick dich, Anus!« schrie irgend jemand, und Samson sank das Herz in die Hose, als er feststellte, daß es Ellen gewesen war. Enos wandte sich von Ernest ab und watschelte auf das Mädchen zu.

»Du mußt ja nicht in bar zahlen, mir kommt da gerade so eine Idee, wie sich das auch anders regeln läßt«, sagte Enos und verzog das Gesicht zu einem widerlichen Grinsen.

Samson wußte, daß er irgendwas unternehmen mußte, doch er hatte keine Ahnung, was. Billy zupfte ihn am Ärmel, um ihn zum Aufbruch zu bewegen, aber Samson konnte sich nicht von Ellen losreißen. Warum hatten sie bloß keine Waffen mitgenommen? Er schlich zum Heck des Wagens und öffnete den Kofferraum.

»Was machst du da?« flüsterte Billy.

»Ich suche nach einer Waffe.«

»Ich habe keine Knarre im Wagen.«

»Aber das hier«, sagte Samson und hob einen großen Schraubenschlüssel in die Höhe.

»Gegen 'ne Drei-siebenundfünfzig? Hast du noch alle Tassen im Schrank?« Billy packte den Schraubenschlüssel und wand ihn Samson aus der Hand.

Die Verzweiflung über seine Machtlosigkeit trieb Samson die Tränen in die Augen. Er schaute wieder zu Enos herüber, der mit der einen Hand seine Pistole an Ellens Schläfe preßte und die andere gerade unter ihr T-Shirt schob.

Samson schob Billy zur Seite, griff in den Kofferraum und zog das Ersatzrad heraus. Geduckt schlich er zum Damm hinauf, das Rad wie ein Baby in seinen Armen. Die anderen standen wie angewurzelt da und schauten zu, die Augen weit aufgerissen vor Angst. Als er noch etwa zehn Meter von Enos entfernt war, fing Samson an zu rennen, das Ersatzrad wie einen Schild mit ausgestreckten Armen vor sich haltend.

»Enos!« rief Samson. Der fette Polizist ließ Ellen los, hob seine Pistole und wollte gerade feuern, als der Reifen ihn in Brusthöhe traf und er von der Wucht des Aufpralls rückwärts über das Geländer geschleudert wurde. Samson wäre ihm hinterhergestürzt, hätte nicht irgend jemand, als er schon halb über dem Geländer hing, sein Hemd zu fassen bekommen und ihn wieder hinauf auf den Damm gezogen. Er schaute gar nicht nach, wer dieser Jemand gewesen war, sondern starrte unverwandt über das Geländer hinweg dorthin, wo die Staumauer sich in sechzig Meter Tiefe in der Dunkelheit verlor.

Nun drängten sich auch die anderen ans Geländer und schauten hinab. Sie waren alle so erschrocken, daß keiner ein Wort herausbrachte, bis Billy Two Irons schließlich das Schweigen brach und sagte: »Den Reifen hatte ich gerade flicken lassen.«

Teil Zwei

Der Marschbefehl

13. KAPITEL

Vergiß alles, was du weißt
Crow Country – 1973

Es schien, als sei Billy Two Irons der einzige von allen, die mitangesehen hatten, wie Enos über das Geländer des Dammes gerauscht war, der sich von der nun einsetzenden allgemeinen Lähmung nicht anstecken ließ. Während die anderen noch in den dunklen Abgrund hinunterstarrten, machte er sich bereits Gedanken, wie er seinen Freund retten konnte.
»Samson, komm mal hier rüber.«
Samson drehte sich um und blickte Billy an. Der Adrenalinstau in seinem Körper ließ ihn zittern, und sein Blick war verschleiert, als sei er in einem Traum gefangen. Billy legte seinen Arm um Samsons Schultern und führte ihn weg.
»Also jetzt paß mal auf, Samson. Du mußt abhauen.«
Es verging ein Moment, und Samson antwortete nicht eher, als bis Billy ihn rüttelte. »Abhauen?«

»Du mußt aus dem Reservat verschwinden und darfst dich hier eine ganze Weile nicht mehr blicken lassen. Vielleicht kannst du nie wieder zurückkommen. Jeder hier wird natürlich behaupten, er wird die Klappe halten. Aber du kannst Gift drauf nehmen, daß dein Name irgendwann fällt, sobald die Bullen erst mal richtig loslegen und die Sau rauslassen. Du mußt einfach verschwinden, Alter.«

»Wo soll ich denn hin?«

»Weiß ich auch nicht, aber weg mußt du. Jetzt steig schon in den Wagen. Ich versuche mal, ob ich ein bißchen Geld auftreiben kann.«

Dankbar, daß jemand ihm das Denken abnahm, und weil ihm auch nichts Besseres einfiel, befolgte Samson Billys Anweisungen. Er setzte sich in den Wagen und schaute zu, wie sein Freund alle Leute auf dem Damm abklapperte und Geld einsammelte. Er schloß die Augen und versuchte nachzudenken, aber vor seinen Augen lief immer wieder der gleiche Film in Zeitlupe ab: Der fette Bulle, der mit einem Ersatzreifen in der Fresse rückwärts über das Geländer kippte. Er riß die Augen auf und versuchte krampfhaft, sie offen zu halten, bis sie zu tränen begannen. Ein paar Minuten später warf Billy eine Handvoll Geldscheine auf den Sitz und stieg in den Wagen.

»Ich hab denen erzählt, daß du dich in den Bergen verstecken wirst und wir das Geld brauchen, um Vorräte zu besorgen. Bis die Bullen merken, daß du gar nicht mehr im Reservat bist, solltest du eigentlich schon über alle Berge sein. Das hier sind ungefähr hundert Dollar.«

»Wo fahren wir jetzt hin?« fragte Samson.

»Erst mal müssen wir irgendwo halten und die ganzen Kanister wieder mit Wasser auffüllen. Dann bringe ich dich nach Sheridan, und dort kannst du den Bus nehmen. Weiter traue ich mich mit dieser Karre nicht. Wenn wir irgendwo da draußen in der Pampa liegenbleiben, bist du am Arsch.«

Samson war ganz erstaunt darüber, daß sein Freund in der Lage war, derartig klare Gedanken zu fassen und auch noch in die Tat umzusetzen. Wäre er auf sich selbst gestellt gewesen, hätte er vermutlich noch immer dort oben auf dem Damm gestanden, in die Tiefe gestarrt und sich gefragt, was denn eigentlich passiert war. Statt dessen war er nun auf dem Weg nach Wyoming.

»Ich sollte noch mal zu Hause vorbeischauen und Oma erzählen, daß ich fortgehe.«

»Geht nicht. Ich werd ihnen morgen Bescheid sagen. Wenn du erst mal weg bist, darfst du ihnen auf keinen Fall schreiben, denn dann kommen dir die Bullen auf die Spur.«

»Woher weißt du das?«

»So haben sie meinen Bruder geschnappt«, sagte Billy. »Er hat einen Brief geschrieben, aus New Mexico. Zwei Tage später hat das FBI ihn geschnappt.«

»Aber...«

»Jetzt paß mal auf, Samson. Du hast einen Bullen umgebracht. Ich weiß, daß es keine Absicht war, aber das ist völlig egal. Wenn sie dich schnappen, knallen sie dich ab, bevor du auch nur Gelegenheit hast zu erzählen, was sich abgespielt hat.«

»Aber alle haben es doch gesehen.«

»Alle, die dabei waren, waren Crow, Samson. Und einem Haufen beschissener Indianer glaubt kein Mensch.«

»Aber Enos war doch auch ein Crow – zumindest teilweise.«

»Er war ein Apfel; rot war nur seine Schale.«

Samson wollte protestieren, doch Billy brachte ihn mit einem scharfen Zischen zum Schweigen. »Überleg dir lieber, wo du hinwillst.«

»Wo sollte ich denn hin? Was meinst du?«

»Keine Ahnung. Du mußt einfach verschwinden. Und wenn dir was einfällt, sag mir bloß nichts. Ich will es gar nicht wissen. Du kannst versuchen, ob du vielleicht irgendwie als Weißer durchgehst. Bei deinen hellen Augen könnte das sogar klappen. Leg dir einen neuen Namen zu und färb dir die Haare heller.«

»Ich weiß nicht, wie man sich als Weißer anstellt.«

»So schwer wird's schon nicht sein«, sagte Billy.

Samson spürte das dringende Verlangen, mit jemand anderem als Billy Two Irons zu sprechen – jemand, der nicht so vernünftig daherredete: Pokey. Er mochte zwar ein Spinner sein, der einen Haufen Quatsch erzählte und zuviel trank, und außerdem konnte er mit seinem rituellen Hokuspokus ganz schön nerven, aber nun fiel Samson auf, daß Pokey der Mensch war, dem er auf der ganzen Welt am meisten vertraute. Doch Billy hatte recht: zu Hause vorbeizufahren wäre ein Fehler. Statt dessen versuchte Samson sich vorzustellen, was Pokey von seiner Flucht in die Welt des Weißen Mannes wohl halten würde. Na ja, zunächst mal, dachte Samson, würde Pokey niemals zugeben, daß es so etwas wie die Welt des Weißen Mannes überhaupt gab. Wenn man Pokey glaubte, so gab es nur die Welt der Crow – ein Gefüge, geprägt von Familien und Clans, Medizin und Gleichgewicht und Old Man Coyote. Der Weiße Mann war einfach nur eine Krankheit, der die Welt der Crow aus dem Gleichgewicht gebracht hatte.

Samson versuchte, in die Zukunft zu schauen, um zu sehen, wo er wohl landen und was er wohl tun würde, aber all die Pläne, die er irgendwann einmal gemacht hatte – und so viele waren das auch nicht , hatten ihre Gültigkeit verloren. Die Zukunft erschien ihm nur noch wie ein dichter weißer Nebel, in dem er nicht weiter sehen konnte als bis zur Bushaltestelle in Sheridan, Wyoming. Er spürte Panik in sich aufsteigen wie einen Schrei, der sich Bahn bricht, doch da wurde ihm plötzlich klar: Das hier war eine Form von Coyotenjammer. Er versuchte, zu weit in die Zukunft zu blicken, und das brachte ihn aus dem Gleichgewicht. Er mußte sich darauf konzentrieren, was in diesem Augenblick zu tun war, und wenn die Zukunft dann über ihn hereinbrach, würde ihm schon einfallen, was er wissen mußte. Wie sagte Pokey immer? »Wenn du etwas erfahren willst, mußt du alles vergessen, was du weißt.«

»Gib nicht das ganze Geld für die Fahrkarte aus«, sagte

Billy. »Wenn du erst mal hier aus der Gegend raus bist, kannst du trampen.«

»Woher weißt du das alles? Von damals, als dein Bruder Ärger hatte?«

»Ja. Er schickt mir Briefe aus dem Gefängnis, in denen er schreibt, was er alles falsch gemacht hat.«

»Er hat eine Bombe in das Büro des BIA gelegt. So viele Briefe kann man darüber doch gar nicht schreiben.«

»Darum geht's ja auch nicht. Sondern darum, was er falsch gemacht hat, daß sie ihn schnappen konnten.«

»Oh«, sagte Samson.

Zwei Stunden später stieg Samson in den Bus nach Elko, Nevada. Bei sich trug er all seine Besitztümer: dreiundzwanzig Dollar, ein Taschenmesser und ein kleines Bündel aus Hirschleder. Er setzte sich auf einen Fensterplatz im hinteren Ende des Busses und stierte hinaus in die Landschaft, die sich draußen in der Dunkelheit vor ihm ausbreitete. Er konnte zwar nicht das Geringste erkennen, doch er versuchte sich vorzustellen, wo er wohl landen würde. Er hatte beinahe mehr Angst davor zu entkommen als gefaßt zu werden, denn wäre er gefaßt worden, so hätte sein Schicksal in den Händen von jemand anderem gelegen.

Nach etwa einer Stunde bemerkte Samson, daß der Bus langsamer wurde. Er sah sich um, wie die anderen Passagiere reagierten, doch bis auf eine ältere Dame, die weiter vorne saß und in einen Kitschroman vertieft war, schliefen alle. Der Fahrer schaltete einen Gang herunter, und Samson konnte spüren, wie der Dieselmotor hinter ihm aufheulte, als der Bus auf die Überholspur wechselte. Er schaute aus dem Fenster und sah das Heck eines riesigen, taubenblauen Wagens. Während der Bus daran vorbeizog, betrachtete Samson den schier endlos erscheinenden Wagen, der über der Fahrbahn schwebend dahinzugleiten schien. Zunächst sah er nur den Hinterkopf des Fahrers, doch dann konnte er das Gesicht erkennen. Es war der fette Handlungsreisende aus seiner Vision. Samson drehte sich auf seinem Sitz herum, in der Hoffnung, ihn genauer betrachten zu können. Es schien, als könnte der Handlungsreisende ihn durch die verspiegelten Busfenster hindurch sehen, denn es machte den Eindruck, als prostete er Samson mit einer Flasche Cola zu.

»Haben Sie das gesehen?« rief Samson der alten Dame zu. »Haben Sie den Wagen da gesehen?«

Die alte Dame drehte sich zu ihm herum und schüttelte den Kopf. Ein Cowboy auf dem Sitz neben ihm stöhnte. »Haben Sie gesehen, wer in dem Wagen da gesessen hat?« fragte Samson den Busfahrer, der allerdings nur kichernd den Kopf schüttelte.

Der Cowboy auf dem Sitz nebenan war mittlerweile aufgewacht und schob sich den Hut aus der Stirn. »Also gut, Kleiner, ich mach mir deinetwegen schon fast in die Hosen vor Aufregung. Also, wer war denn jetzt in dem Wagen?«

»Der Vertreter«, sagte Samson.

Der Cowboy schaute ihn einen Augenblick mit einer Mischung aus Unglauben und Zorn an, dann schob er sich seinen Hut wieder über die Augen und ließ sich in seinen Sitz zurücksinken. »Diese Scheißmexikaner, ich hasse sie alle«, sagte er.

14. KAPITEL

Lügen führen ein Eigenleben

Es dauerte gerade mal sechs Wochen, bis aus Samson Hunts Alone, dem Crow-Indianer, Sam Hunter, der Mann mit tausend Gesichtern, geworden war. Die Verwandlung begann damit, daß der Cowboy im Bus ihn irrtümlicherweise für einen Mexikaner gehalten hatte. Als Samson in Elko, Nevada, aus dem Bus stieg und ein rassistischer Trucker ihn ein Stück weit mitnahm, wurde er zum ersten Mal in seinem Leben zu einem Weißen. Er hatte, nachdem er jahrelang Pokeys Erzählungen angehört hatte, erwartet, daß mit seiner Verwandlung in einen Weißen das unbezähmbare Verlangen einhergehen würde, sich auf die Suche nach ein paar Indianern zu begeben, um ihnen ihr Land wegzunehmen, doch seltsamerweise wollte sich dieses Bedürfnis nicht einstellen, und so saß er ruhig da und hörte zu, was der Trucker so von sich gab. Als er in Sacramento, Kalifornien, aus dem Truck stieg, hatte Samson die Predigt über die Überlegenheit der weißen Rasse soweit verinnerlicht, daß er sie schon beinahe nachbeten konnte, doch wurde er just in diesem Augenblick von einem schwarzen Trucker mitgenommen, der Amphetamine schluckte und sich in endlosen Elogen über Unterdrückung, Ungerechtigkeit und die gewaltsame Machtergreifung durch die Black Panthers, die Teamster-Gewerkschaft oder die Temptations erging. Wer genau, war Samson nicht ganz klar.

In Santa Barbara wurde Samson auf die Straße gesetzt, als er den Vorschlag machte, mit der Exekution aller Weißen zumindest solange zu warten, bis sie verraten hatten, wo sie all ihr Geld versteckt hatten. Im Grunde genommen war er sogar froh darüber, daß er aus dem Lastwagen heraus war; er war jetzt erst seit ein paar Stunden ein Weißer, und er wußte nicht recht, ob ihm das so gut gefiel, daß er auch bereit gewesen wäre, dafür zu sterben. Es interessierte ihn viel mehr, etwas zu trinken zu bekommen. Also kaufte er sich in einem nahegelegenen Lebensmittelladen eine Cola und ging über die Straße zu einem Park, wo er sich unter den Ästen eines mächtigen Feigenbaumes niederließ und umgeben von einem Dutzend Pennern seine nächsten Schritte erwog. Er gelangte zu der Einsicht, daß seine Lage von einer grandiosen Hoffnungslosigkeit geprägt war und er bis zum Hals in der Tinte steckte, als neben ihm ein Bündel Lumpen zu sprechen anfing.

»Is' da Schnaps in dem Becher?«

Samson betrachtete den länglichen Lumpenhaufen ein paar Sekunden lang, bis er feststellte, daß sich an einem der beiden Enden ein haarüberwuchertes Gesicht befand. Und aus der grauen Masse, die vermutlich ein Gesicht darstellte, lugte als einziger Farbtupfer ein blutunterlaufenes Auge hervor, in dem ein schwacher Hoffnungsschimmer glomm. »Nee, nur Cola«, sagte Samson. Die Hoffnung verglomm, und in dem Auge machte sich wieder die gleiche Leere breit wie in der Augenhöhle daneben.

»Hast du Geld?« fragte der Penner.

Samson schüttelte den Kopf. Er hatte nur noch zwölf Dollar und keine Lust, sie zu teilen.

»Bist du neu hier?«

Samson nickte.

»Bist du Mexikaner?«

Samson überlegte einen Moment und nickte dann.

»Du hast es gut«, sagte der Penner. »Du kriegst wenigstens 'ne Arbeit. Jeden Morgen kommt hier so 'n Kerl mit 'nem Laster vorbei – er holt Leute ab, die Gartenarbeit machen, allerdings nimmt er nur Mexikaner. Weiße sind zu faul, sagt er.«

»Und, stimmt das?« fragte Samson. Er war zu der Vermutung gelangt, daß die Weißen nach dem ganzen Schwarzeverfolgen, Geldverstecken, Landwegnehmen, Verträgebrechen und die-eigene-Rasse-einhalten vielleicht ganz einfach müde waren. Er war jedenfalls froh, Mexikaner zu sein.

»Für'n Mex sprichst du ganz gut Englisch.«

»Wo hält der Kerl mit dem Laster? War er heute schon hier?«

»Ich bin nicht faul«, sagte der Penner. »Ich hab einen Abschluß in Philosophie.«

»Ich geb dir 'nen Dollar«, sagte Samson.

»Es ist halt schwer, in meinem Beruf Arbeit zu finden.«

Samson kramte in seiner Tasche nach einem Dollar und hielt ihn dem Penner hin, der ihn blitzschnell schnappte und zwischen seinen Lumpen verschwinden ließ. »Er hält einen Block von hier, vor dem Nachtimbiß.« Der Penner deutete die Straße hinunter. »Heute hab ich ihn noch nicht gesehen, ich hab allerdings auch geschlafen.«

»Danke.« Samson erhob sich und machte sich auf den Weg.

Der Penner rief ihm nach: »He, Kleiner, komm heut abend wieder her. Wenn du 'ne Pulle spendierst, halte ich dir den Rücken frei, wenn du schläfst.«

Samson winkte ihm über die Schulter hinweg zu. Wenn er es vermeiden konnte, würde er nicht zurückkommen. Einen Block weiter reihte er sich in eine Gruppe von Männern ein, die an der Ecke standen und warteten. Gerade in diesem Moment hielt ein Lastwagen an, dessen Ladefläche bereits zur Hälfte voll war mit Mexikanern.

Der Mann, der den Laster gefahren hatte, stieg aus und kam zu den wartenden Männern herüber. Er war etwa mittelgroß und braungebrannt, trug einen Stetson aus Stroh und Cowboystiefel, und die Kombination aus Schnurrbart und verschlagenem Grinsen erinnerte an den Archetyp eines Hühnerdiebes. Die Männer, die für ihn arbeiteten, nannten ihn *Patrón*, doch ironischerweise war die gängige Bezeichnung für Leute seines Standes *Coyote*.

Er musterte die Wartenden und traf seine Auswahl mit einem Nicken und einer kurzen Bewegung des Zeigefingers. Die Auserwählten, bei denen es sich ausnahmslos um Latinos handelte, sprangen auf die Ladefläche des Lasters. Der Coyote ging auf Samson zu, packte seinen Oberarm, um festzustellen, ob er genug Muskeln hatte, und sagte dann etwas auf Spanisch. Samson geriet in Panik und antwortete in Crow: »Ich bin auf der Flucht und suche nach dem Einarmigen, der meine Frau ermordet hat.« Zu Samsons Überraschung schien dies den Coyoten zufriedenzustellen.

Der Coyote hatte fünf Jahre lang illegale Einwanderer ins Land geschmuggelt, und von Zeit zu Zeit waren ihm bei dieser Gelegenheit auch Indianer aus Südamerika, Guatemala oder Honduras über den Weg gelaufen, die kein Spanisch sprachen. Für ihn klangen alle Indianersprachen gleich, und so nahm er an, daß es sich bei Samson um einen Indianer handelte. *Um so besser*, dachte er, *auf diese Art braucht er noch länger, bis er merkt, wie der Hase läuft.*

Wenn der Coyote seine Leute über die Grenze gebracht hatte, besorgte er ihnen eine Unterkunft (zwei Apartments, in denen sie zu zehnt in einem Zimmer schliefen), Essen (Bohnen, Tortillas und Reis) und zahlte ihnen drei Dollar die Stunde (für knallharte Knochenbrecherarbeit, die die meisten Gringos, ohne zu überlegen, abgelehnt hätten). Seinen Kunden stellte er acht Dollar pro Mann und Stunde in Rechnung, wobei die Differenz in seine eigene Tasche wanderte. Am Ende der Woche zahlte er seine Männer in bar aus, nachdem er einen ansehnlichen Betrag für Kost und Logis abgezogen hatte, dann fuhr er sie alle zu einem Postamt, wo er ihnen half, die Zahlungsanweisungen an ihre Familien auszufüllen, so daß sie absolut mittellos dastanden. Auf diese Weise konnte er drei bis vier Monate lang eine beständige Mannschaft unter seiner Fuchtel halten, bis die Männer merkten, daß sie mit niederen Arbeiten in Hotels und Restaurants wesentlich besser bedient waren. Wenn es soweit kam, fuhr der Coyote nach Mexiko und holte eine neue Ladung ab. In der letzten Zeit hatte er, um seine Personalengpässe zu überwinden, allerdings zunehmend auf Mexikaner zurückgegriffen, die die Grenze auf eigene Faust überquert hatten, und mußte deshalb nicht mehr so häufig zu Nacht- und Nebelfahrten aufbrechen.

Sein ganzes Leben lang hatte Samson noch nie so hart gearbeitet. Den ganzen Tag lang rackerte er sich mit seiner Spitzhacke ab, so daß er am Ende des ersten Tages mit völlig steifem Rücken und blutigen Händen auf der Ladefläche des Lasters einschlief, bis der *Patrón* ihn mit der flachen Hand ins Gesicht schlug, um ihn aufzuwecken, und ihn zu dem Apartment führte, wo er ihm seine Koje zeigte. Zusammen mit neun anderen in einem Zimmer zu schlafen war für Samson nichts Neues. Das Essen war zwar scharf gewürzt, doch ansonsten schmackhaft und vor allem reichlich. Er lauschte den traurigen spanischen Liebesliedern seiner Kollegen und versank mit dem Gefühl tiefer Einsamkeit in wohlverdienten Schlaf.

Im Verlauf der nächsten Wochen hörte er, wie die anderen Männer in der Dunkelheit flüsterten, und dies bestätigte ihn noch mehr in dem Gefühl, ganz allein auf der

Welt zu sein. Er hatte keine Ahnung, daß diese Unterhaltungen sich um ihn drehten und um die Tatsache, daß er offensichtlich nie Geld nach Hause schickte und es doch wohl kein Problem sein sollte, diesem dämlichen Indianer, der noch nicht mal Spanisch sprechen konnte, seine Kröten abzunehmen. Samson hingegen stellte sich vor, daß sie darüber redeten, wie sehr sie ihre Heimat und ihre Familien vermißten. Es gehört jedoch zu den Grundzügen des lateinamerikanischen Machismo, daß ein Mann seine melancholischen Anwandlungen nur in Liedern ausdrücken darf und sich ansonsten jegliche Äußerungen dieser Art strikt zu verkneifen hat. Davon hatte Samson allerdings nicht die blasseste Ahnung.

Jedenfalls hatte man sich darauf geeinigt abzuwarten, bis der Junge mal duschen würde, um dann seine Taschen zu durchwühlen und sich sein Geld unter den Nagel zu reißen. Sollte er deswegen Krawall machen, würden sie ihm die Kehle durchschneiden und ihn irgendwo auf dem riesigen Grundstück verscharren, das sie derzeit einebneten, um Gärten darauf anzulegen. Es mag bezweifelt werden, ob sie ihn wirklich umgebracht hätten, denn im Grunde ihres Herzens waren diese Männer eigentlich nicht wirklich schlecht oder böse; die Tatsache, daß sie einen Mord in Erwägung zogen, diente eigentlich mehr dazu, vor sich und den anderen als toller Hecht dazustehen. Später, als der Junge fort war, drehte sich ihr nächtliches Geflüster wieder um die Klasseweiber, die sie an Land ziehen und die Autos und Grundstücke, die sie kaufen würden, wenn sie wieder nach Mexiko zurückkehrten.

Durch eine glückliche Fügung blieb Samson das ihm zugedachte Schicksal erspart, denn an einem Nachmittag, als die Arbeiter gerade eine Pause machten und kalte Burritos aßen, kam der Eigentümer des Grundstückes vorbei.

»Einer der Hilfskellner ist von der Einwanderungsbehörde geschnappt worden«, sagte der reiche Mann. »Spricht einer von deinen Leuten Englisch? Ich zahle dir auch eine Ablöse.«

Der Coyote schüttelte den Kopf, doch Samson meldete sich zu Wort. »Ich spreche Englisch.« Das Hühnerdiebsgrinsen rutschte dem Coyoten förmlich aus der Visage. Er hatte fest damit gerechnet, den Jungen eine ganze Weile behalten zu können, und da ging dieser Braten doch einfach hin und lernte in seiner Freizeit Englisch. Damit war der Junge für ihn wertlos geworden, und es war das Beste, den Schaden in Grenzen zu halten und zu sehen, was er für ihn herausschlagen konnte.

Um die Neugierde der Männer zu befriedigen und zu vermeiden, daß der Rest seiner Mannschaft ähnliche Ambitionen entwickelte, erzählte er ihnen, daß der reiche Amerikaner den Jungen gekauft hatte, um sich an ihm sexuell zu verlustieren. Und so standen sie alle mit einem wissenden Grinsen da, als Samson davonfuhr.

Bei seiner neuen Arbeit stellte Samson fest, daß es für ihn leichter war, wenn er sich als Mexikaner ausgab. Das Arbeitstempo war zwar hoch, aber dafür war die Arbeit selbst nicht sonderlich anstrengend, und außerdem konnte er in der Abstellkammer schlafen, bis er eine eigene Wohnung gefunden hatte. Der Besitzer glaubte sich mit ihm in einer Mischung aus Pidgin-Englisch und ein paar Brocken Spanisch verständigen zu müssen, und Samson seinerseits verwendete eine modifizierte Version des Tonto. Außerdem eignete er sich im Laufe der Zeit einige essentielle Redewendungen auf Spanisch an (»Wo sind die Löffel?«, »Wir brauchen mehr Teller.«, »Deine Schwester fickt Esel in Tijuana.«), und so gelang es ihm, mit den mexikanischen Tellerwäschern und Köchen Freundschaft zu schließen.

Von dem Augenblick an, als er in Santa Barbara ankam, wurde Samson erneut von einem herzzerreißenden Heimweh geplagt. Wenn er nachts in seiner dunklen Koje lag und darauf wartete, daß er endlich einschlafen konnte, stieg in ihm die Sehnsucht nach zu Hause hoch wie eine schwarze Flutwelle, die wie ein blindwütig zappelndes Ungetüm heranspülte, das seine in den letzten Zuckungen liegenden Hoffnungen vollends in Stücke zu reißen drohte. »Vergiß alles, was du weißt«, hatte Pokey zu ihm gesagt, und diesen Gedanken vor Augen kämpfte er gegen seine Hoffnungslosigkeit an. Er verbot sich jegliche Erinnerung an seine Familie, sein Zuhause oder seine Herkunft. Statt dessen konzentrierte er sich auf die Unterhaltungen, die er mitgehört hatte, während er im Restaurant die Tische abräumte oder Kaffee nachschenkte. Als Mexikaner, der niedere Arbeiten verrichtete, war er für die wohlhabenden Gäste aus Santa Barbara nicht existent. Sie plauderten offen über die intimsten Details aus ihrem Privatleben, ohne ihm auch nur die geringste Beachtung zu schenken, während er von Tisch zu Tisch wanderte wie die Fliege an der Wand...

»Also Ashley hatte ja sechs Monate lang eine Affäre mit ihrem Schönheitschirurgen, und...«

»Wenn ich meinen Rechtsverdrehern ordentlich Dampf mache, kriege ich das Kongreßzentrum im Stadtrat durch, und dann...«

»Ich will das Bad im Kolonialstil, aber Bob steht mehr auf Art Nouveau, und da habe ich also unseren Anwalt angerufen und gesagt...«

»Ich weiß auch, daß Ölbohrungen vor der Küste der Umwelt schaden, aber meine Exxon-Aktien sind gerade mal halb so viel wert wie vor zwei Jahren, also habe ich meinem Psychotherapeuten gesagt...«

»Susan ist mit den Kindern nach Tahoe gefahren, und ich

dachte mir, daß das ja wohl die beste Gelegenheit wäre, Marie das Haus zu zeigen. Und da hat diese Schlampe doch eine ganze Flasche Massageöl in die Badewanne gekippt, und...«

»Mir ist es scheißegal, ob sie den Kram brauchen oder nicht. Aber wenn ihr euren Job richtig macht, könnt ihr Kühlschränke an Eskimos verkaufen; Bedarf hat damit gar nichts zu tun. Behaltet immer die drei *M's im Kopf: Magie, Motivation und Manipulation.* Ihr verkauft keine Bedarfsgüter, ihr verkauft...«

»Träume«, platzte Samson heraus und vollendete so den Satz eines jungen Vertriebsleiters aus der Versicherungsbranche, der seinen Vertreterstab zum Lunch eingeladen hatte, um ihnen ordentlich den Marsch zu blasen. Samson war selbst verblüfft darüber, daß er sich so unvermittelt in das Gespräch eingemischt hatte, aber die Ansprache des Mannes an dem Tisch hatte ihn so sehr an den Vertreter aus seinem taubenblauen Traum erinnert, daß er einfach nicht widerstehen konnte.

»Komm mal her, Kleiner«, sagte der Mann. Er trug einen bügelfreien Anzug, ebenso wie die fünf anderen Männer an seinem Tisch, wo sich ein halbes Dutzend herbe Aftershaves einen Krieg der Düfte lieferten. »Wie heißt du?«

Samson betrachtete die Gesichter der Männer. Es waren alles Weiße, also beschloß er, sich von Jose Cuervo, dem mexikanischen Namen, den er bis dahin benutzt hatte, zu verabschieden. »Sam«, antwortete Samson, »Sam Hunter.«

»Nun gut, Sam« – der Mann streckte ihm die Hand entgegen – »ich heiße Aaron Aaron. Und ich wette, daß du mehr verkaufst als jeder hier am Tisch, wenn man dir nur ein bißchen was beibringt.« Er legte Samson den Arm um die Schultern und wandte sich an die übrigen Männer. »Was haltet ihr davon, Jungs? Dieser Bursche hier ist zwar nur Hilfskellner, aber er hat die richtige Einstellung. Ich wette hundert Dollar gegen jeden von euch Verkaufskanonen, daß ich gerade mal einen Monat brauche, bis er mehr Abschlüsse macht als irgendeiner von euch.«

»Du spinnst doch, Aaron. Der Junge kriegt doch gar keine Lizenz. Dafür ist er noch zu jung.«

»Er kann auf meine Lizenz arbeiten. Ich unterschreibe seine Abschlüsse. Also wie sieht's aus, ihr seid doch solche Kanonen, gilt die Wette oder kneift ihr?«

Nervös lachend rutschten die Männer auf ihren Stühlen herum und versuchten, Aarons Blick auszuweichen, denn er hatte ihnen beigebracht, daß derjenige, der zuerst etwas sagt, immer auf der Verliererstraße ist. Schließlich hielt es einer von ihnen einfach nicht mehr aus. »In Ordnung, aber das Verkaufen muß der Junge schon selbst erledigen.«

Aaron schaute Samson an. »Also, mein Junge. Willst du einen neuen Job?«

Samson stellte sich vor, wie er in einem Anzug herumlief und nach After Shave duftete. Er fand daran nichts auszusetzen. »Ich weiß nicht, wo ich wohnen soll. Ich wollte mir erst etwas zusammensparen, bis ich genug Geld habe, um mir eine Wohnung zu suchen.«

»Dafür sorge ich schon«, sagte Aaron. »Willkommen an Bord.«

»Dann melde ich mich jetzt wohl mal besser ab.«

»Scheiß drauf. Abmelden muß man sich nur, wenn man vorhat wiederzukommen. Und Rückschritte sind ja wohl nicht dein Ding, oder Sam?«

»Nein, ich glaube nicht«, sagte Samson.

Aaron war zwar erst fünfundzwanzig, doch er konnte bereits auf fünfzehn Jahre Erfahrung in der hohen Kunst des Bescheißens zurückblicken. An seinem ersten Limonadenstand hatte er die Profitrate dadurch erhöht, daß er am

Zucker sparte. Später hatte er seine Einkünfte als Zeitungsjunge glatt verdoppelt, indem er die Abonnements seiner Kunden abbestellte und ihnen statt dessen Zeitungen lieferte, die er aus den Verkaufskästen gestohlen hatte. All dies zeugte von einer nahezu genialen Fähigkeit, sich in den Grauzonen zwischen Geschäftsleben und Kriminalität zu bewegen. Und indem er seinen finsteren Begierden einen strahlenden Anstrich verlogener Wohlanständigkeit verpaßte, konnte er sein katholisches Gewissen austricksen, das ihm wie die Pest im Nacken saß und ihn davon abgehalten hatte, den Beruf seiner Wahl zu ergreifen und ein aufrechter Pirat reinsten Wassers zu werden. Aaron Aaron war ein Verkäufer.

Urspünglich hatte er vorgehabt, die anderen Vertreter mit dem Jungen ordentlich zu blamieren, doch nachdem er Sam erst einmal ausstaffiert hatte und mit ihm als Waffenknecht im Gefolge zu seinen Verkaufsgesprächen gefahren war, bemerkte Aaron, daß er dabei war, den Jungen wirklich ins Herz zu schließen. Sams unerschöpflich scheinende Wißbegierde erlaubte ihm, während der Fahrten von einem Termin zum nächsten lange Vorträge zu halten, in denen er die Finessen seiner Verkaufstaktik beim letzten erfolgreichen Abschluß noch einmal Revue passieren ließ. Außerdem schien es neuerdings nur halb so schlimm, wenn ihm die Tür vor der Nase zugeknallt oder er mit einem schroffen »Nein« abgespeist wurde. Es machte ihm Spaß, dem Jungen etwas beizubringen, und weil er mit mehr Spaß bei der Sache war, schaffte er mehr, tätigte er mehr Abschlüsse und ließ den Jungen an seinem Wohlstand teilhaben, indem er ihn neu ausstaffierte, ihn zum Essen einlud, ihm eine Wohnung suchte und seine Unterschrift als Bürge unter einen Kreditvertrag setzte, damit Sam sich einen gebrauchten Volvo kaufen konnte.

Für Samson war es ein einziger Glücksfall, unter der Anleitung von Aaron zu arbeiten. Dessen Auffassung, daß niemand außer ihm auch nur den blassesten Schimmer davon hatte, wie das Universum funktionierte, brachte Samson in den Genuß endloser Vorträge über die winzigsten Details des gesellschaftlichen Lebens und versetzte ihn so in die Lage, sich ein genaues Bild von der Rolle zu machen, die er Aaron gegenüber zu spielen gedachte. Aarons Selbstbesessenheit kam Samson gerade recht, denn solange der Vertreter darin schwelgte, was für ein brillanter Mensch er doch war, kam er wenigstens nicht auf die Idee, Samson nach seiner eigenen Vergangenheit auszufragen – zumal der Junge stetig mit neuen Fragen aufwartete und so ein Schutzschild um sich herum aufbaute, bis er eines Tages aus den billigen Anzügen herausgewachsen war und sich als ein mit allen Wassern gewaschener Vertreter entpuppen sollte.

Im Verlauf der Jahre traten die Erinnerungen an Zuhause immer mehr in den Hintergrund, bis sie schließlich ganz der Vergessenheit anheimgefallen waren, und Samsons Interesse konzentrierte sich nur noch auf das Verkaufen. Und Aaron in seiner Faszination, ein Spiegelbild seiner selbst geschaffen zu haben, jemanden, der seine eigenen Worte haargenau nachbetete, bemerkte erst in dem Augenblick, als Samson Angebote von anderen Firmen erhielt, daß der Junge mittlerweile ein besserer Vertreter als er selbst geworden war. Erst da fiel ihm auf, daß ein Gutteil seiner Einkünfte aus den Provisionen stammte, die Samson durch seine Verkäufe an Land zog, und daß es Samson gewesen war, der in den vergangenen fünf Jahren sämtliche Neuanfänger ausgebildet hatte. Um seine Gans, die goldene Eier legte, nicht zu verlieren, bot er Samson eine gleichberechtigte Teilhaberschaft an seiner Agentur an. Mit dieser neugewonnenen Sicherheit hatte Samson gleichzeitig eine Zuflucht gefunden, die es ihm ermöglichte, sich hinter seinen Geschäften zu verstecken.

Und nun, nachdem seine Geschäfte zwanzig Jahre lang die einzige Zuflucht gewesen waren, die er hatte, würde er Aaron seine Anteile verkaufen. Als er Aarons Büro betrat, fühlte er sich so niedergeschlagen und am Boden zerstört wie zuletzt damals, als er das Reservat verlassen hatte.

»Aaron, du kannst meine Anteile zum Kurs von vierzig Cents pro Dollar haben. Mein Büro behalte ich allerdings.«

Aaron drehte sich langsam in seinem mächtigen Chefsessel herum und sah Sam in die Augen. »Du weißt genau, daß ich soviel Bargeld derzeit nicht aufbringen kann, Sam. Aber immerhin, schlau gedacht. Ich müßte also die laufenden Einkünfte anzapfen, und mit den Zinsen hättest du noch nicht mal weniger als jetzt. Andererseits glaube ich nicht, daß du irgendwelche Forderungen stellen kannst, und deine Verhandlungsposition ist alles andere als rosig. Heute morgen hat mich jemand angerufen, und danach bin ich zu dem Ergebnis gekommen, daß zwanzig Cents pro Dollar ein mehr als faires Angebot ist.«

Sam beherrschte sich und unterdrückte das drängende Verlangen, mit einem Satz über den Schreibtisch zu hechten und den kahlen Schädel seines Partners solange zu bearbeiten, bis das Blut herausspritzte. Mit dem Auffahren schwerer Geschütze hatte er eigentlich warten wollen, bis es wirklich nicht anders ging, doch nun war dieser Moment schon früher gekommen als vorgesehen. »Du glaubst, weil Spagnola mich mit dem Indianer in Zusammenhang bringen kann, bleibt mir nichts anderes übrig als zu verkaufen, stimmt's?«

Aaron nickte.

»Dann stell dir einfach mal vor, was passiert, wenn ich mich auf nichts einlasse, Aaron. Stell dir mal vor, ich ziehe mich nicht aus dem Geschäft zurück. Stell dir vor, die Versicherungsaufsicht zieht meine Lizenz ein, es wird Anklage gegen mich erhoben, und mein Name steht jeden Tag in allen Zeitungen. Was glaubst du wohl, wessen Name da wohl gleich daneben stehen wird? Und was wird wohl passieren, wenn ich nicht aus der Agentur aussteige und die Versicherungsaufsicht anfängt, in deinen Akten herumzuwühlen? Wieviele Unterschriften hast du in den ganzen Jahren getürkt, Aaron? Wieviele Kunden haben gedacht, sie kaufen diese und jene Police, um dann später festzustellen, daß sie eine ganz andere Police unterschrieben haben – eine, die dir eine höhere Provision bringt?«

Auf Aarons Stirn bildete sich ein Schweißfilm. »Das hast du genauso oft gemacht wie ich. Damit lieferst du dich selbst ans Messer.«

»Genau das ist der springende Punkt, Aaron. Als ich hier reinkam, hast du gedacht, daß ich sowieso erledigt bin. Warum sollte ich zusehen, wie du mit heiler Haut davonkommst?«

»Du undankbarer Drecksack! Ich habe mich um dich gekümmert, als du...«

»Das weiß ich, Aaron. Und deswegen gebe ich dir die Chance, deine weiße Weste zu behalten. Im Grunde genommen hast du wesentlich mehr zu verlieren als ich. Wenn du erst mal deine Akten offenlegen mußt, ist auch dein Einkommen kein Geheimnis mehr – im Gegenteil.«

»Oh!« Aaron erhob sich und fing an, vor seinem Schreibtisch auf- und abzuhetzen.

»Oh!« Er fuchtelte mit ausgestrecktem Zeigefinger unter Sams Nase herum, bis er sich schließlich umdrehte und zum Wasserspender ging.

»Oh!« Es schien fast so, als sei diese Silbe das einzige, was er noch herausbrachte. Er sah aus, als wollte er jeden Augenblick in eine Haßtirade ausbrechen; sein Kopf wurde hochrot und die Adern auf seiner Stirn schwollen bedrohlich an.

»Oh!« sagte er und ließ sich wieder in den Sessel fallen. Er stierte zur Decke, als könnte er dadurch die grausame Wirklichkeit ausblenden.

»Ganz genau, Aaron«, sagte Sam einen Augenblick später. »Das Finanzamt.« Mit diesen Worten ging er langsam zur Tür. »Laß dir ruhig Zeit, Aaron. Denk mal in aller Ruhe darüber nach. Red mal mit deinem Kumpel Spagnola darüber. Vielleicht kann er dir ja auch sagen, wieviel Zigaretten es derzeit im Knast fürs Arschhinhalten gibt.«

Langsam löste Aaron seinen Blick von der Decke und schaute Sam nach, als dieser das Büro verließ.

Im Vorzimmer hielt Julia einen Augenblick lang inne, sich die Fingernägel zu lackieren, und blickte zu Sam auf, der, immer noch den Türknauf in der Hand, dastand und grinste.

»Was sollen diese ganzen ›ohs‹, Sam?« wollte Julia wissen. »Das hat sich ja fast so angehört, als ob ihr es miteinander getrieben habt oder so.«

»Oder so«, sagte Sam, und sein Grinsen wurde noch breiter. »Hey, passen Sie mal auf.« Er riß die Tür auf und streckte den Kopf zu Aaron herein. »Hey, Aaron! Das Finanzamt!« sagte er. Dann zog er schnell die Tür zu, und Aarons Schmerzensschrei klang nur noch gedämpft nach draußen.

»Was war das?« fragte Julia.

»Das war mein Lehrer, der mir gerade mein Abschlußzeugnis ausstellt.«

»Das verstehe ich nicht.«

»Das kommt noch, Schätzchen. Ich habe jetzt allerdings keine Zeit für weitere Erklärungen. Ich muß zu einer Verabredung.«

Beschwingt und lächelnd verließ Sam das Büro. Er hatte das seltsame Gefühl, als würden die Bruchstücke, in die sein Leben zerfallen war, sich zwar nicht wieder zusammenfügen, aber er trüge sie in seiner Hosentasche, wo sie klingelten wie die Weihnachtsglöckchen an einem Schlitten.

15. KAPITEL

Ihren Schatten leckte ich von einem heißen Gehsteig, als wäre es die Schokolade Gottes
Santa Barbara

Ungeachtet der Tatsache, daß er drauf und dran war, sein Dach über dem Kopf und seinen Broterwerb zu verlieren und er darüber hinaus auch noch Gefahr lief, daß die Polizei hinter sein größtes Geheimnis kam – und das alles nur wegen eines indianischen Gottes –, machte Sam sich nicht die geringsten Sorgen. Jedenfalls nicht, während er mit seinen Gedanken ganz bei dem bevorstehenden Abend in Gesellschaft von Calliope war. Nein, dieses eine Mal hatte Sam Hunter sich dafür entschieden, Sorgen und Ängste beiseite zu schieben und sich ganz von seiner freudigen Erwartung der Dinge, die da kommen würden, leiten zu lassen.

Calliope wohnte im oberen Stockwerk eines gorgonzolagrünen einstöckigen Reihenhauses, das sich von seinen Nachbargebäuden so gut wie nicht unterschied, in denen sich der schleichende Abstieg der arbeitenden Mittelschicht von Santa Barbara in die Armut vollzog. Calliopes Datsun stand neben einem rostigen VW-Bus in der Einfahrt, in der darüber hinaus noch eine beeindruckende Harley Davidson parkte, deren Tank eine nackte Airbrush-Blondine zierte. Sam blieb einen Augenblick stehen und begutachtete die Harley. Irgendwie kam die Frau ihm bekannt vor, doch bevor er einen genaueren Blick darauf werfen konnte, tauchte Calliope auf der Veranda über ihm auf.

»Hi«, sagte sie. Sie war barfuß und trug ein weißes Musselinkleid, das vorne von einigen Bändern lose zusammengehalten wurde. Sie hatte sich einen Gardenienkranz in die Haare geflochten. »Du kommst gerade rechtzeitig. Wir brauchen deine Hilfe. Komm schon rauf.«

Sam stieg die Treppen hinauf, wobei er zwei Stufen auf einmal nahm, und blieb auf dem Treppenabsatz stehen, wo Calliope sich mit dem Riegel der klapprigen Fliegentür abmühte. Die Tür hatte kein Gitter mehr, aber über die untere Hälfte war ein Jägerzaun angenagelt, was sicherlich half, wenigstens die großen Insekten fernzuhalten. »Ich habe Probleme mit dem Essen«, sagte sie. »Ich hoffe, du kriegst das hin.«

Die Fliegentür ließ sich schließlich doch öffnen, wobei sie ein ähnlich klackendes Geräusch von sich gab wie die Rechenstiele, die immer irgendwelchen unglücklichen Trickfilmfiguren ins Gesicht klatschen. Calliope führte Sam in die Küche, die dank ihres minzegrünen Wandlacks in Kombination mit rosafarbenem Linoleumfußboden wie ein Paradebeispiel der Fünfziger-Jahre-Innenarchitektur wirkte. Eine übelriechende Rauchwolke hing im Raum und Sam glaubte, durch den Dunst eine halbnackte Gestalt ausmachen zu können, die im Lotossitz auf dem Küchentresen saß und gerade eine Literflasche Bier stemmte.

»Das ist Yiffer«, sagte Calliope und ging auf den Herd zu. »Er ist mit Nina zusammen.«

Yiffer schnellte, nur auf einen Arm gestützt, vom Tresen und landete leicht federnd zweieinhalb Meter weiter genau vor Sams Füßen. Er vollführte eine komplexe Handschlagszeremonie, nach der Sam seine Finger erst wieder mühsam entknoten mußte. »Macker«, sagte Yiffer und schüttelte seine lange strohblonde Mähne so heftig, als hätte sich eben dieses Wort die ganze Zeit darin versteckt.

Sam, der sich fühlte wie ein Chamäleon, das in eine Kaffeedose gefallen war und bei dem Versuch, sich silbern zu färben, innere Blutungen riskierte, suchte krampfhaft nach einer passenden Erwiderung auf diese Begrüßung. Schließlich beließ er es dabei, seinerseits mit »Macker« zu antworten.

Er trug zwar nur Jeans, ein Sporthemd und Mokassins ohne Socken, doch kam er sich im Vergleich zu Yiffer, der nichts weiter am Leib hatte als ein Paar orangefarbene Surfshorts und haufenweise sonnengebräunte Muskelpakete, völlig overdressed vor.

»Calliope hat die Fressalien verbockt, Macker«, sagte Yiffer.

Sam gesellte sich zu Calliope an den Herd, wo sie gerade mit aller Macht dabei war, die Fressalien zu verbocken. »Ich bringe die Spaghetti einfach nicht zum Kochen«, sagte sie und tauchte einen Holzlöffel in eine große Saucenpfanne, die offensichtlich der Ursprung der Rauchentwicklung war. »Auf der Packung steht, man soll sie acht Minuten kochen, aber sobald es kocht, fängt es an zu qualmen.«

Sam wedelte den Rauch weg. »Kocht man die Nudeln nicht separat?«

»Nicht in der Soße?«

Sam schüttelte den Kopf.

»Hoppla«, sagte Calliope. »Ich kann nicht besonders gut kochen. Tut mir leid.«

»Na ja, vielleicht ist ja noch was zu retten.« Sam nahm die Pfanne vom Feuer und warf einen Blick auf die blubbernde Lava. »Andererseits wäre es vielleicht gar nicht so schlecht, noch mal von vorne anzufangen.«

Er stellte die Pfanne in die Spüle, wo sich gerade eine Kompanie Ameisen über eine Schüssel Cornflakes hermachte. Sam drehte den Wasserhahn auf und wollte gerade die Eindringlinge wegspülen, als Calliope seine Hand packte.

»Nein«, sagte sie. »Die sind in Ordnung.«

»Irgendwann hast du sie in deinem Essen«, sagte Sam.

»Ich weiß, aber sie waren schon immer hier. Ich nenne sie meine Küchenkumpel.«

»Küchenkumpel?« Sam mußte sich auf diese ungewohnte Denkweise erst mal einstellen. Sie hatte natürlich recht – man konnte seine Küchenkumpel nicht einfach so den Abfluß runterspülen, als ob es nur Ameisen wären. Er kam sich vor, als wäre er im letzten Moment davor bewahrt worden, sich des Völkermords schuldig zu machen. Dann kochen wir jetzt eine neue Ladung Spaghetti?«

»Sie hat nur eine Schachtel gekauft, Macker«, gab Yiffer zu bedenken.

»Wir können ja auch einfach nur Salat und Brot essen«, sagte Calliope. »Entschuldige mich mal.« Sie küßte Sam auf die Wange und verließ die Küche, während er ihr hinterherstarrte und ihr Hintern ihm durch das dünne Kleid vorkam wie eine geisterhafte Erscheinung.

»Was machst du eigentlich?« fragte Yiffer.

»Ich bin Versicherungsmakler. Und du?«

»Ich surfe.«

»Und?«

»Und was?« fragte Yiffer.

Einen Augenblick glaubte Sam, daß aus Yiffers Ohren das Rauschen des Meeres drang, ähnlich wie bei einer Muschel. »Schon gut«, sagte er abgelenkt vom Geschrei eines Babys im Zimmer nebenan.

»Das ist Grubb«, sagte Yiffer. »Hört sich an, als würd ihm irgendwas stinken.«

Sam war leicht verwirrt.

»Grubb ist der Braten von Calliope. Geh doch rein und stell dich mal vor. Nina ist auch drin mit J. Nigel Yiffworth, Esquire.« Yiffer strahlte vor Stolz. »Das ist meiner.«

164

»Dein Anwalt?«

»Mein Sohn«, erwiderte Yiffer eingeschnappt.

»Oh«, sagte Sam. Er verspürte das dringende Bedürfnis, sich hinzusetzen und abzuwarten, bis in seinem Kopf wieder Klarheit einkehren würde, doch er riß sich zusammen und ging in das Zimmer nebenan. Dort saß Calliope auf einem uralten Sofa neben einer attraktiven Brünetten, die ein Baby stillte. Das Sofa sah aus, als wäre eine Leiche darin eingenäht; an den Lehnen, wo das unglückliche Opfer zu entkommen versucht hatte, quoll die Füllung heraus. Am Boden war ein Kind, das in einer Plastikdonut auf Rädern steckte, damit beschäftigt, unter lautstarkem Jubilieren alles zu rammen, was im Zimmer herumstand, und Sam mußte tief Luft holen, als es ihm bei einer Kamikazeattacke auf den Kaffeetisch gegen den Knöchel fuhr.

Calliope sagte: »Sam, das ist Nina.« Nina blickte auf und lächelte. »Und J. Nigel Yiffworth, Esquire.« Nina zog das Baby von ihrer Brust weg und brachte es zum Nicken wie eine kleine Handpuppe. Darauf hatte Sam gerade noch gewartet. »Und das«, fuhr Calliope fort und deutete auf den Verkehrsrüpel in seiner blauen Donut, »das ist Grubb.«

»Dein Sohn?« fragte Sam.

Sie nickte. »Er lernt gerade laufen.«

»Interessanter Name.«

»Ich habe ihn nach Jane Godalls Sohn genannt. Sie hat ihn unter Pavianen aufwachsen lassen – ganz natürlich. Eigentlich wollte ich ihn zuerst Buddha nennen, aber dann hatte ich Angst, daß ihm, wenn er mal größer ist, irgendwer über den Weg läuft und ihn umbringt.«

»Genau. Keine schlechte Idee«, sagte Sam und tat so, als verstünde er voll und ganz, wovon sie sprach und würde sich nicht im geringsten Gedanken darüber machen, wer wohl Grubbs Vater war.

»Nina ist hier eingezogen, als wir beide schwanger waren«, erzählte Calliope. »Wir haben uns gegenseitig bei den Vorbereitungen auf die sanfte Geburt geholfen. Ich war allerdings schon weiter als sie.«

»Was ist mit Yiffer?«

»So'n Penner.«

»Er scheint doch ganz nett zu sein«, sagte Sam, doch er handelte sich mit dieser Bemerkung nur einen finsteren Blick von Nina ein. »Für einen Penner zumindest.«

»Er wohnt hier nur von Zeit zu Zeit«, sagte Calliope. »Vor allem dann, wenn er kein Geld für den Sprit von seinem VW-Bus hat.«

Nina sagte: »Morgen machen wir hier einen Flohmarktstand, um das Geld zusammenzukriegen, damit er endlich verschwinden kann. Vielleicht hast du ja Lust, den Kram unten in der Garage noch mal durchzusehen und dir was auszusuchen, bevor die Meute kommt und alles durchwühlt.«

Yiffer kam mit einem Baguette in der Hand zur Tür herein und schmatzte. Er stellte sich neben Sam und hielt ihm das Brot unter die Nase. »Mal beißen?«

»Nein danke«, sagte Sam.

»Yiffer!« rief Calliope. »Das Brot sollte für uns alle sein.«

»Stimmt«, sagte Yiffer und hielt Calliope das Brot hin. »Mal beißen?«

»Du hast ihnen das Essen vermasselt«, sagte Nina und ließ J. Nigels Kopf los, der daraufhin wackelte wie ein Pudding.

Yiffer brachte es fertig, seinen Mund um das Brot herum zu einem Grinsen zu verziehen, und deutete mit der Hand, in der er das Bier hielt, auf Ninas nackte Brust. »Gut siehst du aus, Baby.«

Nina dockte J. Nigel wieder an und wandte sich an Sam.

»Es tut mir leid, aber so ist er nur, wenn er wach ist.« Und zu Yiffer meinte sie: »Nimm dir aus meinen Geldbeutel etwas raus und geh zur Ecke Pizza holen.«

Sam griff in seine Tasche. »Laßt mich mal.«

»Nein«, erwiderten Calliope und Nina unisono.

»Cool!« prustete Yiffer und hüllte Sam in eine Wolke von Brotkrümeln.

»Jetzt geh schon« befahl Nina, und Yiffer wandte sich um und rauschte aus dem Zimmer. Einen Augenblick später hörte Sam, wie die Fliegentür geöffnet wurde und jemand die Treppe hinuntersprang.

»Setz dich«, sagte Calliope. »Entspann dich erst mal.«

Sam setzte sich neben die beiden Frauen auf das Sofa und verbrachte die nächsten vierzig Minuten damit, charmant zu plaudern, während die beiden Babys lautstark irgendwelche Bedürfnisse anmeldeten, bis Nina ihm schließlich J. Nigel feucht, wie er war, in die Hand drückte und das Zimmer verließ. Wie die meisten Junggesellen hielt Sam das Baby, als wäre es radioaktiv.

»Dieses verdammte Arschloch!« brüllte Nina aus dem Zimmer nebenan und erschreckte damit Grubb, der losschrie wie eine Alarmsirene bei einem Luftangriff. J. Nigel stimmte fröhlich ein, als Nina, ihren Geldbeutel in der Hand, ins Zimmer zurückkehrte. »Er hat das Geld für die Miete mitgenommen. Das verdammte Arschloch hat sich das Geld für meine Miete gekrallt. Könnt ihr mal kurz auf J. Nigel aufpassen? Ich muß diesen Arsch finden, und dann bringe ich ihn um.«

»Sicher«, sagte Calliope. Sam nickte und richtete sich schon mal darauf ein, J. Nigel eine ganze Weile auf dem Arm zu behalten.

Nina ging. Über das Kindergeschrei hinweg sagte Calliope zu Sam: »Endlich allein.«

»Ich glaube, J. Nigel braucht eine frische Windel«, sagte Sam.

»Grubb auch. Komm, wir bringen sie rüber in Ninas Zimmer.«

Sam hatte im Verlauf seiner Karriere schon einige bizarre und chaotische Situationen durchstehen müssen, in denen er sich durch »knallhartes und der Situation angemessenes« Auftreten, wie er selbst es nannte, über die Runden retten konnte. Zu dieser Rolle nahm er auch nun Zuflucht. »Das mache ich schon«, sagte er grinsend.

Er hatte zwar seit der Zeit in der Reservation kein Baby mehr gewickelt, doch als er J. Nigels Windel aufmachte, schlug ihm die Erinnerung entgegen wie ein übelriechender Wirbelwind, und er mußte sich schon ziemlich zusammenreißen, um seinen Brechreiz zu unterdrücken. Die Klebstreifen an den Wegwerfwindeln waren etwas völlig Neues für ihn, doch es dauerte nur einige Minuten, bis er seine linke Hand nahezu perfekt gewickelt hatte, während J. Nigel weiterhin nackt der feindlichen Welt ausgeliefert war. Nachdem sie Grubb die Windel gewechselt und ihn wieder in seine Plastikdonut gesetzt hatte, befreite Calliope Sam von seiner Windel und widmete sich J. Nigel, der unter ihren Händen vor Vergnügen quietschte und in die Luft pinkelte wie ein kleiner Hund. Sam konnte es ihm nachempfinden.

»Mach dir keine Vorwürfe«, sagte sie. »Das letzte Mal, als Yiffer hier war und die Babys gesittet hat, hat er die Windel von J. Nigel mit Paketklebeband festgemacht, und wir mußten hinterher Nagellackentferner benutzen, um den Klebstoff wieder abzukriegen.«

»Ich bin etwas aus der Übung«, sagte Sam.

»Du hast keine Kinder?«

»Nein. Ich habe nie eine getroffen, bei der ich es mir vorstellen konnte, mit ihr Kinder zu haben.« Am liebsten hätte Sam sich für diese Bemerkung geohrfeigt. *Denk dran – knallhart und jeder Situation gewachsen.*

»Ich auch nicht«, sagte Calliope. »Aber Grubb ist das Beste, was mir je passiert ist. Ich habe früher ziemlich viel getrunken und jede Menge Drogen genommen, aber sobald ich erfahren habe, daß ich schwanger bin, habe ich damit aufgehört.«

Sam überlegte sich, was er wohl sagen konnte, um etwas über Grubbs Vater zu erfahren, aber es fiel ihm nichts ein. Andererseits kam er sich dämlich vor, wenn er einfach nur dastand und gar nichts sagte. »Das ist prima«, sagte er schließlich. »Ich hatte auch schon Probleme mit dem Trinken.« Allzu große Probleme waren es allerdings nicht gewesen, die er auszufechten hatte. Aaron hatte darauf bestanden, daß ein gelegentlicher Drink mit den Kunden zum Geschäft gehörte, doch Sam hatte bei diesen Gelegenheiten immer wieder die alptraumhafte Vision des betrunkenen Indianers vor Augen gehabt, von der er geglaubt hatte, sie hinter sich gelassen zu haben. Sein letztes Glas Alkohol lag zehn Jahre zurück.

»Ich werde die Jungs mal hinlegen«, sagte Calliope. »Warum gehst du nicht schon mal ins Wohnzimmer und legst ein bißchen Musik auf.«

Im Wohnzimmer fand Sam einen Aktenkoffer voller Cassetten. Die meisten davon waren irgendwelche New-Age-Aufnahmen mit so seltsamen Titeln wie *Tree, Frog, Whale Song Selection* von Künstlern, die sich Yanni Volvofinder oder so ähnlich nannten. Nachdem er eine Weile herumgekramt hatte, stieß er auf ein Tape mit dem Titel *The Language of Love* von einer Jazzsängerin, die er mochte, doch als er die Hülle aufklappte, steckte statt dessen eine Cassette mit dem Titel *Catbox Nightmare* von einer Band namens Satan's Smegma darin. Offensichtlich hatte Yiffer dieses Band angeschleppt. Schließlich fand er *The Language of Love* doch noch, ganz unten in dem Koffer, und steckte sie in einen Ghettoblaster, der auf einem Regal aus Backsteinen und Brettern stand.

Als gerade die ersten Takte aus den Boxen schallten, kehrte Calliope ins Wohnzimmer zurück. »Oh, dieses Tape liebe ich«, sagte sie. »Zu dieser Musik wollte ich schon immer mal mit jemandem schlafen. Ich komme gleich wieder.« Sie ging aus dem Zimmer und kehrte einen Augenblick später mit Kissen und Decken zurück, die sie auf den Boden fallen ließ. »Grubb schläft in meinem Zimmer. Es dauert noch eine Zeitlang, bis er einschläft.« Sie breitete die Decken auf dem Boden aus.

Sam stand daneben und versuchte, seine Einwände gegen das Tempo, in dem die Dinge sich entwickelten, wegzuwischen. Sie ging einfach davon aus, daß er ja sagen würde; und er kam sich dabei vor wie – na ja – wie eine Schlampe. Andererseits, wenn dieses gutaussehende Mädchen mit ihm schlafen wollte, was gab es dagegen einzuwenden? Okay, dann war er eben eine Schlampe; aber wenn schon, dann eine knallharte und jeder Situation gewachsene Schlampe. Eine Sache lag ihm allerdings schwer im Magen. »Was ist, wenn Yiffer und Nina mit der Pizza wiederkommen?«

»Ach, so schnell kommen die nicht wieder. Außerdem geht's beim ersten Mal ziemlich schnell.«

»Hey.« Sam dachte zunächst, das sei eine Beleidigung gewesen, als er jedoch noch einmal darüber nachdachte, fiel ihm auf, daß sie etwas ausgesprochen hatte, das ihn beschäftigt hatte, ohne daß er es gewagt hätte, es sich einzugestehen. Genau betrachtet hatte sie eine Last von seinen Schultern genommen.

Calliope schüttelte die Kissen auf, und als sie damit fertig war, öffnete sie die Bänder ihres Kleides und ließ es zu Boden fallen. Sie stieg darüber hinweg, ging zur Stereoanlage und drehte sie lauter. Dann kroch sie nackt unter die oberste Decke und zog sie sich bis zum Kinn. »Okay«, sagte sie.

Sam saß auf der Couch. Er war wie vom Donner gerührt. Sie war *umwerfend*. Aber was war mit dem Akt der Verführung, der Täuschung, des zärtlichen Sichumwerbens? Wo blieb die Jagd, das Katz-und-Maus-Spiel? Sam starrte sie nur an und dachte: *Diese Ehrlichkeit, das kann nicht wahr sein.* »Bist du okay?« fragte sie.

»Ja, es ist nur...«

»Du willst mich, und ich will dich. Stimmt's?«

Für was hielt sie sich eigentlich. Man kann doch nicht einfach rumlaufen und die Wahrheit in die Welt hinausposaunen wie ein Prophet mit Tourette-Syndrom. Er sagte: »Nun, ich denke... ja... da hast du recht.«

»Also.« Sie schlug die Decke zurück und machte Platz für ihn. Sam sprang von der Couch und riß sich die Kleider vom Leib. Er war unter der Decke und hielt sie in seinen Armen, bevor sein Hemd auf dem Boden gelandet war. Als er ihre Haut berührte, die Wärme ihres Körpers spürte, fühlte er, wie jeder Muskel seines Körpers sich anspannte, und gleich darauf glaubte er dahinzuschmelzen. Er küßte sie lange, doch er fummelte nicht an ihr herum und er empfand dabei auch nicht die geringste Spur von Peinlichkeit oder Beklemmung, wie er vielleicht hätte annehmen können. Er drang in sie ein, und beide verfielen synchron zur Musik in einen langsamen Rhythmus. Calliope stieß einen langen, tiefen Seufzer aus und grub ihre Finger in die Muskeln auf seinem Rücken. Auch er stöhnte und drang tiefer in sie ein, und plötzlich verschwanden sämtliche Gedanken oder Bilder oder Reservate, und er war verdammt nahe daran, das Bewußtsein zu verlieren, während er sich im warmen Rhythmus der Dunkelheit wiegte. Eine Tür wurde mit einer solchen Wucht zugeknallt, daß die Fenster des Apartments wackelten.

Sam richtete sich auf und stützte sich auf seine Arme. »Was war das?«

»Nichts«, sagte sie und zog ihn zu sich hinunter.

Wieder knallte eine Tür, diesmal lauter als beim ersten Mal. Sam richtete sich wieder auf. »Sie sind wieder zurück.«

»Nein, das ist unten. Bitte.« Sie schlang ihre Beine um ihn und hielt ihn fest umklammert.

Sam fing wieder an sich zu bewegen, doch er war nicht mehr ganz bei der Sache. Calliope stöhnte, während unten erneut eine Tür zugeschlagen wurde und das Geräusch von splitterndem Glas J. Nigel, der im vorderen der beiden Zimmer schlief, zum Weinen brachte.

»Was zum Teufel war das?«

»Nichts. Kümmere dich jetzt nicht drum. Schlaf mit mir, Sam.«

Wieder wurde eine Tür zugeknallt – und zwar so heftig, daß das ganze Haus wackelte. Dann knallte noch eine, und nun fing auch Grubb an zu weinen. Sam zuckte zusammen und kam, doch er hatte nicht das geringste Vergnügen dabei. »Entschuldige«, sagte er, als er von Calliope herunterrollte. Die beiden lagen Seite an Seite auf dem Rücken, und sie starrte zur Decke, als ob sie jeden Moment damit rechnete, daß es wieder krachen würde. Als es dann tatsächlich passierte, sprang sie auf und stürmte nackt auf den Balkon.

Sie beugte sich über das Geländer und rief: »Was soll das?«

Sam drehte die Stereoanlage leiser und horchte. Wieder

wurde eine Tür zugeknallt, daß die Wände wackelten, dann war von unten eine theatralische Männerstimme zu hören.

»Da ist jemand bei dir. Du Schlampe!«

»Red nicht in diesem Ton mit mir. Ich mache ja auch keinen Aufstand, wenn du jemand bei dir hast.«

Sam hatte große Lust, zu ihr auf den Balkon hinauszugehen und ihre Ehre zu verteidigen (Heh, Kumpel, die Schlampe ist ja wohl nicht sie, sondern jemand anders hier.) Doch er konnte seine Hose nirgends finden.

»Du Hure!«, sagte die Männerstimme. »Ich werde dir meinen Sohn wegnehmen.«

»Nein. Das wirst du nicht tun.«

»Das wirst du schon sehen«, sagte die Stimme. Wieder knallte eine Tür. Sam zuckte zusammen. Er war etwas verwirrt. Außerdem war es bei dem dauernden Türenknallen gar nicht so einfach, die verschiedenen Teile dieses mysteriösen Puzzles zusammenzusetzen.

»Blödmann«, schrie Calliope. Sie kam hereingestürmt, knallte nun ihrerseits die Tür hinter sich zu und rauschte an Sam vorbei, um sich um J. Nigel und Grubb zu kümmern. Sam saß nackt auf dem Boden und wünschte sich, er hätte eine Zigarette oder irgendeinen blassen Schimmer, was sich hier abspielte, und wiederholte immer wieder sein neues Mantra, *knallhart und jeder Situation gewachsen, knallhart und jeder Situation gewachsen...*

Es verging einige Zeit, während der die Türen nur noch alle paar Minuten zugeknallt wurden, und es schien, als ob der Kerl unten sich allmählich beruhigen würde, um dann plötzlich doch wieder auszurasten, als Calliope, immer noch nackt, in der Tür auftauchte.

»Wir müssen miteinander reden«, sagte sie.

Sam hatte sich in der Zwischenzeit angezogen und wünschte sich nichts sehnlicher als eine Zigarette, doch die hatte er in seinem Wagen gelassen, und er hatte keine Lust, bei dem Irren unten vorbeizulaufen, bevor er nicht etwas mehr über ihn wußte. »Das wäre ganz gut«, sagte er.

Calliope hob ihr Kleid auf und zog es über. Dann setzte sie sich auf die Couch. »Du fragst dich vielleicht, wer der Typ da unten ist.«

Zum ersten Mal schien ihr nicht recht wohl in ihrer Haut zu sein, und Sam konnte es ihr nachfühlen. »Schon gut. Ich hatte in der letzten Zeit auch Ärger mit den Nachbarn. So was kommt vor.«

Sie lächelte. »Ich war früher mal mit ihm zusammen. Er ist der Vater von Grubb.«

»Das habe ich mir schon gedacht.«

»Ich habe damals eine Menge Drogen genommen. Es war halt aufregend mit ihm: auf der Harley rumfahren, Tätowierungen, Waffen.«

»Waffen?«

»Als ich festgestellt habe, daß ich schwanger bin, habe ich ihn verlassen. Er wollte nicht, daß ich ein Kind bekomme, und er wollte nicht, daß ich aufhöre mich vollzudröhnen.«

»Aber warum bist du dann in die Wohnung über ihm eingezogen?«

»Bin ich gar nicht. Er ist in die Wohnung unter mir eingezogen. Du bist der erste Mann, mit dem ich seit der Trennung von ihm zusammen war. Ich wußte nicht, daß er sich so aufführen würde.«

»Warum ziehst du nicht um?«

»Du weißt doch, wie es in Santa Barbara aussieht. Ich kann mir die Miete hier nur leisten, weil Nina mit mir zusammenwohnt. Wie sollte ich da die Kaution für eine andere Wohnung aufbringen?«

Sam bemerkte, daß ihr die ganze Angelegenheit immer

noch peinlich war und sie sich schämte. »Du könntest ja den Vermieter bitten, daß er bei ihm die Türen ausbaut. Zumindest wäre es dann leiser.«

»Es tut mir leid. Ich hatte mir so sehr gewünscht, daß es wirklich schön wird.«

»Vielleicht sollte ich lieber gehen.« Obwohl alles so verworren war, hatte er eigentlich keine rechte Lust dazu.

»Ich wünschte, du würdest bleiben. Wenn Grubb einschläft, können wir in mein Zimmer gehen. Wenn wir leise sind...«

»Ich bleibe hier«, sagte Sam. »Er wird doch wohl nicht raufkommen und uns erschießen, oder doch?«

»Nein, das glaube ich nicht. Er redet immer davon, daß er das Sorgerecht für Grubb haben will. Und wenn er uns umbringt, macht das keinen guten Eindruck auf den Richter.«

»Stimmt«, sagte Sam. Sie hatte sich eindeutig mit einem Irren eingelassen. Aber egal. Zumindest schien es sich um einen Irren zu handeln, der sich Gedanken über die Zukunft machte.

Calliope führte Sam einen Flur entlang zu ihrem Zimmer im hinteren Teil der Wohnung. »Ich hol uns mal den Salat«, sagte sie und ließ Sam zurück, der nun allein auf dem Bett saß, während Grubb daneben in seiner Wiege lag und schlaftrunken an seinem Schnuller herumnuckelte. Das Zimmer sah aus, als sei ein buddhistischer Mönch aus der Sesamstraße für die Einrichtung verantwortlich. Den Kleiderschrank zierten Figuren von Buddha, Shiva, Ernie und Bert sowie dem Krümelmonster, dazwischen standen ein Halter für Räucherstäbchen, ein kleiner Gong und eine Schachtel Pampers. Auf dem Sessel saß eine Micky-Maus-Puppe, die einen Bergkristall um den Hals trug und einen Lederring, den Sam als einen Traumfänger der Navajos erkannte, während die Wände mit Bildern des Dalai Lama, Kalis, der Zerstörerin, und der Schlümpfe geschmückt waren.

Während er sich so umschaute, fühlte sich Sam kurzfristig versucht, sich unter irgendeinem Vorwand aus dem Staub zu machen. Nun, als er Zeit hatte nachzudenken, kam er sich gar nicht mehr so knallhart und jeder Situation gewachsen vor. Wenn er nur kurzfristig zur Normalität zurückkehren könnte, würde es ihm gleich besser gehen. Doch dann traf es ihn wie ein Schlag: Es gab keine Normalität, zu der er hätte zurückkehren können. Die wohlgeordneten Bahnen, in denen sein Dasein bislang verlaufen war, existierten nicht mehr. Sie waren von Coyote ausgehebelt worden, und der war irgendwo da draußen. Calliope und das Chaos um sie herum hatten ihn all dies vergessen lassen. Hier konnte er vergessen. Und allein deswegen lohnte es sich zu bleiben, mochten sich auch noch so viele Schlümpfe, Geisteskranke und Küchenkumpel hier herumtreiben.

16. KAPITEL

Eine Livesendung aus der Geisterwelt, via Satellit
Santa Barbara

Lonnie Ray Inman saß in einem Ledersessel, der schon bessere Tage gesehen hatte, und lauschte den Geräuschen, die aus der Wohnung über ihm nach unten drangen. Viermal hatte er seinen Colt Python, Kaliber .357 Magnum bereits ge- und wieder entladen, und nun saß er da und fummelte an der schweren Waffe herum, während er in Gedanken abwechselnd durchspielte, welches Vergnügen es ihm bereiten würde, seinen Rachegelüsten mit diesem todbringenden Instrument nachzugeben, und wie unangenehm der vermutlich darauf folgende Gefängnisaufenthalt sich gestalten könnte. Alle fünf Minuten erhob er sich aus dem Sessel und ging zum Fenster, um nachzusehen, ob der schwarze Mercedes noch immer draußen parkte, und dann blieb er jedesmal an dem Schrank zum Eingang stehen und knallte ihn mit aller Macht zu, bis er sich soweit abreagiert hatte, daß er sich wieder hinsetzen konnte. Er war klein und braungebrannt, und die Muskeln an seinen nackten Armen wirkten wie Kabelstränge. Sein ärmelloses schwarzes T-Shirt war an der Vorderseite blutgetränkt, weil er versucht hatte, sich mit den Fingernägeln die Haut von der Brust zu kratzen, um die Tätowierung loszuwerden, die eine nackte Frau zeigte – dieselbe Frau wohlgemerkt, die auch den Tank seiner Harley zierte, eben jene Frau, wegen der er sich jetzt mit Mordgedanken herumschlug. Lonnie Ray Inman schob sechs Patronen in die Trommel des Python und ließ sie zuschnappen. Diesmal würde er es schaffen. Er würde hinausgehen, die Treppe hochsteigen, die Tür eintreten und Calliopes neuen Liebhaber umbringen.

Scheiß doch aufs Gefängnis.

Tausend Meilen weit entfernt, tausend Meilen hoch in den Bergen der Bighorn Mountains, schaute Pokey Medicine Wing zu, wie Lonnie die Pistole lud. Seit zwei Tagen fastete Pokey bereits, in der Hoffnung, irgendwo in der Geisterwelt einen Hinweis auf den Aufenthaltsort seines Lieblingsneffen Samson Hunts Alone zu finden. Er hatte seinen Hilfreichen Geist Old Man Coyote angerufen, damit er ihm half, doch der alte Trickser war nicht aufgetaucht. Statt dessen sah er nun eine Stadt des Weißen Mannes mit roten Dächern und Palmen und einen Mann, der Samson umbringen wollte.

Pokey hatte seinen Körper, der dem Tod gefährlich nahe war, in der Mitte eines Ringes aus Felsbrocken zurückgelassen, der etwa sechzig Meter Durchmesser hatte. Dieser Kreis, westlich von Sheridan, Wyoming, gelegen, war die heiligste aller Stätten, an denen die Crow ihre Fastenzeremonien abhielten. Als Pokey zu fasten begonnen hatte, hatte sein Kopf gedröhnt, als sei ein Elch darauf herumgetrampelt, so verkatert war er gewesen, und nun brachte der trockene Gebirgswind seinen Flüssigkeitshaushalt gefährlich aus dem Gleichgewicht. In der spirituellen Sphäre, in der Pokey derzeit weilte, bemerkte er nicht, wie sehr sein Herz zu kämpfen hatte, um das immer dicker werdende Blut durch seine Adern zu pumpen. Er suchte nach einer Möglichkeit, Samson zu warnen, und rief Old Man Coyote an, damit er ihm half.

Coyote befand sich gerade in den Umkleidekabinen des YWCA von Santa Barbara, als Pokeys Ruf zu ihm drang.

Hereingekommen war er in Gestalt einer Schmeißfliege, und nachdem er eine Weile damit zugebracht hatte, den Frauen beim Duschen zuzuschauen, hatte er sich in einen jungen Igel verwandelt und sich in einer Seifenschale zusammengerollt, so daß er aussah wie ein Massageschwamm. Faul, wie er nun einmal war, hatte er seit Beginn der Zeit seine Medizin nur an drei Menschen weitergegeben – an Pokey, Samson und einen Krieger namens Burnt Face, der den Felsenring geschaffen hatte, innerhalb dessen Pokey nun saß –, und so dauerte es eine Weile, bis er merkte, daß jemand nach ihm rief. Ohne große Begeisterung ließ er den Körper des kleinen Igels in den geschickten Händen einer Aerobictrainerin zurück und machte sich auf den Weg in die Welt der Geister, wo er Pokey fand, der schon auf ihn wartete.

»Was gibt's?« fragte Coyote.

»Old Man Coyote, ich brauche deine Hilfe.«

»Ich weiß. Du stirbst.«

»Nein, ich muß meinen Neffen Samson finden.«

»Aber du stirbst wirklich.«

»Wirklich? Scheiße!«

»Du solltest jetzt aufhören zu fasten.«

»Aber was ist mit Samson?«

»Um den kümmere ich mich schon. Mach dir keine Sorgen.«

»Aber er hat einen Feind, der ihn umbringen will. Ich habe ihn gesehen, doch ich weiß nicht, wo er ist.«

»Ich weiß, daß er Feinde hat. Ich bin Coyote. Ich weiß alles. Wie sieht der Kerl denn aus?«

»Er ist weiß. Und er hat einen Revolver.«

»Das ist ja schon mal eine ziemliche Hilfe.«

»Er hat die Tätowierung einer Frau auf der Brust – er blutet an der Stelle. Er schaut aus dem Fenster und sieht ein

Motorrad und ein schwarzes Auto. Das ist alles, was ich weiß.«

»Hast du dir Wasser mitgenommen auf den Berg, wo du deinen Körper zurückgelassen hast?«

»Nein. Aber es gibt ein bißchen Schnee.«

»Ich werde dir helfen. Aber gehe jetzt«, sagte Coyote.

Plötzlich befand Pokey sich wieder in seinem Körper und saß auf dem Berg. Auf seinem Schoß fand er eine Packung Brausepulver, die vorher noch nicht dagewesen war. Er betrachtete sie mit einem Lächeln, dann kippte er vornüber in den Staub.

In der Dusche des YWCA schrie eine nackte Aerobictrainerin entsetzt auf, als der Massageschwamm, den sie gerade benutzte, sich in einen Raben verwandelte. Der Vogel kreiste zweimal durch den Umkleideraum und kniff sie mit dem Schnabel in den Hintern, bevor er durch den Flur in die Vorhalle und von dort aus ins Freie flog.

Am anderen Ende der Stadt nahm Calliope Sam die leere Salatschüssel aus den Händen und stellte sie neben die Buddhastatue auf den Schrank. »Mehr?« fragte sie.

»Nein danke, ich habe genug«, flüsterte Sam. Grubb war in seiner Wiege eingeschlafen, und Sam wollte nicht riskieren ihn aufzuwecken. »Calliope«, sagte er, »ist der Kerl da unten gefährlich?«

»Lonnie? Nein. Er glaubt, er sei ein harter Kerl, weil er in einer Rockergang ist, aber ich glaube nicht, daß er gefährlich ist. Seine Freunde sind schon eher zum Fürchten. Sie nehmen ziemlich viel PCP, und das verdichtet ihre Spiritualität.«

»Fürchterlich«, sagte Sam, stolz darauf, daß seine Spiritualität auch ohne die Zuhilfenahme von Drogen verdichtet war.

»Ich werde mal die Teller rausbringen und nach J. Nigel sehen. Willst du nicht ein paar Kerzen anzünden? Die Stereoanlage lassen wir lieber aus. Könnte sein, daß Lonnie sich dann wieder aufregt.«

»Und das wollen wir ja auf keinen Fall«, sagte Sam.

Draußen landete ein Rabe auf der Motorhaube von Sams Wagen. Lonnie Ray sah ihn von seinem Fenster aus. »Scheiß drauf. Komm schon, scheiß drauf«, sagte er, doch der Rabe verschwand vor seinen Augen, und Lonnie Ray knallte die Schranktür zu, bis der Rahmen splitterte.

Coyote war mittlerweile eine Stechmücke, die durch die Lüftungsschläuche in das Innere des Mercedes eindrang. Er flog durch den Lüftungsschlitz der Windschutzscheibe und ließ sich auf dem Fahrersitz nieder, wo er sich wieder in einen Menschen zurückverwandelte. Sams Rolodex lag neben seinen Zigaretten auf dem Beifahrersitz. Coyote zündete sich eine davon an und blätterte durch den Rolodex, bis er die Karte gefunden hatte, die er suchte. Er zog sie heraus und steckte sie in den Bund seiner Hirschlederhosen.

Lonnie Ray war gerade damit beschäftigt, unter möglichst großer Geräuschentwicklung die Küchenschränke zu durchstöbern, in der Hoffnung, dort irgendwelchen Sprit zu finden, als es an seiner Tür klopfte. Auf dem Weg dahin griff er sich den Colt, der noch immer auf dem Sessel lag, und schob ihn hinten in den Bund seiner Jeans. Er riß die Tür auf und wäre von dem Indianer, der ihn wegschob und nach drinnen stürmte, beinahe über den Haufen geworfen worden.

Der Indianer inspizierte kurz das Zimmer, drehte sich dann ruckartig um und wandte sich an Lonnie Ray. »Wo ist er? Wo versteckt sich der Mistsack?«

Lonnie Ray fing sich wieder und griff mit der rechten Hand nach dem Griff seines Colts. »Verdammte Scheiße, wer bist du überhaupt?«

»Das geht dich nix an. Wo ist der Kerl mit dem Mercedes da draußen?«

Lonnie Ray war zwar selbst sauer auf den Kerl, doch das hier machte ihn stutzig. »Was willst du von ihm?«

»Das ist meine Sache, aber wenn er dir Geld schuldet, holst du's dir besser, bevor ich ihn in die Finger kriege.«

»Du willst ihn killen?« fragte Lonnie.

»Wenn er Glück hat«, sagte der Indianer.

»Hast du 'ne Knarre?«

»Ich brauche keine Knarre. Also, wo ist er?«

»Immer mit der Ruhe, Mann. Kann ich dir helfen?«

»Soviel Zeit hab ich nicht«, sagte er Indianer. »Ich werd ihn mir schnappen, wenn er nach Hause kommt.«

»Du weißt, wo er wohnt?« fragte Lonnie Ray. Das hier war ein Geschenk des Himmels. Er konnte den Indianer zu Calliope raufschicken und ihn die Dreckarbeit machen lassen – und das alles ohne das geringste Risiko. Nix mit Gefängnis. Und wenn es nicht hinhaute, konnte er dem Kerl morgen immer noch eine Überraschung bereiten, wenn er zu Hause war. Und das ganz ohne Zeugen. Die Vorstellung, Calliope abzuknallen, hatte Lonnie Ray ohnehin nicht sonderlich behagt.

»Klar weiß ich, wo der Mistsack wohnt«, sagte der Indianer. »Aber er ist nicht zu Hause. Er muß irgendwo hier in der Nähe sein.«

»Wenn du mir seine Adresse gibst, sage ich dir, wo er ist.«

»Scheiß drauf«, sagte der Indianer und stieß Lonnie Ray gegen die Wand. »Du sagst mir das jetzt gleich.«

Lonnie hielt dem Indianer den Lauf des Pyhton unter das Kinn. »Das glaube ich aber nicht.«

Der Indianer erstarrte. »Seine Karte steckt in meiner Hose.«

Lonnie Ray streckte seine freie Hand aus. »Sag niemals jemand, daß du keine Knarre hast, du Penner.«

Der Indianer lüftete sein Hemd, zog die Visitenkarte aus dem Hosenbund und reichte sie Lonnie Ray, der einen kurzen Blick darauf warf, den Indianer bei der Schulter packte und ihn herumdrehte, so daß er der Tür zugewandt war.

Lonnie preßte ihm die Mündung des Pyhton ins Kreuz, erhob sich dann auf die Zehenspitzen und flüsterte dem Indianer drohend ins Ohr. »Du bist nie hiergewesen, und du hast mich nie gesehen. Hast du das kapiert?«

Der Indianer nickte.

»Er ist oben«, flüsterte Lonnie Ray. »Und jetzt mach, daß du wegkommst!« Er versetzte dem Indianer einen Stoß, und dieser stolperte zur Tür hinaus. »Und merk dir eins: Leg dich nie mit einem aus der Bruderschaft an.« Lonnie schloß die Tür. »Astrein«, sagte er kichernd.

Eine Etage höher sagte Calliope: »Erzahl mir, was du weißt, Sam.«

»Worüber?«

»Über alles.« Sie setzte sich neben ihn auf das Bett und strich ihm mit den Fingern die Haare aus dem Gesicht. »Erzähl mir, was du weißt.«

Die Stille, die nun folgte, wäre unter normalen Umständen peinlich gewesen, doch Calliope schien darauf gefaßt. Sie strich ihm weiter durch die Haare, während er sich verzweifelt überlegte, was er sagen sollte. Er ließ Fakten, Zahlen, Geschichten und Strategien vor seinem inneren Auge vorbeiziehen, ebenso wie schlaue Bemerkungen, harmlose Scherze und leere Floskeln, doch nichts davon drang über seine Lippen. Sie rieb ihm das Genick und stieß auf einen Knoten, in den sie ihre Fingerspitzen grub.

»Das tut gut«, sagte Sam.

»Das weißt du also?« fragte sie.

Sams Lippen verzogen sich zu einem Lächeln. »Ja«, sagte er.

»Was willst du?« fragte sie.

Aus den Augenwinkeln warf er ihr einen kurzen Blick zu und sah, wie ihre Augen im Kerzenlicht schimmerten. Sie machte keine Scherze, es war ihr ernst, und sie wartete auf seine Antwort.

»Ist das ein Test?«

»Nein. Was willst du?«

»Warum fragst du mich nicht, womit ich mein Geld verdiene? Wo ich wohne? Wo ich herkomme? Wie alt ich bin? Du weißt noch nicht mal meinen Nachnamen.«

»Würde ich dadurch erfahren, wer du bist?«

Sam drehte sich um und schaute ihr in die Augen. Er schob ihre Hand weg von seinem Genick. Ein gewisses Mißtrauen ihr gegenüber quälte ihn noch immer, und dieses Mißtrauen wollte er nun loswerden. »Calliope, jetzt mal ganz ehrlich – du steckst doch nicht mit ihm unter einer Decke? Oder machst du mit bei irgendeinem Schwindel, den er ausgekocht hat?«

»Nein. Wer ist dieser ›Er‹ überhaupt?«

»Schon gut.« Sam drehte sich wieder um und betrachtete die Kerzenflamme. Er versuchte nachzudenken. Sie kannte Coyote wirklich nicht. Was jetzt?

»Also gut, was willst du?« fragte sie wieder.

Er blaffte sie an: »Verdammt, ich hab keine Ahnung.«

Sie ließ sich von seinem rüden Tonfall nicht abschrecken und begann wieder, ihm das Genick zu massieren. »Du bist hierhergekommen, weil du mich wolltest, stimmt's?«

»Nein. Doch, ich glaube schon, daß es so war.« Nicht genug damit, daß sie die ganze Zeit über die Wahrheit sagen mußte; jetzt erwartete sie auch noch, daß er sich ihr gegenüber genauso verhielt, und was das anging, war er ziemlich aus der Übung.

»Wir haben Sex gehabt. Würdest du jetzt lieber gehen?«

Herrgott, was war sie – eine von diesen hinreißenden New-Age-Staatsanwältinnen? »Nein, ich ...«

»Willst du eine Schüssel Schokoladeneis mit Marshmallowstückchen?«

»Das wäre prima!« sagte Sam. Gerade noch mal davongekommen, keine weiteren Fragen, Euer Ehren.

»Siehst du, es ist gar nicht so schwer, herauszufinden, was du willst.« Sie erhob sich und machte sich erneut auf den Weg zur Küche.

Sam richtete sich auf und wartete. Es fiel ihm auf, daß es schon eine ganze Weile her war, seit unten zum letzten Mal die Türen geknallt hatten. Die Stille wurde ihm plötzlich unheimlich. Als er draußen auf der Treppe Schritte hörte, sprang er auf und rannte zur Küche.

17. KAPITEL

Ein weißer Palisadenzaun um das Chaos
Santa Barbara

Sam kam just zu dem Zeitpunkt in die Küche gestürmt, als Yiffer durch das fehlende Fliegengitter der Fliegentür stieg.

»Cool! Eiscreme!« sagte Yiffer.

»Mach mal halblang, Yiffer. Ich habe gerade Grubb und J. Nigel wieder hingelegt.« Calliope nahm zwei Schalen mit Eiscreme und deutete auf die Schachtel, die auf dem Tresen stand. »Den Rest kannst du haben.«

»Affengeil.« Yiffer schnappte sich einen Löffel aus der leeren Schüssel, rammte ihn in die Eiscreme und schaufelte einen etwa tennisballgroßen Klumpen davon in seinen Mund. Sam schaute fasziniert zu, wie er das Eis zwischen seinen Kiefern hin- und herschob, bis er es schließlich schaffte, seinen Mund zu schließen und die ganze Ladung auf einmal herunterschluckte, wobei er mit dem Kopf zurückzuckte wie eine Schlange, damit es besser flutschte. »Ach Scheiße, Mann«, sagte Yiffer und ließ den Löffel fallen, um sich an die Nasenwurzel zu fassen. »Schwere Hirnerfrierungen. Autsch!«

Erneut hörte Sam draußen auf der Treppe Schritte. Er rannte zur Tür und streckte den Kopf hinaus, um zu sehen, wer es wohl sein mochte, stets bereit, sich zu ducken und drinnen in Deckung zu gehen, für den Fall, daß es der irre Rocker von unten war. Er stellte erleichtert fest, daß es sich nur um Nina handelte, die anscheinend schon etwas angeschickert die Treppen hinaufgeschlurft kam. »Ist Yiffer wieder zurück?«

»Er ist in diesem Augenblick dabei, sich der fürchterlichen Eiscreme-Tortur zu unterziehen«, antwortete Sam.

»Ich bringe ihn um.« Sie kam die restlichen Stufen hinaufgerannt, und Sam half ihr bei der mühseligen Prozedur mit der klemmenden Tür, trat dann jedoch aus dem Weg, als sie auf Yiffer zurauschte, der immer noch vornübergebeugt dastand, sich aber mittlerweile die Schläfen hielt.

»Du verdammter Idiot!« kreischte Nina. »Was war das für eine Frau in der Bar? Und wo zum Teufel ist mein Geld?«

»Baby, ich leide Höllenqualen. Mir geht's absolut dreckig.«

Nina hob die Faust, um auf Yiffers Rücken einzudreschen, doch als sie den Salatlöffel auf dem Tresen liegen sah, überlegte sie es sich anders und griff danach, um damit gnadenlos auf den Schädel des Surfers einzuschlagen. »Du bist also scharf auf Qualen (peng!), ich geb dir Qualen (peng! peng! peng!). Du leidest? (peng!) Du hast (peng!) doch keine Ahnung (peng!), was (peng!) Leiden (peng!) überhaupt (peng!)...«

»Na ja«, sagte Calliope. »Siehst so aus, als sollte man euch lieber allein lassen. Komm mit, Sam.« Mit Sam im Schlepptau ging sie wieder ins Schlafzimmer. Dort saßen sie und aßen Eiscreme, während sie zuhörten, wie Yiffer unter Ninas Schlägen jammerte. Nach ein paar Minuten ging ihr allmählich die Kraft aus, und Yiffers Wehklagen begann, einem Stöhnen ähnlich zu werden. Es dauerte nicht allzulange, bis auch Nina in rhythmisches Stöhnen verfiel. Sam betrachtete die Kerze auf dem Kleiderschrank und tat so, als würde er nichts von alledem mitbekommen.

»Es ist jedesmal das gleiche«, erklärte Calliope. »Ich denke, es liegt daran, daß bei Nina, was Männer angeht, die Energieströme von Gewalt und Sex verschmelzen.«

»Wie bitte?«

»Es macht sie geil, Yiffer zu schlagen.«

»Oh«, sagte Sam. Er zuckte zusammen, als er in der Küche Teller zersplittern hörte. Nina kreischte. »Oh, ja, du Arschloch! Ja!« Yiffer stöhnte. Das Haus wurde erschüttert vom Krachen einer Tür in der Erdgeschoßwohnung, und J. Nigel stimmte jammernd in das allgemeine Getöse mit ein.

»Lonnie denkt vermutlich, daß wir es sind, die es gerade miteinander treiben.«

»Glaubst du, er läßt uns Zeit für Erklärungen, bevor er uns erschießt?«

»Denk jetzt nicht daran.« Calliope erhob sich und streifte ihr Kleid ab. Sie gab Sam zu verstehen, daß er sein Hemd ausziehen sollte. Das Stöhnen in der Küche nahm an Lautstärke und Heftigkeit zu, und J. Nigel heulte wie eine Sirene. Die Fenster klapperten im Takt zu einer ganzen Salve von zugeknallten Türen.

Sam betrachtete sie und dachte, *eine Schüssel Eiscreme, eine Horde Irrer und trotz...* »Jetzt?« fragte er. »Bist du sicher?«

Calliope nickte. Sie zog ihm das Hemd aus, gab ihm einen sanften Stoß, so daß er aufs Bett zurücksank und streifte ihm die Schuhe ab. Sam leistete keinen Widerstand, als sie ihn auszog, sondern versuchte nur, den Lärm um sich herum auszublenden. Als sie das Laken über ihn breitete und neben ihn unter die Decke kroch, stellte er sich vor, wie sie beide erschossen wurden, während sie gerade mittendrin waren. Sie küßte ihn, doch er merkte es kaum.

In der Wiege neben dem Bett begann Grubb unruhig zu werden, und nachdem unten noch ein paarmal die Türen zugeknallt worden waren und es in der Küche wieder einmal gekracht hatte, wachte er endgültig auf und weinte. Calliope mochte sich noch so weich und warm anfühlen, ihr Haar konnte nach Jasmin duften soviel es wollte, Sam war einfach unfähig, angemessen darauf zu reagieren.

»Es gibt sich gleich wieder«, sagte Calliope und strich Sam zärtlich über die Wange. Dann küßte sie ihn sanft auf die Stirn.

»Ich bin gleich wieder zurück«, sagte Sam.

Er stand auf, schlang sich sein Hemd um die Hüften und spurtete, nachdem er einen prüfenden Blick in den Flur geworfen hatte, aus dem Schlafzimmer ins Bad. Er schloß die Tür hinter sich, blieb mit dem Rücken daran gelehnt stehen und starrte gedankenverloren zur Decke. Die Brunftgeräusche in der Küche kulminierten in einem Lustschrei von Nina und verebbten dann, worauf nur noch knallende Türen und weinende Babys zu hören waren. »Das ist einfach zu viel für mich«, sagte Sam zu sich selbst. »Das hier ist einfach zu verrückt. Das hält ja kein Mensch aus.« Er klappte den Klodeckel herunter und setzte sich darauf. Er sah aus wie Rodins »Denker« vor einer Duschkabine. Da gab es ein einziges Mal in seinem Leben eine Situation, in der es wirklich darauf ankam, gut im Bett zu sein, und dann ging es rundherum zu wie auf einem Schlachtfeld. »Ich schaffe das einfach nicht«, sagte er.

»Klar schaffst du das«, sagte eine Stimme hinter dem Duschvorhang. Sam schrie auf und sprang auf den Spülkasten der Toilette. Einen perlenbesetzten Lederbeutel in der Hand, trat Coyote aus der Dusche.

»Was zum Teufel machst du da drin?« fragte Sam.

»Ich bin hier, um dir zu helfen«, antwortete Coyote.

»Wenn das so ist, dann verschwinde. Ich brauche deine Hilfe nicht.«

»Willst du die Frau da drin sausen lassen?«

»Hast du auch nur die geringste Ahnung, was sich hier abspielt? Hör doch mal zu!« Wieder wurde eine Tür zugeknallt, und Nina fing wieder an, Yiffer zusammenzubrüllen. Aus dem, was Sam mitbekam, schloß er, daß es irgendwas mit dem Ramschverkauf zu tun hatte.

»Du mußt dich von hier absetzen«, sagte Coyote. »Du mußt einen Platz am Körper der Frau finden, an dem du leben kannst. Wo du nur ihren Durft spürst und nur ihren Atem hörst.«

»Und wie soll ich das anstellen, wenn du nicht von hier verschwindest? Dazu komme ich doch überhaupt nicht. Was ist, wenn sie dich sieht? Wie soll ich ihr erklären, warum du hier bist?« Sam dachte einen kurzen Moment nach und kam zu der Einsicht, daß Calliope, wenn er ihr erklärte, daß sich in ihrem Badezimmer ein antiker Gott der Schwindler und Trickser aufhielt, sie das vermutlich hinnehmen würde, ohne Fragen zu stellen – wahrscheinlich würde sie noch darum bitten, Coyote vorgestellt zu werden.

Coyote hielt Sam den Beutel hin. »Streu das auf dein Glied.«

»Was ist das?« fragte Sam und nahm den Beutel.

»Liebespulver. Es macht dich stark und standhaft wie eine Lanze.«

Sam schüttelte den Inhalt des Beutels in seine Handfläche. Es war ein feiner brauner Puder. Er roch daran. »Was ist das?«

»Maispollen, Zeder, Duftgras, Salbei, getrockneter Elchsamen – es ist ein altes Rezept. Sehr stark. Probier es einfach aus.«

»Bloß nicht.«

»Willst du, daß die Frau glaubt, du bist kein Mann?«

»Wenn ich es probiere, verschwindest du dann?«

Coyote grinste. »Streu bloß eine Prise davon auf dein Glied, und die Frau wird in Tränen ausbrechen vor Freude und Wohlgefühl.«

»Und du wirst verschwinden?«

Coyote nickte. Sam nahm eine Prise davon zwischen die Finger und streute es auf seinen Penis.

Als er gerade mittendrin war, öffnete Calliope die Tür. »Das ist doch nicht nötig«, sagte sie, »ich nehme sowieso die Pille.«

»Aber...« Sam schaute sich nach Coyote um, doch der alte Trickser war bereits verschwunden. »Ich habe nur...«

»... an alles denken wollen«, sagte Calliope. »Danke. Aber jetzt komm ins Bett.« Sie nahm ihn bei der Hand und führte ihn aus dem Badezimmer. Sam ließ sie gewähren, doch er warf noch einmal einen Blick über die Schulter, um zu sehen, wo Coyote geblieben war.

Yiffer und Nina hatten sich in ihr Schlafzimmer verzogen und stritten nun dort weiter. Nina nannte Yiffer einen Idioten und ließ sich darüber aus, daß er nicht einmal eine Zeitungsannonce aufgeben könne. Unten wurde wieder eine Tür zugeknallt, und Yiffer stürmte zum Schlafzimmer hinaus. »Jetzt tret ich dem Deppen aber echt in den Arsch!« brüllte er. Auf dem Flur begegnete er Sam und Calliope, denen er im Vorbeigehen einen kurzen Blick zuwarf und sie mit einem »Hi, Kids« bedachte, um dann seinen Weg fortzusetzen. Sam hörte, wie die Tür in ihren Angeln ächzte, als Yiffer hindurchstieg. »Mach dein Testament, Bikerboy.«

Calliope zog Sam ins Schlafzimmer und schloß die Tür.

»Sollten wir nicht vielleicht die Polizei rufen oder so?« fragte Sam.

»Nein, das geht schon klar. Lonnie hat Angst vor Yiffer. Er wird sich nicht mit ihm anlegen, und abknallen wird er ihn auch nicht, weil er zuviel Angst hat, ins Gefängnis zu wandern.«

»Ach, dann ist ja alles in bester Ordnung«, sagte Sam.

»Komm jetzt ins Bett«, sagte Calliope. Sam warf einen

kurzen Blick hinüber zu Grubb, der ganz ruhig dalag und ihn über den Rand seines Schnullers hinweg anschaute, als ob er sagen wollte: »Was machst du denn mit meiner Mama?«

»Können wir vielleicht die Kerzen ausblasen?« fragte Sam.

Ohne ein Wort blies Calliope die Kerzen aus und zog Sam zu sich hinunter auf das Bett. Draußen auf dem Treppenabsatz stand Nina und brüllte irgendwas, während Yiffer an Lonnies Tür hämmerte und J. Nigel schreiend in seinem Bett lag, doch all das verschwamm zu einem einzigen weißen Rauschen in Sams Ohren.

»Du mußt einen Ort am Körper der Frau finden, an dem du leben kannst.« In der Dunkelheit, der Lärm in weiter Ferne, ließ Sam seine Hände über Calliopes Körper gleiten, und es schien, als würden die Welt da draußen und all die Sorgen, die sie ihm bereitete, allmählich verschwinden.

Er fand zwei Mulden an ihrem Rücken, in denen sich das Sonnenlicht sammelte, und dort wohnte er – geschützt vor dem Wind und dem Lärm. Er wurde dort alt, starb und stieg auf zum Großen Geist, fand den Himmel, als er ihre Wange an seiner Brust spürte und der warme Hauch ihres Atems wie der Wind über seinen Bauch blies und den Duft von Salbei und Duftgras mit sich trug, und...

In einem anderen Leben wohnte er auf der weichen Haut unterhalb ihrer linken Brust, seine Lippen glitten über die Täler und Bergkämme zwischen ihren Rippen. Sie spielten mit dem feuchten Flaum auf ihrer Haut wie ein Kind, das im Herbstlaub herumtollt. Er erklomm den Berg ihrer Brust und fastete in dem Purpurkranz auf seinem Gipfel, wo sich ihm eine Vision darbot, in der er und sie zu Dunstmenschen geworden waren, die keine Haut trennte und zu einem feuchten Wesen verschmolzen. Und dort lebte er, erfüllt von Glück. Und zum ersten Mal seit Jahren fühlte er sich zu Hause. Sie folgte ihm auf seiner Reise und lebte mit ihm und in ihm, als er in ihr war. Sie durchlebten ein Leben nach dem anderen und schliefen miteinander und träumten zusammen.

Es war klasse.

18. KAPITEL

Schattenphobie
Santa Barbara

Es war Sonntagmorgen. Josh Spagnola schlief gerade ein und träumte davon, kleinen Häschen Shampoo in die Augen zu reiben, als eine Harley Davidson mit einem 270 Pfund schweren, im Speedwahn absolut scheiße gelaunten Rocker namens Tinker im Sattel durch seine Haustür krachte. Aufgeschreckt von dem Krachen der Tür und dem Höllenlärm, den die Harley in seinem Wohnzimmer veranstaltete, saß Joe Spagnola in seinem Nest aus Satinbettwäsche, und sein erster Gedanke war, daß es sich um ein Erdbeben handeln müsse. Er wartete darauf, daß der Einbrecheralarm losging, doch es tat sich nichts. Seine Wohnung war sechsfach gesichert gegen Diebe, die auf elegante Art und Weise Schlösser austricksten und sich bei Nacht und Nebel auf Katzenpfoten anschlichen – gegen Menschen seines Schlages, die ihr Geschäft als eine Kunstform betrachteten. Daß irgendwer im gleißenden Licht des Tages auf einem knatternden Rammbock aus bestem Milwaukee-Stahl durch die Tür brechen könnte, wäre ihm in seinen kühnsten Träumen nicht eingefallen.
Für Tinker hingegen hatte das Wort *Einbrechen* eine zweifache Bedeutung, nämlich Eindringen und Zerbrechen, und wenn bei einem Eindringen nichts zu Bruch ging, hinterließ dies bei ihm ein Gefühl der Leere. An seinem Gürtel trug er einen Schlagstock aus Polizeibeständen, einen Totschläger, zwei Jagdmesser und ein Paar Schlagringe aus Messing. Seine Revolver hatte er in einem vorübergehen-

den und seltenen Anfall von Geistesgegenwart zuhause gelassen, aber sein Anwalt hatte ihm ohnehin dazu geraten, während seiner Bewährung auf das Tragen von Schußwaffen zu verzichten.

Am frühen Morgen hatte Tinker einen Anruf von Lonnie Ray erhalten, der wie er Mitglied der Bruderschaft war.

»Soll ich ihn kaltmachen?« hatte Tinker Lonnie gefragt.

»Nein, aber nimm ihn ordentlich in die Mangel. Und zieh deine Weste besser nicht an. Ich will nicht damit in Verbindung gebracht werden.«

»Ist er groß?« Tinker hatte eine tiefsitzende Furcht davor, daß er eines Tages jemandem über den Weg laufen würde, der ebenso groß und gewalttätig war wie er selbst.

»Ich weiß auch nicht. Warte halt ab, bis ich noch mal anrufe. Den schwarzen Mercedes kannst du nicht übersehen.«

Tinker versuchte, Lonnies Anruf abzuwarten, doch er hatte die ganze Nacht im Labor der Bruderschaft zugebracht und eine Ladung Methedrin aufgekocht. Nachdem er einen Selbstversuch angestellt hatte, um herauszufinden, ob er mit dem Produkt seiner Bemühungen die Wirkung des Kastens Bier, den er in der Zwischenzeit getrunken hatte, in den Griff bekommen würde, war ihm die Geduld ausgegangen. Bei Anbruch des Tages konnte er seinen Durst nach Blut nicht mehr zügeln, und er machte sich auf den Weg.

Mittlerweile war Joe Spagnola, der in seinem Schlafzimmer mitanhören mußte, wie die Harley seinen Berberteppich wegradierte, aufgegangen, daß es wohl ein ernstes Problem gab. Er sprang aus dem Bett und durchsuchte die Kleider, die er in der Nacht zuvor auf dem Weg ins Bett mit der Dienstag-Donnerstag-Samstag-Masseuse der Cliffs über den Boden verstreut hatte. Es fiel ihm wieder ein, daß er seinen Pistolengurt von der Tür weggekickt hatte, als er sie um Mitternacht nach Hause geschickt hatte und mit ihr zur Tür gewankt war. Er beugte sich gerade zu Boden, um die Pistole aus dem Holster zu ziehen, als Tinker der Tür einen Tritt verpaßte, die daraufhin Spagnola voll gegen die Stirn knallte und ihn auf die Bretter schickte.

Tinker betrachtete die halbe Portion, die bewußtlos und nackt vor ihm auf dem Boden lag und stieß einen Seufzer aus. Er empfand es als zutiefst unbefriedigend, daß niemand ob seiner Gegenwart vor Entsetzen schlotterte. Als eine kleine Geste Lonnie Ray gegenüber zog er den Schlagstock aus dem Gürtel und brach Spagnola mit zwei mächtigen Schlägen beide Beine. Dann schlenderte er zum Schlafzimmer hinaus, stieg auf sein Motorrad und fuhr zum Clubhaus der Bruderschaft, um sich die Zeichentrickfilme anzusehen, die jeden Samstagmorgen im Fernsehen liefen.

Sam wachte auf, als er Yiffer rufen hörte: »Kopf runter! Sie dürfen dich nicht sehen!«

Sam schaute sich um und stellte fest, daß Calliope und Grubb verschwunden waren. Er stand auf und griff nach seiner Uhr auf der Kommode, während aus dem Wohnzimmer weiterhin Rufe und Geflüster herüberdrangen. Sechs Uhr früh. Anscheinend war es die ganze Nacht so weitergegangen, Gebrüll, Türenschlagen und das Geschrei des Babys. Er konnte von Glück sagen, daß er überhaupt geschlafen hatte. Er zog sich an und ging hinüber ins Wohnzimmer.

»Kopf runter«, sagte Yiffer. »Sie dürfen dich nicht sehen.« Sam duckte sich in den Durchgang. Nina und Calliope kauerten unter den Fenstern und an der Frontseite des Hauses und hielten die Babys im Arm. Yiffer kniete neben der Tür, die zum Balkon hinausging. Er richtete sich kurz auf, um zum Fenster hinauszuspähen, und ging augenblicklich wieder in Deckung.

»Was ist los?«, fragte Sam. »Ballert draußen jemand rum?«

»Nein«, sagte Nina. »Das sind die Leute wegen dem Trödelverkauf. Bleib unten.«

»Guten Morgen«, sagte Calliope. »Hast du gut geschlafen?«

»Prima. Was sind das für Leute wegen dem Trödelverkauf?«

»Aasgeier sind das«, sagte Yiffer. »Sie kreisen da draußen rum wie eine Meute von Haien. Schau's dir selber an.«

Sam schlich sich geduckt zum Fenster und schaute über den Rand. Draußen fuhren Dodge Darts und Ford Escorts im Schrittempo vorbei, blieben vor dem Haus kurz stehen und fuhren dann langsam weiter.

Nina sagte: »Yiffer hat die Anzeige für unseren Trödelverkauf in die Zeitung gesetzt und dabei das falsche Datum erwischt. Die da draußen suchen alle nach uns.«

»Fünf waren schon an der Tür«, sagte Yiffer. »Mach auf keinen Fall auf, die reißen uns in Stücke.«

»Bei Lonnie an der Tür waren schon ungefähr zehn. Er hat aber nicht aufgemacht, und da sind sie wieder abgerauscht.«

»Was ist mit Lonnie passiert?« fragte Sam.

Erneut richtete Yiffer sich auf und spähte zum Fenster hinaus. »Gnädiger Himmel, da draußen ist ein ganzer Bus voll.« Er ging wieder in Deckung und blieb mit dem Rücken gegen die Tür gelehnt sitzen. Zu Sam gewandt sagte er: »Lonnie hat nicht aufgemacht, als ich bei ihm geklopft habe. Sobald er gehört hat, daß ich wieder oben bin, ist er auf sein Motorrad gestiegen und hat sich aus dem Staub gemacht.«

»Wie lange wollen die da draußen noch rumkurven?« fragte Nina. »Ich muß heute noch zur Arbeit.«

»Die lassen nicht locker, die bleiben den ganzen Tag«, jammerte Yiffer ohne einen Funken Hoffnung. »Die warten da draußen und schnappen sich einen nach dem anderen von uns. Wir haben keine Chance. Wir sind verloren.«

Nina verpaßte ihm eine Ohrfeige. »Jetzt reiß dich aber mal zusammen.«

Sam konnte nur an eines denken: seine Zigaretten, die im Wagen lagen. Es war jetzt schon sechszehn Stunden her, seit er zum letzten Mal eine geraucht hatte, und er hatte das Gefühl, daß er genauso überschnappen würde wie Yiffer, wenn sein Nikotinpegel nicht bald wieder ins Lot kam. »Ich gehe jetzt da raus«, sagte er und fühlte sich dabei wie John Wayne – bevor er Lungenkrebs bekommen hatte.

»Nee, Macker. Mach das nicht«, flehte Yiffer.

»Doch, ich gehe jetzt.« Sam erhob sich, und Yiffer schlug die Hände über dem Kopf zusammen, als erwartete er jeden Augenblick eine Explosion. Sam griff nach Grubbs Plastikdonut auf Rädern. »Kann ich mir das mal kurz ausleihen?«

»Sicher«, sagte Calliope. »Kommst du wieder?«

Sam blieb eine Weile schweigend stehen, dann lächelte er und nahm ihre Hand. »Ganz bestimmt«, sagte er. »Ich muß mich nur mal duschen und ein paar Sachen regeln. Ich rufe dich an, okay?« Calliope nickte.

»Den siehst du nicht mehr lebend wieder«, unkte Yiffer.

Nina warf Sam einen entschuldigenden Blick zu. »Er hat gestern ein bißchen viel getrunken. Tut mir leid, wenn wir euch mit unserem Krach gestört haben.«

»Halb so wild«, sagte Sam. »War nett, euch beide kennenzulernen.« Er wandte sich um, ging durch die Küche und dann zur Tür hinaus.

Während er die Treppe hinunterstieg, blieb der Kleinbus, von dem Yiffer zuvor gesprochen hatte, mit quietschenden

Reifen vor dem Haus stehen, und ein Dutzend grauhaariger Damen quollen daraus hervor und stürmten auf Sam zu.

»Wo ist der Trödelverkauf?« fragte eine.

»Das hier *ist* die richtige Adresse, wir haben schon zweimal nachgeschaut.«

»Wo gibt's denn die Schnäppchen? In der Anzeige stand was von Schnäppchen.«

Sam hielt die Plastikdonut in die Höhe, so daß sie ihn alle sehen konnten. »Das ist der Rest vom Schützenfest. Tut mir ja auch leid, aber alles andere war schon weg, als ich hier ankam. Wir sind alle zu spät gekommen. Und dann bestraft einen das Leben, wie man ja weiß.«

Die Menge brach in ein kollektives Stöhnen aus, bis sich plötzlich eine Stimme vernehmen ließ: »Ich zahle Ihnen zehn Dollar dafür.«

»Zwölf«, rief jemand anderes.

»Zwölffünfzig.«

Sam machte eine Handbewegung und brachte sie zum Schweigen. »Nein, danke. Ich brauche das Ding wirklich«, sagte er feierlich und drückte die Donut an seine Brust.

Allmählich setzte sich unter den Umstehenden die Erkenntnis durch, daß sie umsonst hergekommen waren. Eine Weile gingen die Damen unschlüssig hin und her, bis sie eine nach der anderen wieder in den Kleinbus stiegen. Sam blieb noch einen Augenblick stehen und schaute ihnen nach. Die übrigen Schnäppchenjäger, die die ganze Zeit über die Straße auf- und abgefahren waren, sahen, wie sich die Damen auf den Weg machten, und es schien Sam, als könne er förmlich sehen, wie sich die Enttäuschung in ihr kollektives Bewußtsein senkte und sie schließlich ebenfalls davonfuhren.

»Spitzenmäßige Nacht«, sagte Coyote.

Sams Nerven waren nach den Ereignissen der Nacht und

des darauffolgenden Morgens so abgestumpft, daß ihn die Stimme an seinem Ohr nicht weiter aus der Ruhe brachte. Er blickte über die Schulter und sah Coyote, der zusätzlich zu seinem üblichen schwarzen Hirschlederdreß einen weißen Zehn-Gallonen-Cowboyhut trug. »Nicht schlecht, der Hut«, sagte Sam.

»Damit mich niemand erkennt.«

»Klasse«, sagte Sam. »Dich loswerden geht wohl nicht, oder?«

»Kannst du deinen Schatten abschütteln?«

»Dachte ich mir schon«, sagte Sam. »Dann laß uns mal gehen.«

Der Shogun des Big-Samurai Golfplatzes und Gesundheitszentrums war ernstlich besorgt. Sein Name war Kiro Yashamoto. Er fuhr mit seiner Frau und seinen beiden Kindern in einem gemieteten Jeep Station Wagon eine kurvenreiche Bergstraße hinauf, um ein altes indianisches Medizinrad zu besichtigen. Am Tag zuvor hatte Kiro 800 Hektar Land (mit heißen Quellen und forellenreichen Fluß) in der Nähe von Livingston, Montana, erworben und das zu einem Preis, für den er in Tokyo vielleicht gerade mal ein Studio-Apartment bekommen hätte. Doch war es nicht dieser Kauf, der ihm Sorgen bereitete – die Investition würde sich in einem Jahr amortisiert haben, nachdem er erst mal den Golfplatz angelegt und die Gesundheitsfarm aufgebaut hätte und japanische Touristen in Scharen herbeigeströmt kämen. Es waren seine Kinder, deretwegen er sich ernsthaft Gedanken machte.

Während der Reise hatten sein vierzehnjähriger Sohn Tommy und seine zwölfjährige Tochter Michiko den Entschluß gefaßt, in Amerika studieren und später dort leben zu wollen. Tommy wollte Chef von General Motors werden und Michiko Patentanwältin. Während er den Wagen steuerte, hörte Kiro zu, wie seine Kinder auf Englisch über ihre Pläne diskutierten und nur dann pflichtbewußt schwiegen, wenn er sie auf eine Sehenswürdigkeit hinwies oder ihre Aufmerksamkeit auf die Wunder der Natur zu lenken versuchte, um anschließend gleich wieder in ihren Plänen zu schwelgen. Am Custer Battlefield Memorial und dem Grand Canyon war es schon so gewesen, und sogar in Disneyland waren die beiden nur an den Umsätzen interessiert und nicht an den Träumen und Illusionen, mit denen diese erzielt wurden.

Meine Kinder sind Monster, dachte Kiro. Und ich bin schuld daran. Vielleicht hätte ich ihnen doch besser die Haikus von Basho vorlesen sollen, als sie klein waren, anstatt das amerikanische Manifest der hohen Marketingkunst, Green Eggs and Ham...

Kiro lenkte den Jeep durch eine langgezogene Kurve, die um den Gipfel des Berges herumführte, und das Medizinrad kam in Sicht: Mächtige Felsblöcke bildeten die Speichen eines Rades von fast siebzig Metern Durchmesser, in dessen Mitte eine zerlumpte Gestalt, alle Viere von sich gestreckt, auf dem Boden lag.

»Sieh mal, Vater«, sagte Michiko. »Die haben einen Indianer angestellt, damit er Tickets verkauft, und jetzt ist er bei der Arbeit eingeschlafen.«

Kiro stieg aus dem Wagen und ging vorsichtig auf die Mitte des Rades zu. Diese Vorsicht hatte er sich angewöhnt, als Tommy im Yellowstone Park beinahe zu Tode getrampelt worden wäre, als er eine Videoaufnahme von einer Büffelherde machen wollte. Tommy und Michiko liefen neben ihrem Vater her, während Mrs. Yashamoto im Wagen blieb und das Medizinrad im Reiseführer und auf den verschiedenen Karten suchte.

Tommy machte im Gehen einen Schwenk mit dem Camcorder. »Das sind ja bloß Felsen, Vater.«

»Genauso wie der Zen-Garten in Koyoto.«

»Aber du könntest auf deinem Golfplatz auch ein Rad aus Felsen anlegen lassen, dann müßten die Leute nicht mehr hier hochfahren, um es zu besichtigen. Außerdem könntest du einen Japaner anstellen, der den Eintritt kassiert, dann hättest du keine Umsatzverluste.«

Mittlerweile waren sie bei dem Indianer angelangt, und Tommy wählte die Makroeinstellung, um eine Nahaufnahme zu machen. »Schau mal, er ist mit dem Gesicht auf dem Boden eingeschlafen.«

Kiro beugte sich hinab und fühlte am Hals des Indianers nach dessen Puls. »Michiko, lauf zum Jeep und hol Wasser. Tommy, leg die Kamera hin und hilf mir, den Mann umzudrehen. Es geht ihm gar nicht gut.«

Sie drehten den Indianer herum, und betteten seinen Kopf auf Kiros zusammengerollte Jacke. In dem Overall des Indianers fand Kiro eine perlenbesetzte Brieftasche und reichte sie Tommy. »Sieh mal nach, ob darin irgendwelche ärztlichen Hinweise sind.«

Michiko kam mit einer Flasche Evian zurück, die sie ihrem Vater reichte. »Mutter sagt, wir sollen ihn hierlassen und Hilfe holen. Sie hat Angst, daß wir wegen unzureichender Hilfeleistung auf Schadensersatz verklagt werden.«

Kiro bedachte seine Tochter mit einer wegwerfenden Handbewegung und hielt dem Indianer die Flasche an die Lippen. »Wenn wir ihn hier alleinlassen, wird dieser Mann nicht überleben.«

Tommy zog ein Blatt Papier aus der Brieftasche und faltete es auseinander. Mit einem Mal strahlte er über beide Ohren. »Vater, dieser Mann hat einen persönlichen Brief von Lee Iacocca, dem Präsidenten von Chrysler.«

»Tommy, bitte sieh nach, ob es irgendwelche ärztlichen Anweisungen gibt.«

»Er heißt Pokey Medicine Wing. Hör zu:

›Sehr geehrter Mr. Medicine Wing:

Vielen Dank für ihren Namensvorschlag für unsere neue Baureihe von Kleinlastern. Es stimmt in der Tat, daß unsere Serie mit dem Namen Dakota am Markt äußerst erfolgreich ist, ebenso wie die Serien Cherokee, Comanche und Apache der zu uns gehörenden Firma Jeep/Eagle. Allerdings haben Untersuchungen unserer Marketingabteilung ergeben, daß das Wort *Crow* bei potentiellen Autokäufen negativ besetzt ist. Des weiteren haben wir feststellen müssen, daß *Absarokee* zu schwierig auszusprechen ist und *Kinder des Großschnäbligen Vogels* als Name für einen Truck ungeeignet erscheint.

Was Ihre Frage betrifft, so haben wir keine Kenntnis davon, daß dem Stamm der Navaho von seiten der Mazda Corporation irgendwelche Tantiemen für die Nutzung ihres Namens gezahlt wurden, und auch wir leisten keine solchen Zahlungen an die Stämme der Apachen, Comanchen oder Cherokee, denn diese Namen sind seitens der Jeep Corporation als eingetragene Warenzeichen registriert.

Der von Ihnen angedrohte Boykott von Produkten der Chrysler Corporation durch den Stamm der Crow und andere amerikanische Ureinwohner betrübt uns zwar zutiefst, doch haben Marktanalysen ergeben, daß der Anteil dieser Bevölkerungsgruppe an unserer Käuferschaft eher marginal ist und unsere Profite davon kaum betroffen sein werden.

Bitte betrachten Sie die beigefügte Decke als Zeichen der Erkenntlichkeit dafür, daß Sie unsere Aufmerksamkeit auf diese Angelegenheit gerichtet haben.

Mit freundlichen Grüßen, Lee Iacocca...

CEO, Chrysler Corporation.‹«

Kiro sagte: »Tommy, leg den Brief jetzt hin und hilf mir, den Mann aufzurichten, damit ich ihm zu trinken geben kann.«

Tommy antwortete: »Wenn er mit Lee Iacocca bekannt ist, dann können seine Kontakte für uns sehr nützlich sein, Vater.«

»Aber nicht, wenn er stirbt.«

»Ach ja, richtig.« Tommy kniete sich hin und half Kiro, Pokeys Oberkörper aufzurichten, bis dieser eine sitzende Position erreicht hatte. Kiro hielt Pokey die Flasche an die Lippen, und der alte Mann öffnete die Augen, als er trank. Nach ein paar Schlucken schob er die Flasche zur Seite und schaute zu Tommy auf. »Ich habe die Decke verbrannt«, sagte er. »Pocken.« Dann verlor er das Bewußtsein.

19. KAPITEL

Fünf Gesichter des Coyotenjammers

An jenem Morgen, an dem Adeline Eats den reifbedeckten alten Lügenbold im Gras hinter Wiley's Food and Gas gefunden hatte, hatte sich eine Schreieule auf dem Strommast vor ihrem Haus niedergelassen und diesen Platz nicht mehr geräumt – gerade so, als sei sie die gefiederte Verkörperung drohenden Unheils. Seitdem hatte bei Black Cloud Follows die Wasserpumpe ihren Geist aufgegeben, Adelines Kinder hatten sich alle die Grippe eingefangen, und ihr Ehemann Milo war zu einer Peyote-Zeremonie aufgebrochen, während Adeline verzweifelt versuchte, vom direkten Pfad zur Hölle fernzubleiben. Es erschien ihr in höchstem Maße unfair, daß ihr neuer Glaube auf eine so harte Probe gestellt wurde, obwohl die Farbe noch nicht einmal ansatzweise trocken war.

Sie wollte, daß die Eule endlich verschwand und das Unheil, das sie über sie gebracht hatte, mitnahm. Andererseits war für einen guten Christenmenschen eine Eule nichts weiter als eine Eule, und nur ein Crow, der in seinen Traditionen verwurzelt war, konnte sich dem Irrglauben hingeben, daß eine Eule Unheil bedeutete. Ein guter Christenmensch würde einfach hinausgehen und die Eule verscheuchen. Andererseits würde sich ein guter Christenmensch an einer Eule überhaupt nicht stören.

Ihren christlichen Glauben verdankte Adeline Eats denselben Mechanismen, durch die sie auch zum Sex und zum Rauchen gekommen war – dem Zureden von Leuten, die es angeblich gut mit ihr meinten. Wenn sie sich ihre sechs

Kinder ansah und sich wieder einmal darüber ärgerte, daß sie das Rauchen einfach nicht bleiben lassen konnte, kam ihr manchmal der Gedanke, daß die wohlmeinenden Ratschläge ihr nahestehender Personen nicht unbedingt die positivsten Ergebnisse zeitigten. Ihre Schwestern waren samt und sonders zum Christentum übergetreten und hatten sie als die »Heidin der Familie« bezeichnet, bis sie schließlich nachgegeben hatte und in den Schoß der Kirche gesunken war. Und nun, gerade einmal drei Wochen, nachdem sie mit dem Blut des Lamm Gottes gewaschen worden war, klemmte sie schon wieder den Schwanz ein, wie ein Hund, der versehentlich in die Höhle eines Stinktieres geraten ist. Die Eule.

Adeline schaute aus dem Fenster, um nachzusehen, ob die Eule noch an ihrem Platz saß. Sie hatte sich nicht bewegt. Hatte sie ihr gerade zugezwinkert? Adeline hatte sich die Haare hochgesteckt, eine Sonnenbrille aufgesetzt und einen von Milos Overalls angezogen, damit die Eule sie nicht erkennen konnte, bis ihr eingefallen war, was sie unternehmen würde. Sie überlegte sich ernsthaft, ob sie nicht zu Jesus beten sollte, daß er der Eule befahl zu verschwinden, doch wenn sie das tat, würde sie zugeben, daß sie noch immer ihrem alten Glauben verhaftet war, und sie würde zweifellos zur Hölle fahren. In ihrem alten Glauben gab es keine Hölle. Andererseits konnte sie auch einfach eine von Milos Schrotflinten laden, auf den Hof hinausgehen und der Eule eine derartige Ladung verpassen, daß von ihr nichts weiter übrigblieb als eine rosa Wolke. Doch auch dies schien ihr kein gangbarer Weg – man wußte ja nie, was so was für Folgen nach sich zog. Und auf Milo zu warten, damit er ihr half, hatte ebenfalls wenig Sinn, denn schließlich hatte sie wochenlang auf ihn eingeredet, daß er seine Peyoteknollen endlich gegen Oblaten und Wein eintauschen sollte.

Sie schlich vom Fenster weg. Im Nebenzimmer hustete eines der Kinder. Wenn es so weiterging, mußte sie noch mit ihnen zur Klinik fahren. Andererseits hatte sie Angst davor, an der Eule vorbeizugehen. Wenn man dem Priester glauben konnte, sah Gott alles. Gott würde sich durch die andere Frisur und die Sonnenbrille nicht täuschen lassen. Gott wußte, daß sie Angst hatte, also wußte Er auch, daß sie noch immer den Irrlehren ihres alten Glaubens nachhing, und folglich würde sie zur Hölle fahren, denn den ganzen Morgen war sie um das Goldene Kalb herumgetanzt und hatte Götzenbilder verehrt.

»Als Crow habe ich mit schlechter Medizin zu kämpfen«, dachte sie, »und als Christ fahre ich zur Hölle. Ich hätte Pokey, diesen alten Lügner, einfach erfrieren lassen sollen.« Sie schlug sich mit der flachen Hand gegen die Stirn. »Verdammt! Das hätte ich nicht denken sollen, dafür komme ich jetzt garantiert in die Hölle!«

Eine Nonne mit einer Uzi tauchte plötzlich auf der Brüstung von Notre Dame auf wie ein Ninja-Pinguin. Coyote schoß aus der Hüfte und erledigte sie, bevor sie Gelegenheit hatte zu feuern. Sie kippte über den Rand der Brüstung, knallte im Flug gegen einen Wasserspeier und klatschte auf den Gehweg. Ein gregorianischer Choral erhob sich, als ihre Seele, eine stählerne Elle in der Hand, zum Himmel aufstieg. Coyote nahm ein Fenster unter Beschuß und erwischte einen Bischof, der eine Panzerfaust geschultert hatte, was ihm zweitausend Bußepunkte einbrachte.

Mit nassen Haaren, ein Handtuch um die Hüften geschlungen, kam Sam ins Schlafzimmer. »Nicht schlecht, der Schuß«, sagte er.

Coyote blickte von dem Videospiel auf. »Die Roten haben mich schon dreimal erwischt.«

»Das sind die Kardinäle. Die muß man zweimal treffen, um sie zu töten. Aber warte mal ab, bis du erst zum Vatikan-Level kommst. Der Papst hat Augen mit Bannstrahl- und Verdammnispower.«

Auf dem Bildschirm waren in der Zwischenzeit die Türen der Kathedrale aufgeflogen, und der Heilige Patrick schoß eine Salve hitzegelenkter Vipern ab.

»Drück deine Smart-Bombe«, sagte Sam.

Coyote fummelte an der Konsole herum, doch es war schon zu spät. Eine der Schlangen bekam ihn am Bein zu fassen und explodierte. Auf den Bildschirm blinkte die Game-Over-Anzeige, und eine synthetische Stimme forderte Coyote auf: »Geh zur Beichte.«

Coyote ließ die Konsole aufs Bett fallen und seufzte.

»Du warst ganz gut«, sagte Sam. »Nonnen abschießen ist gar nicht so einfach, wenn man es nicht kennt.«

»Ich hätte mein Schummelpulver mitbringen sollen. Meine Schummelmedizin funktioniert immer.«

»Das hier ist kein Glücksspiel, es kommt eher auf Geschicklichkeit an.«

»Wozu braucht man Geschicklichkeit, wenn man Glück haben kann?«

Sam schüttelte den Kopf und ging wieder ins Badezimmer. Im Verlauf der Nacht war mit ihm eine Veränderung vonstatten gegangen. Jedesmal, wenn die Dinge um ihn herum einen Grad von Seltsamkeit angenommen hatten, daß eine Steigerung unmöglich schien, war etwas eingetreten, das noch verrückter und seltsamer war. Infolgedessen, so fiel ihm nun auf, nahm er inzwischen ganz gelassen hin, was immer passierte, und mochte es auch noch so verrückt erscheinen. Er hatte jegliche Gegenwehr aufgegeben und akzeptierte das Chaos als das neue Ordnungsprinzip seines Lebens.

Das Telefon klingelte, und Sam ergriff den Hörer, der auf der Kommode lag, in der Hoffnung, daß es Calliope war. »Samuel Hunter«, sagte er.

»Du elender, verwichster Sausack!«

»Gleichfalls guten Morgen, Josh.«

»Du hast gewonnen, du Arsch. Heute abend findet eine Versammlung der Eigentümergenossenschaft statt. Sie werden dafür stimmen, daß du wieder aufgenommen wirst – du kannst dein Apartment behalten, aber ich kann dir nicht garantieren, daß damit alles vorbei ist.«

»Okay.«

»Ich hoffe nur, dir ist klar, daß ich jeglichen kollegialen Respekt vor dir verloren habe, Sam. Der Doktor sagt, ich werde den Rest meines Lebens humpeln.«

»Es war einmal ein böser Mann, der hatte ein lahmes –«

»Du hast mir die Beine brechen lassen! Und meine Wohnung ist völlig hinüber.«

Sam warf einen kurzen Blick ins Schlafzimmer, wo Coyote die Sixtinische Kapelle mit einem Kampfhubschrauber angriff. »Josh, ich habe keine Ahnung, wovon du redest, aber es freut mich zu hören, daß du endlich zur Vernunft gekommen bist.«

»Scheiß drauf, du Arsch. Jahrelang habe ich im Dreck gewühlt und wozu – damit ich jetzt dafür sorgen kann, daß du dein Apartment wiederbekommst.«

»*Townhouse*«, korrigierte ihn Sam. »Nicht *Apartment*.«

»Versuch nicht, mich zu verscheißern, Sam. Ich stecke bis zum Hals in Gips, und eine Domina von Krankenschwester hat eine Stunde damit zugebracht, mich zwangszuernähren. Sag mir nur, daß jetzt alles vorbei ist.«

»Es ist vorbei«, sagte Sam.

Es klickte in der Leitung. Sam ging wieder ins Schlafzimmer zurück. »Was hast du mit Spagnola angestellt?«

Coyote rollte auf dem Bett herum, in dem verzweifelten Versuch, den Kampfhubschrauber noch in letzter Sekunde herumzureißen. »Diese Vögel fressen meinen Heckrotor. Ich kann ihn nicht mehr steuern.«

»Oh-oh, der Heilige Franziskus hat die Tauben des Todes losgelassen. Jetzt bist du erledigt.« Sam nahm sich eine Zigarette aus der Schachtel auf der Kommode und reichte Coyote ebenfalls eine. »Was hast du mit Spagnola angestellt?«

»Du hast gesagt, du willst dein Leben wieder so, wie es früher war.«

»Deswegen hast du ihm die Beine gebrochen?«

»Ich hab ihm halt eins ausgewischt.«

»Irgendwelchen Leuten die Beine brechen –, so was macht vielleicht die Mafia. Was bist du – die Großmutter des Paten?«

Der Kampfhubschrauber geriet ins Trudeln und baute eine Bruchlandung. Coyote schleuderte den Joystick gegen den Bildschirm und wandte sich an Sam. »Wie soll ich hier jemals gewinnen, wenn du mich dauernd vollquasselst? Du jammerst wie ein altes Weib. Ich habe dafür gesorgt, daß du deine Wohnung behalten kannst!«

»Ich hätte sie gar nicht erst verloren, wenn du mich in Ruhe gelassen hättest. Jetzt sei doch mal logisch.«

»Seit wann sind Götter logisch? Nenn mir nur zwei, auf die das zutrifft.«

»Schon gut«, sagte Sam. Er ging zum Kleiderschrank und überlegte, was er anziehen sollte.

Coyote fragte: »Hast du mal Feuer?«

»Nein.«

»Nein? Nachdem ich die Sonne geraubt und deinem Volk das Feuer gebracht habe?«

»Warum, Coyote? Warum hast du das getan?« Sam

drehte sich um und deutete auf das Feuerzeug auf der Kommode, doch der Trickser war verschwunden.

Calliope war mit östlichen Religionen groß geworden, und deren Betonung des Hier und Jetzt – des Handelns anstelle endlosen Grübelns – ließen sie völlig unvorbereitet, was die Konfrontation mit der Zukunft betraf. Sie hatte selbst nach Grubbs Geburt versucht, diese Tatsache zu ignorieren, doch es war zusehends schwieriger geworden, sich von einem diffusen Karma steuern zu lassen. Und nun war Sam in ihr Leben getreten, und sie hatte das Gefühl, als hätte sie etwas zu verlieren. Die Zukunft hatte nun einen Namen. Sie fragte sich, was sie wohl angestellt hatte, um den Fluch in Gestalt eines netten Kerls heraufzubeschwören.

»Es ist ein wunderbares Gefühl, aber ich will mehr«, sagte Calliope.

»Ich kapiere das nicht«, antwortete Nina. Sie waren dabei, die Küche aufzuräumen. Grubb wuselte über den Linoleumboden zu ihren Füßen und knabberte mal an einer der Dielen oder an einem Tischbein oder probierte, wie so ein Käfer wohl schmeckte, der langsam über den Boden kroch.

»Männer waren immer etwas Fremdes für mich, ich habe mich nie zu ihnen gehörig gefühlt. Selbst beim Sex. Es war so, als sei da ein Teil von mir, der immer nur zuschaut, und ich bin eigentlich nicht wirklich in die Angelegenheit verwickelt. Aber bei Sam war das überhaupt nicht so. Es war so, als wären wir wirklich eins, und es gab nichts, das uns trennte. Ihn habe ich nicht beobachtet, ich war mit ihm zusammen. Als wir fertig waren, habe ich dagelegen und zugeschaut, wie seine Halsschlagader pulsiert, und es war, als wären wir beide in einer ganz anderen Welt gewesen. Ich wollte einfach mehr.«

»Du bist also ganz scharf auf pulsierende Röhren.«

»Das ist es nicht. Es ist eben so ein Gefühl, das ich immer haben möchte. Ich will das Gefühl haben, daß mein Leben – erfüllt ist.«

»Tut mir leid, Calliope, aber ich kapiere das nicht. Ich bin schon froh, wenn Yiffer nicht schläft, bevor wir fertig sind.«

»Ich glaube nicht, daß es nur mit Sex zusammenhängt. Es ist etwas Spirituelles. Als gäbe es da etwas im Leben, wovon ich nur eine Ahnung, wozu ich aber keinen Zugang habe.«

»Vielleicht müssen wir uns einfach nur nach einem neuen Haus umsehen, wo dein Ex nicht in der Etage untendrunter wohnt.«

»Das war vielleicht übel. Ich konnte es kaum fassen, daß Sam nicht einfach gegangen ist.«

Nina warf ein Geschirrtuch nach Calliope, doch sie verfehlte ihr Ziel. »Du hattest zur Abwechslung mal Glück, also beschwer dich nicht. Es muß ja nicht jeder Kerl so ein Depp sein wie Lonnie.«

»Mir ist nicht ganz wohl bei dem Gedanken, daß ich Grubb bei ihm lasse, wenn ich heute zur Arbeit gehe.«

»Lonnie wird Grubb nichts tun. Es hat ihn halt genervt, daß du mit jemand anderem zusammenwarst. Aber so sind die Männer. Wenn sie dich nicht mehr wollen, heißt das noch lange nicht, daß irgend jemand anderes dich haben kann – im Gegenteil.«

»Nina, glaubst du, daß mit mir irgendwas nicht stimmt?«

»Nee, du machst dir einfach nur zu viele Gedanken, und dann blickst du nicht mehr durch.«

»Ich muß wieder zurück nach Hause«, sagte Lonnie zu Cheryl, die ihm Wasserstoffperoxid auf seine zerkratzte Brust träufelte. Sie wischte den Schaum mit einem Taschentuch ab und stocherte dann mit einem abgebrochenen, schwarzen Fingernagel in der Wunde herum.

»Autsch! Was soll das, du Schlampe?«

Cheryl erhob sich und zog sich ein Paar schwarze Lederhosen an. Lonnie betrachtete ihre Hüftknochen und ihre Schulterblätter, über denen sich die blasse Haut spannte, als ob sie jeden Moment zerreißen würde.

»Immer denkst du nur an sie. Nie an mich. Was ist denn so verkehrt mit mir, verdammt noch mal?«

Sie drehte sich zu ihm um, und er starrte auf ihre Brüste, die schlaff an ihren Rippen herunterhingen. Sie verzog den Mund, und Lonnie wußte, daß sein Gesichtsausdruck ihn verraten hatte. »Verficktes Arschloch!« sagte sie und streifte sich ein schwarzes Harley-Davidson-T-Shirt über.

»Es ist ja gar nicht sie, es ist das Kind. Er ist mein Junge. Und ich muß auf ihn aufpassen, wenn sie arbeiten geht.«

»Gequirlte Schifferscheiße. Und weshalb fickst du mich nicht?« Sie schüttelte den Kopf, und ihr langes schwarzes Haar fiel über ihr Gesicht wie Seegras auf eine Wasserleiche.

Weil du aussiehst, als kämst du direktemang aus Auschwitz, dachte Lonnie. Er war jetzt schon seit drei Monaten mit Cheryl zusammen und hatte sie noch nie einen einzigen Bissen essen sehen. Soweit er es mitbekam, ernährte sie sich ausschließlich von Speed, Sperma und Pepsi. Er sagte: »Ich mache mir Sorgen um den Kleinen.«

»Dann sieh zu, daß du das Sorgerecht bekommst. Ich kann mich um ihn kümmern. Ich wäre eine gute Mutter.«

»Klar.«

»Glaubst du nicht? Du glaubst, diese Vegetarierschlampe ist eine bessere Mutter als ich?«

»Nein...«

»Entweder fängst du langsam an und behandelst mich einigermaßen okay, oder du bist mich los.« Cheryl hob ihre Tasche vom Boden auf und kramte darin herum. »Verdammte Scheiße, wo ist mein Stash?« Sie warf die Handtasche weg und stürmte aus dem Zimmer.

Lonnie folgte ihr, die Jeansweste mit dem Abzeichen der Bruderschaft in der Hand. »Ich muß los«, sagte er.

Cheryl kippte eine Prise weißen Pulvers in eine Dose Pepsi. »Bring 'ne Ladung Prickelpit mit«, sagte sie.

Als Lonnie schon auf dem Weg nach draußen war, rief sie ihm hinterher: »Tink hat angerufen, als du gepennt hast. Ich soll dir ausrichten, daß er sich um alles gekümmert hat.«

Lonnie startete seine Harley und fuhr hinaus auf die Straße. Eigentlich hätte sich seine Laune bessern sollen, nach dem, was er eben von Tinker erfahren hatte, doch seltsamerweise geschah das nicht. Er empfand eine gewisse innere Leere, und am liebsten hätte er sich ordentlich die Kante gegeben und sich bis zur Besinnungslosigkeit zugedröhnt. Irgendwie wurde er dieses Gefühl in der letzten Zeit gar nicht mehr los. Eine Zeitlang hatte es ihm genügt, zur Bruderschaft zu gehören, so akzeptiert zu werden, wie er war. Endlich hatte er sich stark und mächtig gefühlt, er konnte Frauen und Drogen haben, soviel er wollte, doch seit Grubbs Geburt wurde er das Gefühl nicht los, daß es darüber hinaus noch etwas gab, das er tun sollte, und er hatte keinen Schimmer, was es war.

Vielleicht hat die Schlampe ja recht, dachte er. Solange er durch den Jungen an Calliope gekettet war, würde er seine beschissene Laune nicht loswerden. Und er hatte keine Lust, sich nur noch beschissen zu fühlen – es war Zeit, daran etwas zu ändern.

Frank Cochran, der Mitbegründer von Marine Motion, Inc., hatte den größten Teil des Morgens damit zugebracht, darüber zu sinnieren, daß der menschliche Faktor wie ein Fluch auf seiner Existenz lastete. Frank war ganz versessen auf Organisation, Routine und die Vorhersehbarkeit der Ereignisse. Er war darauf bedacht, daß sein Leben in einer geraden Linie verlief, auf der sich die verschiedenen Ereignisse ordentlich hintereinanderreihten, und er hatte nicht das geringste übrig für Überraschungen, die einen dazu zwangen, Rückschritte zu machen und den Faden neu aufzurollen. *Der menschliche Faktor* war seine Bezeichnung für die unbekannte Variable, die in der Gleichung des Lebens stets hinzugefügt werden mußte. An diesem Tag bezogen sich seine Überlegungen, den menschlichen Faktor betreffend, auf seinen Partner Jim Cable, der im Krankenhaus lag, nachdem er von einem Indianer angegriffen worden war.

Frank stellte dabei folgende Überlegungen an: *Wenn Jim stirbt, gibt es jede Menge Ärger mit der Versicherung, gerichtliche Auseinandersetzungen mit seiner Familie, und außerdem muß sich jemand um seine Geliebte kümmern. Wenn Jim allerdings am Leben bleibt – vielleicht sollte sich jemand um seine Geliebte kümmern, egal was passiert...*

Das Summen der Gegensprechanlage auf seinem Schreibtisch unterbrach seinen Gedankengang. »Mr. Cochran«, sagte seine Sekretärin, »hier ist ein Mann von NARC, der Sie sprechen möchte.«

»Soweit ich weiß, habe ich vor dem Mittag keine Termine, oder?«

Mit einem Krachen flog die Tür auf, und Cochran sah sich plötzlich einem Indianer im schwarzen Hirschlederdreß gegenüber, der langsam auf ihn zuschlenderte. Von draußen klang das Protestgeschrei seiner Sekretärin, die immer noch hinter ihrem Schreibtisch saß.

Cochran sprach in die Gegensprechanlage: »Stella, habe ich einen Termin mit diesem Mann?«

»Native American Reform Coalition«, sagte Coyote. »Mir ist zu Ohren gekommen, daß irgendein Versicherungsagent die Geschehnisse um Ihren Partner für sich verbuchen will.«

Cochran überkam ein ganz ungutes Gefühl. »Hören Sie, ich weiß nicht, wer Sie sind, aber wenn ich eines nicht leiden kann, dann sind es Überraschungen.«

»Dann haben Sie heute einen ganz schlechten Tag erwischt, fürchte ich.« Coyote knallte die Tür zu. »Einen richtig üblen Tag.« Der Trickser streckte seine rechte Hand aus. »Nett, Ihre Bekanntschaft zu machen.«

Schreckensbleich schaute Cochran zu, wie aus der Hand, die sich ihm entgegenstreckte, Fellhaare und Krallen zu sprießen begannen.

20. KAPITEL

Niemals mehr
Santa Barbara

Als Sam sein Büro betrat, kam ihm Gabriella mit einer Tasse Kaffee entgegen. »Mr. Hunter, ich möchte mich für mein gestriges Benehmen entschuldigen. Ich weiß nicht, was da in mich gefahren ist.«

»Schon in Ordnung. Ich weiß Bescheid.«

»Ich hoffe, es ist Ihnen gelungen, die Probleme um Ihre Wohnung aus dem Weg zu räumen.«

Ein derartig zuvorkommendes Verhalten war das letzte, was Sam von Gabriella erwartet hätte – er hatte beinahe den Eindruck, einem höflichen Skorpion gegenüberzustehen. Staunenden Auges wurde er Zeuge, wie sein Leben von tiefgreifenden Veränderungen erfaßt wurde. »Das ist alles geregelt. Irgendwelche Anrufe?«

»Nur Mr. Aaron.« Sie schaute zur Sicherheit nochmals auf ihrem Notizblock nach. »Er wäre Ihnen sehr verbunden, wenn es Ihnen möglich wäre, bei ihm im Büro vorbeizuschauen.«

»Ist das der genaue Wortlaut?«

»Jawohl, Sir.«

»Mannometer, ist hier heute morgen eine gute Fee mit Nettigkeitspulver durchgerauscht?«

Gabriella warf einen Blick auf ihren Block. »Davon steht hier nichts, Sir.«

Mit einem Lächeln auf den Lippen ging Sam weiter. In Aarons Vorzimmer eröffnete ihm Julia, daß er nur gleich hineingehen sollte.

Aaron stand auf und lächelte, als Sam sein Büro betrat. »Sammy, mein Junge, setz dich doch. Wir müssen miteinander reden.«

Sam erwiderte: »Vierzig Cents pro Dollar plus Zinsen. Du behältst das Büro. Ich will hier raus. Das war's. Jetzt sag, was du zu sagen hast.«

Aaron wischte Sams Ausführungen mit einer Handbewegung beiseite. »Das ist doch Schnee von gestern, alter Junge. Cochrans Anwalt hat angerufen. Es wird keine Anzeige erstattet und folglich auch keine Klage erhoben. Du und ich, wir haben keine Probleme. Alles ist in bester Ordnung.«

»Wie kommt's?« Sam wußte, daß er sich angesichts dieser neuesten Entwicklungen eigentlich erleichtert fühlen sollte, doch irgendwie paßte ihm das alles nicht in den Kram. Der Gedanke daran, mit der ganzen Heuchelei endlich aufhören zu können, war ihm schon zu sehr ans Herz gewachsen. Was sollte er bloß machen?

»Keine Ahnung. Sie haben sich nicht näher dazu geäußert, sondern einfach nur alles zurückgenommen. Sie haben den Vorfall bedauert und angekündigt, daß du morgen ein formelles Entschuldigungsschreiben erhältst. Ich habe nie an dir gezweifelt, mein Junge. Nicht für den Bruchteil einer Sekunde.«

»Aaron, hast du heute schon mit Spagnola gesprochen?«
»Nur kurz. Eher der Form halber. Er hatte wohl ziemlich starke Medikamente intus. Ich weiß nicht, ob ich ihm trauen soll, Sam. Was den angeht, mein Junge, paß besser auf. Man kann diesem Kerl nicht über den Weg trauen, er ist einfach zu labil.«

Sam spürte förmlich, wie er rot wurde vor Zorn. Offensichtlich erwartete Aaron, daß Sam so tat, als ob sein Partner nie versucht hätte, ihn über den Tisch zu ziehen. Und in der Tat, früher wäre Sam dazu auch bereit gewesen, doch diese Zeiten waren endgültig vorbei. »Vierzig Cents pro Dollar plus Zinsen.«

Das freundliche Verkäufergrinsen rutschte Aaron aus dem Gesicht. »Aber das haben wir doch hinter uns.«

»Da bin ich anderer Meinung. Du bist ein krummer Hund, Aaron. Nicht, daß mich das überraschen würde, aber was mich doch erstaunt hat, war die Tatsache, daß du versucht hast, mich abzuservieren, als ich am Boden war. Ich dachte, wir wären Freunde.«

»Sind wir doch, Sammy.«

»Na, dann ist ja alles in bester Ordnung, und es macht dir nichts aus, die Papiere für mich soweit fertigzumachen, daß ich sie Mitte nächster Woche auf dem Schreibtisch habe. Die Anwaltskosten gehen selbstverständlich zu deinen Lasten, aber du kannst sie ja von der Steuer absetzen. Und wenn du zu spät dran bist, dann mach dich schon mal darauf gefaßt, daß du sie *wirklich* für deine Steuererklärung brauchen wirst.« Sam erhob sich und machte sich daran, das Büro zu verlassen.

Aaron rief ihm hinterher: »Aber das ist doch jetzt gar nicht mehr notwendig.«

Ohne sich umzudrehen, erwiderte Sam: »Allerdings ist es das. Für mich schon.«

Er nickte Julia im Vorbeigehen zu – ein Lächeln brachte er nicht über sich. *Was habe ich da getan?* dachte er.

Im Vorzimmer zu Sams Büro streckte Gabriella ihre Beine in die Luft, das Kleid bis zu den Achseln hochgeschoben. Ihr Atem ging stoßweise, und ihre Augen waren so verdreht, daß man nur noch das Weiße darin sehen konnte.

»Gabriella! Schon wieder?«

Sie deutete auf die Tür zu Sams Büro. Sam stieß sie auf, daß sie gegen die Wand knallte und einen Raben aufschreckte, der auf der Hutablage aus Messing gleich neben der Tür kauerte. Sam stürmte auf den Vogel zu. Am liebsten hätte er ihn gepackt und ihm sämtliche Federn ausgerissen.

»Verdammt noch mal, ich hab dir gesagt, du sollst meine Sekretärin in Ruhe lassen!« Er schüttelte die Faust. »Und was hast du bei Motion Marine wieder für eine Tour abgezogen, daß die die Anzeige zurückgezogen haben? Kannst du mich nicht einfach in Ruhe lassen?«

»Warum schreist du den Vogel an?« sagte eine Stimme hinter ihm. Sam drehte sich um, die Faust noch immer dem Raben entgegengereckt.

Coyote stand in der gegenüberliegenden Ecke des Büros, neben dem Faxgerät. Sams Zorn verwandelte sich in Konfusion. Er schaute den Vogel an und dann Coyote und schließlich wieder den Vogel. »Wer ist das?«

»Ein Rabe?« schlug Coyote vor. Er wandte sich wieder dem Faxgerät zu. »Heh, was bedeutet dieser Knopf, wo ›Network‹ dransteht?«

Sam betrachtete noch immer den Vogel. »Dadurch gehen Nachrichten an die Zentralen aller Gesellschaften, die wir vertreten.«

Coyote drückte auf den Knopf. »Wie Rauchsignale?«

»Was?« Sam ließ die Faust sinken und rannte zum Faxgerät, doch als er auf ›Unterbrechen‹ drückte, war es bereits zu spät. Auf dem Display erschien die Anzeige, daß das Fax gesendet worden war. Sam zog das Blatt Papier aus der Maschine und betrachtete es voller Unglauben. Coyote mußte sich auf den Kopierer gelegt haben, sonst wäre er nie an ein solches Bild gekommen.

»Du hast denen deinen Schwanz gefaxt? Auf jedem Fax, das hier rausgeht, steht mein Name oben drauf.«

»Dann werden die Mädels in den Zentralen aber einen

mächtig guten Eindruck von dir haben. Zu schade, daß du sie bitter enttäuschen wirst, wenn du erst mal nackt vor ihnen stehst.«

Der Rabe krächzte, und in der Tür erschien Gabriella. »Mr. Hunter, da ist ein Herr von der Polizei, der mit Ihnen sprechen möchte.«

Coyote hielt Gabriella die Fotokopie hin. »Ein Foto von Ihrem Freund«, sagte er freundlich.

Ein kantiger Mann spanischer Herkunft, der ein Sportsakko aus Tweed trug, schob sich an Gabriella vorbei durch die Bürotür. »Mr. Hunter, ich bin Detective Alphonse Rivera vom Drogendezernat des Santa Barbara Police Department. Ich möchte Ihnen ein paar Fragen stellen.« Er hielt ihm eine Visitenkarte hin, auf der ein goldenes Wappen eingeprägt war, doch machte er keinerlei Anstalten, Sam die Hand zu reichen.

»Drogendezernat?« Sam schaute sich um, ob Coyote überhaupt noch da war, doch der Trickser stand seelenruhig neben dem Faxgerät, während der Rabe auf der Hutablage krächzte.

»Hübscher Vogel«, sagte Rivera. »Soweit ich weiß, kann man ihnen sogar das Sprechen beibringen.« Rivera ging auf den Vogel zu und betrachtete ihn eingehend.

»Bullenschwein«, sagte der Rabe.

»Der gehört nicht mir«, beeilte sich Sam zu erklären. »Er gehört –« Sam schaute sich um, doch Gabriella hatte sich schon aus dem Staub gemacht. »Er gehört diesem Gentleman dort.« Sam deutete auf Coyote.

»Und wer sind Sie?« fragte Rivera mißtrauisch.

»Coyote.«

Rivera zog eine Augenbraue hoch und nahm einen Notizblock aus der Innentasche seines Jacketts. »Mr. Hunter. Ich habe ein paar Fragen, die die Ereignisse bei Motion Marine vor zwei Tagen betreffen. Würden Sie lieber unter vier Augen darüber sprechen?«

»Ja.« Sam warf Coyote einen Blick zu. »Geh jetzt, und nimm den Vogel mit.«

»Scheiß-Nazi«, krächzte der Rabe.

»Ich bleibe lieber«, sagte Coyote.

Sam hätte am liebsten laut losgeschrien. Auf seiner Stirn bildeten sich Schweißperlen. Es kostete ihn einige Überwindung, sich zusammenzureißen, als er sich wieder an Rivera wandte. »Wir können uns ruhig in Gegenwart von Mr. Coyote unterhalten.«

»Nur ein paar Fragen«, sagte Rivera. »Sie hatten um zehn Uhr einen Termin bei Mr. Cable. Ist das richtig?«

»Ich war etwa eine Stunde lang dort.«

»Ich war ebenfalls dort«, sagte Coyote.

Rivera wandte sich erstaunt an den Trickser. »Warum waren Sie dort, Mr. Coyote?«

»Ich habe Spenden für NARC gesammelt.«

»Narc!« sagte der Rabe.

»Narc?«

»Native American Reform Coalition.«

Rivera machte sich hektisch Notizen.

Sam sagte: »Ich verstehe nicht ganz. Was hat diese Angelegenheit mit Drogen zu tun?«

»Wir glauben, daß jemand halluzinogene Drogen in den Kaffee bei Motion Marine getan hat. James Cable hat vor zwei Tagen ausgesagt, er sei von jemandem tätlich angegriffen worden, der laut seiner Beschreibung in etwa so aussieht wie Mr. Coyote. Daraufhin hat Cable einen Herzanfall erlitten.«

»Ich habe ihn lediglich gefragt, ob seine Firma bereit wäre, uns mit einer Spende zu unterstützen«, sagte Coyote. »Er hat abgelehnt, und daraufhin bin ich gegangen.« Er hatte die Fotokopie mit seinem Penis vom Schreibtisch aufgehoben und wieder ins Faxgerät eingelegt. Nun studierte er die verschiedenen Knöpfe. »Versicherungsaufsicht«, las er laut, als er schließlich einen davon drückte.

»Nein!« Sam machte einen Satz über den Schreibtisch, um auf den Unterbrecherknopf zu drücken. Zu spät. Er wandte sich an Rivera. »Dieses Schreiben war noch nicht unterschrieben.« Grinsend versuchte er, das Gespräch wieder auf ein anderes Thema zu bringen, um von seiner Panik abzulenken. »Wissen Sie, was mir gerade aufgefallen ist – wir haben einen Indianer, einen Polizisten und einen Versicherungsagenten. Fehlt bloß noch ein Bauarbeiter, und wir würden glatt als die Village People durchgehen.«

Rivera überging diese Bemerkung. »Haben Sie Kaffee getrunken, als Sie bei Motion Marine waren, Mr. Hunter?«

»Kaffee? Nein.«

»Und Sie haben auch kein Wasser aus dem Wasserspender getrunken?«

»Nein. Ich verstehe nicht ganz.«

»Heute haben drei Mitarbeiter von Motion Marine – unter ihnen auch der Geschäftsführer, Frank Cochran – behauptet, sie hätten einen Eisbären in den Büroräumen gesehen.«

Sam warf Coyote einen Blick zu. »Einen Eisbären?«

»Wir nehmen an, daß ihnen jemand LSD untergejubelt hat. Derzeit überprüfen wir den Kaffee und den Wasserspender. Wir wollten uns mit jemandem unterhalten, der in den letzten zwei Tagen im Geschäftsgebäude der Firma gewesen ist. Sie haben dort nicht zufällig jemanden gesehen, der Ihnen verdächtig vorkam?«

»Ich bin nur Frank Cable und seiner Sekretärin begegnet«, sagte Sam.

Rivera klappte seinen Notizblock zu. »Nun, vielen

Dank, daß Sie mir Ihre Zeit geopfert haben. Falls Sie irgendwelche merkwürdigen Reaktionen zeigen oder seltsame Dinge zu sehen glauben, wären Sie bitte so nett, uns anzurufen?« Rivera reichte Coyote eine Visitenkarte. »Das gilt selbstverständlich auch für Sie.«

»*Cabrón*«, sagte der Rabe.

»Er spricht auch Spanisch«, sagte Rivera. »Faszinierend.« Der Detective verließ das Büro.

»Santa Barbara News Press, Anzeigenagentur«, las Coyote vor, als er wieder einen Knopf drückte. Das Faxgerät surrte.

Sam war schon auf dem Sprung zum Gerät, doch dann besann er sich und ließ sich in seinen Sessel sinken. Eine Zeitlang saß er einfach nur da und rieb sich die Schläfen. »Wenn dieser Bulle meine Personalien überprüft und lange genug in der Vergangenheit rumstochert, wandere ich in den Knast. Das ist dir doch wohl klar, oder?«

»Du wolltest dein Leben wieder so, wie es früher war.«

»Aber ausgerechnet ein Eisbär, mußte das sein?«

»Nun ja, dein Leben ist wieder wie früher, ob du es willst oder nicht.«

»Ich habe mich geirrt.« Es tat richtig wohl, das einmal auszusprechen, denn es kam wirklich von Herzen. Er wollte ein neues Leben. »Ich will nur, daß du verschwindest.«

»Mich bist du los«, sagte Coyote. »Das Mädchen allerdings auch.«

»Was soll das heißen?«

Die Federn auf dem Hemd von Coyote färbten sich schwarz, und seine Finger verwandelten sich in Schwingenfedern. Einen Augenblick später war aus Coyote ein Rabe geworden. Er flog zum Büro hinaus, gefolgt von dem Raben auf der Hutablage.

21. KAPITEL

Trautes Heim – Glück allein
Santa Barbara

Calliope stand mit Grubb auf dem Arm in der Einfahrt und wartete darauf, daß Lonnie zurückkam. Nina hatte recht gehabt, nachdenken war nicht ihr Ding. Und trotzdem hatte sie sich eine Menge Gedanken gemacht. Sie war ganz sicher, daß Lonnie ihr oder Grubb nicht weh tun würde, aber andererseits hatte er sich auch noch nie so aufgeführt wie letzte Nacht. Sie wünschte sich von ganzem Herzen, sie hätte Sam gebeten zu bleiben, damit er ihr in dieser wichtigen Frage half, eine Entscheidung zu treffen, doch das wäre nach so kurzer Zeit wohl doch ein bißchen viel verlangt gewesen. Außerdem wünschte sie sich, es gäbe Telefon im Ashram, damit sie ihre Mutter anrufen konnte, um sie um Rat zu fragen. Sich einfach in den Wagen zu setzen und zu ihr zu fahren, war auch nicht drin, schließlich hatte sie eine Stelle und eine Wohnung, und außerdem gab es jetzt ja auch noch Sam, um den sie sich kümmern mußte.

Sie versuchte, die Ratlosigkeit, die wie ein Gespenst vor ihr auftauchte, in irgendeinen abgelegenen Teil ihres Kopfes zu drängen, als sie die Harley herannahen hörte. Sie schaute sich um und sah, wie Lonnie um die Ecke gebogen kam, hinter ihm auf dem Sattel seine neue Freundin, die an ihm klebte wie ein Blutegel. Lonnie fuhr die Einfahrt hinauf und würgte den Motor ab.

»Ich komme zu spät zur Arbeit«, sagte Calliope und wischte Grubb mit dem Finger etwas Spucke aus dem Gesicht.

Die Frau hinter Lonnie warf ihr einen Blick zu, und Calliope nickte ihr zu und sagte: »Hi.«

Lonnie streckte die Arme nach Grubb aus. Calliope drückte den Kleinen an sich. Sie sagte: »Ich will nicht, daß er mit dir auf dem Motorrad fährt.«

Lonnie lachte. »So wie du fährst? Da ist er bei mir aber um einiges sicherer.«

»Bitte, Lonnie.«

Die Frau streckte ihre Arme aus und nahm Grubb an sich. Das Baby fing an zu weinen. »Der wird sich schon an uns gewöhnen«, zischte Cheryl.

»Warum kannst du nicht einfach mit ihm zu Hause bleiben?« fragte Calliope.

»Termine, Verabredungen«, sagte Lonnie.

»Ich könnte auch Yiffer sagen, daß er auf ihn aufpassen soll.« Calliope hatte das Gefühl, als bliebe ihr die Luft weg. Ihr gefiel nicht, wie diese hagere Frau aussah, die ihr Baby in den Armen hielt.

»Bestell Yiffer, er soll auf seinen Arsch aufpassen oder ich werd ihn ihm wegpusten.«

»Lonnie, ich muß jetzt los. Kannst du nicht einfach hierbleiben? Ich arbeite doch nur die Mittagsschicht.«

Lonnie grinste. »Und du fährst gar nicht beim Krankenhaus vorbei auf dem Rückweg?«

»Ins Krankenhaus? Nein. Warum?«

Lonnie startete die Harley. »Nur so.« Lachend wendete er die Harley in der Einfahrt.

Während er den Motor aufheulen ließ und in die Straße einbog, rief Cheryl: »Mach dir keine Gedanken, du Schlampe, wir setzen für dich einen Dollar auf Schwarz.«

Selbst über das Dröhnen der Harley hinweg konnte Calliope deutlich hören, wie die Frau grunzte, als Lonnie ihr mit dem Ellbogen einen Stoß in die Rippen verpaßte.

Calliope sah, wie Grubb sie anschaute, als die Harley um die Ecke bog. Panik überfiel sie, als ihr klarwurde, was die Frau gesagt hatte. Sie machte auf dem Absatz kehrt und rannte die Treppe hinauf zurück in die Wohnung.

Es dauerte bis zum späten Nachmittag, bis die Handwerker die Schiebetür in Sams Wohnung ausgetauscht und die Einschußlöcher in den Wänden zugespachtelt hatten. Sam seinerseits hatte sämtliche Termine in dieser Woche abgesagt, um endlich in Ruhe nachdenken zu können. Allerdings mußte er nach einer Weile feststellen, daß die Gedanken, die ihn heimsuchten und in seinem Hirn herumwuselten wie Affen in einer Kirche, nicht unbedingt die angenehmste Gesellschaft waren, die man sich vorstellen konnte.

Er versuchte zu lesen, um sich wenigstens abzulenken, doch bald merkte er, daß er nur die Seiten anstarrte. Und als er die Augen schloß, um ein wenig zu schlafen, zogen vor seinem geistigen Auge immer wieder die gleichen Bilder von Coyote und der Polizei herauf. Um sich diese Sorgen vom Leib zu halten, versuchte er an Calliope zu denken, und plötzlich hatte er den Kopf voll mit anderen Sorgen. Was hatte Coyote gemeint, als er sagte, »das Mädchen bist du auch los?« Spielte das jetzt noch eine Rolle?

Sie bedeutete nichts als Ärger. Sie war zu jung, zu naiv und vor allem zu attraktiv. Außerdem hatte sie ein Kind – und er hatte schon Probleme genug, auch ohne Kind. Nichts als Ärger. Wenn sie sich aus dem Staub gemacht hatte, war das gar nicht so schlecht. Er konnte auf die Nervereien jedenfalls ganz gut verzichten. Noch während dieser Gedanke ihm durch den Kopf schoß, griff er sich das Telefon und wählte ihre Nummer. Niemand meldete sich. Er rief die Auskunft an und ließ sich die Nummer des Tangerine Café geben. Sie war nicht zur Arbeit gekommen.

Wo zum Teufel steckt sie? Und wo zum Teufel steckt Coyote? Der Arsch wußte garantiert ganz genau, wo sie hingefahren war, und wollte einfach nur nicht damit rausrücken. Zunächst war Sam lediglich beunruhigt gewesen, doch mittlerweile hatte die Furcht ihn fest in ihren Krallen. *Warum zum Teufel spielt das überhaupt eine Rolle?* dachte er.

Schwarz und schrecklich formte sich in seinem Kopf ein Wort, das seine Gefühle genau beschrieb. Er schreckte davor zurück, doch es stieß wieder und wieder aus dem Dunkel hervor wie eine bösartige Viper, der man auf den Schwanz getreten hat. *Liebe* – von allen fiesen Streichen, die einem die Ironie des Lebens so spielt, der bei weitem fieseste. Das Ende jeglicher Ordnung und Logik. Andererseits – vielleicht auch nicht. Übel war es nur dann, wenn man vor etwas davonlief und so tat, als wäre man jemand, der man in Wirklichkeit gar nicht war. Vielleicht hatte das Versteckspielen nun ein Ende.

Sam erhob sich und lief zur Tür. Auch wenn es noch so lächerlich erschien, er mußte versuchen, Calliope zu finden. Er fuhr zum Café und ließ sich die Auskunft, die er zuvor am Telefon erhalten hatte, bestätigen. Dann fuhr er zu Calliopes Haus und traf dort Yiffer und Nina, die gerade, als er ankam, aus dem VW-Bus stiegen.

Nina sagte: »Ich habe keine Ahnung, wo sie ist, Sam. Sie hat einen Zettel hinterlassen, auf dem stand, daß Lonnie sich mit Grubb aus dem Staub gemacht hat und sie ihm hinterher ist.«

»Nichts darüber, wo sie hingefahren ist?«

»Daß sie überhaupt eine Nachricht hinterlassen hat, ist schon eine Leistung. Früher ist sie oft tagelang verschwunden, ohne irgendwas zu hinterlassen.«

»Scheiße.« Sam stieg in seinen Wagen.

»Sam«, rief Nina. Sam hielt in der Bewegung inne. »Auf dem Zettel stand auch, daß ich dir sagen soll, es tue ihr leid.«

»Was tut ihr leid?«

»Keine Ahnung. Sonst stand nichts da.«

»Danke, Nina. Ruf mich an, wenn sie wieder auftaucht.« Sam schoß mit dem Mercedes aus der Einfahrt, ohne die geringste Ahnung, wo er überhaupt hinfuhr.

Er brauchte Hilfe. Die ganze Technik, die ihm zur Verfügung stand, war im Augenblick nutzlos. Was er brauchte, war ein Punkt, an dem er anfangen konnte. Vierundzwanzig Stunden zuvor hätte er alles gegeben, um Coyote loszuwerden, doch nun wäre er dankbar gewesen für die verschlüsselten, neunmalklugen Antworten des alten Tricksers. Wenigstens waren es Antworten.

Er fuhr kreuz und quer durch die Stadt und hielt Ausschau nach Calliopes Datsun Z. Jedesmal, wenn er einen orangenen Wagen sah, spürte er, wie die Hoffnung in ihm aufstieg und einen Augenblick später der Niedergeschlagenheit wich, wenn er feststellen mußte, daß es nicht ihr Auto gewesen war. Nach einer Stunde kehrte er nach Hause zurück, wo er sich auf dem Sofa niederließ und rauchte. Er dachte nach. Alles war plötzlich anders, aber auf eine gewisse Art hatte sich nichts geändert. Sein Leben verlief wieder in normalen Bahnen, doch war ihm Normalität jetzt nicht mehr genug. Er wollte den wahren Stoff – das wirkliche Leben.

Im Clubhaus der Bruderschaft saß Tinker und kratzte sich an einem Flohstich an seinem Bein. Er versuchte, seine abgeranzten Jeans über den Rand seines Stiefels zu ziehen, um sich den kleinen Blutsauger zu schnappen. »Verdammte Scheiß-Flöhe«, sagte er.

Bonner Newton, der Präsident der Gang, stieß ein heiseres Grunzen aus. »Du kennst doch das alte Sprichwort, Bruder«, sagte Newton. »Wie man sich bettet...« Durch den Raum hallte das herbe Gelächter der anderen Gang-Mitglieder.

»Ihr Arschgeigen«, sagte Tinker in gespieltem Zorn. Eigentlich genoß er die Aufmerksamkeit, die ihm so unvermittelt zuteil wurde. Sicher, so scharf war er auch nicht auf häßliche Weiber, aber was sollte er machen, solange sich sonst keine mit ihm abgaben?

Neunzehn der zwanzig Vollmitglieder der Bruderschaft fläzten sich auf den Möbeln oder dem Fußboden herum, rauchten Zigaretten und Joints oder tranken Bier und befummelten die paar Weiber, die außerdem noch hier herumhingen. Vor der Tür saßen zwei Kandidaten, also Mitglieder, die sich ihre Farben erst noch verdienen mußten, auf der Veranda und hielten Ausschau nach den Bullen.

Das Haus selbst war ein ziemlich heruntergekommener, stuckverzierter Bungalow, der in den dreißiger Jahren als Teil einer Wohnsiedlung errichtet worden war, bevor das Wort Wohnsiedlung überhaupt zum allgemeinen Sprachgebrauch zählte. Die Wände waren verschmiert mit Blut, Bier und Kotze. Der Teppich war getränkt mit Motoröl, und das Mobiliar, soweit man überhaupt davon sprechen konnte, war in einem eher bedauernswerten Zustand. Tinker war der einzige, der hier wohnte. Die übrigen kamen nur bei den Treffen der Gang zusammen oder um Parties zu feiern.

Die Bruderschaft hatte das Haus für hunderttausend Dollar in bar gekauft. Der Grundbucheintrag lautete auf die verheiratete Schwester von Newton, auf deren Namen außerdem eine Ranch in den Bergen von Santa Lucia oberhalb von Santa Barbara eingetragen war, die ebenfalls der

Bruderschaft gehörte. In dem Ranchhaus war das Laboratorium untergebracht, das den Großteil der Einkünfte der Bruderschaft sicherstellte. Es war eine Ironie des Schicksals, daß auf der Nachbarranch ein ehemaliger, mittlerweile etwas tüdeliger Präsident der Vereinigten Staaten seinen Altersruhesitz hatte, der Jahre zuvor den Krieg gegen die Drogen ausgerufen hatte. Nun stand er von Zeit zu Zeit auf der Veranda seines palastartigen Ranchhauses, schnupperte den Geruch von aufkochendem Speed in der Luft und rief dann regelmäßig seiner Frau zu: »Mutter, irgendwie riecht's hier draußen 'n bißchen komisch.«

Das Laboratorium warf soviel Geld ab, daß keines der Mitglieder der Bruderschaft einer regelmäßigen Arbeit nachgehen mußte, außer dem Mann an der Kasse des Harley-Davidson-Shops, den Newton als Geldwaschanlage für die Einnahmen aus dem Drogengeschäft nutzte.

Newton hatte in Stanford Wirtschaftswissenschaft studiert. Bis zu diesem Zeitpunkt, als er wegen seiner Kokaingeschäfte aus dem Reich der Glaspaläste in Silicon Valley verbannt worden war, hatte er italienische Anzüge getragen und ganze Teams von brillanten Computerdesignern herumkommandiert. Diese Burschen waren in der Lage, das Universum als eine digitale Zahlenkolonne zu definieren, die Chaostheorie in weniger als fünfundzwanzig Worten zu erklären und Maschinen zu konstruieren, mit denen sie versuchten, menschliche Intelligenz zu simulieren – doch bei dem Wort Vulva dachten sie nur an eine schwedische Automarke. Die Erfahrungen, die Newton im Umgang mit diesen genialen Sonderlingen gemacht hatte, kamen ihm als Präsident der Bruderschaft sehr gelegen. Die Mitglieder der Gang waren ebensolche Eierköpfe, mit dem einen Unterschied, daß sie gar kein Hirn hatten: fette, häßliche Kreaturen voller Minderwertigkeitskomplexe, die sich in den abgeschlossenen Mikrokosmos einer Motorradgang flüchteten, weil sie ihnen das Gefühl von Sicherheit und Rebellentum vermittelte. Um hier Mitglied zu werden, war nichts weiter erforderlich als eine Harley Davidson und blinde Loyalität.

»Also hört zu, ihr Arschgeigen«, sagte Newton und eröffnete die Sitzung. »Schlampen raus.« Schweigend zündete er sich eine Zigarette an, während die Frauen mit einem Seitenblick auf Newton zur Tür hinausgingen. Verglichen mit den anderen Männern wirkte er nicht besonders groß oder imposant, doch seine Autorität stand außer Frage.

»Lonnie fehlt noch«, sagte Tinker.

»Lonnie muß noch was für uns erledigen«, sagte Newton. »Wir machen eine kleine Spritztour. Teils geschäftlich, teils zum Vergnügen.«

»Astrein«, brüllte einer der Anwesenden, doch Newton sorgte mit einer Handbewegung für Ruhe.

»Sieht so aus, als hätte irgendwer vergessen mir zu sagen, daß in der Einrichtung der Äther knapp wird.« Newton sprach von der Speedküche immer als »Einrichtung«. Tinker hörte auf, sich am Bein zu kratzen, und ließ den Kopf hängen.

»Tink, du verfickter Idiot«, sagte irgendwer.

»Wie dem auch sei«, fuhr Newton fort, »eine Lieferung ließ sich nicht arangieren, also müssen wir es abholen. In zwei Tagen ist in South Dakota ein Treffen. In Sturgis, um genau zu sein. Die Jungs aus Chicago kommen auch und bringen zwei Fässer für uns mit. Ich brauche drei 150-Liter-Fässer mit getürkten Deckeln, so daß es, wenn die Bullen uns stoppen, so aussieht, als würden wir Motoröl transportieren. Tinker, du fährst den Pickup.«

»Och, Newt, warum ich?« jammerte Tinker.

»Warren«, sagte Newton. Ein hagerer Biker mit lockigen

roten Haaren hob den Kopf. »Du machst eins von den Fässern soweit klar, daß wir da die Waffen unterbringen können. Und paß auf, daß jeder seine Knarre auch wirklich abgibt. Ich will nicht, daß irgend jemand auf der Fahrt eine Waffe dabei hat.«

Es erhob sich ein allgemeines Protestgestöhn. »So eine Scheiße«, tönte es hier und dort. Newton wischte sämtliche Einwände mit einer Handbewegung beiseite. »Anordnung vom Consiglière«, sagte er und meinte damit den Anwalt Melvin Gold, der die Gang unentgeltlich in Strafsachen vertrat, dafür aber als Gegenleistung beanspruchte, daß er sämtliche Schmerzensgeldprozesse der Mitglieder führen durfte. Rocker kommen ziemlich häufig unter irgendwelche Räder.

»Jetzt hört mal zu«, erläuterte Newton, »die Hälfte von euch hat Bewährung. Ich habe keine Lust, daß irgendein Grünschnabel von Bulle, der sich einen Orden verdienen will, einen von uns wegen unerlaubtem Waffenbesitz drankriegt. Ist das allen klar?« Newton schwieg, bis schließlich jemand antwortete: »Alles klar.«

»In Ordnung. Lonnie ist mit seiner Alten unterwegs nach Las Vegas, um die Kohle für den Äther abzuholen. Wir treffen uns mit ihm in South Dakota. Morgen um neun Uhr früh geht's los, also knallt euch heute abend nicht so zu. Nehmt Campingsachen mit. Gebt euer Stash den Weibern, damit die es mit sich rumschleppen.« Newton ließ seine Zigarette auf den Teppich fallen und trat sie aus. »Das ist alles«, sagte er.

Sofort begann eine allgemeine Unterhaltung über die bevorstehende Tour. Ein paar der Gangmitglieder brachen auf. Als sie die Tür öffneten, hüpfte ein einzelner Floh mit ihnen hinaus ins Freie. Am Fuß der Treppe verwandelte er sich in eine Pferdebremse und flog los. Nach hundert Metern verwandelte sich die Bremse in einen Raben, der in Richtung der Hochebene zu Sams Wohnsiedlung davonflatterte.

22. KAPITEL

Tau auf dem Sohn des Morgensterns
Santa Barbara

Die zwanzig Jahre als Verkäufer waren an Sam nicht spurlos vorübergegangen. Er stellte fest, daß ihm, wann immer er nicht mehr weiter wußte, alle möglichen goldenen Verhaltensregeln für Vertreter durch den Kopf schwirrten. *Streite nie mit einem Kunden – egal wie es ausgeht, den Deal ziehst du nie an Land. Laß dir deinen Hunger nicht anmerken, sonst bleibst du ein Hungerleider. Stell dich auf deinen Kunden ein, nur dann kannst du was verkaufen.* Es gab hunderte solcher Sinnsprüche. In den vergangenen Stunden hatte er sie alle abgespult, in der Hoffnung, dadurch vielleicht auf eine Idee zu kommen, was er nun eigentlich machen sollte. Die Regel, die ihm immer wieder durch den Kopf ging lautete: *Blinder Aktionismus bringt einen keinen Schritt weiter.*

Einfach so aus dem Haus zu stürmen und sich auf die Suche nach Calliope zu machen, ohne den geringsten Ansatzpunkt zu haben, wo er denn suchen sollte, wäre blinder Aktionismus. Wirklich etwas erreichen würde er nur dann, wenn er etwas herausbekäme, das ihm einen Hinweis darauf gab, wo sie sich aufhielt. Er hatte keine Ahnung, wo er nach einem solchen Hinweis suchen sollte, also legte er sich auf sein Bett und rauchte und versuchte sich einzureden, daß er sie gar nicht wollte.

Vermutlich hat sie sich einen anderen an Land gezogen, dachte er. Die Geschichte mit dem Kind ist nur eine Ausrede. Sie traut sich nicht, es mir ins Gesicht zu sagen. Es war nur eine Affäre für eine Nacht, und es wird mir auf keinen Fall mehr bedeuten als ihr. Mein Leben ist wieder wie früher, alles ist in Ordnung, und darin ist einfach kein Platz für ein junges Mädchen mit einem Kind. Heute werde ich mich erst mal ausruhen, und morgen gehe ich wieder an die Arbeit. Sobald ich ein paar Abschlüsse an Land gezogen habe, wird mir diese Woche nur noch wie ein böser Traum vorkommen. Das hörte sich alles sehr schön und vernünftig an. Unglücklicherweise glaubte er kein einziges Wort von diesem Quatsch; er machte sich Sorgen um sie.

Sam schloß seine Augen und versuchte, sich seinen Terminkalender bildlich vorzustellen. Das war seine gängige Methode, sich zu entspannen – Schäfchenzählen für Geschäftsleute. Tage und Wochen breiteten sich vor ihm aus, und er schrieb die leeren Seiten voll mit Terminen, Geschäftsessen und Anrufen bei potentiellen Kunden. Zu jedem Namen machte er eine Anmerkung über seine Verhandlungsstrategie, und so dauerte es nicht lange, bis er hinwegdriftete in eine Welt der Verkaufsgespräche, in denen er auf Einwände seiner Klienten reagierte und das Bild des Mädchens allmählich verblaßte.

Als er gerade dabei war einzunicken, hörte er ein Hecheln. Er drehte sich um, und der feuchtheiße Atem eines Hundes schlug ihm ins Gesicht. Er brauchte die Augen gar nicht zu öffnen. Wozu auch? Er wußte, Coyote war zurückgekommen. Wenn er sich schlafend stellte, würde der alte Trickser vielleicht verschwinden, also würde er sich bis dahin vom Atem des Hundes nicht weiter irritieren lassen, sondern sich einbilden, daß er nur davon träumte. Schließlich stieß eine feuchte Nase an sein Ohr. Zumindest hoffte er, daß es eine Nase war. Bei Coyotes sexuellen Neigungen konnte es auch ... Nein, er roch noch immer den Atem. Es war die Nase.

Ich schlafe, verschwinde, ich schlafe, verschwinde, dachte er. Er hatte schon gesehen, wie Opossums mit der gleichen Methode versucht hatten, Kleinlaster reinzulegen, die auf die zugerollt kamen – und damit ebenso viel Erfolg hatten wie er. Er spürte, wie Coyote aufs Bett kletterte. Dann fühlte Sam, wie er ihm beide Pfoten auf die Schultern legte, worauf er sich einige Mühe gab, so zu grunzen wie jemand, der wirklich schlief. Coyote stieß ein Winseln aus, und Sam spürte, wie sich die Nase des Hundes an seine schmiegte.

Der Mundgeruch eines Hundes, sinnierte er, *hat auf den ersten Blick eigentlich gar nichts Besonderes, aber dennoch kann man ihn unter tausenden anderer Düfte herausriechen. Man stelle sich nur einmal vor, man steht in der Parfumabteilung von Bloomingdales, und jemand besprüht einem das Handgelenk damit. Man braucht nur einmal kurz daran zu schnuppern, und sofort hat man das Gefühl, jener erlesene Duft entströmt der Schnauze eines Hundes. Dabei ist nicht außer acht zu lassen, daß es tausenderlei Nuancen gibt, sowohl, was den eigentlichen Geruch als auch, was die Feuchtigkeit des Atems angeht. Diese Note hier,* so fiel ihm auf, während er schnupperte, *zeichnet sich aus durch einen hohen Feuchtigkeitsanteil sowie einen Hauch von Zigarettenqualm und Kaffee, der eine aparte Verbindung eingeht, mit dem eher gewöhnlichen Duft von übelriechendem Fleisch und den Arschlöchern, mit denen eine Hundeschnauze gemeinhin in Berührung kommt. Dies,* so dachte er, *ist übernatürlicher Hundeatem. Es ist nicht sehr wahrscheinlich, daß ich jemals wieder von einem Hund angehaucht werde, der sich vor nicht allzu langer Zeit eine Marlboro in Verbindung mit einer Tasse Java-Kaffee hat schmecken lassen.*

Die ästhetischen Überlegungen zum Thema Mundgeruch bei Hunden lenkten ihn zwar eine Weile ab, doch irgendwann erschöpft sich jedes Thema, und außerdem hatte Sam das Gefühl, daß er gleich niesen oder kotzen mußte. Coyote leckte ihm den Mund ab.

»Wüüääg!« Sam richtete sich auf und wischte sich den Mund mit seinem Ärmel ab. »Uuäg!« Er wurde von einem Zucken geschüttelt und sah sich Auge in Auge mit Coyote, der ihn vom anderen Ende des Bettes aus angrinste. »Das hätt's nun wirklich nicht gebraucht«, sagte Sam.

Coyote winselte und rollte reumütig auf den Rücken.

Sam stand auf und griff sich seine Zigaretten, die auf dem Nachttisch lagen. »Warum bist du zurückgekommen? Du hast doch gesagt, du verschwindest für immer.«

Coyote begann, seine menschliche Gestalt anzunehmen. Jetzt, nachdem er keine Angst mehr hatte, schaute Sam der Verwandlung fasziniert zu. Es dauerte ein paar Sekunden, bis Coyote in seinem schwarzen Hirschlederdress auf Sams Bett saß und fragte: »Hast du mal 'ne Kippe?«

Sam schüttelte eine aus der Packung und zündete sie dem alten Trickser an. Dann zog er eine kleine Plastikdose aus seiner Hemdtasche und reichte sie Coyote. »Pfefferminz? Ist gut für den Atem.«

»Nein.«

»Ich bestehe darauf«, sagte Sam.

Coyote schüttelte das Döschen, bis ein Pfefferminz in seine Hand kullerte, das er in den Mund steckte, worauf er Sam die Dose zurückgab. »Das Mädchen ist in Las Vegas.«

»Mir egal.« Diese Lüge hatte einen fauligen Beigeschmack.

»Wenn sie versucht, dem Rocker das Kind wieder abzunehmen, wird ihr was passieren.«

»Das ist nicht mein Problem. Außerdem findet sie bestimmt jemand anderes, der gerne behilflich ist.« Einerseits fühlte Sam sich im Recht, aber andererseits kam er sich ziemlich feige dabei vor. Die Rolle, die er spielte, paßte nicht mehr. Schnell fügte er hinzu: »Ich kann den ganzen Ärger nicht gebrauchen.«

»In den Tagen des Büffels sagten die Leute, daß eine Frau, die gestohlen und zurückgeholt wurde, doppelt soviel wert ist wie zuvor.«

»Mit diesen Leuten habe ich nichts zu tun, und außerdem ist sie nicht meine Frau.«

»Wenn du Angst hast, ist das nicht so schlimm, aber tu nicht so als ob.«

»Was soll das heißen? Du sprichst in Rätseln. Du bist noch schlimmer als Pokey.«

»Pokey hast du verloren. Deine Familie hast du verloren. Du hast sogar deinen Namen verloren. Und alles, was dir geblieben ist, ist Angst, Weißer Mann.« Coyote schnippte seine Zigarette nach Sam. Sie traf ihn auf der Brust, und die heiße Asche rieselte hinab auf das Bett.

Sam schlug mit der flachen Hand aufs Bett, um die Glutstellen zu ersticken, und wischte sich anschließend das Hemd ab. »Ich habe dich nicht gebeten herzukommen. Dem Mädchen schulde ich gar nichts.« Er war ihr allerdings doch etwas schuldig. Er wußte zwar nicht genau wofür, aber irgend etwas hatte sie in ihm wachgerüttelt, was bisher verborgen war. Wenn er sich doch nur von seiner Furcht freimachen konnte.

Coyote ging hinüber zum Schlafzimmerfenster und schaute hinaus. Ohne sich umzudrehen, sagte er: »Kennst du die Geschichte von den Crow, die unter General Custer als Scouts gedient haben?«

Sam antwortete nicht.

»Als sie Custer berichteten, daß ihm am Little Bighorn zehntausend Lakota und Cheyenne auflauerten, hat er sie

Lügner genannt und ist weitergeritten. Die Crow-Scouts waren Custer auch nichts schuldig, aber sie haben sich die Gesichter schwarz angemalt und gesagt: ›Heute ist ein guter Tag zum Sterben.‹«

»Und was will uns das sagen?« schnaubte Sam.

»Das will uns sagen, daß sie etwas wußten, das du nie kapieren wirst – nämlich, daß Tapferkeit einen Wert an sich darstellt.«

Sam ließ sich auf der Bettkante nieder und starrte auf Coyotes Rücken. Die roten Federn, mit denen das Hirschlederhemd bestickt war, schienen sich auf der schwarzen Oberfläche herumzubewegen, und Sam fragte sich schon, ob er vielleicht, infolge einer Überdosis Hundeatems, unter Sinnestäuschungen litt. Doch dann ergab sich ein Bild, und durch einen Wirbel von Bildern und Federn rauschte Sam zurück in die Reservation.

Sie waren zu dritt: Jungs, die sich in einem Salbeistrauch an der Straße zum Custer Battlefield National Monument versteckten. Zwei von ihnen waren Crow, einer gehörte zum Stamm der Cheyenne. Daß sie hier waren, hatte mit einer Mutprobe zu tun, die im Sportunterricht der neunten Klasse ausgeheckt worden war. Der Cheyenne war der größte der drei, er gehörte zur Familie der Broken Tooth und war somit ein Nachfahre jenes Kriegers, der genau hier Seite an Seite mit Red Cloud und Crazy Horse gegen die Weißen gekämpft hatte.

»Also bringst du's jetzt?« fragte Eli Broken Tooth. »Oder kannst du auch nur das Maul aufreißen wie alle Crow?«

»Ich habe doch gesagt, daß ich's mache«, sagte Samson. »Aber das heißt noch lange nicht, daß ich mich dabei anstelle wie ein Depp.«

»Und was ist mit dir, Halbblut?« fragte Eli an Billy Two Irons gerichtet. »Scheißt dir wohl schon in die Hosen?«

Schon seit Beginn des Schuljahres war Broken Tooth über Billy hergezogen, weil er angeblich ein Mischling war, und dabei immer mit seinem »reinrassigen, unverfälschten« Indianerblut angegeben. Tatsache war, daß in den Tagen des Büffels die Sterblichkeitsrate junger Krieger so hoch war, daß eine indianische Frau im Lauf ihres Lebens unter Umständen drei oder vier Ehemänner hatte und von allen Kindern bekam. Es kam vor, daß unter den Männern auch ein Weißer war, aber da die Stammeszugehörigkeit abhängig war von der Mutter, konnte es schon einmal passieren, daß ein weißer Vorfahr einfach vergessen wurde.

Billy sagte: »Ich wette, du hast auch ein paar Bleichgesichter in deinem Wigwam, von denen du gar nichts weißt, Broken Dick.«

Samson mußte lachen, und die anderen beiden zischten ihn an. Der Wachmann kam gerade an dem hohen Tor des Denkmals vorbei. Sie zogen die Köpfe ein. Der Strahl einer Taschenlampe strich über sie hinweg, verharrte auf einem Punkt und bewegte sich dann weiter, als der Wachmann seinen Weg den Hügel hinauf zum Grab Custers fortsetzte.

»Machst du's jetzt?« fragte Eli.

»Sobald er am Grab vorbei ist und sich auf den Weg rüber nach Reno macht. Dafür nimmt er immer den Jeep. Sobald wir den Jeep hören, gehen wir los.«

»Sicher«, sagte Eli.

»Kommst du mit?« fragte Samson, dem bei der ganzen Angelegenheit ziemlich mulmig war. Die Gedenkstätte war Staatsland, und just zu dieser Zeit stellte sich die Bundesregierung nicht gerade zimperlich an, wenn es darum ging, Indianern, die auf staatlichem Gelände irgendwelchen Ärger machten, ihre Flausen auszutreiben. Die Ereignisse von Alcatraz und Pine Ridge, wo es Tote gegeben hatte, lagen noch nicht allzu lange zurück.

»Ich muß nicht mitkommen«, sagte Broken Tooth. »Mein Volk hat schließlich dafür gesorgt, daß er jetzt dort liegt. Ich werde hier rumsitzen und einen Joint drehen, und ihr erledigt euer Ding.«

»Über das Tor rüberzukommen, wird ein scheiß Akt«, sagte Billy. Sie betrachteten die fünf Meter hohen eisernen Gitterstäbe, die Speeren nachempfunden waren und zwischen zwei steinernen Säulen emporragten. Es gab nur zwei Querstreben, die sie als Halt benutzen konnten.

Sie sahen zu, wie der Wachmann gemächlich die hundert Meter den Hügel zum Informationszentrum für Touristen schlenderte. Als sie hörten, daß er den Jeep anließ, rannten Billy und Samson los. Fast gleichzeitig erreichten sie das eiserne Tor, allerdings mit soviel Schwung, daß die beiden Flügel des Tores hin- und herschwangen und dabei die Kette mitsamt dem Vorhängeschloß gegen die Stäbe schlug und einen Heidenlärm verursachte. Sie hangelten sich die Stäbe hoch, kletterten über die Speerspitzen, hielten sich daran fest und ließen sich auf den Asphaltweg herunterfallen. Wieder hallte das Klappern der Kette durch das Tal. Beide landeten auf dem Hintern.

Samson schaute Billy an. »Alles in Ordnung?«

Billy sprang auf und klopfte sich den Staub von seinen Jeans. »Wie kommt's, daß die Indianer in den Filmen so was machen, ohne daß man auch nur einen Laut hört?«

»Alles nur Training«, sagte Samson und rannte los den Hügel hinauf. Billy folgte ihm.

»Vorsicht, Schlange«, sagte Samson im Laufen.

»Was?«

»Schlange«, wiederholte Samson atemlos. Er machte einen Satz über eine große Diamantrücken-Klapperschlange, die mitten auf dem Weg lag und sich auf dem Asphalt wärmte. Billy sah die Schlange gerade noch rechtzeitig. Er versuchte stehenzubleiben, rutschte allerdings auf dem losen Straßenbelag weiter und geriet dadurch in Reichweite des Tiers.

Als er das Knirschen hinter sich hörte, blieb Samson stehen und drehte sich um.

Billy sagte: »Du hast ›Schlange‹ gesagt, stimmt's?«

»Geh langsam rückwärts und dann im Bogen um sie herum, Billy.« Samson war so außer Atem, daß er kaum sprechen konnte. Die Klapperschlange ringelte sich zusammen.

»Ich dachte, du sagst, ›Zange‹. Ich hab mich schon gewundert. *Warum schreit er ›Zange‹?*«

»Geh langsam rückwärts und dann im Bogen um sie herum.«

»›Schlange‹. Na ja, jetzt ist mir alles klar.« Billy ging langsam rückwärts, bis er außer Reichweite der Schlange war und rannte dann in einem weiten Bogen um sie herum und weiter den Hügel hinauf.

Samson lief los, als Billy mit ihm auf gleicher Höhe war. Sie waren noch etwa hundert Meter vom Denkmal entfernt. »Langsam«, sagte er.

»Hast du schon wieder ›Schlange‹ gesagt?« fragte Billy keuchend.

Statt zu antworten, fiel Samson in einen leichten Trott.

Das Denkmal war ein sieben Meter hoher Obelisk aus Granit, der auf einem drei Meter hohen Sockel auf dem Gipfel eines Hügels stand, von dem aus man die gesamte Talsenke von Little Bighorn überblicken konnte.

»Also los«, sagte Samson immer noch schwer atmend. Der Anstieg war länger und steiler gewesen, als er gedacht hatte.

Billy öffnete den Reißverschluß seiner Hose und stellte sich neben Samson, der sein Geschütz bereits ausgefahren hatte. »Weißt du was«, sagte Billy, »es wäre einfacher gewesen, wenn wir Eli einfach in die Mangel genommen und grün und blau geschlagen hätten.«

»Ich glaube, ich höre den Jeep. Er kommt zurück«, sagte Samson.

Von dort, wo Billy stand, erhob sich ein langer gelber Strahl und prasselte in hohem Bogen gegen das Denkmal. »Beeil dich, Mann. Da sind schon die Scheinwerfer.«

Billy zog sich den Reißverschluß zu, er war soweit fertig. Dann wandte er sich an Samson. »Denk an einen Fluß oder einen Wasserfall.«

»Es klappt nicht.«

»Mach schon, Samson. Da kommt er schon. Entspann dich.«

»Entspannen? Wie soll das –«

»Okay, beeil dich halt mit dem Entspannen.«

Samson preßte mit aller Macht, bis ihm die Augen aus dem Kopf traten. Dann spürte er, wie es kam, zunächst tröpfchenweise, dann rauschte es richtig.

»Mach mal hin, Samson. Er kommt.« Billy ging rückwärts den Hügel hinunter. »Gib Gas, Alter.«

Die Scheinwerferkegel des Jeep schoben sich über den Hügelkamm und glitten auf das Denkmal zu. »Kopf runter, los!« sagte Billy.

Samson duckte sich am Sockel des Denkmals, wobei er kurzfristig sein Ziel aus den Augen ließ und sich beide Hosenbeine vollpinkelte. Billy ging hinter ihm in Deckung.

»Hast du gesagt ›Kopf runter, los‹?« flüsterte Samson.

»Sei still«, erwiderte Billy.

Samson hatte zwar eine Heidenangst, doch der Adrenalinschub machte ihn ganz kirre. Er grinste Billy an. »Ich hab schon gedacht, du sagst ›Tropf munter drauflos‹, was ja irgendwie auch mehr Sinn macht, aber –«

»Halt endlich die Klappe!« Billy riskierte einen kurzen Blick auf den Weg. Der Jeep fuhr nicht zum Besucherzentrum zurück, wo er losgefahren war, sondern rollte geradewegs auf das Denkmal zu. Sie schlichen um den Sockel herum und schafften es gerade noch, sich hinter den Obelisken zu ducken. »Er wird doch nicht anhalten, oder?« sagte Billy.

Samson hörte, wie der Jeep langsamer wurde, als er knapp acht Meter von ihnen entfernt auf der anderen Seite des Denkmals vorbeifuhr. Sie blieben weiterhin geduckt, bis der Jeep seinen Weg den Hügel hinab fortsetzte. Auf halber Strecke zum Tor blieb er stehen.

»Er sieht unsere Fußabdrücke«, sagte Billy.

»Auf dem Asphalt?«

»Er hat uns gesehen. Ich lande im Knast wie mein Bruder.«

»Nein, schau doch hin. Es ist die verdammte Schlange. Er wartet, bis sie von der Straße runterkriecht.«

In der Tat rollte der Jeep zentimeterweise auf die Schlange zu, bis diese sich aus dem Staub machte und ins Gras glitt. Danach gab der Wachmann wieder Gas und fuhr weiter den Hügel hinunter bis zum Tor, wo er kehrtmachte und zum Besucherzentrum zurückfuhr. »Los jetzt«, sagte Billy. Sie rannten die Straße hinunter, wobei sich Samson fast hingelegt hätte bei dem Versuch, sich im Rennen den Hosenlatz zuzumachen. Als sie am Tor ankamen, packte Samson Billy an der Schulter und zog ihn zurück.

»Was soll der Scheiß?« sagte Billy. Samson deutete auf die Kette. Billy nickte. Das Ding würde wieder einen Riesenkrach machen.

Samson ging zur Mitte des Tores und hielt die Kette fest. »Los jetzt«, sagte er. »Wenn du drüben bist, hältst du sie fest.«

Ohne eine Sekunde zu verlieren, machte sich Billy daran, über das Tor zu klettern. Oben angekommen, ließ er sich nicht fallen wie beim ersten Mal, sondern er rutschte an den Eisenstäben hinunter. Er hielt das Tor fest, und Samson kletterte hinauf. Als Samson gerade oben angekommen war und seine Füße zwischen den Speerspitzen hindurchzwängte, hörte er, wie Eli unten auf der Straße lachte. Er blickte auf, und einen Augenblick später hörte er, wie die eiserne Brandschutztür des Besucherzentrums zuknallte. Durch die schnelle Kopfbewegung verlor er das Gleichgewicht und versuchte zu springen, doch blieb er mit seinem Hosenbein an einer Speerspitze hängen, so daß er kopfüber gegen die eisernen Stäbe des Tores knallte. Zwar hielt Billy die Kette fest, doch gegen das dumpfe Geräusch, das Samsons Stirn beim Zusammenprall mit den Gitterstäben verursachte, konnte auch er nichts ausrichten.

Es dauerte einige Augenblicke, bis Samson klarwurde, daß er noch immer am Tor hing und sich sein Kopf zweieinhalb Meter über dem Boden befand. »Mach dein Bein los«, rief Billy. »Ich fange dich auf.«

So wie er dahing, hatte Samson einen guten Blick auf das Besucherzentrum. Er sah, wie drinnen einige Lichter angingen. Er versuchte, sich an dem Gitterstab hinaufzuschieben, doch die Speerspitze hatte Widerhaken. »Geht nicht, ich schaffe es nicht.«

»Scheiße«, sagte Billy. Er hielt mit einer Hand das Tor fest und zog mit der anderen ein Klappmesser aus seiner Hosentasche. »Ich komme rauf und schneide dich los.«

»Nein, nicht das Tor loslassen«, sagte Samson.

»Scheiß drauf«, erwiderte Billy. Er ließ das Tor los, das sofort unter Samsons Gewicht ein Stück weit aufschwang, bis es von der scheppernden Kette gebremst wurde. Billy kletterte die Stäbe hoch, und Samson hörte, wie die Brandschutztür geöffnet wurde und wieder zuknallte. Dann hörte er Schritte. Billy stand auf der Säule und hielt das Messer an Samsons Hosenbein. »Wenn ich losschneide, halt dich an den Stäben fest.«

Mit einer raschen Bewegung trennte Billy den Stoff durch, und Samson landete nach einem sauberen Überschlag auf den Füßen. Wieder klapperte das Tor. Samson hörte, wie der Jeep gestartet wurde und sah, daß hinter dem Besucherzentrum die Lichtkegel der Scheinwerfer aufleuchteten. Er schaute hinauf zu Billy. »Spring!«

Billy machte einen Satz von dem fünf Meter hohen Pfeiler hinunter und krümmte sich nach der Landung zusammen. »Mein Knöchel.«

Samson schaute hinüber zum Besucherzentrum, wo der Jeep gerade um die Ecke bog. Er packte Billy unter den Achseln und zerrte ihn in den Straßengraben. Atemlos kauerten sie dort und schauten zu, wie der Wachmann, seine Waffe in der Hand, die Kette und das Schloß ein weiteres Mal überprüfte.

Nachdem der Wachmann verschwunden war, krochen sie den Graben entlang zu Eli. Als sie ihn sahen, half Samson seinem Freund auf die Beine und gemeinsam humpelten sie auf den schlacksigen Cheyenne zu, der gerade einen tiefen Zug von seinem Joint nahm.

»Auch mal?« fragte er mit krächzender Stimme und hielt Billy den Joint hin. Billy nahm ihn, setzte sich ins Gras und zog daran.

Eli stieß eine Rauchwolke aus und lachte. »So was Komisches hab ich in meinem Leben noch nicht gesehen.« Dann bemerkte er die Flecken auf Samsons Hose. »Was ist los, Hunts Alone? Ich dachte, du wolltest auf Custers Grab pissen. Hast du dich selber angepißt vor Angst?« Lachend warf er den Kopf zurück, worauf Samson ausholte und ihm einen satten Kinnhaken verpaßte. Eli kippte um und blieb reglos am Boden liegen. Samson betrachtete seine verschrammte Faust, dann warf er einen Blick auf Eli und schaute schließlich Billy Two Irons an. Er grinste.

Billy sagte: »Hättest du das nicht schon vor zwanzig Minuten machen können? Damit hätten wir uns den ganzen Ärger erspart.«

»Stimmt«, sagte Samson. »Vor zwanzig Minuten hätt ich das aber noch nicht gekonnt. Jetzt laß uns lieber verschwinden, bevor er wieder wach wird.«

Samson half Billy auf die Beine, und sie krochen aus dem Graben zur Straße. Sie gingen in Richtung Crow Agency, und es wurde immer dunkler, je näher sie ihrem Ziel kamen. Schließlich war es stockfinster, und Sam saß in seinem Schlafzimmer und starrte auf den Rücken eines schwarzen Hirschlederhemdes, das mit roten Spechtfedern verziert war.

»Das war eine ziemliche Deppenaktion«, sagte Sam.

»Es war ein Akt der Tapferkeit«, erwiderte Coyote. »Blödsinn wäre es dann gewesen, wenn es nicht geklappt hätte.«

»Wir haben später erfahren, daß Custer gar nicht dort begraben ist. Seine Leiche wurde nach West Point überführt und dort beigesetzt. Es war alles umsonst.«

»Und was ist mit der Nacht auf dem Damm? War das auch umsonst?«

»Wieso weißt du davon?«

Coyote drehte sich um und starrte Sam an. Er hatte die Arme verschränkt, und seine Augen funkelten vor Freude.

»Davon hatte ich nichts als Ärger«, sagte Sam schließlich.

»Würdest du es wieder machen?«

»Ja«, erwiderte Sam, ohne nachzudenken.

»Und das Mädchen bringt dir auch nur Ärger?« fragte Coyote.

Die Worte hallten Sam durch den Kopf. Er mußte sich auf die Suche nach dem Mädchen machen. Es blieb ihm nichts anderes übrig. Jahrelang war er auf Nummer Sicher gegangen, jetzt war Schluß damit; einmal muß man anfangen, das Richtige zu tun. Er sagte: »Manchmal machst du mich wirklich sauer, weißt du das?«

»Zorn ist ein Wink der Götter, um dir zu zeigen, daß du noch am Leben bist.«

Sam erhob sich und starrte dem Trickser in die Augen, in der Hoffnung, darin irgend etwas lesen zu können. Er beugte sich so weit vor, daß sie beinahe mit den Nasen zusammenstießen. »Du weißt nur, daß sie auf dem Weg ist nach Las Vegas? Keine Adresse oder so?«

»Bis jetzt noch nicht. Aber der Rocker fährt weiter nach South Dakota, und wenn sie ihn und das Kind in Las Vegas nicht erwischt, kommt sie garantiert nach. Den Rest erzähle ich dir unterwegs.«

»Du kannst dich nicht zufällig in einen Learjet oder so was verwandeln? Das wäre schon praktisch.«

Coyote schüttelte den Kopf. »Nur lebendige Dinge: Tiere, Käfer, Steine.«

Sam griff in seine Brusttasche, zog das Döschen mit den Pfefferminzpastillen hervor und reichte es Coyote. Der Trickser runzelte die Stirn.

»Die wirst du essen«, verlangte Sam. »Wenn ich schon acht Stunden fahren muß, dann wenigstens nicht mit jemandem, der aus dem Hals stinkt wie ein Hund.«

23. KAPITEL

Der Pawlowsche Hund
und die Scheiße mit Straßbesatz
Las Vegas

Das einzige, was Sam davon ablenkte, daß sein Kopf brummte wie blöd, waren luftgetrocknete Tierkadaver am Straßenrand, verfallene Hütten und Straßenschilder, deren Aufschriften ebenso trostlos wirkten wie die Umgebung. Sam saß am Steuer und rauchte. Um nicht einzuschlafen, stellte er Überlegungen an, wie er das Mädchen finden konnte. Der Trickser saß auf dem Beifahrersitz und schnarchte.

Sam war – zusammen mit Aaron – bereits dreimal in Las Vegas gewesen, um sich in Cesar's Palace Meisterschaftskämpfe im Boxen anzusehen. Die Tickets hatten zweihundert Dollars gekostet, dafür saßen sie dann auf Plätzen, wo man Nasenbluten bekam von der dünnen Höhenluft, weil man dem Mond näher war als dem Ring. Doch Aaron war der felsenfesten Überzeugung, daß man einfach *dabeisein* mußte. Ohne ein Fernglas war es nahezu unmöglich, von dem Geschehen im Ring auch nur ansatzweise etwas mitzubekommen, genausogut hätte man versuchen können, ein Gerücht zu seinem Ursprung zurückzuverfolgen. Sam verbrachte meistens die Zeit damit, die Frauen zu beobachten, und dafür zu sorgen, daß Aaron sich nicht zu sehr aufregte.

Sobald sie dann ein Kasino betraten, legte Aaron los: »Das ist *die* Stadt für mich! Die Lichter, der Trubel, die Frauen – hier gehöre ich hin.« Dann verjubelte er für gewöhnlich ein paar Tausender an den Spieltischen und kippte kostenlose Gin Tonics in sich hinein, bis er nicht mehr gerade gehen konnte. Am nächsten Morgen mußte Sam ihn jedesmal zwischen Satinlaken und Nutten aus dem Bett hervorkramen und ihn unter die Dusche zerren, um ihn wieder nach Hause zu fahren, wobei Aaron, das Jackett über den Kopf gezogen, auf dem Rücksitz lag und Sam die Ohren vollplärrte mit Selbstvorwürfen und Schwüren, er werde nie wieder nach Las Vegas zurückkommen. Ausgerechnet Aaron, der nie eine Gelegenheit ausließ, die Geldgier-Maschine zu ölen, konnte es nicht fassen, daß auch seine Hoffnungen hier bis zum letzten Tropfen gemolken wurden.

Samson war von dieser Maschinerie fasziniert. Während Aaron sich mitreißen ließ von all dem Glanz und sich die Kante gab, studierte Sam die Funktionsweise dieses gigantischen Einarmigen Banditen. So etwas hatte es auf der Welt noch nicht gegeben. Hier hatte sich jemand wirklich angestrengt. Werfen Sie ihre Münze ein, hören Sie die Glocke, betrachten Sie die Lämpchen, essen Sie ihr Essen, sehen Sie die Frauen, hören Sie die Glocke, betrachten Sie die Lämpchen, werfen Sie noch eine Münze ein. Der ganze Prunk, mit dem die Kasinos aufwarteten, hatte keineswegs den Zweck, ein Verlangen nach Geld zu wecken – im Gegenteil, hier verlor Geld jegliche Bedeutung. In einem Kasino gab es keine Hypotheken, keine hungrigen Kinder, kein Auto, das mal wieder in die Werkstatt mußte, hier gab es keine Arbeit, keine Zeit, keinen Tag und keine Nacht; das Geld war seines Kontexts entledigt. Diese profanen Angelegenheiten waren ausgesperrt. Und die Leute kamen immer wieder, bis sie irgendwann merkten, daß Scheiße mit Straßbesatz trotzdem Scheiße bleibt.

Schon dreißig Meilen vor der Stadt konnte Sam sehen,

wie der Himmel über Las Vegas schimmerte. Er kniff Coyotes Bein, und der Trickser wachte auf.

»Halt mal das Lenkrad«, sagte Sam.

»Laß mich fahren. Du kannst dann schlafen.«

»Meinen Wagen? Nie im Leben. Halt einfach nur das Lenkrad.«

Coyote hielt das Lenkrad, während Sam einige Knöpfe auf der Konsole drückte. Der Bildschirm des Navigationssystems flackerte auf. Sam drückte ein paar weitere Knöpfe, und auf dem Bildschirm erschien eine Straßenkarte von Las Vegas. Ein blinkender Punkt, der den Mercedes darstellte, bewegte sich auf dem Highway Nr. 15 auf die Stadt zu.

»Okay«, sagte Sam und übernahm wieder das Steuer.

Coyote betrachtete den Bildschirm. »Was muß man tun, um zu gewinnen?«

»Das ist kein Spiel, sondern eine Karte. Der blinkende Punkt sind wir.«

»Das Auto findet seinen Weg allein, wie ein Pferd?«

»Es findet ihn nicht selbst, aber es zeigt uns, wo wir sind.«

»Wie wenn man zum Fenster hinaussieht?«

»Hör mal zu. Wenn wir in Vegas sind, werde ich mich erst mal hinlegen und schlafen. Ich habe nicht die geringste Ahnung, wo wir anfangen sollen, Calliope zu suchen.«

»Warum fragst du nicht einfach das Auto?«

Diese Frage ignorierte Sam. »Ich werde uns ein Zimmer besorgen.« Er nahm sein Funktelefon zur Hand und rief die Auskunft an, wo er die Nummer eines Kasinos mit Hotel erhielt. Danach rief er dort an und reservierte ein Zimmer.

Die Schilder an den Ausfahrten des Highway trugen keine Nummern oder Straßennamen, sondern bezeichneten die Kasinos, zu denen sie führten. Sam verließ den

Highway bei einem Schild mit der Aufschrift *Camelot*. Die Straßen auf dem Weg zum Hotel waren gesäumt von Pfandleihen, Drogerien und niedrigen Backsteingebäuden, mit so vielversprechenden Leuchtreklamen wie: *WIR MACHEN IHR AUTO ZU BARGELD, SCHECKANNAHME, DRIVE-IN-HOCHZEITEN UND -SCHEIDUNGEN – 24-STUNDEN-SERVICE.*

Coyote fragte. »Was sind das für Läden?«

Sam dachte nach, wie er es ihm auf die Schnelle erklären konnte, doch er hatte zu lange nicht geschlafen und war zu müde, als daß er in der Lage gewesen wäre, Coyote das Konzept von Las Vegas in weniger als fünfundzwanzig Worten zu erläutern. Schließlich sagte er: »Da geht man hin, wenn man sein Leben völlig in die Scheiße reiten will und es damit ziemlich eilig hat.«

»Gehen wir da auch hin?«

»Nein danke, das Tempo, mit dem ich mich in die Scheiße reite, scheint mir genau richtig.« Sam sah die pseudomittelalterlichen Türme von Camelot über dem Strip aufragen. Bunte Wimpel hingen an Fahnenmasten mit Warnlichtern für Flugzeuge an den Spitzen. Er überlegte sich, was wohl der wirkliche König Arthur (wenn es ihn denn je gegeben hatte, aber Sam war ja wohl der letzte, dem es anstand, den realen Hintergrund eines Mythos in Zweifel zu ziehen) wohl davon gehalten hätte, daß ein Spielkasino nach seiner sagenumwobenen Stadt benannt war. Würde er irgend etwas wiedererkennen? Würde er sich vor elektrischem Licht fürchten? Oder einer Toilettenspülung? Oder einem Auto? Würde er vielleicht wie Don Quichote gegen diesen Ort anrennen, an dem die hehren Ideale des Rittertums zu einer platten Vermarktungsstrategie verkommen waren, oder würde der sagenhafte König betört vom Anblick einer langbeinigen Losverkäuferin seine Lanze erheben und die Ritter der Tafelrunde ins Gefecht führen? Die Frauen, so überlegte Sam, waren der Punkt, an dem sich Arthurs Schicksal entscheiden würde, und vermutlich würden sie ihn ins Verderben stürzen.

Er warf Coyote einen kurzen Blick zu. »Wenn wir da sind, wirst du eine Menge Frauen sehen, die nicht besonders viel Kleider am Leib haben. Bleib weg von denen.«

Coyote schaute verblüfft. »Ich rühre nie eine Frau an, wenn sie es nicht will –«

»Laß die Finger davon!« unterbrach ihn Sam.

Coyote räkelte sich auf dem Sitz. »Oder braucht«, fügte er flüsternd hinzu.

Sam steuerte den Mercedes über eine riesige Zugbrücke und blieb beim Parkservice stehen, wo eine Schar junger Männer, die ausstaffiert waren wie mittelalterliche Knappen, herumwuselten, Koffer ausluden, Parkscheine ausfüllten und Autos wegfuhren.

»Wir sind da«, sagte Sam. Er entriegelte den Kofferraum und stieg aus, ohne den Motor abzustellen. Eine warme Wüstenbrise hüllte ihn ein, und einen Augenblick später kam auch schon ein junger Mann um den Wagen herumgerannt, der ihm einen Zettel mit einer Nummer hinhielt. »Euer Parkschein, Mylord.«

Sam suchte in seiner Hosentasche nach einem Geldschein, doch seine Suche endete erfolglos. »Tut mir leid«, sagte er, »ich habe kein Bargeld dabei. Ich lasse mir Ihren Namen geben und hinterlasse ein Trinkgeld an der Rezeption.«

Der Junge versuchte, sich ein Lächeln abzuquälen, doch der Versuch ging gründlich daneben. »Sehr wohl, Mylord.« Er knallte die Tür zu, daß Sam zusammenzuckte und noch einmal ans Fenster klopfte. Sirrend senkte sich das Fenster, der Junge saß da und wartete.

Sam lehnte sich nach drinnen und las das Plastikschild an der Uniform des Jungen. »Also, ähm, Knappe Tom, ich werde wirklich ein Trinkgeld an der Rezeption hinterlassen. Wir sind ziemlich überstürzt losgefahren, und ich habe einfach vergessen, Bargeld mitzunehmen.«

Der Junge wartete einen Augenblick und trat aufs Gas.

»Am Wagenschlüssel ist eine Fernbedienung für die Alarmanlage. Könnten Sie sie einschalten, nachdem Sie den Wagen geparkt haben? Ein Piepser, und sie ist aktiviert.«

Knappe Tom nickte und fuhr los. Trotz der quietschenden Reifen hörte Sam, wie er sagte: »Mögen Euch die Pocken befallen, Mohrenschwein.« Wie *authentisch*, dachte er. Sam sah zu, wie der Mercedes um die Ecke verschwand und fragte sich, warum ihn bei einem Parkservice jedesmal das Gefühl beschlich, er habe sein Auto zum letzten Mal gesehen.

Coyote stand gegenüber und winkte dem Wagen nach. Dann schaute er zu Sam herüber. »Mohrenschwein?«

»Vermutlich wegen der dunklen Hautfarbe«, sagte Sam. Vorbei an einem halben Dutzend Knappen und einem übergewichtigen Burschen in einem rosa-gelben Harlekinkostüm, der ein Funkgerät am Gürtel und ein Namensschild trug, auf dem *Lord Larry* stand, führte er Coyote über eine weitere Zugbrücke in das eigentliche Kasino.

Eine Trompetenfanfare ertönte, als sie unter einem Spalier von Schwertern hindurch über die Schwelle traten. Eine fröhliche elektronische Stimme hieß sie auf Camelot Willkommen. Neben einem Schild mit der Aufschrift *Ouskunftey* erblickte Sam eine Frau, die gekleidet war wie eine Bäuerin. Auf dem Namensschild an ihrer prallgefüllten Bluse stand zu lesen *Weibsbild Wendy*. Sam hielt Coyote zurück und ging auf das Mädchen zu.

»Ähm, entschuldigen Sie, Wendy. Ich habe ein Zimmer reserviert, und außerdem suche ich einen Geldautomaten.«

Das Mädchen antwortete in leierndem Tonfall, in dem ein aufgesetztes Englisch mit ihrem Brooklyner Akzent eine abenteuerliche Verbindung einging: »Nun denn«, – sie streckte ein Bein vor und warf sich in Pose – »wenn Milords das Kasino zur Linken durchschreiten, dann findet ihr am zweiten Bogen die Rezeption. Geldautomaten gibt es an jedem Bogen, Mylord.«

»Danke«, sagte Sam. Er wollte schon weitergehen, doch dann wandte er sich noch einmal an das Mädchen. »Entschuldigen Sie, aber ich war schon einmal hier. Ich dachte, hier ist jeder ein Lord oder eine Lady. Weibsbild ist wohl neu?«

Offenbar war der englische Akzent nur von begrenzter Haltbarkeit. »Stimmt. Aber so vor drei Monaten sind sie auf den Trichter gekommen, daß es irgendwie alles zu kompliziert ist. Sechs Lord Steves, zehn Lady Debbies, Sie können sich's ja denken – wie soll ein Mensch da durchblicken? Also gibt's jetzt noch ein paar andere mittelalterliche Titel. Die Pagen sind Knechte. Dann gibt's noch Weibsbilder, Alchimisten und all so'n Kram.«

»Oh, danke«, sagte Sam, als ob er verstanden hätte. Coyote im Schlepptau, stürzte er sich in das Menschengewimmel des Spielkasinos und hielt Ausschau nach einem Geldautomaten, während er gleichzeitig bemüht war, so schnell wie möglich wegzukommen. Coyotes Erscheinungsbild erregte einige Aufmerksamkeit. Sam konnte die Verwirrung in den Augen der Leute lesen, die kurz von ihrem Geldspielautomaten oder den Black-Jack-Tischen aufblickten. Als sie an einer Reihe von Einarmigen Banditen vorbeikamen, lehnte sich eine Frau mittleren Alters, die die ganze Zeit über den Automaten mit Quarters gefüttert hatte, so weit auf ihrem Hocker zurück, daß sie beinahe umgekippt wäre bei dem Versuch, den Trickser genauer zu betrachten. Sam fing sie auf und stützte sie. »Er arbeitet im Frontier, etwas weiter oben am Strip«, sagte er.

Coyote streckte den Kopf über Sams Schulter, blinzelte der Frau zu und leckte sich die Augenbrauen. Der Frau klappte die Kinnlade herunter.

»Als Schlangenmensch«, erklärte Sam. Die Frau nickte ein wenig verblüfft und wandte ihre Aufmerksamkeit wieder dem Geldspielautomaten zu.

»Kannst du das nicht sein lassen?« sagte Sam zu Coyote. »Und hast du keine anderen Klamotten? Vielleicht ein wenig konservativer?«

»Wolle?« Coyote stieß ein absolut authentisches Schafsblöken aus. Der Aufseher an einem der Black-Jack-Tische zog eine Braue hoch, und zwei als Harlekins verkleidete Sicherheitsleute hefteten sich an die Fersen von Sam und Coyote.

»Ganz cool bleiben«, sagte Sam. Unter einem Wandteppich mit einem Einhorn wandte er sich nach rechts und blieb vor einem Geldautomaten stehen. Als er über die Schulter schaute, sah er, daß die Sicherheits-Harlekins in ein paar Metern Entfernung standen und ihn beobachteten. Sam zog einen Stapel Kreditkarten aus der Brieftasche, blätterte sie durch, und als er eine davon in den Automaten schob und seine Geheimzahl eingab, machten sich die beiden Harlekins davon.

»Sie sind weg«, sagte Coyote.

»Klar, solange es so aussieht, als ob man Geld ausgibt, spielt das Aussehen keine Rolle.«

Coyote sah zu, wie der Geldautomat einen Stapel Zwanziger ausspuckte. »Du hast gewonnen«, sagte er. »Du hast schon beim ersten Mal die richtigen Zahlen erwischt.«

»Tja, ich bin halt ein Glückspilz.«

»Versuch's noch mal, vielleicht gewinnst du ja wieder.«

Sam mußte grinsen. »An diesen Dingern bin ich ziemlich gut.« Er steckte eine andere Karte in den Automaten und drückte unter Coyotes Augen die gleiche Geheimnummer. Der Automat gab ein sirrendes Geräusch von sich, und erneut landete ein Stapel Zwanziger in der Geldausgabe.

»Du hast gewonnen! Noch mal!«

»Nein. Wir müssen auf unser Zimmer.« Sam nahm das Geld und ging zur Rezeption. Der Empfangstresen war so lang, daß darauf Flugzeuge hätten landen können. Es war noch früh am Morgen, und deshalb war der Tresen nur mit zwei Leuten besetzt – ein Weibsbild namens Chantel und ein sehr großer, sehr schwarzer, schlanker Mann im Anzug, der eine Rundumsonnenbrille trug und reglos etwas vom Tresen entfernt stand und alles beobachtete.

»Hunter, Samuel«, sagte Sam. »Ich habe eine Reservierung.« Er legte eine seiner Kreditkarten auf den Tresen. Das Mädchen tippte kurz etwas in den Computer, der daraufhin einen Piepton von sich gab, worauf das Mädchen kurz über die Schulter hinweg zu dem schwarzen Mann blickte. Dieser glitt zu ihr herüber und betrachtete die Bildschirmanzeige. *Was ist denn jetzt schon wieder los?* dachte Sam.

Der schwarze Mann schaute auf Sam hinunter, und als er lächelte, schien es, als ginge der Mond auf in seinem nachtschwarzen Gesicht. Er nahm Sams Kreditkarte und reichte sie ihm zurück. »Mr. Hunter, es freut uns, Sie wieder begrüßen zu dürfen. Das Zimmer geht auf Rechnung des Hauses, Sir. Und wenn ich irgend etwas für Sie tun kann, rufen Sie einfach an.«

Sam war völlig verblüfft. Dann dämmerte es ihm. Bei ihrem letzten gemeinsamen Besuch hatte Aaron zwanzigtausend Dollar verloren und auf die Rechnung für ihre Suite setzen lassen. Die Zimmer waren auf Sams Namen registriert. Las Vegas liebt Verlierer.

»Danke« – Sam schaute auf das Namensschild des Mannes. Es befand sich genau in Höhe seiner Augen – »M. F.« Kein *Lord*, kein *Knappe*, überhaupt kein Titel – einfach nur *M. F.*

»Der zweite Aufzug links, Mr. Hunter«, sagte das Weibsbild. »Siebenundzwanzigste Etage.«

»Danke«, erwiderte Sam. Coyote bedachte das Mädchen mit einem Grinsen, doch Sam zerrte ihn zum Aufzug, wo der Trickser augenblicklich vier Knöpfe hintereinander drückte und anschließend einen Schritt zurücktrat.

»Diesmal gewinne ich.«

»Das hier ist bloß ein Aufzug«, sagte Sam. »Tu mir einen Gefallen, und drück einfach nur die siebenundzwanzig.«

»Aber das ist gar nicht meine Glückszahl.«

Mit einem Seufzen drückte Sam den entsprechenden Knopf und ließ dann zähneknirschend alle von Coyote verursachten Zwischenstopps auf dem Weg zur siebenundzwanzigsten Etage über sich ergehen.

In ihrem Zimmer angekommen, zog Sam sich bis auf die Shorts aus und ließ sich auf eines der beiden Doppelbetten fallen. »Leg dich am besten hin, und versuch zu schlafen. Ich werde mir morgen früh überlegen, wie wir Calliope finden. Im Moment bin ich zu müde, um nachzudenken.«

»Schlaf du nur«, sagte Coyote. »Ich überlege mir was.«

Sam antwortete nicht. Er war bereits eingeschlafen.

Coyote verliert seinen Arsch

Coyote und sein Freund Biber hatten den ganzen Tag damit verbracht zu jagen, doch keiner hatte irgend etwas erlegt. So setzten sie sich schließlich auf ein paar Steine und fingen an, sich zu unterhalten.

»Das ist alles deine Schuld«, sagte Coyote. »Normalerweise fange ich immer irgendwas.«

»Glaube ich nicht«, antwortete Biber. »Wenn das wirklich so wäre, wie kommt es dann, daß deine Frau so mager ist?«

Coyote überlegte. Seine Frau war wirklich mager, die von Biber dagegen schön klein und rund. Er wurde eifersüchtig »Wie wär's mit einer Wette?« sagte er. »Morgen gehen wir beide auf die Jagd, und wenn du mehr Hasen fängst als ich, kannst du zu meiner Hütte kommen und mit meiner Frau schlafen. Dann wirst du schon merken, daß meine Frau besser ist. Wenn ich mehr Hasen fange, kann ich mit deiner Frau schlafen.«

»Klingt ganz gut«, sagte Biber.

Am nächsten Tag kam Coyote nach der Jagd mit einem mickrigen Hasen zur Hütte von Biber. »Hallo, Mrs. Biber«, rief er, »ich möchte meine Wettschulden eintreiben.«

Aus dem Inneren der Hütte antwortete die Frau des Bibers: »Hallo, Coyote. Du bist ein großartiger Jäger. Mein Mann kam gerade mit zwanzig Hasen vorbei und wollte weiter zu deiner Hütte. Sieh zu, daß du ihn noch einholst, und sag ihm Bescheid, daß du mehr gefangen hast.«

»Genau«, sagte Coyote. »Ich bin gleich wieder da.« Dann schlich er, den Hasen im Schlepptau, zu seiner Hütte.

Seine Frau saß bereits vor der Hütte und erwartete ihn.

»Nicht schlecht, das Häschen«, sagte sie. »Biber ist schon drinnen. Ich sehe dich dann morgen früh.« Coyotes Frau ging zurück in die Hütte und zog den Vorhang am Eingang herunter.

Coyote verbrachte die Nacht im Freien vor der Hütte, wo er vor Kälte schlotternd auf die Geräusche von drinnen horchte. Irgendwann hörte er, wie seine Frau einen Schrei ausstieß.

»Biber!« rief er. »Wenn du meiner Frau weh tust, setzt es was.«

»Er tut mir nicht weh«, rief Coyotes Frau. »Mir gefällt das.«

»Na prima«, sagte Coyote.

Grinsend und ein munteres Liedchen auf den Lippen, kam Biber am nächsten Morgen aus Coyotes Hütte stolziert. »Nichts für ungut, oder bist du sauer?«

»Wettschulden sind Ehrenschulden«, sagte Coyote.

Coyotes Frau streckte den Kopf aus der Tür und sagte: »Vielleicht ist dir das ja mal eine Lehre, und du hörst endlich mit der blöden Zockerei auf.«

»Genau«, sagte Coyote. Dann rief er Biber hinterher: »Hey, wie wär's, wenn wir knobeln. Doppelt oder nichts!«

»Hört sich gut an«, sagte Biber. »Gehen wir runter zum Fluß.«

Am Ufer des Flusses angelangt sagte Coyote: »Diesmal geht's um eine Nacht mit deiner Frau.« Und prompt zeigte er auf die falsche Hand.

»Du solltest die Zockerei bleiben lassen«, sagte Biber.

»Ich setze mein bestes Pferd gegen eine Nacht mit deiner Frau«, sagte Coyote.

Es dauerte nicht lange, da hatte Coyote all seine Pferde, seine Hütte, seine Frau und seine Kleider verloren. »Einmal noch«, sagte er.

»Aber du hast ja gar nichts mehr«, erwiderte Biber.

»Ich wette meinen Arsch gegen alles, was du bis jetzt kassiert hast.«

»Ich will deinen Arsch aber gar nicht«, sagte Biber.

»Ich dachte, du wärst mein Freund.«

»Also gut«, sagte Biber und versteckte den Stein hinter seinem Rücken. Coyote tippte daneben.

»Kannst du mir dein Messer leihen?« fragte Coyote.

»Ich will deinen Arsch nicht«, sagte Biber.

»Wettschulden sind Ehrenschulden«, antwortete Coyote. Dann nahm er Bibers Messer und schnitt sich den Arsch ab. »Mann, brennt das!«

»Ich muß jetzt los«, sagte Biber. »Ich sage deiner Frau Bescheid, daß sie in meiner Hütte schlafen kann, wenn sie will.« Dann sammelte er Coyotes Habseligkeiten ein und machte sich auf den Heimweg.

Als Coyote nach Hause kam, stand seine Frau schon da und erwartete ihn. »Biber hat die Hütte mitgenommen«, sagte sie.

»Klar«, sagte Coyote.

»Wo ist dein Arsch?« fragte sie.

»Den hat Biber ebenfalls.«

»Weißt du was«, sagte sie. »Es gibt ein Zwölf-Schritte-Programm gegen Spielsucht. Das solltest du mal ausprobieren.«

»Zwölf Schritte«, sagte Coyote und lachte. »Ich wette, ich schaffe es in sechs.«

TEIL DREI

Auf der Suche

24. KAPITEL

Coyote in der Stadt der Zocker
Las Vegas

Coyote hatte so lange Zeit in der Welt der Geister und Schatten zugebracht, daß alle ihn kannten und niemand sich mehr auf irgendwelche Glücksspiele mit ihm einließ. Jetzt, da er in der Zocker-Stadt schlechthin war, brannte er darauf, Versäumtes nachzuholen. Er wartete ab, bis Sam eingeschlafen war, um sich dann dessen Brieftasche zu greifen und damit zum Spielkasino zu verschwinden.

Unten angekommen, sah er sich Hunderten von Maschinen gegenüber, die in allen Farben blitzten, klingelten und Münzen in Metallschalen klirren ließen. Er sah grüne Tische, wo Menschen Geld gegen bunte Chips tauschten und eine Frau in einem Käfig, die für die Chips Geld zahlte. Er sah ein Rad, in dem eine Kugel umherlief und einen Mann, der jedermanns Chips einsammelte, sobald die Kugel liegenblieb. *Hier geht's ganz klar darum*, dachte Coyote, *daß man sich seine Chips schnappt, sobald die Kugel langsamer wird.*

An einem der grünen Tische saß ein Schamane mit einem Zauberstab und sang, während die Spieler kleine Knochen warfen. Nach jedem Wurf erhoben sich Rufe und Stöhnen, während der Schamane den Mitspielern viele Chips wegnahm. *Das ist ein Spiel, wo es um Zauberei geht*, dachte Coyote. *Das ist genau das Richtige für mich. Doch zuerst muß ich mit Sams Schummelmedizin diese Maschine hier austricksen.*

Der Trickser blieb bei einer der Maschinen stehen, an der

Sam vor seinen Augen zweimal gewonnen hatte. Er nahm eine der Goldkarten aus Sams Brieftasche, steckte sie in den Automaten und tippte dann die Zahlen ein, die er Sam hatte eingeben sehen. Die Maschine gab einen Piepton von sich und spuckte die Karte wieder aus.

»Pantherpisse!« fluchte Coyote. »Ich habe verloren.« Er versetzte dem Automaten einen Schlag, trat dann einen Schritt zurück und zog eine weitere Karte aus Sams Brieftasche. Wieder steckte er sie in den Automaten und tippte erneut die gleiche Zahl ein. Der Automat spuckte auch diese Karte aus. »Ja leck mich doch!« sagte Coyote. »Diese Schummelmedizin taugt nichts.«

Eine rundliche Dame in pinkfarbenen Stretchhosen stand hinter Coyote und räusperte sich mehrfach, um ihrer Ungehaltenheit darüber Ausdruck zu verleihen, daß sie nun schon so lange warten mußte. Coyote drehte sich zu ihr um. »Such dir deine eigene Maschine. Das hier ist meine.«

Die Frau stierte Coyote an und tippte ungeduldig mit dem Fuß auf den Boden.

»Jetzt mach schon, daß du wegkommst«, sagte Coyote und wedelte mit der Hand, daß sie endlich verschwinden sollte. »Hier gibt's so viele Maschinen, an denen man spielen kann. Ich war zuerst hier. Jetzt verschwinde endlich.«

Die Frau schlang den Griff ihrer Handtasche um ihr Handgelenk und holte aus, um Coyote damit eins überzubraten. Coyote seinerseits wollte sich schon in einen Floh verwandeln, um im Teppich zu verschwinden, doch das hätte bedeutet, daß er Sams Brieftasche losgewesen wäre. Die Handtasche der Frau sauste auf ihn zu.

Coyote duckte sich und schlug die Hände über dem Kopf zusammen, doch der Schlag kam nicht. Er hörte lediglich ein dumpfes Geräusch über seinem Kopf, und als er aufblickte, sah er eine große schwarze Hand, die die Tasche umklammert hielt, und die Frau, die am anderen Ende des Griffes in der Luft schwebte. Coyote zog den Kopf zurück, und als er weiter nach oben schaute, strahlte ihn ein Lächeln an, das wie ein Halbmond am pechschwarzen Nachthimmel wirkte.

»Gibt es ein Problem?« fragte der Halbmond ganz ruhig und gelassen. Der Riese ließ die Frau hinab, die völlig fassungslos darüber war, daß sich genau vor ihr ein Schatten so lang wie am späten Nachmittag materialisiert hatte, der darüber hinaus auch noch eine Sonnenbrille trug. Der Riese war daran gewöhnt, daß die Leute von seiner Erscheinung schockiert waren – vor allem Weiße, in deren Vorstellung ein zwei Meter zehn großer Neger außerhalb eines Basketballfelds so gut wie nicht existierte. Er kniff die Frau sanft in die Schulter, damit sie wieder zu sich kam. »Ist mit Ihnen alles in Ordnung, Ma'am?« Wieder dieses Lächeln.

»Wunderbar, mir geht's wunderbar«, sagte die Frau und taumelte zurück in das Spielkasino, um ihrem Mann zu erklären, daß sie – um Gottes willen – das nächste Mal ihren Urlaub auf Hawaii verbringen sollten, wo Eingeborene und Riesen – so es denn welche geben sollte – allenfalls im Unterhaltungsprogramm auftauchten, wo sie auch hingehörten.

Der Riese wandte sich an Coyote. »Und Sie, Sir, kann ich Ihnen irgendwie behilflich sein?«

»Du siehst aus wie Rabe«, sagte Coyote. »Trägst du immer diese Sonnenbrille?«

»Immer, Sir«, antwortete der Riese und beugte sich ein wenig vor. Er deutete auf das Namensschild aus Messing, das an die Brust seines schwarzen Anzuges geheftet war. »Ich bin M. F. von der Abteilung Gästebetreuung. Zu Ihren Diensten, Sir.«

»Wofür steht M. F.?« wollte Coyote wissen.

»Einfach nur für M. F., Sir. Ich bin das jüngste von neun Kindern, und vermutlich war meine Mutter so müde, daß ihr kein vollständiger Name eingefallen ist.«

Dies entsprach nicht ganz der Wahrheit. Die Mutter des Riesen war zwar in der Tat völlig erschöpft gewesen, als er das Licht der Welt erblickt hatte, andererseits hegte sie seit den Tagen ihrer Kindheit eine unnatürliche Obsession für das Gebiet der Zahnhygiene, nachdem sie als eines der ersten Schulkinder in Amerika an einem Test der Zahnpastamarke Crest teilnehmen durfte. Von diesem Ruhm, diesen fünfzehn Minuten im Rampenlicht der Öffentlichkeit (mit dem besten Zahnbefund, den sie je haben sollte) zehrte sie den Rest ihres Lebens. Sie wuchs heran und heiratete einen Marineoffizier namens Nathan Fresh, und als sich schließlich Kinder einstellten, ließ sie bei der Namensgebung ihrer sehnsüchtigen Erinnerung an die goldenen Tage in der Glitzerwelt der Zahnhygiene freien Lauf. Das erste Kind der neugegründeten Familie Fresh, ein Junge, erhielt den Namen Flouristat. Ihm folgten drei weitere Jungs: Tartar, Plaque und Molar. Danach kamen zwei Mädchen: Gingivits und Flossie (wobei letztere ihren Namen der berühmten Kuh aus der Werbung für Zahnseide verdankte). Zwei weitere Söhne, Bicuspid und Incisor, brachte sie ohne größere Komplikationen zur Welt, jedoch war ihr letztes Kind Minty wegen seiner Größe eine ausgesprochen schwere Geburt. Irgendwann beteuerte Mrs. Fresh, wenn das Baby sich auch nur eine Minute länger Zeit gelassen hätte, hätte sie es aus schierer Bosheit Karies oder Baktus genannt – doch war dies nur ein schwacher Trost für einen Mann, der sich mit dem Namen Minty Fresh herumschlagen durfte.

Coyote sagte: »Die meisten Leute denken bestimmt, das heißt *Motherfucker*, stimmt's?«

»Nein«, sagte Minty. »Nicht, daß ich wüßte.«

»Oh«, sagte Coyote. »Kannst du diese Maschine reparieren? Wenn ich die Schummelnummer drücke, piept sie nur.«

Minty Fresh warf einen Blick auf den Geldautomaten. Auf dem Bildschirm blinkte die Anzeige: WÄHLEN SIE EINE SPRACHE – ENGLISCH, SPANISCH ODER JAPANISCH. »Sie müssen erst eine Sprache aussuchen, Sir. Er beugte sich hinunter und drückte den Knopf für Englisch. »Jetzt müßte alles funktionieren.«

Coyote schob eine Karte in den Schlitz und drückte zwei Zahlen. Dann wandte er sich an Minty. »Das ist meine Geheimnummer.«

»Sehr wohl«, sagte Minty. »Wenn Sie irgend etwas brauchen, bitte fragen Sie nach mir persönlich.« Er drehte sich um und ging davon.

Coyote gab die restlichen beiden Ziffern der Geheimnummer ein. Auf die Frage nach dem gewünschten Betrag tippte er 999,99 ein, die höchste Zahl, die die sechsstellige Anzeige zuließ. Der Geldautomat sirrte und spuckte schließlich fünfhundert Dollar aus. Außerdem erschien eine Mitteilung auf dem Bildschirm, daß dies der verfügbare Höchstbetrag sei. Coyote probierte es erneut und erhielt wiederum fünfhundert Dollar. Beim dritten Mal weigerte sich der Geldautomat, mehr Geld herauszurücken, also probierte Coyote es mit einer anderen Karte. Nachdem er sämtliche Kreditkarten aus Sams Brieftasche durch den Automaten genudelt hatte, machte er sich mit zwanzigtausend Dollar in bar auf den Weg ins Kasino.

Zunächst ging er zu einem der Roulettetische und hielt dem Croupier – in diesem Fall einer leicht orientalisch aussehenden Frau in einer rot-lila Seidenweste mit einem Namensschild, auf dem *Lady Lihn* zu lesen stand – den zehn

Zentimeter hohen Stapel Zwanziger unter die Nase. Die Dame sagte: »Auf den Tisch.« Sie deutete auf den Tisch, und Coyote legte das Geld hin. Sie nickte einem der Bankhalter zu. »Zählen Sie bitte mit«, sagte sie mechanisch. Der Bankhalter, ein Italoamerikaner mit rasiermesserscharfen Zügen und zurückgeklatschten Haaren, der in einem Polyesteranzug steckte und eine zehntausend-Dollar-Rolex am Handgelenk trug, stellte sich neben sie und kontrollierte, wie sie die Banknoten auf den Tisch blätterte und durchzählte.

»Zwanzigtausend zu wechseln«, sagte Lady Lihn. »Wie möchten Sie es, Sir?«

»Die Roten«, antwortete Coyote. Der Bankhalter zog eine Braue hoch und setzte ein Grinsen auf. Lady Lihn schaute betreten.

»Die Roten sind Fünf-Dollar-Chips. Soviel Platz ist gar nicht auf dem Tisch.«

Der Bankhalter machte Coyote einen Vorschlag. »Vielleicht möchten Sie zweihundert in Fünfern und den Rest in Hundertern, Sir?«

»Welche Farbe haben die Hunderter?« fragte Coyote.

»Schwarz«, antwortete Lady Lihn.

»Gelbe«, sagte Coyote.

»Die Gelben sind zwei Dollar wert.«

»Such du's dir aus«, sagte Coyote.

Lady Lihn zählte einige Stapel Chips ab und schob sie Coyote hin. Der Bankhalter nickte einer der Bedienungen zu, die die Spieler mit Cocktails versorgten, und deutete mit einem kurzen Blick auf die Stapel mit Chips, die vor Coyote auf dem Tisch aufgetürmt standen. Das Mädchen interpretierte diesen Blick als Aufforderung, Coyote zu fragen, ob er etwas trinken möchte. Zunächst würde sie ihn mit relativ starken Drinks eindecken, bis er leicht besäuselt war, um ihm dann verwässerte Drinks nachzuschieben, bis er müde aussah, worauf sie ihn mit Kaffee wieder hochpäppeln würde, damit das Spiel wieder von vorne beginnen konnte.

»Kann ich Ihnen etwas zu trinken bringen?«

Coyote drehte sich zu der Bedienung um und musterte ihr Dekolleté. »Ja«, sagte er.

Das Mädchen hielt einen Kugelschreiber gezückt, um Coyotes Bestellung auf einer Cocktailserviette zu notieren. »Was darf ich Ihnen bringen?«

Coyote warf einen kurzen Blick herüber zu einer Frau, die ebenfalls am Spieltisch saß und einen Mai Tai trank, aus dem diverse Papierschirmchen und Schwerter herausragten, auf denen tropische Früchte aufgespießt waren. Er packte das Glas der Frau und trank es in einem Zug halbleer, wobei er sich beinahe das Plastikschwert ins Auge gerammt hätte. »So einen«, sagte Coyote und stellte das Glas wieder vor der Frau ab, der sein kurzfristiges Verschwinden gar nicht weiter aufgefallen war, da sie nun schon seit mehreren Stunden Wechselbädern aus Alkohol und Koffein ausgesetzt wurde und gerade versuchte, die Ausbildungsversicherung für ihre Kinder zurückzugewinnen.

»Ihre Einsätze«, sagte Lady Lihn, und Coyote setzte einen roten Chip auf Schwarz. Die Kugel wurde in den Kessel geworfen. Coyote sah zu, wie sie ihre Bahn am Rand des Kessels zog, und als sie langsamer wurde und in die Nähe des Nummernrades kam, streckte er die Hand aus nach seinem Einsatz.

»Die Einsätze nicht berühren«, sagte Lady Lihn scharf. Es dauerte nur einen kurzen Augenblick, da hatten sich der Bankhalter, die Cocktailkellnerin und zwei Sicherheits-Harlekins in Elfenschuhen mit Stahlkappen um Coyote gruppiert. *Diese Leute reinzulegen wird nicht leicht werden*, dachte Coyote. *Sie verständigen sich miteinander wie Wölfe, ein kurzer Blick hier, eine knappe Bewegung dort, und außerdem scheinen sie zu riechen, was los ist.*

Die Kugel landete in einem der schwarzen Felder, und Lady Lihn schob einen roten Chip neben den von Coyote. »Gewonnen! Gewonnen. Ich habe gewonnen«, rief Coyote und stieß ein Siegesgeheul aus, während er einen Freudentanz um den Tisch vollführte.

In einer verspiegelten Kuppel oberhalb der Spieltische fing eine Videokamera die Bilder von Coyotes Tanz auf und sendete sie zu einer Monitorwand, an der drei Männer die Aufsicht über das Geschehen im Saal führten und abwechselnd jeweils einer darüber wachte, daß die beiden anderen ihren Aufsichtspflichten nachkamen. Einer von ihnen drückte nun auf einen Knopf und nahm einen Hörer zur Hand. »M. F.«, sagte er, »hier ist Gott. Gästebetreuung an Tisch neunundfünfzig. Der Indianer, mit dem Sie sich vor ein paar Minuten unterhalten haben. Halten Sie ein Auge auf ihn.«

»Ich kümmere mich drum«, sagte Minty Fresh. Dem Mädchen hinter dem Computer erklärte er: »Gott will, daß ich zur Erde hinabsteige.«

Das Mädchen nickte. Als Minty Fresh an ihr vorbeiging, summte er leise: »Er sieht, wenn du schläfst, Er sieht, wenn du wachst...«

Minty lächelte. Es machte ihm nichts aus, beobachtet zu werden. Wegen seiner Größe hatte er schon immer die Blicke der Leute auf sich gezogen. Er hatte nie in der Menge untertauchen, einen Raum unbemerkt betreten oder sich an jemanden anschleichen können, ohne daß dieser es merkte. Aufmerksamkeit zu erregen, war für ihn ein ganz normaler Bestandteil seines Daseins. Natürlich gab es die unvermeidlichen Schlaumeier, die sich irre originell dabei vorkamen, ihn nach dem Wetter dort oben zu fragen, andererseits gab es auch mindestens ebensoviele Frauen, die wissen wollten, was an dem Gerücht dran sei, daß zwischen der Größe von Händen, Füßen und Penis ein unmittelbarer Zusammenhang bestand. (Minty war zu der Auffassung gelangt, daß diese Legende offensichtlich der Phantasie unbefriedigter Frauen von Männern mit kleinen Füßen entsprungen war.)

Es dauerte nicht lange, bis Minty den Indianer am Roulettetisch ausgemacht hatte. Die beiden Sicherheits-Harlekins hatten sich, ebenso wie der Bankhalter, ein wenig zurückgezogen, und als Minty auftauchte, nickten sie sich gegenseitig zu und überließen ihm die Angelegenheit. Lady Lihn blickte kurz zu Minty auf und widmete sich dann augenblicklich wieder den Einsätzen auf dem Tisch. Er machte sie nervös. Dabei war es weniger seine Größe, die sie verunsicherte, sondern die Tatsache, daß niemand genau wußte, welche Funktion er überhaupt hatte. Jedenfalls war er es, der immer auftauchte, sobald es ein Problem gab.

Lady Lihn ließ die Kugel in den Kessel gleiten. Die Kugel zog ihre Bahn und landete dann klappernd in einem der Felder, woraufhin Lady Lihn alle Einsätze vom Tisch zusammenharkte. Coyote fluchte und stieß einen heulenden Klagelaut aus. Die Frau neben ihm am Tisch zuckte zusammen und wankte davon, den Kopf erfüllt von Visionen, in denen ihre Kinder Papierhüte trugen und sagten: »Eigentlich hätte ich aufs College gehen sollen, aber dann ist meine Mutter nach Las Vegas gefahren, und es wurde nichts draus. Möchten Sie Pommes Frites dazu?«

Coyote schaute Minty Fresh an. »Sie hat mir Pech gebracht. Sie ist schuld, daß ich die Hälfte meiner Chips verloren habe.«

»Vielleicht sollten Sie es an einem anderen Tisch versuchen«, sagte Minty. »Wir könnten auch einen Privattisch nur für Sie persönlich arrangieren.«

Coyote grinste Minty an. »Ihr glaubt, daß ich mich an einen Tisch setze, wo ihr mich austricksen könnt?«

»Nein, Sir«, sagte Minty ein wenig verlegen. »Es ist natürlich nicht unser Wunsch, Sie auszutricksen.«

»Es ist nichts dabei, Leute auszutricksen. Dafür zahlen sie doch hier.«

»Wir betrachten das Ganze mehr als eine Form der Unterhaltung.«

Coyote lachte. »So wie Filmstars und Zauberer? Alles Trickser. Die Leute wollen reingelegt werden. Aber das wissen Sie ja wohl am besten, oder?« Er sammelte seine Chips ein und ging zu einem der Würfeltische.

Minty blieb eine Weile in Gedanken versunken stehen, bevor er dem Indianer folgte. Normalerweise erfüllte es ihn mit Stolz, daß er sich durch nichts aus der Ruhe bringen ließ und in jeder Situation Gelassenheit bewahrte, doch im Umgang mit diesem Indianer überkam ihn eine gewisse Nervosität, vielleicht sogar Furcht. Aber Furcht wovor? Es war etwas in seinem Blick. Er stellte sich hinter Coyote, der einige Chips auf den Würfeltisch warf.

»Sie können nicht setzen, bevor die Runde zu Ende ist, Sir«, sagte der Stickman, ein hagerer Mittvierziger mit schütterem Haar, und schob Coyotes Chips wieder über den Tisch zu ihm zurück. Dann nickte er Minty Fresh, dessen Kopf hinter Coyote aufgetaucht war, kurz zu und schob die Würfel zu dem Spieler, der gerade mit Würfeln dran war. »Machen Sie Ihren Einsatz«, sagte er, und die Bankhalter an beiden Enden des Tisches verfolgten, wie die Spieler ihre Einsätze machten. »Der neue Werfer kommt raus«, sagte der Stickman.

Eine blonde Frau, deren Anzug und Make-up auch prima zu einer Nachrichtensprecherin gepaßt hätten, nahm die Würfel in die Hand und blies auf sie. »Komm schon, Sieben«, sagte sie. »Das Mädchen hier braucht neue Schuhe.«

Coyote bog den Kopf zurück und schaute Minty Fresh an. »Hilft es, wenn man mit ihnen spricht?«

Minty nickte in Richtung Tisch, wo die Frau gerade die Würfel über den Filz schleuderte und eine Zwei würfelte.

»Schlangenaugen!« sagte der Croupier.

»Eidechsenpimmel!« rief Coyote zurück.

Die blonde Frau verließ fluchend den Tisch. Der Stickman warf Minty einen Blick zu und setzte seine Ansage fort. »Zwei. Craps. No Pass. No come. Machen Sie jetzt Ihren Einsatz. Der neue Spieler kommt raus.« Er schob Coyote die Würfel hin, der seinerseits eine Handvoll schwarze Chips auf den Tisch warf und die Würfel dann aufhob.

»Ihr seid zwar klein, aber ich bin euer Freund«, sagte Coyote zu dem Würfelpaar. »Ihr habt so hübsche kleine Punkte.« Dann nahm er den Wildlederbeutel von seinem Gürtel und streute eine Prise eines feinen Pulvers über die Würfel.

»Das ist nicht erlaubt, Sir«, sagte der Stickman.

Minty Fresh nahm Coyote die Würfel aus der Hand und reichte sie dem Bankhalter, der hinter einer Lade mit einer Unmenge Chips dem Stickman gegenübersaß. Er inspizierte die Würfel und reichte sie dann weiter an den Stickman, der sie in ein Kästchen fallen ließ und dem Trickser ein neues Paar Würfel hinschob.

»Was soll das, Sonnenbrille?« fragte Coyote. »Der Schamane kann seinen Zauberstab benutzen, aber ich mein Schummelpulver nicht?«

»Ich fürchte, nein«, sagte Minty.

Coyote hob das neue Paar Würfel auf und warf sie quer über den Tisch.

»Acht! Easy«, sagte der Stickman.

»Hab ich gewonnen?« fragte Coyote an Minty gewandt.

»Nein, jetzt müssen Sie noch mal eine Acht würfeln und dann eine Sieben oder eine Elf.«

Coyote würfelte erneut. Er hatte zwei Vieren.

»Acht. Gewonnen. Hard Way«, leierte der Stickman. Der Croupier stellte einen Stapel schwarze Chips neben Coyotes Einsatz.

»Ha«, sagte Coyote und schaute Minty Fresh triumphierend an. »Ich habe dir gesagt, daß ich gut bin bei diesem Spiel.«

»Sehr gut«, sagte Minty Fresh lächelnd. »Sie sind noch mal dran.«

Coyote schob auch seine restlichen Chips auf den Tisch. Der Croupier warf dem Bankhalter einen Blick zu, der wieder Minty fragend ansah. Minty nickte. Der Bankhalter nickte. Der Croupier zählte Coyotes Chips und stapelte sie auf der Pass-Line auf. »Einundzwanzigtausend gesetzt.«

Coyote würfelte.

»Zwei!« sagte der Stickman. Der Croupier harkte Coyotes Chips zusammen und schob sie dem Bankhalter zu, der sie in die verschiedenen Mulden der Bank vor ihm einsortierte.

»Ich habe verloren?« fragte Coyote ungläubig.

»Ich bedauere«, sagte Minty. »Aber Sie sind noch nicht aus dem Spiel. Sie können noch einmal würfeln.«

»Ich bin gleich wieder da«, sagte Coyote. Er stand auf und durchquerte, gefolgt von Minty, das Kasino und die Lobby. Er ging zur Tür hinaus und reichte einem Jungen namens Knappe Jeff das Parkticket. Dann wandte er sich an Minty Fresh, der am Parkservice-Schalter stand.

»Ich bin gleich mit mehr Geld wieder zurück.«

»Wir werden Ihnen einen Platz freihalten, Sir«, sagte Minty, der froh war, den Indianer endlich los zu sein.

»Ich war gerade dabei, euer Spiel zu lernen. Ihr habt es nicht geschafft, mich auszutricksen, Sonnenbrille.«

»Natürlich nicht, Sir.«

Knappe Jeff kam mit dem Mercedes vorgefahren, stieg aus und blieb mit ausgestreckter Hand an der Tür stehen. Coyote wollte schon einsteigen, hielt dann aber inne und sah den Jungen noch einmal an. Er nahm den Beutel von seinem Gürtel und streute etwas von dem Pulver auf die Handfläche des Jungen. Dann stieg er in den Wagen und fuhr davon.

Minty fühlte sich von einer Zentnerlast befreit, als er den Mercedes über die Zugbrücke fahren sah. Etwas ratlos stand Knappe Jeff herum und betrachtete seine Handfläche. Schließlich wandte er sich an Minty Fresh.

»Was soll ich damit anfangen?«

»Probier's mal mit schnupfen.«

Knappe Jeff schnupperte an dem Pulver auf seiner Hand, verzog das Gesicht und wischte es schleunigst ab. »Verdammter Scheiß-Indianer. Sie arbeiten drinnen, stimmt's?«

Minty nickte.

Knappe Jeff betrachtete Minty von Kopf bis Fuß. »Spielen Sie Basketball?«

»Hab ich. Ein Jahr an der UNLV.«

»Und warum aufgehört? Verletzung?«

»Ein Problem der Einstellung«, sagte Minty und ging zurück ins Kasino.

25. KAPITEL

Räder und Rubel rollen, doch Visionen bleiben bestehen
Las Vegas

Calliope saß zitternd in ihrem Wagen und schaute nach draußen. Der Wagen stand etwas oberhalb eines Harley-Davidson-Shops in Las Vegas in einer dunklen, verlassenen Straße, die lediglich durch das unwirkliche Schimmern der Neonschrift einer geschlossenen Pfandleihe erleuchtet wurde. Sie war schon einmal zusammen mit Lonnie hier gewesen. Damals hatte er eine Lieferung der Bruderschaft hergebracht. Der Wüstenwind trieb allen möglichen Abfall in kleinen Wirbeln vor sich her und war um diese Tageszeit empfindlich kühl. Calliope kauerte mit angezogenen Beinen auf dem Fahrersitz und versuchte, sich in eine von Grubbs Decken zu wickeln. Der Geruch, der ihr aus der Decke in die Nase stieg, eine Mischung aus saurer Milch und dem süßlichen Duft eines Babys, machten sie traurig, und obwohl sie bereits vor Monaten aufgehört hatte, Grubb zu stillen, verspürte sie ein sehnsüchtiges Ziehen in ihren Brüsten.

Aus den Augenwinkeln nahm sie eine Bewegung wahr: Zwei Gestalten, die aus einer Gasse kamen und auf den Gehsteig hinaustraten: Männer. Sie kamen auf den Wagen zu. Calliope rutschte ein Stück nach unten. Der Mutterinstinkt, jener gerechte Zorn, der unverwundbar macht, wenn es darum geht, das eigene Kind zu retten, verflüchtigte sich zunehmend. Im Augenblick mußte sie sich weniger um ihr Kind als um sich selbst kümmern, und was da auf sie zukam, machte ihr angst.

Als die Männer sich dem Wagen näherten, sah sie, daß es zwei Halbstarke waren, denen man, obwohl sie unter dem Einfluß von Alkohol oder Drogen schwankten, ihre Gewaltbereitschaft bereits am Gang ansah. Sie glitt weiter vom Sitz, und als die Schatten der beiden auf die Motorhaube fielen, kauerte Calliope sich zusammen und zog Grubbs Decke über sich. Sie hörte das Schlurfen von Schritten, die neben dem Auto plötzlich verstummten, und dann hörte sie ihre Stimmen.

»Mann, das ist mal ein Gerät!«

»Nicht schlecht. Haufenweise Zaster – allein die Reifen bringen schon'n Tausender.«

»Mach die Motorhaube auf.«

Calliope hörte, wie jemand versuchte, die Tür zu öffnen.

»Abgeschlossen.«

»Wart mal. Dahinten lag eben ein Backstein.«

Schritte entfernten sich. Der Wagen schaukelte, weil nach wie vor jemand am Türgriff zerrte. Calliope hörte das Klappern ihres Schlüsselbundes; der Zündschlüssel steckte noch. Nun kam der zweite Mann zurück. Ihr stockte der Atem. Sie wartete darauf, daß es jeden Augenblick krachen würde. Schweiß tropfte ihr von der Stirn auf den Schalthebel.

»Nee, Alter, doch nicht in die Windschutzscheibe. Wie willst du denn dann noch damit fahren?!«

»Ach so. Stimmt.«

Calliope machte sich darauf gefaßt, daß nun der Ziegelstein durch die Scheibe krachen würde, doch plötzlich bäumte sich etwas in ihr auf, und es war als würde eine Stimme ein ohrenbetäubendes *NEIN!* herausschreien. Sie hatte die Füße immer noch auf den Pedalen. Sie trat das Gas- und das Kupplungspedal bis zum Anschlag durch, streckte die Hand unter der Decke hervor und drehte den Schlüssel.

Der 280 Z erwachte donnernd zum Leben – er röhrte los, und es schien fast, als würde der Motor explodieren, so sehr kreischte er, während Calliope das Gaspedal durchgedrückt hielt. Sie rutschte auf den Sitz und blickte kurz hinüber zu den Männern, die völlig verblüfft in einem Meter Entfernung am Boden kauerten. Doch der Überraschungseffekt hielt nur kurz an, und die beiden wurden stinksauer. Der größere hob den Ziegelstein. Calliope ließ die Kupplung los und hatte alle Mühe, den Wagen in der Spur zu halten, als er mit qualmenden Reifen davonschoß. Sie hörte ein lautes Krachen hinter sich und spürte Glassplitter im Nacken.

Ohne vom Gas zu gehen, schaltete sie dreimal hoch, wobei der Wagen jedesmal seitlich ausbrach, wenn sie einen höheren Gang reinwuchtete. Als sie schließlich vom Gas ging, zitterte die Tachonadel gerade auf die hundertzehn-Meilen-Marke zu. Der Motor gab ein hämmerndes Geräusch von sich, und von irgendwoher erklang ein schrilles Heulen. Sie schaute in den Rückspiegel und sah ein Loch in der Heckscheibe und dahinter das Blaulicht eines Polizeiwagens.

Einen Augenblick dachte sie kurz nach, dann schüttelte sie Grubbs Decke ab, schaltete in den dritten Gang, um den Wagen besser unter Kontrolle zu halten, und sprach ein kurzes Gebet zu Kali, der Zerstörerin.

Wenn Lonnie Ray Inman sich jemals Gedanken darüber gemacht hätte, ob eventuell ein Zusammenhang zwischen den Worten *American Standard* als kornblumenblauem Schriftzug auf weißem Porzellan und einem plötzlich auftretenden Bedürfnis zu urinieren existieren könnte, dann hätte er nachvollziehen können, warum Grubb beim Anblick von weißen Plastikpäckchen, die über den Boden eines Motelzimmers verstreut lagen, munter auf diese zukrabbelte und fröhlich eine Ladung Amphetamine im Wert von zwanzigtausend Dollars einpinkelte. Für Grubb sahen diese Päckchen aus wie Pampers und waren insofern genau der richtige Ort, an dem er in aller Ruhe ein kleines Geschäft erledigen konnte.

»Herrgott noch mal, Cheryl«, brüllte Lonnie. »Er läuft schon wieder ohne Windel rum. Kannst du nicht mal eine Minute auf ihn aufpassen, verdammt?«

»Fick dich ins Knie, du Arsch. Er ist dein Kind, also paß auch selber auf ihn auf.« Cheryl schleuderte ein Kissen nach Lonnie und rauschte nackt ins Badezimmer.

»Wer hat denn gesagt, er würde 'ne gute Mutter abgeben? Du. Jetzt wirf mir mal'n Handtuch her.«

Cheryl stand vor dem Spiegel und rieb sich ihren Kiefer. »Hol dir dein Handtuch gefälligst selber. Ich glaub, du hast mir was gebrochen.«

»Was hab ich? Ich hab doch gar nix getan.«

»Womit wir wieder bei deinem Problem wären, oder?«

Cheryl hatte etwa eine Stunde lang an Lonnies schlaffem Schwanz herumgelutscht, in der Hoffnung, ihm irgendeine Reaktion zu entlocken, als sie plötzlich ein scharfes Krachen hörte und ein stechender Schmerz den hinteren Teil ihres Kiefers durchzuckte.

Lonnie nahm sich ein Handtuch vom Regal und ging zu Grubb, der vergnügt in den Pfützen auf den Drogenpaketen herumplanschte, hob ihn hoch und legte ihn auf das Bett. Dann machte er sich daran, die Pakete abzuwischen.

»Herrgott, Cheryl, mach jetzt den Kleinen sauber, wird's bald?«

»Laß mich bloß in Ruhe, du Arsch.«

Lonnie stürmte ins Badezimmer, packte sie an den Haaren und bog ihr den Kopf mit einem Ruck so weit nach hinten, bis sie ihm in die Augen sah. Zwischen zusammengebissenen Zähnen zischte er sie an: »Du machst jetzt den Kleinen sauber, oder ich breche dir den Hals. Hast du mich verstanden?« Dann bog er ihr den Kopf noch ein Stückchen weiter zurück. »Ich muß den Scheiß hier morgen früh abliefern und dann nach South Dakota runterfahren, und dazu brauche ich vorher ein bißchen Schlaf, verdammt noch mal. Und wenn ich dich umbringen muß, damit ich meine Ruhe habe, dann tue ich das. Kapierst du das?« Er lockerte seinen Griff, und sie nickte. In ihren Augen standen Tränen.

Er zerrte sie aus dem Badezimmer und schleuderte sie neben Grubb aufs Bett. Dann warf er ihr ein Handtuch ins Gesicht. »Jetzt mach den Kleinen sauber.«

Lonnie nahm sich ein anderes Handtuch und wischte jedes Paket sorgfältig ab, bevor er sie in der Tüte mit Grubbs Windeln verstaute.

Cheryl drehte Grubb auf den Bauch und trocknete ihm den Hintern ab. »Das ist das letzte Mal, daß ich mit dir wegfahre«, sagte sie. »Nichts mit Kasinos, nichts mit Shows, nichts mit Ficken. Hast du gehört, ich habe gesagt...« Sie schaute zu ihm herüber. »Nichts mit Fi –« Das Wort blieb ihr im Hals stecken, denn sie schaute in die Mündung einer Pistole.

Bis zu dem Zeitpunkt, als der orangefarbene 280 Z an ihm vorbeischoß, hatte der Polizist geglaubt, daß nicht zu rauchen das schlimmste war, was ihm auf dieser Schicht bevorstand. Er trug ein Pflaster auf der linken Schulter, das angeblich Nikotin in seine Blutbahn absonderte und dadurch sein Verlangen nach einer Zigarette in Grenzen hielt, aber trotzdem hatte er Lust zu rauchen, und so verschlang er eine Donut nach der anderen. Mittlerweile hatte er in einer Woche bereits zehn Pfund zugenommen, und er überlegte gerade, daß ein Donutpflaster vermutlich eine nützliche Erfindung wäre, als der Sportwagen an ihm vorbeidröhnte.

Aus schierer Gewohnheit drückte er die halbverzehrte Donut im Aschenbecher aus, schaltete das Blaulicht und die Sirene ein und machte sich an die Verfolgung. Der 280 Z hatte bereits acht Blocks Vorsprung, und er schätzte, daß er mit etwa hundert Meilen pro Stunde unterwegs war. Er griff gerade nach dem Funkgerät, um Hilfe anzufordern, da kam ein schwarzer Mercedes aus einer Seitenstraße geschossen. Mit beiden Füßen stieg er auf die Bremse und stellte den Streifenwagen quer, so daß er gerade mal drei Meter, bevor es gekracht hätte, zum Stehen kam. Der Mercedes hatte ebenfals eine Vollbremsung hingelegt und blockierte die Straße in beiden Richtungen. Der Polizist sah gerade noch, wie die Rücklichter des 280 Z in der Ferne verschwanden.

Er stellte die Sirene ab und schaltete den Lautsprecher an. »Steigen Sie aus dem Wagen, und zwar sofort!« Er wartete, doch es stieg niemand aus. Genaugenommen konnte man nicht mal jemanden hinter dem Steuer des Mercedes erkennen, obwohl der Motor noch immer lief. Der Polizist überlegte, ob er Verstärkung anfordern sollte und entschloß sich dann, die Sache doch allein zu regeln. Also stieg er mit gezogener Waffe aus dem Streifenwagen, hielt sich jedoch hinter der Tür.

»Sie da in dem Mercedes, steigen Sie langsam aus!« Irgend etwas bewegte sich im Inneren des Wagens, soviel konnte er erkennen, doch es sah nicht aus wie ein Mensch. Den Revolver im Anschlag, leuchtete er mit der Taschenlampe den Wagen an. Es bewegte sich etwas, allerdings noch immer keine Spur von einem Fahrer.

Der Polizist sah drei Möglichkeiten. Der Fahrer war bewußtlos, oder er wartete nur darauf, sich aus dem Staub zu machen, sobald er sich von dem Streifenwagen wegbewegte, oder er lag, eine Schrotflinte im Anschlag, im Wagen, und wartete nur darauf, ihm den Schädel wegzupusten. Er überlegte, daß es das Sicherste sei, von Letzterem auszugehen, und kroch ohne weitere Warnung zu einer Stelle genau unter dem geöffneten Fenster der Fahrertür. Er hörte ein kratzendes Geräusch oberhalb seines Kopfes und als er sich, die Pistole voraus, aufrichtete, sah er sich mit dem Hinterteil eines Stinktieres konfrontiert, das ihm just in diesem Augenblick eine volle Ladung ins Gesicht spritzte.

Er stand da und rieb sich die Augen, während jemand schallend lachte und der Mercedes davonfuhr.

Clyde, der Besitzer von Clyde's Gebrauchtwagen Gegen bar, sagte: »Nichts für ungut, Häuptling, aber Indianer im Mercedes sieht man nicht gerade häufig.« Er trat gegen einen Reifen und beugte sich hinunter, um festzustellen, ob an der Karosserie irgendwelche Spuren zu sehen waren, die darauf hindeuteten, daß sie überlackiert war. Dabei hielt er mit einer Hand sein Toupée fest. »Sieht sauber aus.«

»Das ist ein guter Wagen«, sagte Coyote.

Clydes Augen zogen sich zu schmalen Schlitzen zusammen, und er lächelte. Er hatte in den sechzig Jahren seines Lebens zu viel Sonne abbekommen und wenn er dann jenes gewiefte *jetzt hab ich dich erwischt*-Lächeln aufsetzte, sah er aus wie eine alte Chinesin. »Und die Zulassung haben Sie auch, Häuptling?«

»Die Zulassung?«

»Sehen Sie, das hatte ich mir gedacht.« Clyde machte einen Schritt auf Coyote zu. Er reichte dem Trickser gerade mal bis zur Brust. »Sind Sie Polizist, oder arbeiten Sie für irgendeine Behörde der Exekutive?«

»Quatsch.«

»Nun, in diesem Fall kommen wir zum Geschäftlichen.« Clyde grinste. »Also, wir beide, Sie und ich, wissen, daß dieser Wagen so heiß ist, daß man Spiegeleier drauf braten könnte, habe ich recht? Aber sicher doch. Und Sie sind nicht aus dieser Gegend, denn dann hätten Sie ihre eigenen Verbindungen und wären nicht zu mir gekommen, habe ich recht? Aber sicher doch. Und außerdem wollen Sie mit diesem Wagen nicht auf die Schnellstraße, denn dort würde die Polizei sofort merken, daß er heiß ist. Nein, das wollen Sie doch nicht.« Er schwieg einen Augenblick, damit jeder der Anwesenden auch wußte, daß er die Situation völlig im Griff hatte. »Ich gebe Ihnen fünftausend Dollar für den Wagen.«

»Das ist nicht genug«, sagte Coyote. »Der Wagen hier hat eine Maschine, die einem sagt, wo man ist.«

Clyde warf einen kurzen Blick auf das Navigationssystem des Mercedes und zuckte dann mit den Achseln. »Häuptling, sehen Sie die Autos dort?« Er zeigte auf ein dutzend Wagen, die auf seinem Parkplatz herumstanden. Coyote schaute sich um und nickte. »Nun, jedes von denen hat etwas, das einem sagt, wo man gerade ist. Ich nenne so was Fenster. Da schaut man raus. Also wollen Sie den Wagen jetzt verkaufen oder nicht?«

»Sechstausend«, sagte Coyote.

Clyde verschränkte die Arme vor der Brust, wippte mit dem Fuß und betrachtete lächelnd den Nachthimmel.

»Fünf«, sagte Coyote.

»Häuptling, ich bin gleich wieder da mit dem Geld. Soll ich meinem Sohn Bescheid sagen, daß er Sie irgendwohin fahren soll?«

»Klar«, sagte Coyote.

Clyde ging in sein Büro. Einen Wohnwagen, dessen gesamte Rückwand als Reklameschild fungierte. Es dauerte nur einen Augenblick, bis er wieder mit einem Bündel Hunderter zurückkam und sie Coyote in die Hand zählte. Ein alter Chevy mit einem pomadigen Teenager am Steuer fuhr vor. »Das ist Clyde junior« sagte Clyde. »Er fährt Sie, wohin Sie wollen.«

»Das ist ein guter Wagen«, sagte Coyote. Er reichte Clyde die Schlüssel und stieg in den Chevy. Als sie losfuhren, griff er in seinen Medizinbeutel und zog eine kleine Plastikbox heraus, die früher an Sams Schlüsselring gehangen hatte. Er drückte einmal auf den roten Knopf, und unter der Motorhaube des Mercedes ertönte ein kurzer Pfeifton, der anzeigte, daß die Alarmanlage nun eingeschaltet war.

Kiro Yashamoto stand in der Ecke des Behandlungszimmers und schaute zu, wie zwei Ärzte um das Leben eines Mannes kämpften. Der eine Arzt war ein junger Weißer, der ein Stethoskop um den Hals trug. Seine Mittel im Kampf gegen den Tod waren elektronische Monitore, Sauerstoff, eine ganze Batterie von Injektionen und ein Doktor der Medizin von der Universität Michigan. Der andere Arzt war ein alter Indianer, seine Haut ebenso zerfurcht und vom Wetter gegerbt wie die des Patienten. Er betete und sang und blies, den Mund voller Holzkohle, dem Patienten über den Körper. Er hatte keinen Doktorgrad, sondern war durch das Röhren eines weißen Elches in der Welt der Geister zur Heilkunst berufen worden. Obwohl ihre Methoden unterschiedlicher kaum sein konnten, arbeiteten die beiden als Team zusammen. Kiro konnte beobachten, daß sie einander respektierten, und er wünschte, seine Kinder könnten dabeisein, um zu sehen, wie zwei Kulturen Hand in Hand zusammenarbeiteten, und zwar nicht des Profites wegen, sondern aus einem gemeinsamen übergeordneten Interesse heraus. Aber leider saßen sie jetzt in dem kleinen Wartezimmer der Klinik, und außerdem hätten die beiden Ärzte ohnehin keine weiteren Zuschauer gestattet.

Ein hochgewachsener, hagerer Indianer in Jeans stand in der Ecke gegenüber von Kiro. Er hatte kurze Haare mit grauen Strähnen. Kiro schätzte ihn auf knapp über sechzig, doch ganz sicher war er sich nicht. Der Mann bemerkte, daß Kiro ihn ansah und kam auf ihn zu.

»Mein Name ist Harlan Hunts Alone«, sagte er und reichte Kiro die Hand.

»Guten Tag«, sagte Kiro. Er ergriff Harlans Hand und machte eine leichte Verbeugung, bis ihm peinlich bewußt wurde, daß solche Begrüßungsgesten hier unüblich waren.

Harlan tätschelte Kiros Schulter. »Pokey ist mein Bruder. Ich möchte Ihnen danken, daß Sie ihn hierhergebracht haben. Der Doktor sagt, ohne Ihre Hilfe wäre er gestorben.«

»Das war doch selbstverständlich«, antwortete Kiro.

»Trotzdem vielen Dank.« sagte Harlan und lächelte. Der Medizinmann hatte aufgehört zu singen, und augenblicklich drehte Harlan sich zu ihm um.

»Er ist jetzt woanders«, sagte der Medizinmann.

Der weiße Arzt schaute auf den Monitor. Ein leuchtender Punkt zog seine Bahn über den Bildschirm und blinkte in regelmäßigen Abständen kurz auf. »Es geht ihm gut. Der Blutdruck stabilisiert sich.«

»Er ist nicht tot«, sagte der Medizinmann. »Er ist woanders.«

Pokey bewegte die Lippen und gab einige Laute von sich, bis er anfing zu sprechen. Wegen der Sauerstoffmaske konnte Kiro nicht hören, was er sagte.

»Das ist nicht Crow. Was für eine Sprache spricht er?«, fragte der weiße Arzt.

»Navaho«, antwortete der Medizinmann.

»Pokey spricht kein Navaho«, sagte Harlan. »Er spricht nicht mal Crow.«

»*Hier* vielleicht nicht«, sagte der Medizinmann. »Aber er ist ja auch nicht hier.«

Auf einer Mauer aus Stein: Reliefs, die tote Gottheiten darstellen und der Schatten eines Menschen mit dem Kopf eines Hundes. Pokey schaut sich um, doch nirgends ist eine Gestalt zu sehen, zu der der Schatten gehört. Er will wegrennen.

»Bleib stehen«, gebietet der Schatten.

Pokey bleibt stehen, doch er schaut sich nicht um. »Wer bist du?«

»Sag ihm, wo er hingeht, lauert der Tod.«

»Wem soll ich das sagen?«

»Dem Trickser. Sag es ihm. Und sag ihm auch, daß ich zurückkomme.«

»Wer bist du?«

Plötzlich sind der Schatten und die Mauer verschwunden. Vor ihm liegen die endlosen Weiten der Prärie. Pokey rennt los und ruft: »Old Man Coyote!«

»Was ist los? Ich bin beschäftigt. Zweimal in ein paar Tagen ist zuviel. Melde dich in vierzig Jahren wieder.«

»Ein Schatten – ich soll dir von ihm sagen, daß der Tod dort lauert, wo du hingehst.«

»Ein Schatten?«

»Ein Mensch mit dem Kopf eines Hundes. Ich dachte erst, du wärst es und wolltest mich reinlegen.«

»Quatsch. Er hat also gesagt, daß dort, wo ich hingehe, der Tod lauert? Er muß es ja wissen. Sonst noch was?«

»Ich soll dir ausrichten, daß er zurückkommt.«

»Aber jetzt im Ernst, du mußt wieder zurück, alter Mann. Du bist schon wieder drauf und dran zu sterben.«

»*Wirklich?*«

»*Ja. Hast du nicht eben die Brause getrunken, die ich für dich zurückgelassen hatte?*«

»*Es gab kein Wasser. Wer war –*«

»*Geh jetzt.*«

Die grüne Linie war schnurgerade. Aus dem Monitor schrillte ein Alarmton.

»Wir verlieren ihn«, sagte der Doktor. Er nahm eine Injektionsspritze, zog eine Dosis Epinephrin auf und trieb die Nadel in Pokeys Brustkorb. Der Medizinmann stimmte einen Totengesang an.

26. KAPITEL

In Gesellschaft eines Pferdediebs wird man leicht zum Fußgänger
Las Vegas

Minty Fresh stand da und starrte Löcher in die Luft. Gerade spukte ihm der Vers »Zip-A-Dee-Doo-Dah« durch den Kopf, als das Mädchen hinter dem Tresen ihn am Arm packte und aus seiner Versenkung wachrüttelte.

»Sind Sie in Ordnung?« fragte sie.

»Bestens; was gibt's?«

»Gott ist am Telefon.«

»Danke.« Minty nahm den Hörer ab und versuchte sich das »Zip-A-Dee-Doo-Dah« aus dem Kopf zu schlagen. »M. F. am Apparat«, sagte er.

»Ihr Indianer ist wieder zurück. Im Moment ist er am Haupteingang. Behalten Sie ihn im Auge.«

»In Ordnung.« Minty legte den Hörer auf. Er schaute auf seine Uhr und stellte fest, daß er zehn Minuten lang Löcher in die Luft gestarrt haben mußte, bevor das Telefon geklingelt hatte. Warum ging ihm dieser Song nicht aus dem Kopf? Das letzte Mal, als er ihn gehört hatte, war er noch ein Kind gewesen. Seine Großmutter hatte ihn in eine Vorstellung von *Song of the South* mitgenommen. Sie selbst hatte die Uncle-Remus-Geschichten über Bruder Fuchs und Bruder Hase von ihrer Großmutter erzählt bekommen, die noch eine Sklavin gewesen war. Sie hatte außerdem erzählt, daß die Sklaven diese Geschichten aus Westafrika mitgebracht hätten, wo Bruder Hase auch unter dem Namen Esau, der Trickser, bekannt war. Vielleicht war es ja der Indianer gewesen, mit seinen Äußerungen, wie sich die Leute hinters Licht führen ließen, weshalb ihm das Lied wieder eingefallen war.

Seit der Indianer das Kasino betreten hatte, fühlte sich Minty nicht wohl in seiner Haut. Es war, als könnte dieser Kerl in seine Seele hinabblicken und dort Geheimnisse entdecken, von denen Minty selbst keine Ahnung hatte. Er hob den Blick und sah, wie der Indianer die Lobby betrat.

Minty lächelte. »Mr. Coyote, Sie sind zurück.«

»Woher weißt du, wie ich heiße?«

Minty war von dieser Frage wie vor den Kopf geschlagen. Er spürte seine Hülle der Unnahbarkeit abblättern wie alte Farbe. »Ich... ich weiß nicht...«

»Schon gut«, sagte Coyote. »Meinen Namen soll ruhig jeder wissen. Du versteckst deinen Namen wie ein Messer im Stiefel. Du solltest stolz auf ihn sein und ihn tragen wie eine rote Schleife.«

»Ich werde versuchen, daran zu denken«, sagte Minty, bemüht um einen beschwichtigenden Tonfall. Wenn die Geschäftsführung des Kasinos erfuhr, wie er wirklich hieß, würde er in weniger als einer Stunde in Clownskostüm und lila Perücke an der Tür stehen, um die Leute zu begrüßen. Das mit der roten Schleife wäre in dem Fall allerdings gut möglich.

Coyote wedelte mit dem Bündel Hunderter unter Mintys Nase herum. »Hast du mir meinen Platz freigehalten?«

»Ich bin sicher, daß wir etwas Passendes finden. Folgen Sie mir.« Minty führte Coyote zu einem Würfeltisch etwas abseits vom Hauptgetümmel, an dem nur ein paar Spieler saßen. Einer von diesen, ein hagerer Mann mittleren Alters in Jeans und einem Cowboyhut, drehte sich um und musterte Coyote von oben bis unten. Er verzog das Gesicht und wandte sich wieder zu dem Stickman um. Dann schüttelte er voller Abscheu den Kopf und murmelte: »Prärie-Nigger.«

Minty trat von hinten an den Mann heran und beugte sich soweit hinunter, daß sein Mund auf gleicher Höhe war wie das Ohr des Cowboys. »Entschuldigen Sie, wie bitte?«

Der Cowboy schoß herum und mußte sich am Spieltisch festhalten, um nicht hinterrücks umzufallen. »Nichts«, sagte er mit weit aufgerissenen Augen. Minty blieb vornübergebeugt stehen – sein Gesicht nur Millimeter weit von dem des Cowboys entfernt.

»Gibt es ein Problem, Sir?«

»Nein. Kein Problem«, sagte der Cowboy. Er wandte sich um, kratzte seine Chips vom Tisch und machte schleunigst, daß er wegkam.

Minty richtete sich langsam auf und bemerkte, wie der Stickman ihn anschaute. Es wurde ihm schmerzlich bewußt, daß er gerade ziemlichen Mist gebaut hatte, und ein brennender Schauer jagte ihm über den ganzen Körper. Einen Gast derartig einzuschüchtern, war völlig unangemessen und zeugte von einem Mangel an Urteilsvermögen und Form. Er konnte sich gut vorstellen, daß Gott dazu einiges zu sagen hatte, wenn er an die Rezeption zurückkehrte. Er wandte sich an Coyote, der einer Kellnerin in den Ausschnitt starrte.

Minty sagte: »Möchten Sie etwas zu trinken?«

»Schirme und Schwerter, und zwar in rauhen Mengen.«

»Sehr wohl.« Minty nickte der Kellnerin zu. »Mai Tai, mit extra Früchten.«

Coyote reichte dem Croupier sein Geld. »Schwarze.«

Der Croupier zählte das Geld ab und reichte es weiter an die Aufsicht. »Fünftausend zu wechseln.« Die anderen Spieler hoben die Köpfe, schauten hinüber zu Coyote, dann zu Minty und senkten die Köpfe schnell wieder, um weiteren Blickkontakt zu vermeiden.

Am Kopf des Tisches standen ein frischverheiratetes Paar, die über beide Ohren strahlten, wenn sie sich nicht gerade küßten oder miteinander tuschelten. Der Stickman schob das Würfelpaar herüber zu der Frau, die es kichernd aufhob. »Das hier ist meine Glücksfee«, sagte ihr Mann und küßte sie aufs Ohr.

»Der neue Werfer kommt raus«, sagte der Stickman.

»Bringt sie Glück?« fragte Coyote.

»Mich hat sie zum glücklichsten Mann der Welt gemacht«, sagte der Bräutigam. Das Mädchen errötete, und sie vergrub ihr Gesicht an der Schulter ihres Mannes.

Minty fühlte sich durch das Geturtel des jungen Paares seltsam berührt. Er wunderte sich, warum – schließlich sah er solche Szenen zehnmal am Tag: Frischvermählte, die sich an den Spieltischen aufführten, als hätten sie die Liebe für die Menschheit entdeckt, die förmlich aneinanderklebten, sich gegenseitig tief in die Augen schauten und dann hin und wieder die Spannung dieses Vorspiels in aller Öffentlichkeit nicht mehr zu ertragen und für ein paar Stunden in ihrem Hotelbett zu verschwinden. Und in zwanzig Jahren würden sie wieder herkommen, um gleich, nachdem sie den Eingang passiert hatten, getrennte Wege zu gehen – sie würde magisch angezogen von den Einarmigen Banditen und er Blackjack spielen und davon träumen, sich heimlich aus dem Staub zu machen und eine Stripshow anzusehen. Am liebsten hätte Minty sie gewarnt, daß sie mit der Zeit zu Heuchlern würden. *Eines Tages wacht ihr auf und stellt fest, ihr seid mit einem Ehemann und Vater verheiratet oder einer Ehefrau und Mutter, und ihr fragt euch: Irgendwann war ich mal mit jemandem im Kasino, und wir haben am Würfeltisch gestanden und uns fürchterlich feucht geküßt und uns nette Sachen ins Ohr geflüstert. Was ist eigentlich aus dem geworden?* Aber welche Rolle spielte das jetzt? Er hatte vorher doch auch keine Rolle gespielt. *Es ist dieser Indianer*, dachte Minty. *Ich drehe noch durch, und er ist schuld daran.*

Coyote setzte all seine Chips auf die Pass-Line. »Hast du Glück?« fragte er die Braut.

Sie lächelte und nickte. Ihr Gatte setzte einen Zwei-Dollar-Chip auf die Pass-Line. »Jetzt aber los, Schatz.« Er faßte sie an den Schultern, um ihr Mut zu machen für diesen bedeutenden Wurf, und das Mädchen schleuderte die Würfel über den Tisch.

»Zwei! Schlangenaugen! No pass!« Der Stickman harkte die Einsätze zusammen. Coyote hechtete über den Tisch, packte das Mädchen an der Gurgel und riß es zu Boden. Ihr Gatte trat einen Schritt zur Seite, um ihr auf dem Weg nach unten nicht in die Quere zu kommen.

»Du hast kein Glück! kreischte Coyote. »Du hast mein ganzes Geld verloren! Du hast kein Glück!« Das Mädchen lag auf dem Rücken und krallte ihre Hände in Coyotes Gesicht, was etwas skurril wirkte, da sie Spitzenhandschuhe trug.

Minty Fresh packte Coyote mit einer Hand am Kragen und zerrte ihn von dem Mädchen herunter. Den heranstürmenden Sicherheits-Harlekins gab er einen Wink, daß sie nicht gebraucht würden. »Ich regele das schon.« Er deutete statt dessen mit dem Kinn auf das Mädchen am Boden, worauf die Sicherheitsleute ihr wieder auf die Beine halfen.

Derweil zerrte Minty Coyote weg vom Tisch.

»Sie hat gelogen. Sie hat gelogen.«

»Vielleicht möchten Sie sich jetzt lieber ein wenig ausruhen«, sagte Minty so, als würde er ihm nur gerade den Mantel abnehmen und nicht quer durch den Saal schleifen.

»Oder möchten Sie vielleicht lieber etwas essen? Das Restaurant ist leider geschlossen, aber die Snack Bar ist geöffnet.« Minty war sich voll und ganz darüber im klaren, daß er drauf und dran war, seinen Job zu verlieren. Er hätte den Indianer der Sicherheitsabteilung überlassen sollen. Nachdem er jahrelang für die Aufrechterhaltung der Ordnung verantwortlich gewesen war, ließ er nun selbst die einfachsten Regeln außer acht.

»Ich muß noch mehr Geld auftreiben«, sagte Coyote, der sich langsam beruhigte.

Minty stellte Coyote wieder auf die Füße, hielt ihn jedoch sicherheitshalber mit einer Hand am Genick fest. »Sie haben ein Zimmer zusammen mit Mr. Hunter, nicht wahr? Ich werde den Empfangschef bitten, Sie zu Ihrem Zimmer zu geleiten.«

Coyote dachte einen Augenblick nach. »Nein, mein Geld ist in einem anderen Hotel, und ich habe kein Auto.«

»Das ist kein Problem, Sir. Ich werde eine Limousine bestellen und Sie persönlich hinfahren.«

Minty dirigierte Coyote durch einen Nebenausgang nach draußen und bugsierte ihn zum Schalter des Parkservice, wo er eine Limousine bestellte. Einen Augenblick später kam eine Lincoln-Stretchlimousine vorgefahren, und ein um äußerste Höflichkeit bemühter Knappe hielt Coyote die Tür auf.

Minty verstellte den Sitz, bevor er in den Wagen stieg, aber dennoch rahmten seine Knie das Lenkrad zu beiden Seiten ein. Er fuhr los und überlegte, wie sich seine Fehler eventuell erklären ließen – insbesondere der Geschäftsführung gegenüber. Vielleicht würde der Indianer ja auch solche Mengen von Geld verlieren, daß seine Fehleinschätzungen im nachhinein zu rechtfertigen waren.

»In welchem Hotel wohnen Sie, Sir?«

»Im Frontier.«

Minty nickte und bog auf den Strip ein. »Ruf Camelot an«, sagte er.

Von irgendwoher im Wagen piepte es mehrmals, bis eine Frauenstimme zu hören war. »Camelot.«

»Die Rezeption, bitte.«

»Danke.«

Nun klickte es mehrmals, und es meldete sich eine andere Stimme. »Camelot, Reservierungen.«

»Hier ist M. F.«, sagte Minty. »Ich fahre mit einem Gast ins Frontier. Ich bin in ein paar Minuten zurück.«

»Sehr wohl, Sir. Hier ist eine Nachricht für Sie, von oben. Soll ich sie durchstellen?«

»Nein danke.« Warum zum Briefkasten rennen, wenn man genau weiß, daß dort eine Bombe auf einen wartet? »Ende«, sagte Minty, und es klickte.

Coyote hielt die Rückenlehne des Beifahrersitzes umklammert und betrachtete das Funktelefon. »Du kannst mit Maschinen sprechen?«

»Nur mit dieser. Die ist stimmaktiviert, damit man die Hände am Steuer lassen kann.«

»Ich kann mit Tieren sprechen. Kannst du auch mit anderen Wesen sprechen?«

Minty lächelte. Der Indianer hatte eindeutig nicht alle Tassen im Schrank, aber zumindest war er ganz amüsant. »Um ganz ehrlich zu sein«, sagte er, »dies hier ist nicht mein wahres Wesen. In Wirklichkeit bin ich ein kleines jüdisches Mütterchen.«

»Da wäre ich nie drauf gekommen«, sagte Coyote. »Muß wohl an der Sonnenbrille liegen.« Er schaute auf das Armaturenbrett. »Sagt einem dieser Wagen, wo man gerade ist?«

»Nein.«

»Ha! Meiner ist besser.«

»Wie bitte?«

»Fahr dem Wagen dort nach«, sagte Coyote und deutete auf einen 280 Z mit einem Loch in der Heckscheibe, der vor ihnen vom Strip abbog.

Einen Augenblick lang war Minty wirklich versucht, dem Wagen zu folgen, doch dann faßte er sich wieder. »Das geht nicht, Sir.« Wie schaffte es dieser Indianer, die ganze Welt um den Finger zu wickeln? Wenn er bei seiner Rückkehr feststellen durfte, daß er nicht gefeuert war, so überlegte Minty, dann würde er sich eine Nutte kommen lassen, die ihm so lange die Schläfen massierte und ihm erzählte, daß alles in Ordnung war, bis er es entweder glaubte oder ihm das Geld ausging – je nachdem, was zuerst eintrat.

»Ich brauche Zigaretten«, sagte Coyote.

»Die Zigaretten im Kasino sind gratis, Sir.«

»Nein, ich brauche jetzt welche. Da ist ein Laden.« Coyote deutete auf einen Minimart auf der anderen Seite des Strip.

»Wie Sie wünschen«, sagte Minty. Er parkte die Limousine vor dem Laden und stellte den Motor ab.

»Ich hab kein Geld«, sagte Coyote. »Das ist alles im Hotel.«

»Erlauben Sie, Sir.« Minty öffnete die Tür und zwängte sich aus dem Wagen.

»Ich geb's dir wieder.«

»Nicht nötig, Sir. Das übernimmt das Camelot.«

»Ich rauche Salems«, sagte Coyote. »Eine ganze Stange.«

Minty schloß die Tür und ging in den Laden. Er fand die Zigaretten und nahm eine Schachtel Twinkies für sich selbst aus dem Regal. Er schaute auf das Herstellungsdatum, das auf die Schachtel aufgedruckt war. 1956. Prima. Die Frischegarantie würde erst in dreißig Jahren ablaufen.

Er stellte sich hinter einem Betrunkenen an, der dem Kassierer mit einer Tankstellenkreditkarte vor der Nase herumfuchtelte. »Also Mann, so schwer ist das doch nicht zu verstehen. Sie berechnen mir Sprit für vierzig Dollar und geben mir zwanzig in Bar. Das sind hundert Prozent Gewinn für Sie.«

Minty hörte sich die verzweifelten Erklärungsversuche des Kassierers an, warum sich dies nicht machen ließ, und lächelte mitfühlend, als wollte er sagen: »Erst verlieren sie ihr Geld und dann den Verstand.« Der Kassierer verdrehte entschuldigend die Augen, um ihm zu verstehen zu geben: »Das hier kann noch eine Weile dauern.«

Minty warf einen Blick nach draußen, um zu sehen, wie es seinem Passagier erging und sah, wie die Limousine zurückstieß. Er warf die Zigaretten und die Twinkies auf den Tresen und rannte nach draußen, wobei er seine Sonnenbrille verlor, als er den Kopf einzog, um durch die Tür zu kommen. Als er endlich auf der Straße war, beschleunigte die Limousine, und es blieb ihm nichts weiter übrig als dazustehen und zuzuschauen, wie die Rücklichter des Lincoln in einem Meer von Lichtern untergingen. Panik kroch ihm die Kehle hoch, doch dann verflüchtigte sie sich, und er fügte sich mit der Gelassenheit eines Verdammten in sein Schicksal.

Er wandte sich um und ging zurück in den Laden, um seine Sonnenbrille zu suchen. An der Tür kam ihm der Betrunkene, noch immer mit seiner Tankstellenkreditkarte herumfuchtelnd, entgegengetorkelt, und Minty packte ihn an den Schultern, damit er nicht mit ihm zusammenstieß. Der Betrunkene blickte auf, riß sich plötzlich los und wich einen Schritt zurück. »Jessesmaria! Was ist mit deinen Augen passiert, mein Junge? Haste zu nah vorm Fernseher gesessen?«

Minty hob die Hand, um seine goldenen Augen zu verdecken, dann ließ er sie wieder sinken und zuckte die Achseln. »Zip-A-Dee-Doo-Dah«, sagte er und grinste.

Es dämmerte, und der Himmel, der gerade noch in rotes Licht getaucht war, färbte sich langsam blau. Coyote saß in der Limousine, einen Block hinter Calliopes orangefarbenen 280 Z, der wiederum einen Block entfernt von Nardonne's Harley-Davidson-Shop parkte. Vor dessen Eingang stand Lonnies Motorrad.

»Ruf Sam an«, sagte Coyote. Nichts geschah. Er klopfte auf das Autotelefon. »Ich habe gesagt, ruf Sam an.« Nichts.

»Ruf Sams Zimmer an«, sagte Coyote zu dem Telefon. Wieder geschah nichts, und der Trickser wurde fuchsteufelswild. »Ruf jetzt Sams Zimmer an, oder ich reiße dir das Kabel raus.« Er nahm den Hörer ab und schlug damit gegen das Armaturenbrett, dann sah er den Aufkleber mit dem Logo des Kasinos. »Ruf Camelot an«, sagte er. Das Telefon leuchtete auf und gab eine Reihe von Pieptönen von sich, während es automatisch die Nummer des Camelot wählte.

Es klingelte nur einmal, dann meldete sich eine Frauenstimme: »Camelot.«

»Ich will mit Sam sprechen.«

»Und der Nachname, Sir?«

»Einfach nur Coyote, sonst nichts.«

»Es tut mir leid. Wir haben unter Coyote niemand registriert.«

»Ich doch nicht. Ich bin ja hier. Sein Name ist Hunter.«

»Wir haben keinen Coyote Hunter. Aber einen Samuel Hunter gibt es.«

»Das ist er.«

»Einen Augenblick, ich verbinde.«

»Ich wette, du bist häßlich.«

»Was?« drang Sams Stimme verschlafen durchs Telefon.

»Sam, ich hab das Mädchen gefunden.«

»Wo? Wo bist du? Wie spät ist es? Wer ist häßlich?«

»Es ist Morgen. Du mußt herkommen. Der Laden heißt Nardonne's Harley-Davidson-Shop. Das Mädchen ist hier, und das Motorrad mit ihrem Bild drauf steht auch da.«

»Sag mir, wie ich da hinkomme. In ein paar Minuten bin ich da. Sorg dafür, daß Calliope bleibt, wo sie ist. Ich muß nur noch packen und den Wagen holen.

»Nimm dir ein Taxi.«

»Du hast doch nicht etwa mein Auto mitgenommen?«

»Nein, das hier ist besser. Mit dem Telefon kann man reden. Dein Wagen ist weg. Ich hab' ihn verkauft.«

»Du hast was?«

»Nimm dir ein Taxi. Ich bin in einem großen schwarzen Auto. Ende.«

Das Telefon klickte und schnitt Sam abrupt das Wort ab, wodurch Coyote eine Reihe übelster Verwünschungen erspart blieb. Coyote wußte nicht, ob das Mädchen auch ein Telefon in ihrem Auto hatte, aber probieren konnte er es ja mal. »Ruf das Mädchen an«, sagte er zum Telefon.

Wieder erklang eine Folge von Pieptönen. »Hier ist Carla« hauchte eine sexy Frauenstimme. »Sollen wir dies über Ihre Telefonrechnung oder Ihre Kreditkarte abrechnen?«

»Telefonrechnung«, sagte Coyote.

»Wenn Sie auf Leder stehen, drücken Sie die Eins«, sagte Carla. »Für Zwillinge die Zwei und für kalifornische Blondinen die Drei. Wenn sie auf große Hintern stehen, drücken Sie –« Coyote nahm den Hörer zur Hand und drückte die Drei.

Wieder erklang eine sexy Stimme. »Hi, ich bin Brandy, wer bist du?«

»Coyote.«

»Willst du wissen, was ich gerade anhabe, Coyote?«

»Nein, ich will, daß du dem Mädchen sagst, sie soll bleiben, wo sie ist, bis Sam kommt.«

»Sam kann sich ruhig Zeit lassen. Hat er schon einen Steifen?«

»Nein, er ist stocksauer, wegen dem Auto.«

Einen Augenblick herrschte Stille, dann hörte man, wie eine Zigarette angezündet wurde, und Brandy sagte: »Okay, fangen wir noch mal von vorne an.«

Minty stand neben dem Münztelefon vor dem Minimart und wartete auf die zweite Limousine. Er blätterte in seinem Adreßbuch. Schließlich fand er die Nummer des Detective und wählte.

Es klingelte zweimal, bis der Hörer abgenommen wurde und, den Geräuschen nach zu urteilen, dem Teilnehmer am anderen Ende gleich wieder aus der Hand fiel und an der Kordel baumelte. Schließlich meldete sich die Stimme eines offensichtlich verschlafenen Mannes, der aus seiner Feindseligkeit nicht den geringsten Hehl machte. »Was is?«

»Jake, hier ist M. F., vom Camelot«, sagte Minty.

»Was soll der Scheiß? Mich um diese Zeit zu belästigen. Es ist ... es ist halb sechs morgens. Sie haben gesagt, was das Geld angeht, das ich Ihnen schulde, würden Sie mir soviel Zeit geben, wie ich brauche.«

»Deswegen rufe ich nicht an, Jake. Sie müssen mir einen Gefallen tun. Eine unserer Limousinen ist gestohlen worden.«

»Und deswegen rufen Sie mich zu Hause an? Ihr habt doch die Lo-Jack-Beeper in euren Limos, stimmt's? Rufen Sie auf dem Revier an. Die können Ihren Wagen orten, und in einer halbe Stunde haben Sie ihn wieder.«

»Ich kann nicht auf dem Revier anrufen, Jake. Ich muß den Wagen zurückbekommen, ohne daß die Polizei in die Angelegenheit verwickelt wird.«

»Dann sitzen Sie in der Scheiße. Die Lo-Jack-Ortungsgeräte sind in jedem Streifenwagen eingebaut.«

»Können Sie eins davon in eine unserer Limousinen einbauen? Nur solange, bis ich den gestohlenen Wagen aufgetrieben habe?«

»Keine Chance. Es dauert Stunden, das Ortungssystem zu installieren.«

»Jake, ich bitte Sie um einen Gefallen. Nur einen Gefallen. Bisher habe ich mit keinem Wort erwähnt, wieviel Geld Sie uns schulden.«

»Normalerweise ist diese harte Tour gar nicht Ihre Masche, M. F.«

»Aber Sie *könnten* einen Wagen mit dem Ortungssystem drin auftreiben?«

»Wir treffen uns in einer halben Stunde beim Revier.«

»Wie groß ist die Reichweite von diesem Ortungsgerät?«

»Etwa eine Meile, je nach Gelände. In der Wüste ist es etwas mehr. Aber die Fläche, die Sie mit einem Wagen abgrasen können, ist natürlich nicht besonders groß.«

»Dann seien Sie in einer Viertelstunde da. Und Jake –«

»Was?«

»Vielen Dank.« Minty legte auf. *Damit ist die Polizei schon mal abgehakt*, dachte er. *Jetzt muß ich nur den Wagen auftreiben, bevor jemand im Kasino von der Sache erfährt. Wenn nicht, sehe ich mich wohl besser nach einer roten Schleife um.*

Calliope war sicher, daß sie es schaffen konnte: Angenommen, Grubb würde unter einem Chrysler feststecken, dann hätte sie den Wagen glatt hochgehoben und ihn herausgezogen. So was las man ja andauernd in irgendwelchen Zeitungen: *Zierliche Mutter hebt zwei Tonnen schweres Auto und rettet ihr eingeklemmtes Baby.* Solche Sachen kamen anscheinend derartig häufig vor, daß man sie glatt in das Trainingsprogramm für werdende Mütter hätte aufnehmen können. »Also gut, einatmen, konzentrieren, die Stoßstange packen – und hochheben!« Klar, sie würde es schaffen – wenn es sein mußte sogar mit einem Chrysler pro Arm. Allerdings war sie nicht ganz so sicher, ob sie es auch schaffen würde, Grubb von Lonnie zurückzubekommen. Vielleicht, wenn diese andere Frau nicht bei ihm war. Sie war so feindselig und voller negativer Energie.

Jetzt, wo die Sonne aufging, fühlte sie sich schon ein wenig besser. Seit dem Vorfall mit den beiden Gaunern, die ihre Heckscheibe zertrümmert hatten, saß sie da und zitterte – vor Kälte und nervlicher Überlastung. Sie hatte nicht genug Sprit, um den Motor und die Heizung laufen zu lassen, während sie darauf wartete, daß Lonnie aus dem Laden kam. Es war sogar möglich, daß sie es mit dem, was noch im Tank war, nicht mehr bis nach Hause schaffte. Und außerdem war der Wagen sowieso nicht mehr ganz in Ordnung. Auf ihrer Flucht vor der Polizei hatte sie den Motor zu hoch geheizt, und irgendwas hatte sich unter einigem Getöse und Rauchentwicklung verabschiedet.

Sie saß da und wartete, bis Lonnie schließlich mit Grubbs Windeltasche in der Hand aus dem Laden kam. Calliope schluckte schwer, um ihre Angst – die Angst zu versagen – herunterzuschlucken. Sie stieg aus dem Wagen. Die Frau kam hinter Lonnie her, mit Grubb im Arm. Calliope rannte auf sie zu und blieb abrupt stehen, als sie das Gesicht der Frau sah. Es war derartig blau und verquollen, daß man gerade noch die Augen erkennen konnte – der Anblick allein tat einem schon weh.

»Lonnie«, rief Calliope.

Lonnie und die Frau drehten sich um. Grubb sah seine Mutter und streckte die Arme nach ihr aus. Lonnie drückte ihm die Hand herunter. »Was machst du hier?«

»Ich will Grubb holen. Du hättest ihn nicht mitnehmen sollen.«

»Geh zum Richter und red mit ihm. Die Hälfte der Zeit ist er bei mir.«

Da hatte er recht. Calliope war schon einmal zur Fürsorgestelle gegangen, als Lonnie Grubb auf eine Sternfahrt mitgenommen hatte. Ihr Sachbearbeiter hatte gemeint, daß es dagegen keine rechtliche Handhabe gab.

»Du willst ihn doch gar nicht. Du willst nur mir weh tun.«

Lonnie brach in schallendes Gelächter aus – den Kopf zurückgeworfen, schüttelte er sich geradezu vor Lachen. All die Male, wo er den wilden Mann markiert und ihr gedroht hatte, all seine Schreie und Tobsuchtsanfälle hatten ihr nicht wirklich Angst eingejagt. Aber jetzt hatte er es geschafft.

»Du solltest ihn nicht mitnehmen zu so einer Aktion, Lonnie. Was ist, wenn sie dich erwischen?«

»Aktion? Was für 'ne Aktion? Wir machen 'nen Campingausflug. Wie jede Familie. Stimmt's, Cheryl!?« Die Frau preßte ihr Gesicht an Grubb.

»Bitte, gib ihn mir«, flehte Calliope.

Grinsend stieg Lonnie auf sein Motorrad und drückte den Starter durch. Die Maschine sprang an, und Lonnie brüllte über das Motorengedröhn hinweg: »Fahr nach Hause. In ein paar Tagen bring ich ihn wieder.« Cheryl stieg auf den Sozius, und Lonnie legte den ersten Gang ein.

»Nein!« Calliope rannte los, um ihn noch einzuholen, doch Lonnie gab Vollgas, und die Maschine dröhnte davon.

Calliope gab auf. Sie stand da und sah, wie Grubb über Cheryls Schulter hinweg seine Arme nach ihr ausstreckte. Tränen schossen ihr in die Augen. Sie drehte sich um und rannte zu ihrem Wagen, wischte sich die Augen und sah die Limousine, die ein Stück weiter parkte. Jemand saß drin und beobachtete sie. »Was glotzen Sie denn so?« schrie sie.

Das Zimmermädchen half Sam eine Viertelstunde lang bei der Suche nach seiner Brieftasche, bis er schließlich aufgab und versprach, ihr ein Trinkgeld per Kreditkarte zukommen zu lassen. *Ich komme mir vor wie in einem kafkaesken Roadrunner-Cartoon*, dachte er, als ein Taxi der Acme Cab Company vorfuhr, dessen Fahrer einen Fez trug, und er spann den Gedanken weiter, *gezeichnet von Hieronymus Bosch.*

Als er im Taxi saß, fragte er: »Nardonne's Harley-Davidson-Shop, kennen Sie den?«

»Der liegt in einer finsteren Gegend. Das kostet extra – und zwar das Doppelte.«

»Aber es ist schon hell.«

»Ach tatsächlich? Dann ist meine Schicht jetzt rum. Tut mir leid.«

»Also gut – der doppelte Preis«, sagte Sam. Warum überhaupt feilschen? Er konnte sowieso nicht zahlen.

Als sie hinter der Limousine hielten, sagte Sam: »Warten Sie, ich hole Ihr Geld.« Er stieg aus, schaute die Straße hinunter in Richtung des Harley-Shop und ging dann zur Limousine und klopfte an das schwarze Fenster. Das Fenster glitt nach unten. Coyote grinste.

»Wo ist sie?«

»Losgefahren. Gerade eben.«

»Warum hast du sie nicht aufgehalten?«

»Sie hat sich nicht aufhalten lassen. Wir finden sie schon

– sie fährt dem Rocker hinterher, und ich weiß, wo der hinfährt.«

Der Taxifahrer hupte. »Gib mir meine Brieftasche«, sagte Sam. Coyote reichte ihm die Brieftasche zum Fenster hinaus. Sam klappte sie auf – gähnende Leere, was Bargeld betraf. »Da ist ja gar kein Geld drin.«

»Nee«, sagte Coyote.

Der Taxifahrer lehnte sich nun auf die Hupe. Sam gab ihm ein Zeichen, daß er noch warten sollte, rannte um den Wagen herum und stieg ein.

»Fahr los«, sagte Sam.

»Und was ist mit dem Taxifahrer?«

»Scheiß drauf.«

»Das ist der wahre Geist.« Coyote ließ den Motor an und zischte los. Er schaute in den Rückspiegel. »Er kommt nicht hinterher.«

»Na prima.«

»Er redet mit seinem Radio. Hast du 'ne Kippe?«

Sam kramte eine Schachtel Zigaretten aus seiner Jackentasche, klopfte eine heraus und zündete sie an. »Wo ist mein Wagen?«

»Hab ich verkauft.«

»Das geht nicht ohne die Zulassung.«

»Ich hab einen guten Preis bekommen, fünftausend.«

»Hast du noch alle Tassen im Schrank? Dafür kriegst du noch nicht mal die Stereoanlage!«

»Ich mußte mein Geld wieder zurückgewinnen. Erst habe ich an den Maschinen, wo man die Karten reinsteckt, 'ne Menge gewonnen, aber dann hat mir so ein Schamane mit einem Stab in der Hand es wieder abgenommen.«

Sam stieß seine Zigarette in den Ascher und ließ den Kopf sinken. Das mußte er erst einmal verdauen. »Du hast also meinen Wagen verkauft – für fünftausend Dollar?«

»Jawoll.« Coyote fischte die zerdrückte Zigarette aus dem Ascher und zündete sie wieder an.

»Und wo ist das Geld?«

»Der Schamane hatte eine starke Schummel-Medizin.«

»Wer so denkt, läßt sich auch Manhattan für eine Schachtel Glasperlen abschwatzen.«

»Ach, die Geschichte gibt's immer noch? Das war einer von meinen besten Tricks. Wir haben einen Riesenhaufen Perlen für diese Insel bekommen. Die hatten keine Ahnung, daß man Land nicht besitzen kann.«

Seufzend lehnte Sam sich zurück und streckte alle viere von sich. Es war schon seltsam, dachte er, eigentlich hätte er sauer sein sollen oder sich wegen seines Wagens Gedanken machen müssen, aber seine Gedanken kreisten nur um Calliope. Sie waren jetzt auf dem Highway. Sam warf einen Blick auf den Tacho. »Fahr langsamer. Ärger mit den Bullen können wir jetzt absolut nicht gebrauchen. Ich nehme mal an, du hast den Wagen geklaut.«

»Ich konnte nicht widerstehen, es war zu verlockend – so wie ein Pferd zu stehlen, das angebunden ist.«

»Erzähl mal«, sagte Sam.

Coyote erzählte ihm die Geschichte von Minty und der Limousine, wobei ihm die ganze Angelegenheit zu einer Fabel voller Gefahren und Magie geriet, in der er selbst die Rolle des strahlenden Helden spielte. Er kam gerade zu der Stelle mit dem Telefon, als just dieses klingelte.

Sam wollte schon den Sprechknopf drücken, zog dann allerdings angewidert die Hand zurück. »Was soll der ganze Quatsch mit dem Telefon? Es sieht so aus, als ob –«

»Ich bin doch noch gar nicht so weit.«

»Dann geh du ran.«

»Sprechen«, sagte Coyote, und das Telefon leuchtete auf und klickte. »Bist du das, Brandy?«

Eine sehr tiefe, völlig ruhige und gelassene Stimme tönte aus dem Lautsprecher. »Ich will den Wagen zurück, und zwar jetzt gleich. Also fahr rechts ran und bleib stehen. Ich bin in zwei Minuten da. Die Polizei ist –«

»Ende«, sagte Coyote. Das Telefon verstummte. Coyote wandte sich an Sam. »Das hier ist ein richtig guter Wagen. Man kann mit dem Telefon sprechen. Ihr Name ist Brandy. Sie ist sehr freundlich.«

»Aha«, sagte Sam.

»Aber das eben war nicht sie.«

»Fahr an der nächsten Abfahrt raus.«

27. KAPITEL

Tankstelle, Imbiß Erleuchtung – nächste Abfahrt rechts
King's Lake, Nevada

Auf dem Schild an der Ausfahrt stand *King's Lake*, doch als sie vom Highway heruntergefahren waren und der Straße folgend einen Tafelberg umrundet hatten, war von einem See nichts zu sehen. Nirgendwo gab es auch nur eine Spur von Leben, außer einer nicht asphaltierten Straße mit einer Reihe von Holzhäusern mit verblichenen Fassaden. Ein verwittertes Ortsschild mit der Aufschrift *Emergency, Nevada* stand einsam am Straßenrand. Der Hinweis auf die Bevölkerungszahl war etwa ein dutzendmal durchgestrichen und erneuert worden, bis schließlich jemand eine dicke Null hingemalt und darunter die Worte *Uns reichts jetz* geschrieben hatte. Coyote hielt den Wagen an.

»Was willst du hier?«

»Ich weiß auch nicht. Aber wir mußten vom Highway runter, sonst hätten die uns noch eingeholt.« Sam stieg aus, schirmte seine Augen mit der Hand gegen die Sonne ab und spähte die leere Straße hinunter, die staubig vor ihnen lag. Ein Präriehund hoppelte über die Straße und huschte unter die Planken eines hölzernen Gehsteigs. »Die Straße geht am anderen Ende von dem Kaff hier weiter. Vielleicht trifft sie dann irgendwo auf eine größere Straße. Wir brauchen eine Karte.«

»Im Auto ist keine«, sagte Coyote. »Wir können ja jemanden fragen.«

Sam schaute sich um und betrachtete die verlassenen

Häuser. »Klar, komm, wir spazieren beim Fremdenverkehrsamt rein und fragen jemanden, der schon hundert Jahre tot ist.«

»Geht das?« fragte Coyote völlig ernst.

»Nein, das geht nicht! Das hier ist eine Geisterstadt. Hier gibt's niemanden.«

»Ich wollte den Präriehund dort fragen.« Coyote ging zu der Stelle, wo der Präriehund unter dem Gehsteig verschwunden war. »Heh Kleiner, komm raus.«

Sam stand hinter dem Trickser und schüttelte den Kopf. Etwas quiekte unter den Planken.

Coyote drehte sich zu Sam um. »Er traut dir nicht. Er kommt nicht raus, solange du hier rumstehst.«

»Sag ihm, wir haben's eilig.« Sam konnte es kaum fassen, daß ein Nagetier sich zu fein war für seine Gesellschaft.

»Er weiß das. Aber er sagt, du hast verschlagene Augen. Geh da rüber und warte.« Coyote deutete auf den Gehsteig.

Sam ging an einem Geländer vorbei, das einmal dazu gedient hatte, die Pferde anzubinden und setzte sich auf eine Bank vor dem Saloon. Er behielt die Straße zum Highway im Blick und hielt Ausschau nach einer Staubwolke, die eventuell herannahende Streifenwagen ankündigen würde. Doch die Straße lag ruhig in der Sonne. Dann sah er, wie der Präriehund unter den Holzplanken hervorhuschte und sich auf die Hinterbeine stellte, während Coyote mit ihm sprach. Vielleicht war er doch etwas zu voreilig gewesen, als er Calliope für verrückt erklärt hatte, weil sie sich mit ihren Küchenkumpeln unterhielt. Vielleicht waren die ja auch der Ansicht, daß er verschlagene Augen hatte.

Nachdem er ein paar Minuten mit dem Präriehund geplaudert hatte, warf Coyote den Kopf zurück und lachte. Dann ließ er den Präriehund stehen und ging zu Sam, der noch immer auf der Bank saß und wartete.

»Also, den mußt du hören«, sagte Coyote. »Da ist ein Farmer, der hat ein Schwein mit einem Holzbein –«

»Heh«, unterbrach ihn Sam. »Hat er eine Ahnung, wo diese Straße hinführt?«

»Ach so, klar. Aber der Witz ist echt gut. Also –«

»Coyote!« rief Sam.

Coyote schaute beleidigt drein. »Du bist fies. Kein Wunder, daß er dir nicht traut. Er sagte, er hat vor einer Weile einen orangefarbenen Sportwagen hier langfahren sehen. Etwas weiter die Straße lang gibt es eine Werkstatt.«

»Sag ihm danke«, erwiderte Sam. Coyote machte sich auf den Weg zu dem Präriehund. Sam kramte in seiner Windjacke nach seinen Zigaretten und stieß dabei auf ein After Eight, das auf dem Kissen seines Bettes im Hotelzimmer gelegen hatte. »Warte mal«, rief Sam und lief Coyote hinterher. Der Präriehund schoß unter die Holzplanken. »Laß mich mit ihm reden.«

Sam beugte sich hinunter und legte das Stück Schokolade vor dem Gehsteig in den Staub. »Hör mal, wir sind dir wirklich sehr dankbar für deine Hilfe.«

Der Präriehund antwortete nicht. »Wenn du mich nur näher kennen würdest, würdest du merken, daß ich eigentlich gar kein so übler Kerl bin«, sagte Sam. Er kniete da und wartete, und es fiel ihm auf, daß er gar nicht wußte, worauf er überhaupt wartete. Nach etwa einer Minute kam er sich reichlich dämlich vor. »Okay, dann noch einen schönen Tag.«

Er ging zurück zu Coyote, der vor dem Saloon stand und ein Schild mit der Aufschrift *Kein Zutritt für Hunde und Indianer* betrachtete.

Coyote sagte: »Was haben die hier gegen Hunde?«

»Und was ist mit den Indianern?«

Coyote zuckte die Achseln.

»Mich macht so was richtig sauer.« Sam riß das Schild ab und schleuderte es auf die Straße.

»Schön, du bist noch am Leben. Jetzt aber los.« Coyote wandte sich um und ging zum Wagen.

»Ich fahre«, sagte Sam.

Coyote warf ihm die Schüssel zu. Mühelos schnappte Sam sie aus der Luft. Als sie wegfuhren, kam der Präriehund aus seinem Versteck hervorgeschossen und packte das After Eight. *Der Witz mit dem Schwein funktioniert jedesmal*, dachte er.

Sie fuhren etwa zwanzig Minuten. Der riesige Lincoln mußte einiges aushalten, die Straße war voller Schlaglöcher und Felsbrocken, und zeitweise war die Fahrbahn in der kargen Ödnis der Geröllwüste kaum auszumachen. Zweimal noch klingelte das Telefon, doch sie gingen nicht ran. Beim Anblick der Wellblechhütte, die plötzlich vor ihnen in der Wüstenlandschaft auftauchte, hatte Sam erneut den Verdacht, daß dies wieder einer von Coyotes Tricks war. Die Hütte war ein Flachbau, kaum so groß wie eine Doppelgarage, mit Rost an den Wänden, die sich an manchen Stellen von ihrem Stahlrahmen gelöst hatten. Um die Hütte herum verstreut standen etliche Autowracks, von denen einige schon fünfzig Jahre alt waren. Oberhalb des Eingangs, der nichts weiter war als ein Loch, das mit dem Schneidbrenner in die Wand geschnitten war, hing ein mit großer Sorgfalt handgemaltes Schild mit der Aufschrift *Satori – Japanische Autowerkstatt*. Vor dem Eingang stand ein schmächtiger, orientalisch wirkender Mann in einer safrangelben Robe, der grinste, als sie vorfuhren. Calliopes Datsun parkte vor der Hütte.

Sam hielt an und stieg aus dem Wagen. Der orientalische Mann faltete die Hände und verbeugte sich. Sam erwiderte

seinen Gruß mit einem Kopfnicken und ging auf den Mann zu. »Wissen Sie, wo das Mädchen ist, das diesen Wagen fährt?«
»Wie hört es sich an, wenn man mit einer Hand klatscht?« sagte der Mönch.
»Wie bitte?« erwiderte Sam.
Der Mönch rannte auf Sam zu, sprang in die Luft und schrie ihn an: »Nicht denken – handeln!«
In dem Glauben, er würde angegriffen, riß Sam die Arme hoch und rammte, ohne daß es seine Absicht gewesen wäre, dem Mönch seinen Ellbogen in den Mund, worauf der kleine Mann zu Boden stürzte.
Der Mönch blickte zu Sam auf und lächelte. »Das war die richtige Antwort.« Von seinen Zähnen tropfte Blut.
»Es tut mir leid«, sagte Sam und reichte dem Mönch die Hand, um ihm aufzuhelfen. »Ich hatte keine Ahnung, was Sie machen würden.«
Der Mönch bedeutete Sam, daß er es alleine schaffen würde aufzustehen, erhob sich dann und klopfte sich den Staub vom Gewand. »Ahnungslosigkeit ist der erste Schritt auf dem Weg zum Wissen. Das Mädchen ist drinnen beim Meister.«
»Danke«, sagte Sam. Er bedeutete Coyote, ihm zu folgen, und ging in die Hütte. Diese bestand nur aus einem Raum, der spärlich beleuchtet wurde durch das Licht, das durch den Eingang hereindrang, und die Sonnenstrahlen, die durch die Ritzen in den Wänden fielen. An den Wänden standen Werkbänke, auf denen ölverschmierte Autoteile und Werkzeuge herumlagen. In der Mitte des Raumes saß Calliope zusammen mit einem Mönch, der im Gegensatz zu dem ersten steinalt war, auf einer Matte aus Reisstroh und trank Tee aus kleinen Tassen. Sie blickte auf, sah Sam und warf sich ihm wortlos in die Arme.

»Ich hab ihn verloren, Sam. Das Auto hat sich plötzlich so fürchterlich angehört, daß ich vom Highway abgefahren bin. Lonnie hat sich Grubb geschnappt und ist verschwunden.«

Sam hielt sie fest und tätschelte ihr den Kopf. Es würde schon alles gut werden, versuchte er sie zu trösten, obwohl er selbst nicht recht daran glaubte, aber das war es ja wohl, was man in einer solchen Situation sagte. Warm und weich schmiegte sie sich an ihn, ihr Haar duftete nach Mädchenschweiß und Jasmin, und Sam spürte, wie sich seine Männlichkeit zu regen begann, was er in diesem Augenblick als gänzlich unangemessen empfand. *Du bist wirklich krank im Kopf, du Arsch*, dachte er voller Haß auf sich selbst.

Als wollte sie ihm auf diesen Gedanken antworten, sagte Calliope: »Du fühlst dich so gut an«, und preßte ihr Gesicht an seine Brust. Sie weinte.

Coyote, der hinter ihnen im Eingang stand, sagte: »Fahren wir los.«

Calliope reckte den Hals und sah Coyote, dann blickte sie Sam fragend an. Sam sagte: »Das ist ein Freund von mir. Calliope, das ist Coyote. Coyote, Calliope.«

»Howdy«, sagte Coyote. Calliope lächelte.

»Der Meister wird sich nun dem Wagen widmen«, sagte der jüngere Mönch. Sam schaute auf die Tatami-Matte; der alte Mönch war verschwunden. Der junge Mönch wandte sich um und trat hinaus in die Sonne.

Vor der Tür stand der Datsun mit geöffneter Motorhaube, und der alte Mönch beugte sich über den Motor und betastete, den Blick in die Ferne gerichtet, mit beiden Händen die Drähte und Schläuche vor sich. Sam wurde klar, daß der Mann blind war und ihm außerdem ein paar Finger an beiden Händen fehlten.

»Was macht er da?« fragte Coyote.

»Ruhe«, sagte der junge Mönch. »Er ist dabei, den Fehler zu finden.«

»Wir müssen wirklich weiter«, sagte Sam. »Können wir den Wagen nicht hierlassen und ihn später abholen?«

Der Mönch sagte: »Hat ein Hund das Gemüt eines Buddha?«

»Hat ein Fisch ein wasserdichtes Arschloch?« antwortete Coyote.

Der junge Mönch wandte sich zu dem Trickser um und verbeugte sich. »Sie sind sehr weise«, meinte er.

»Das ist doch Schwachsinn«, sagte Sam. »Wir haben noch einen Wagen.«

»Wir holen sie nie mehr ein«, sagte Calliope.

»Doch, das schaffen wir schon. Wir wissen, wo sie hinwollen, Cal.«

»Und woher wissen wir das?«

»Das ist eine längere Geschichte. Coyote hat uns dabei geholfen.«

»Aber wie's scheint, war das nicht genug«, sagte Coyote und deutete auf den Streifenwagen, der durch die Wüste auf sie zugerauscht kam wie eine Achterbahn. Sam blickte hinüber zur Limousine, und es wurde ihm klar, daß es nun für alles zu spät war und sie, zumal es nirgends eine Möglichkeit gab, sich zu verstecken, schwerstens in der Klemme steckten. Der Streifenwagen schleuderte an der Limousine vorbei und als er stehenblieb, hüllte er sie alle in eine dicke Staubwolke. Als die Wolke sich verzogen hatte, stand ein zwei Meter zehn großer schwarzer Mann neben der Limousine, und ein kahlköpfiger Mann in einer Sportjacke kauerte hinter der Motorhaube und hielt eine Schrotflinte im Anschlag.

»Ich möchte die Schlüssel zu der Limousine, bitte«, sagte Minty.

Calliope schaute Sam fragend an. »Stecken wir in der Klemme?«

»Es könnte besser sein«, sagte Sam.

Der Mönch meinte: »Leben bedeutet Leiden.«

»Du solltest mal ordentlich vögeln«, sagte Coyote.

Sam kramte in seiner Tasche nach den Schlüsseln. »Vorsicht«, sagte der Mann mit dem Gewehr.

Minty Fresh ging auf Sam zu. »Ruhig bleiben, Jake«, sagte er. Und zu Sam: »Mr. Hunter, machen Sie sich wegen der Polizei keine Gedanken, diese Angelegenheit läßt sich auch ohne sie regeln. Ich möchte nur zwei Dinge: Erstens die Wagenschlüssel und zweitens wissen, was zum Teufel hier überhaupt vor sich geht.«

»Ruhe!« sagte der Mönch. »Der Meister ist soweit.« Alle schauten hinüber zu dem Datsun, wo der alte Mönch stand und sie mit leeren Augen ansah.

»Disharmonie im Nockenwellen-Chakra«, verkündete er. Der junge Mönch verbeugte sich, und Sam stellte einige Überlegungen die fehlenden Finger des Meisters betreffend an.

»Nun?« fragte Minty.

Sam antwortete: »Haben Sie ein bißchen Zeit?«

Minty Fresh saß Sam gegenüber auf der Tatami-Matte, während der junge Mönch, der, wie sich herausstellte Steve hieß, ihnen Tee servierte. Er hatte Jake wieder in die Stadt zurückgeschickt, und die anderen schraubten an dem defekten Sportwagen herum. Minty hatte etliche Fragen, und er wollte nun Antworten darauf.

»Mr. Hunter«, begann er. »Ihr Freund hat etwas sehr Seltsames an sich.«

»Ach wirklich? Mir kommt er ganz normal vor. Aber sagen Sie mal – finden Sie auch, daß ich verschlagene Augen habe?« Sam setzte den unschuldigsten Blick auf, den er auf Lager hatte.

Oh nein, auch noch zwei von der Sorte, dachte Minty. »Ich finde, sie sehen ganz normal aus.« Das taten sie natürlich nicht – sie waren goldfarben; Minty war das zuvor nur nicht aufgefallen.

Sam fuhr fort: »Ich meine, sehe ich aus, als könnte man mir nicht trauen?«

»Mr. Hunter, Sie haben den Wagen meines Arbeitgebers gestohlen.«

»Das bedauere ich zutiefst. Aber davon abgesehen, sehe ich verschlagen aus?«

Minty seufzte. »Nein, nicht besonders.«

»Wie wäre es, wenn Sie kleiner wären, sagen wir mal, etwa zwanzig Zentimeter groß?«

»Mr. Hunter, was soll das ganze?«

»Wir haben den Wagen wirklich dringend gebraucht. Das rechtfertigt natürlich nicht, daß wir ihn einfach genommen haben, aber wir hätten ihn zurückgebracht.«

»Hören Sie, ich werde die Polizei aus dieser Angelegenheit raushalten. Aber reden Sie jetzt endlich Klartext.«

Sam schilderte Minty die ganze Geschichte von Grubbs Entführung durch Lonnie und der anschließenden Verfolgungsjagd, wobei er, was Coyote betraf, etliche Details unter den Tisch fallen ließ. Er bemühte sich, den Eindruck entstehen zu lassen, als sei es bis South Dakota gar nicht mehr so weit und die Fahrt dorthin problemlos zu bewältigen, denn Sam hatte nur einen Gedanken im Hinterkopf, *man kann nichts verkaufen, wenn man sich nicht auf das Gegenüber einstellt.*

»Ohne die Limousine können wir Lonnie nicht finden, das heißt, Calliope ist ihr Baby los. Sie haben doch auch noch eine Mutter, oder nicht?« Sam wartete ab.

»Ich bedaure, Mr. Hunter, aber ich kann Ihnen den Wagen nicht überlassen. Er gehört mir nicht. Ich würde meinen Job verlieren.«

»Wir bringen ihn zurück, sobald wir Grubb wiederhaben.«

»Ich bedaure«, sagte Minty. Er erhob sich und ging zur Tür, wo er sich noch einmal umdrehte. »Es tut mir wirklich leid.« Er schob sich die Sonnenbrille über die Augen und duckte sich durch das Loch im Blech. Sam folgte ihm.

»Mr. F.«, rief Sam.

Minty war bereits am Wagen angekommen und drehte sich noch einmal um. »Ja?«

»Danke, daß Sie die Polizei nicht eingeschaltet haben. Ich habe Verständnis für Ihre Position.«

Minty nickte und stieg in den Lincoln.

Calliope kam zu Sam, und Seite an Seite standen sie da und schauten Minty nach, als er wegfuhr. Sie sagte: »Grubb ist alles, was ich habe.«

Sam ergriff ihre Hand. Er wußte nicht, was er sonst tun konnte. Er hatte versagt – und zwar auf dem Gebiet, das eigentlich seine einzige Stärke war: Leute zu überreden, etwas zu tun, das sie gar nicht wollen.

Hinter den beiden trat der junge Mönch aus der Tür. »Der Meister wird nun Ihr Auto reparieren«, sagte er und rührte mit einem Bambusquirl etwas Tee in einer Steingutschale an. »Noch etwas Tee?«

Sie standen in der Sonne und schauten dem alten Mann bei der Arbeit zu. Vorsichtig befingerte er jede einzelne Mutter, bevor er den Schraubenschlüssel ansetzte, und drehte sie dann so rasch herunter, daß man seine Hände dabei kaum sehen konnte.

Sam sagte: »Wie lange...«

»Reden Sie nicht mit ihm, während er arbeitet«, mahnte Steve. »Er ist dann fertig, wenn er fertig ist. Aber reden Sie nicht mit ihm. Bei der Arbeit arbeitet man. Beim Reden redet man.«

»Haben Sie eigentlich viele Kunden? Ich meine, Sie liegen etwas ab vom Schuß.«

»Drei«, sagte Steve, der einen Strohhut trug, um seinen rasierten Schädel vor der Sonne zu schützen.

»Drei Kunden heute?«

»Nein, nur drei.«

»Was machen Sie dann in der Zwischenzeit?«

»Wir warten.«

»Ist das alles?«

Steve sagte: »Ist das alles, was Patriarch Daruma getan hat, als er neun Jahre lang auf der Mauer saß?« In seiner Stimme lag kein Hauch von Zorn oder Verärgerung. »Wir warten.«

»Aber wie bezahlen Sie die Miete und Ihr Essen?«

»Wir brauchen keine Miete zu zahlen. Und der Eigentümer von King's Lake, August Brine, bringt uns zu essen. Er ist Fischer.«

»King's Lake liegt weiter die Straße rauf, stimmt's? Was ist das überhaupt, eine Feriensiedlung?«

»Ein Haus der Freuden.«

»Ein Freudenhaus, das buddhistische Mönche versorgt?«

»Wie niedlich«, sagte Calliope.

»Jetzt hat er's«, sagte Coyote und deutete auf den Meister, der eine blankpolierte Welle aus Stahl in die Luft hielt.

»Eine verzogene Nockenwelle«, sagte Steve. Der Meister trug die Nockenwelle in die Werkstatt. Die anderen folgten ihm und schauten zu, wie der alte Mann die Welle in einen Schraubstock einspannte. Er nahm einen Hammer zur

Hand und befühlte mit der freien Hand die Nockenwelle. Ohne Vorwarnung stieß er einen Schrei aus und versetzte der Welle einen einzigen, krachenden Schlag. Dann verbeugte er sich und legte den Hammer nieder.

»Fertig«, sagte Steve und verbeugte sich ebenfalls.

»Hat er auf diese Weise seine Finger verloren?«

»Um zur Erleuchtung zu gelangen, muß man irdischen Dingen entsagen.«

»Klavierstunden zum Beispiel«, sagte Coyote.

28. KAPITEL

Hoffnung ist kugelsicher, Wahrheit schwer zu treffen

Auf der Fahrt zurück nach Las Vegas dachte Minty Fresh darüber nach, was Sam gesagt hatte: »*Sie haben doch auch eine Mutter, oder nicht?*« Diese Frage machte Minty nachdenklich. Er erinnerte sich daran, wie ein Anruf seiner Mutter sein Leben verändert hatte.

»Du bist der einzige, der etwas tun kann, Baby. Die anderen sind zu weit weg oder ganz woanders. Bitte komm nach Hause. Ich brauche dich.« (Obwohl er sich ducken mußte, wenn er bei ihr zur Tür hereinkam, nannte sie ihn noch immer »Kleiner«.) Dieser Tonfall allein. Er klang ihm noch von früher in den Ohren, wenn sie mit Händen und Füßen versuchte, ihren Mann davon abzuhalten, ihren Jüngsten mit dem Gürtel zu verprügeln. Aber er war nicht ihretwegen zurückgekommen, oder etwa doch? Nein, es waren Pflichtgefühl und heimlicher Stolz gewesen, die ihn den Heimweg hatten antreten lassen. Er kam zurück wegen Nathan.

Nathan war nie dabeigewesen, wenn eines seiner Kinder zur Welt kam. Er fuhr zur See, und jedesmal, wenn er nach Hause zurückkam, wartete ein neues Kind auf ihn – zumindest schien es ihm so. Die anderen waren ein paar Zentimeter gewachsen, und die Schuhe, die das eine Kind jetzt trug, hatte bei seiner Abreise ein anderes getragen, und wenn er wieder zurückkehrte, würde das nächste sie tragen. Er liebte seine Kinder – fremde Wesen, die sie für ihn waren –, und er hatte, was ihre Erziehung anging, volles

Vertrauen in seine Frau, solange sie sich bei seiner Rückkehr in Reih und Glied aufstellten, Haltung annahmen und seine Musterung bestanden. Und obwohl er die meiste Zeit nicht da war, weil er die Meere vor den Feinden der Demokratie schützen mußte, war seine Präsenz im Haus permanent spürbar: Fotografien Nathans in gestärkter weißblauer Uniform starrten von den Wänden; Auszeichnungen und Orden, ein Brief pro Woche, der beim Abendessen vorgelesen wurde – und tausend Drohungen, was Papa mit dem Unglückseligen, der sich danebenbenahm, alles anstellen würde, sobald er zurückkehrte. Für die Kinder der Familie Fresh war ihr Papa so ähnlich wie der Weihnachtsmann, lediglich eine Idee realer und etwas greifbarer.

Auf dem Schiff war Hauptfähnrich Nathan Fresh nur unter dem Namen »Chief« bekannt: Gefürchtet und respektiert, hart aber fair, immer in gestärkter Uniform, glattrasiert, glänzend polierte Schuhe, immer sauber und gepflegt und überaus unnachgiebig gegenüber jedem, der es an Ordnung mangeln ließ. Der Chief: Man vergaß glatt, daß er schwarz war. Gerade mal einsfünfundsechzig groß und nur knapp fünfundsechzig Kilo schwer. Statt dessen sah man das Leuchten in seinen Augen, wenn er die Fotos von seinen Kindern zeigte oder Geschichten erzählte von den Handgranaten damals in den Hügeln von Korea – groß wie Kühlschränke waren sie, und er hatte sie dutzendweise durch die Gegend geschleudert. Und wehe, irgendwer erwähnte ihm gegenüber das Wort Ruhestand. Dann wurde sein Blick so eisig, daß es einem kalt wurde.

Minty Fresh, das jüngste der neun Kinder, jenes, das mit goldfarbenen Augen zur Welt gekommen war, kannte diese Eiseskälte gar zu gut. »Der ist nicht von mir«, hatte sein Papa gesagt – und zwar nur ein einziges Mal. Minty ging seinem Papa aus dem Weg, soweit das möglich war, und wenn nicht, trug er dunkle Sonnenbrillen. Im Alter von zehn Jahren war Minty bereits einsachtzig groß, und so sehr er sich auch bemühte, sein Papa mochte ihn einfach nicht und ließ ihn das auch spüren. Sein Platz in der Familie war eine einzige Zeile am Ende eines Briefes – »dem Kleinen geht's auch gut« – in einigem Abstand von »In Liebe Mama«, um die Verbindung zu leugnen. Nachts schrieb er im Schein einer Taschenlampe seine eigenen Briefe: »Mein Team spielt um die Staatsmeisterschaft. Ich bin in die Landesauswahl berufen worden. Die Presse nennt mich M.F. Cool weil ich beim Spielen eine getönte Schwimmbrille trage und bei Interviews immer eine Sonnenbrille. Mittlerweile kommen auch Anrufe von den Colleges, und sie schicken ihre Beobachter zu den Spielen. Du würdest stolz sein. Mama schwört, daß du unrecht hast.« Später stand er dann im Badezimmer und schaute zu, wie die Schnipsel dieser Briefe im Klo runterrauschten ins Meer.

Eine Woche nach Abschluß der Highschool schrieb sich Minty Fresh an der University of Nevada in Las Vegas ein. In der gleichen Woche wurde Nathan Fresh in den Ruhestand versetzt und kehrte für immer zurück nach San Diego. Der Trainer an der UNLV wollte, daß Minty sich den ganzen Sommer fitmachte für die Brecher, mit denen er es nun zu tun bekommen würde. Der Trainer schenkte Mama Fresh eine neue Waschmaschine samt Trockner. Nathan Fresh stellte beides auf die Terrasse.

Am Tag vor dem ersten Spiel, als die UNLV ihre Geheimwaffe auf die ahnungslose NCAA loslassen wollte – einen zwei Meter zehn großen Center, der aus dem Stand einen Meter hoch sprang, es beim Bankdrücken auf vierhundert Pfund brachte und von der Freiwurflinie eine Trefferquote von neunzig Prozent hatte – bekam Minty Fresh jenen Anruf. »Ich bin auf dem Weg, Mama«, sagte er.

»Mein Vater braucht mich«, sagte er zum Trainer.

»Nachdem wir dich aus dem Nichts nach oben gebracht und dir ein Stipendium gegeben haben? Nachdem wir den Quatsch mit den Schwimmbrillen und den Sonnenbrillen geschluckt haben, von deinem Namen mal ganz zu schweigen? Wer hat denn deiner Mutter eine Waschmaschine und einen Trockner geschenkt? Und jetzt willst du uns beim Eröffnungsspiel hängenlassen? Nein. Kommt nicht in Frage. Du gehörst mir.«

»Rührend«, meinte Minty. »So was hat noch nie jemand zu mir gesagt.« Als er später darüber nachdachte, kam er zu dem Schluß, daß es vielleicht nicht ganz korrekt gewesen war, den Trainer in den Spind einzuschließen und ihn dort ein paar Stunden zwischen Socken und Bruchbändern schmoren zu lassen. Doch in dem Augenblick, als er den Schlüssel im Vorhängeschloß abbrach und das Namensschild M.F. Cool von der Tür abriß, schien es ihm, daß der Trainer genau die Abgeschiedenheit dieser Umgebung brauchte, um eine neue Perspektive zu entwickeln, und er machte sich auf den Weg nach Hause.

»Er ist jetzt seit vier Tagen weg«, sagte Mama. »Er trinkt und zockt und hängt den ganzen Tag in irgendwelchen Billardsalons rum. Aber bis jetzt ist er noch jedesmal heimgekommen. Seitdem er im Ruhestand ist, hat er sich verändert. Er ist mir ganz fremd.«

»Geht mir genauso.«

»Bring ihn nach Hause, Kleiner.«

Minty nahm sich ein Taxi und fuhr in die Hafengegend, wo er ein Dutzend Bars und Billardsalons abgraste, bis ihm aufging, daß diese Gegend vermutlich der letzte Ort wäre, an den es Nathy Fresh verschlagen würde. Hier trieben sich Seeleute herum, die ihn an seine Vergangenheit erinnerten. Also suchte er woanders, und nach zwei Tagen fand er Nathan, der kaum noch stehen konnte, beim Billardspielen mit einem fetten Mexikaner in einer Cantina etwas außerhalb von Tijuana.

»Gehen wir, Chief. Mama wartet.«

»Ich bin kein Chief. Außerdem bin ich mitten im Spiel.«

Minty legte seinem Vater eine Hand auf die Schulter. Der Geruch von Tequila und Kotze, den sein Vater verströmte, ließ ihn schaudern. »Papa, sie macht sich Sorgen.«

Der fette Mexikaner kam um den Tisch herum und drückte Minty mit dem Queue weg. »Mein Freund, der hier geht nirgendwohin, bevor er nicht seine Schulden bei uns bezahlt hat.« Zwei weitere Mexikaner rutschten von ihren Barhockern herunter. »Und du verschwindest jetzt.« Er stieß Minty mit dem Queue in die Brust, und plötzlich rauschte Nathan Fresh auf ihn zu und brüllte ihn in bester Marineoffiziersart an:

»Rühr meinen Sohn nicht an, du verfickter Schmalzkopf.«

Der Queue des Mexikaners krachte gegen Nathans Nasenwurzel, und er sank leblos zu Boden. Minty packte den fetten Mexikaner am Hinterkopf und rammte ihn mit dem Gesicht in den Pooltisch. Als er sich umdrehte, erwischte er den ersten der beiden, die zuvor auf den Barhockern gesessen hatten, mit der Faust an der Kehle. Der zweite, der ein Messer in der Hand hatte, segelte in hohem Bogen in den Corona-Spiegel über der Bar, der soviel Krach machte, als er zu Bruch ging, daß man gar nicht hörte, wie das Genick des Mexikaners brach. Gleich darauf gingen zwei weitere zu Boden – der eine mit einem Schädelbruch nach einem Zusammenprall mit einer Billardkugel, der andere erlitt einen Schock, als ihm der Arm ausgerenkt wurde. Im ganzen waren es sieben, die entweder bewußtlos oder ganz erledigt auf der Strecke blieben, als Minty, der lediglich an einem Arm blutete, wo er einen Messerschnitt erlitten hatte, seinen Vater aus der mittlerweile leergefegten Cantina heraustrug.

Mama kam ins Hospital und wartete mit Minty zusammen, bis Nathan wieder zu Bewußtsein kam. »Was machst du denn hier, du gelbäugige Mißgeburt?« Wortlos ging Minty aus dem Krankenzimmer. Seine Mama folgte ihm.

»Er meint es nicht so, Kleiner. Wirklich.«

»Ich weiß, Mama.«

»Wo willst du jetzt hin?«

»Zurück nach Las Vegas.«

»Ruf an, wenn er wieder nüchtern ist. Er will bestimmt mit dir reden.«

»Ruf du mich an, wenn du mich brauchst, Mama«, erwiderte er. Er küßte sie auf die Stirn und ging davon.

Sie rief ihn jede Woche an, und an ihrem Flüstern merkte er, daß Nathan zuhause war und es ihm gut ging. Das gab auch ihm ein gutes Gefühl. Er war jetzt M.F. – nicht mehr M.F. Cool –, der Mann, der Sachen regelte. Alles was ihm fehlte, war das Gefühl gebraucht zu werden, unentbehrlich zu sein und eine wirkliche Aufgabe zu haben.

Sam hatte gesagt: »Sie haben doch eine Mutter, oder nicht?«

Minty nahm die nächste Auffahrt, überquerte die Brücke über den Highway und fuhr die Auffahrt in Richtung King's Lake hinauf.

Es hatte nur eine halbe Stunde gedauert, bis Steve, der buddhistische Mönch, den Wagen wieder zusammengeschraubt hatte. Sam überlegte, wie er denn die Reparatur bezahlen sollte, doch Steve sagte nur: »Begierde und Anhaftung an materielle Werte sind die Wurzeln allen Elends. Also fahrt jetzt.« Sam bedankte sich.

Nun steuerte er den 280 Z über die Grenze nach Utah. Calliope lag auf Coyotes Schoß und schlief. Coyote schnarchte. Sam überlegte sich derweil, wie lange es wohl dauern würde, bis sie endlich nach Sturgis, South Dakota, kämen, wo das große Rockertreffen stattfand, zu dem die Bruderschaft fuhr. Etwa zwanzig Stunden, dachte er, wenn der Wagen hielt. Von Zeit zu Zeit schaute er hinüber zu Calliope, und er empfand ein leichtes Stechen der Eifersucht Coyote gegenüber. Wenn sie schlief, wirkte sie wie ein Kind. Er wollte sie beschützen, sie in den Armen halten, doch gleichzeitig war es genau dieses Kindliche an ihr, das ihm Angst einjagte. Ihre Fähigkeit, Fakten einfach zu ignorieren, Negatives auszublenden, ihre ungetrübte Weltsicht, die allerdings auch von allen Erfahrungswerten ungetrübt und deshalb völlig verquer war. Es schien fast so, als ob sie sich einfach weigerte, die Welt mit den Augen einer Erwachsenen zu sehen und sich gegen die Erkenntnis sträubte, daß diese Welt eben nicht friedlich, sondern feindselig und voller Gefahren war.

Er strich ihr eine Haarsträhne aus dem Gesicht und konzentrierte sich dann wieder auf die Straße. Calliope murmelte etwas und wachte schließlich gähnend auf. »Ich habe von Meeresschildkröten geträumt – daß sie in Wirklichkeit die Engel der Dinosaurier wären.«

»Und?«

»Das war's. Es war ein Traum.«

Sam hatte eine Frage an sie, über die er solange nachgedacht hatte, daß sein Ärger unüberhörbar war, als er sie nun endlich stellte: »Warum hast du mich nicht angerufen, bevor du Lonnie hinterhergefahren bist?«

»Ich weiß nicht.«

»Ich habe mir Sorgen gemacht. Wenn Coyote nicht gewesen wäre, hätte ich dich nie gefunden.«

»Seid ihr beiden eigentlich verwandt?« Seine Verärgerung nahm sie anscheinend gar nicht zur Kenntnis. »Ihr seht euch irgendwie ähnlich. Er hat die gleichen Augen wie du, und seine Haut sieht auch aus wie deine.«

»Nein, ich kenne ihn einfach nur so.« Sam wollte keine Erklärungen abgeben, er wollte eine Antwort. »Warum hast du mich nicht angerufen?«

Seine Schroffheit ließ Calliope zusammenzucken. »Ich mußte Grubb wiederfinden.«

»Ich hätte mit dir kommen können.«

»Ach wirklich? Hättest du das gewollt?«

»Ich bin ja hier, oder? Es wäre um einiges einfacher gewesen, wenn ich dir nicht durch zwei Staaten hätte hinterherjagen müssen.«

»Vielleicht hättest du es überhaupt nicht getan, wenn es soviel einfacher gewesen wäre. Oder doch?«

Die Frage und der Tonfall, in dem sie gestellt wurde, brachten ihn aus dem Konzept. Er starrte geradeaus auf die Straße und dachte einen Augenblick nach. »Ich weiß nicht.«

»Ich weiß es«, sagte sie sanft. »Ich weiß nicht besonders viel, aber das weiß ich genau. Du bist nicht der einzige Mann, der mich je wollte oder der mich retten wollte. Was das angeht, sind alle Männer gleich. Sie wollen etwas besitzen. Und es ist das Gefühl des Habenwollens, nach dem sie süchtig sind. Dir gefällt die Vorstellung, mich zu besitzen und mich zu retten. Das war es doch, was mich für dich so attraktiv gemacht hat, als wir uns zum ersten Mal begegnet sind, weißt du noch?«

»Das stimmt nicht.«

»Doch, das stimmt. Deswegen bin ich auch so schnell mit dir ins Bett gegangen.«

»Ich kapiere das nicht.« Mit einer derartigen Reaktion

ihrerseits hatte Sam überhaupt nicht gerechnet. Eben noch hatte er sich völlig im Recht gefühlt, und nun begannen schwerste Selbstzweifel an ihm zu nagen. Er fühlte sich gar nicht wohl in seiner Haut.

»Ich habe es getan, weil ich sehen wollte, ob du in der Lage bist, dein Habenwollen und deine Retterphantasien hinter dir zu lassen und zu sehen, wer und was ich wirklich bin. Ich habe ein Baby, keinen Schulabschluß und einen miesen Job. Ich weiß selbst nicht, was ich als nächstes mache. Ich ertrage es einfach nicht, wenn man mich immer nur haben will. Ich muß es entweder ignorieren oder jemanden dazu bringen, mich zu sehen, wie ich wirklich bin. Und das habe ich mit dir getan.«

»Du hast mich also auf die Probe gestellt?« sagte Sam. »Deswegen bist du auch losgefahren, ohne mir Bescheid zu sagen?«

»Nein, ich habe dich nicht auf die Probe gestellt. Ich mochte dich, aber ich muß mich um Grubb kümmern. Hoffnungen kann ich mir nicht leisten.« Sie war den Tränen nahe. Sam fühlte sich, als hätte man ihn gerade dabei erwischt, wie er einen Wurf Katzenbabys mit den Füßen zermalmte. Sie nahm sich Grubbs Decke vom Rücksitz und wischte sich die Augen.

»Bist du in Ordnung?« fragte Sam.

Sie nickte. »Manchmal möchte ich, daß jemand mich anfaßt, und ich rede mir ein, daß ich verliebt bin – und daß mich jemand liebt. Ich gönne mir solche Momente, und vergesse, daß es so was wie Hoffnung überhaupt gibt. Das war bei dir auch so geplant, Sam. Aber dann habe ich angefangen zu hoffen. Wenn ich dich angerufen hätte und du hättest nein gesagt, dann hätte ich wieder meine Hoffnung verloren.«

»Aber so bin ich nicht«, sagte Sam.

»Und wie bist du?«

Sam saß schweigend am Steuer und überlegte, was er darauf antworten sollte – was er am besten sagen würde, um zu bekommen, was er haben wollte – das hatte er immer gewußt, zumindest bis zu dem Zeitpunkt, als Coyote aufgetaucht war. Doch jetzt wußte er nicht, was er wollte. Außerdem hatte Calliope es zu einer Todsünde erklärt, etwas haben zu wollen. Mit einer Frau zu sprechen, mit irgend jemandem zu sprechen, ohne ein Ziel dabei zu verfolgen, war ihm völlig fremd. Welche Position sollte er einnehmen? Welchen Standpunkt vertreten? Was oder wen sollte er darstellen?

Er wagte nicht, sie anzuschauen, und spürte, wie die Hitze in seinem Gesicht hochkroch, wenn er nur daran dachte, daß sie dasaß und ihn ansah und wartete. Wie wär's mit der Wahrheit? Wo liegt die Wahrheit, und wie findet man sie? Calliope hatte sie gefunden und ihn daran teilhaben lassen. Sie hatte ihre Hoffnungen in seine Hände gelegt und wartete darauf, was er damit anfangen würde.

Schließlich sagte er: »Ich bin Indianer. Ich gehöre zum Stamm der Crow und bin in einer Reservation in Montana aufgewachsen. Als ich fünfzehn war, habe ich einen Mann getötet und bin weggelaufen, und seitdem habe ich in meinem Leben nichts anderes getan, als mich für jemanden auszugeben, der ich nicht bin. Ich war nie verheiratet und ich war nie verliebt, deswegen kann ich auch nicht so tun als ob, denn ich weiß nicht, wie es ist, wenn man verliebt ist. Ich weiß nicht genau, warum ich hier bin, aber ich weiß, daß du etwas in mir geweckt hast, und plötzlich gab es etwas, dem ich hinterherrennen wollte und nicht wie sonst etwas, vor dem ich wegrennen mußte. Und es schien sogar vernünftig. Wenn das dieses fürchterliche Habenwollen ist, kann ich nichts daran ändern. Außerdem sitzt du, nebenbei bemerkt, auf dem Schoß von einem alten indianischen Gott.«

Nun sah er sie an. Er war etwas außer Atem, es schossen ihm tausend Gedanken durch den Kopf, doch er fühlte sich unendlich erleichtert. Er hatte das Gefühl, als brauchte er dringend eine Zigarette und ein Handtuch – und vielleicht auch eine Dusche und ein Frühstück.

Calliope schaute Sam an und dann Coyote und dann wieder Sam. Ihre Verblüffung wuchs mit jeder Drehung ihres Körpers. Coyote hörte einen Moment lang auf zu schnarchen und öffnete träge ein Auge. »Hi«, sagte er. Dann schloß er das Auge wieder und schnarchte weiter.

Calliope beugte sich herüber und küßte Sam auf die Wange. »Das war doch gar nicht so schlecht, oder?«

Sam lachte und packte sie am Knie. »Hör zu, die Fahrt dauert noch ungefähr zwanzig Stunden, und irgendwann mußt du mal fahren. Versuch also, ein bißchen zu schlafen, okay? Seiner Fahrweise traue ich nicht so recht.« Sam deutete auf Coyote.

»Aber er ist doch ein Gott«, sagte Calliope.

»Was Fliegen übermüt'gen Knaben, sind wir den Göttern; sie töten aus purer Laune.«

»Das ist aber eklig.«

»Tut mir leid. Das ist von Shakespeare. Der Vers geht mir schon die ganze Woche im Kopf herum. Wie ein altes Lied, das sich irgendwo festgesetzt hat.«

»Das ist mir schon mal passiert – mit ›Rocky Racoon‹.«

»Genau«, sagte Sam. »Haargenau so.«

29. KAPITEL

Mimikry

Sam fuhr den ganzen Tag über, bis er bei Einbruch der Nacht an einem Truckstop kurz vor Salt Lake City anhielt. Calliope und Coyote waren die letzten Stunden wach gewesen, doch keiner von ihnen hatte sonderlich viel gesprochen. Es schien fast so, als hätte Calliope Hemmungen, mit dem Trickser zu reden, jetzt, wo sie wußte, daß er ein Gott war, und Coyote starrte nur aus dem Fenster. Entweder machte er sich seine eigenen Gedanken, oder er (und das schien Sam wahrscheinlicher) brütete eine neue Tour aus, mit der er das Leben anderer Leute ins Chaos stürzen konnte. Nur selten brach einer von ihnen das Schweigen und sagte: »Schöne Felsen« –, eine Aussage, die auf fast alles zutraf, was man in Utah zu sehen bekam. Und danach herrschte wieder für eine halbe Stunde Ruhe.

Sie gingen zusammen in die Raststätte und setzten sich zwischen einige Trucker und ein paar abgerissene Anhalter an einen kreisförmigen Tresen. Eine Frau, die rund war wie ein Faß und eine orangefarbene Polyesteruniform trug, kam auf sie zu und schenkte jedem von ihnen, ohne zu fragen, eine Tasse Kaffee ein. Auf ihrem Namensschild stand *Arlene*. »Willst du was zu essen, Honey?« fragte sie Calliope mit einem warmen Südstaatenakzent, der einem den Eindruck vermittelte, daß man hier wirklich willkommen war. Sam überlegte, woran es wohl lag, daß – egal wo man hinkam – die Bedienungen in Truckstops immer einen Südstaatenakzent hatten.

»Habt ihr Haferflocken?« fragte Calliope.

»Mit 'n bißchen braunem Zucker obendrauf?« fragte Arlene und schaute über ihre straßbesetzte Lesebrille.

Calliope lächelte. »Das wär prima.«

»Was ist mit dir, Darling?« sagte sie zu Coyote.

»Nur zu trinken. Schirme und Schwerter.«

»Das ist doch wohl 'n Witz. Man kommt doch nicht ins Mormonenland und bestellt nur was zu trinken«, sagte sie mit erhobenem Zeigefinger.

Coyote wandte sich an Sam. »Mormonenland?«

»Die haben sich in dieser Gegend niedergelassen. Sie glauben, daß Jesus nach seiner Auferstehung von den Toten bei den Indianern gewesen ist.«

»Ach der. An den kann ich mich erinnern. Ziemlich viele Haare im Gesicht, und hat einen Mordswind drum gemacht, daß er es geschafft hat, zu sterben und wieder lebendig zu werden. Dabei war es bloß ein einziges Mal. Er wollte mir beibringen, wie man auf dem Wasser gehen kann. Im Winter kriege ich das ganz gut hin.«

Arlene kicherte wie ein kleines Mädchen. »Ich glaube, du brauchst nichts mehr zu trinken, Schatz. Wie wär's mit Eiern und Speck?«

Sam sagte: »Wunderbar. Zweimal, beidseitig gebraten.«

Sam sah, wie Arlene um den Tresen herumging und mit einigen der Trucker flirtete wie ein Barmädchen, während sie andere bemutterte wie eine Glucke. Sie steckte einem ziemlich erbärmlich wirkenden Teenager, der von hier aus per Anhalter weiterkommen wollte und kein Geld hatte, eine Zimtrolle zu und fragte ihn aus wie eine ältere Schwester. Dann ging sie wieder hinter ihren Tresen, und schließlich hatte sie erreicht, daß er bei einem Cowboy mitfahren konnte, der vorher derartig finster dreingeblickt hatte, daß man nie im Leben geglaubt hätte, daß er sich zu so etwas breitschlagen ließ. Arlene konnte fluchen wie ein Seemann und im nächsten Augenblick erröten wie eine Jungfrau und alle Gäste an ihrem Tresen bekamen, was sie brauchten. Sie war eine Verwandlungskünstlerin im wahrsten Sinne des Wortes, fiel Sam auf. Wahrhaft freundlich und zuvorkommend. Vielleicht hatte es einen Sinn, daß ihm das auffiel. Vielleicht war es das, was *er* brauchte. Sie war ein guter Mensch. Vielleicht war er das auch.

Er wandte sich zu Calliope, der gerade ein halber Löffel voll Haferflocken das Kinn herunterlief. »Wir schaffen's«, sagte er. »Wir kriegen ihn zurück.«

»Ich weiß«, sagte sie.

»Ach, wirklich?«

Sie nickte und wischte sich die Haferflocken mit einer Serviette vom Kinn. »Das ist das Beängstigende an Hoffnung«, sagte sie. »Man hofft und hofft, und irgendwann glaubt man ganz fest daran, was man erhofft hat.« Sie schaufelte einen weiteren Löffel Haferflocken in sich hinein.

Sam lächelte. Er wünschte, er wäre sich ebenso sicher gewesen wie sie. »Warst du schon mal mit Lonnie in South Dakota, glaubst du, wir können ihn finden?«

»Ich bin mal beim großen Sommertreffen mitgewesen. Aber um diese Jahreszeit noch nicht. Die Bruderschaft campt nicht zusammen mit den anderen Rockern, sondern sie mieten sich von einem Farmer ein Stück Land in den Hügeln, wo sie mit den Jungs aus den anderen Städten unter sich sind.«

»Denkst du, du würdest das wiederfinden?«

»Ich glaube schon. Aber es gibt nur eine Straße, die dorthin führt, und die ist ziemlich holprig. Wie machen wir das überhaupt, wenn wir Grubb herausholen?«

»Na ja, einfach hingehen und nett fragen wird wohl nicht viel bringen.«

»Außerdem haben sie gewöhnlich Waffen dabei. Sie besaufen sich und ballern zum Spaß in der Gegend rum.«

Coyote sagte: »Wir warten, bis sie alle schlafen, schleichen uns rein und schnappen ihn uns.«

»Das Problem ist, daß sie nicht schlafen. Sie ziehen das ganze Wochenende Speed und saufen.«

»Dann müssen wir sie überlisten und einen Coup landen.«

»Ich hab schon befürchtet, daß du so was sagst«, erwiderte Sam. Er drehte sich auf seinem Hocker herum und schaute zum Fenster hinaus auf die Zapfsäulen, wo gerade in diesem Augenblick eine schwarze Lincoln-Stretchlimousine vorbeifuhr.

Sam, der auf dem Beifahrersitz geschlafen hatte, wurde wach. Der Datsun stand quer zur Fahrtrichtung am Straßenrand geparkt, die Scheinwerfer waren auf eine Weide gerichtet. Der Fahrersitz war leer. Coyote, der auf dem winzigen Notsitz zusammengerollt lag, knurrte und streckte den Kopf zwischen den Sitzen heraus. »Was ist los?«

»Ich weiß nicht.« Sam schaute sich um, doch Calliope war nirgends zu sehen. Es regnete. »Vielleicht ist sie mal pinkeln.«

»Da ist sie.« Coyote deutete auf eine Stelle am Stacheldrahtzaun. Dort stand Calliope bei einem Kalb und zog und zerrte am Zaun. Etwas abseits stand eine Mutterkuh und beobachtete das Ganze.

»Das Kalb ist mit dem Schwanz im Zaun hängengeblieben«, sagte Coyote.

Sam öffnete die Tür und trat hinaus in den Regen, doch just in diesem Augenblick hatte Calliope es geschafft, das Kalb freizubekommen, das nun zu seiner Mutter humpelte.

»Schon gut«, rief sie. »Alles erledigt.« Sie winkte ihm, daß er wieder einsteigen sollte, und kam zum Wagen gerannt.

»Entschuldige, aber ich mußte einfach anhalten. Es war so ein trauriger Anblick«, sagte sie, als sie wieder auf dem Fahrersitz saß.

»Schon gut. War wohl ein Kumpel von der Weide, stimmt's?«

Sie grinste, als sie den Wagen startete. »Ich dachte, ein bißchen karmisches Gleichgewicht kann nichts schaden.«

Sam schaute sich nach einem Straßenschild um. »Wo sind wir?«

»Fast da. Aber wir müssen weiter. Eine ganze Weile hatten wir ein anderes Auto hinter uns. Ich habe ihn abgehängt, aber irgendwie hatte ich das Gefühl, daß er uns verfolgt.«

Sie fuhren los. Sam glaubte einen Moment, er sei bei einem Autorennen, so heftig wuchtete sie die Gänge rein. Als er einen Blick auf den Tacho werfen wollte, sah er ein buntes Licht vorbeihuschen. »Was war das?«

»Die einzige Ampel in Sturgis«, antwortete Calliope. »Tut mir leid, aber irgendwie kam sie zu schnell. Der Motor ist besser als die Bremsen.«

»Wir sind schon da?« sagte Sam. »Aber es ist doch noch dunkel.«

»Bis zur Farm sind's noch ein paar Meilen«, sagte Calliope. »Sam, wenn eben ein Bulle an der Ampel gestanden und uns gesehen hat, kannst du dann ans Lenkrad? Ich habe gerade keinen Führerschein.«

Sam schaute auf die Uhr. Er war ganz erstaunt, wie schnell sie vorangekommen waren. »Du mußt die ganze Zeit mindestens hundertsechzig gefahren sein.«

»Das letzte Mal, als sie mich erwischt haben, mußte ich

ins Gefängnis. Für drei Monate. Zur Resozialisierung hatte ich Unterricht in Nagelpflege.«

»Du hast drei Monate gesessen wegen einem Verkehrsdelikt?«

»Es war nicht nur eins, sondern mehrere«, sagte Calliope. »Außerdem war's gar nicht soo schlimm. Ich bin jetzt ausgebildete Nagelpflegerin. Im Gefängnis waren es halt die üblichen LOVE/HATE-Nägel, aber ich war ganz gut. Ich hätte damit glatt Geld verdienen können, doch von den Lackdämpfen habe ich Kopfschmerzen bekommen.«

Coyote zog Grubbs Decke aus dem Loch in der Heckscheibe und schaute hindurch. »Die Luft ist rein. Hinter uns ist zwar ein Wagen, aber es ist kein Bulle.«

Die schlafende Stadt war einen Block lang – eine Ampel mit Zubehör. Calliope rauschte glatt durch und bog nach Süden ab, auf eine Landstraße, die zu den Black Hills hinaufführte. »Es sind jetzt noch zwei Minuten auf dieser Straße, dann kommt eine Abzweigung, und von dort aus ist es noch eine Meile über einen Feldweg.«

Sam sagte: »Schalte die Lichter aus, wenn wir an die Abzweigung kommen. Wir fahren dann nur noch die halbe Strecke und erledigen den Rest zu Fuß.«

Calliope bog von der Landstraße auf den schmalen Feldweg ein, der durch ein dichtes Wäldchen führte und von tiefen Furchen durchzogen war, in denen so hoch Wasser stand, daß der Datsun sich ziemlich quälen mußte, um vorwärtszukommen.

»Sieh zu, daß du das Tempo möglichst gleichmäßig hältst, und sei vorsichtig mit dem Gaspedal. Wenn die Räder erst mal durchdrehen, hängen wir im Schlamm fest. Herrgott, ist das dunkel hier!«

»Das sind die Bäume«, sagte Calliope. »Weiter vorne kommt eine Lichtung, und dort haben sie ihr Lager.«

Sam spähte nach draußen und versuchte, in der Dunkelheit etwas zu erkennen. Zu seiner Rechten glaubte er etwas zu sehen. »Stop.« Calliope ließ den Wagen ausrollen. »Okay«, sagte Sam. »Schalt mal kurz das Standlicht ein, aber nur ganz kurz.« Calliope ließ das Standlicht kurz aufleuchten.

»Genau das hab ich mir gedacht«, sagte Sam. »Da hinten rechts ist ein Weidegitter. Fahr da mal rückwärts rein, damit wir wenden können.«

»Gibst du auf?« fragte Coyote.

»Wenn wir uns schnell aus dem Staub machen müssen, habe ich keine Lust, die Straße hier rückwärts runterzufahren.« Er stieg aus und dirigierte Calliope, die den Wagen wendete und schließlich anhielt. »Von hier aus gehen wir zu Fuß.«

Die anderen beiden stiegen aus, und sie gingen die Straße entlang, immer bemüht, nicht in eine der zahlreichen Pfützen zu treten. Die Luft war feuchtkalt und roch leicht nach Fichten und verbranntem Holz. Als das Mondlicht durch die Bäume brach, konnten sie sehen, wie ihr Atem dampfte.

Calliope sagte: »Warte mal.« Dann wandte sie sich um und lief zurück zum Wagen. Ein paar Augenblicke später kehrte sie mit Grubbs Schmusedecke in der Hand zurück. »Er will bestimmt seine Schmusi.«

Sam konnte nicht anders, er mußte lächeln. In der Dunkelheit konnte das Mädchen sein Gesicht ja nicht sehen. *Tritt nie einer Horde schwerbewaffneter Rocker gegenüber ohne deine Schmusi.*

Coyote und Karnickel

Dies ist eine Geschichte aus der alten Zeit. Coyote und sein Freund Karnickel hatten sich auf einem bewaldeten Hügel oberhalb eines Lagers versteckt und schauten ein paar Mädchen zu, die um ein Feuer herumtanzten.

Coyote sagte: »Ich würde mich ja gar zu gerne an ein paar von denen ranmachen.«

»Du kommst gar nicht nahe genug ran zum Ranmachen«, sagte Karnickel. »Die wissen, wer du bist.«

»Wer weiß, Kleiner. Vielleicht ja doch nicht«, sagte Coyote. »Ich werde mich nämlich verkleiden.«

»Die lassen keinen Mann in ihre Nähe«, sagte Karnickel.

»Ich werde kein Mann sein«, sagte Coyote. »Hier, halt das mal.« Coyote nahm seinen Penis ab und reichte ihn Karnickel. »Also, wenn ich wieder in den Wald zurückkomme, rufe ich nach dir, und du bringst mir dann meinen Penis.« Dann verwandelte Coyote sich in eine alte Frau und ging hinunter zum Lager.

Er tanzte mit den Mädchen, zwickte sie und klatschte ihnen auf den Hintern. »Ach Großmutter«, riefen die Mädchen, »du führst dich so seltsam auf. Bestimmt bist du Coyote, der alte Trickser.«

»Ich bin nur eine alte Frau«, sagte Coyote. »Faßt doch unter meinen Rock.«

Eines der Mädchen faßte unter Coyotes Rock und sagte: »Sie ist wirklich nur eine alte Frau.«

Coyote zeigte auf zwei der hübschesten Mädchen und sagte: »Kommt, wir tanzen unter den Bäumen.« Er tanzte mit den Mädchen in den Wald, kitzelte sie und rollte lachend mit ihnen auf dem Boden herum. Er faßte ihnen un-

ter die Röcke, bis sie sagten: »Ach Großmutter, du bist böse.«

»Karnickel, komm her!« rief Coyote. Doch er bekam keine Antwort. »Wartet hier, bis eure alte Großmutter wiederkommt«, sagte Coyote zu den Mädchen. Dann rannte er durch den ganzen Wald und rief nach Karnickel, doch er konnte ihn nicht finden. Er war schon ganz kribbelig und konnte es gar nicht mehr erwarten, die Mädchen zu begatten, doch welch ein Jammer – er konnte seinen Penis nicht finden.

Schließlich ging die Sonne auf, und die Mädchen riefen: »Großmutter, wir können nicht länger bleiben. Wir müssen nach Hause.«

Coyote rannte fluchend den Hügel hinab. »Dieser Karnickel hat meinen Penis geklaut. Ich bringe ihn um!«

Als er so dahinspazierte, begegneten ihm drei Mädchen, die aus dem Wald kamen. Sie kicherten, und eine sagte: »Er war so klein, aber er hatte so ein großes Ding, ich dachte glatt, es zerreißt mich.«

Coyote rannte in die Richtung, aus der die Mädchen gekommen waren, und fand Karnickel, der unter einem Baum saß und sich eine Zigarette genehmigte. »Ich bring dich um, du elender kleiner Dieb«, schrie Coyote.

»Aber Coyote, ich hab's den drei Mädels so gut besorgt – jede von ihnen ist viermal in Tränen ausgebrochen.«

Von der ganzen Tanzerei und dem Herumgekitzel war Coyote so müde, daß sein Zorn ganz schnell verraucht war. »Wirklich viermal, und zwar jede?«

»Klar«, sagte Karnickel und gab Coyote sein Glied zurück.

»Ich habe fast das Gefühl, als wäre ich dabeigewesen«, sagte Coyote. »Hast du noch 'ne Kippe?«

»Sicher«, sagte Karnickel. »Brauchst du deinen Penis

heute abend?« Coyote lachte und rauchte zusammen mit Karnickel, während sein kleiner Freund ihm die Geschichte einer Nacht voller Ausschweifungen erzählte.

30. KAPITEL

Wie Fliegen

Sie konnten die Rocker hören, bevor sie sie sahen: rauhes Gelächter und ein Ghettoblaster, aus dem Lynyrd Skynyrd dröhnten. Der Weg machte eine lange Biegung und führte hinab in ein Tal, und sie gingen ihm nach, immer bemüht, nicht in die Wasserlachen zu treten. Der Wald lichtete sich nun ein wenig, und Sam konnte den Schein eines riesigen Lagerfeuers unter ihnen im Tal ausmachen und Gestalten, die sich in der Nähe davon bewegten. Es waren eine ganze Menge. Jemand schoß mit einer Pistole in die Luft, und das Krachen hallte durchs ganze Tal.

»Gibt es irgendwelche Wachposten oder so?« flüsterte Sam Calliope zu.

»Ich kann mich nicht mehr erinnern. Beim letzten Mal, als ich hier war, war ich ziemlich betrunken.«

»Na ja, wir können jedenfalls nicht einfach reinmarschieren.«

»Hier entlang«, sagte Coyote und deutete auf einen Trampelpfad, der von dem Feldweg abging. Sie folgten dem Trickser auf dem Pfad, der durch dichtes Gestrüpp zu einer Anhöhe führte, von der aus sie die Lichtung überblicken konnten.

Nun lag das gesamte Camp zu ihren Füßen. In der Mitte des Lagers brannte das Feuer, um das etwa hundert Biker und Frauen herumsaßen oder tanzten. Die Motorräder waren entlang des Weges, der zum Lager führte, geparkt. Auf der anderen Seite des Lagers stand eine weitere Gruppe von Zelten, wo ebenfalls einige vereinzelte Lagerfeuer brannten. Lynyrd Skynyrd sangen »Gimme Back My Bulletts«.

»Ich kann Grubb nirgendwo sehen«, sagte Calliope.

»Oder die Frau«, meinte Coyote.

»Warte mal«, sagte Calliope. »Horcht mal.« In dem ganzen Durcheinander aus Rock'n'Roll, Gelächter, Schreien, Gebrüll und Schüssen hörten sie ein Baby weinen.

»Es kommt von den Zelten dort«, sagte Coyote. »Mir nach.«

Coyote führte sie die Anhöhe hinab, bis sie etwa fünfzig Meter von den Zelten entfernt waren und vier Frauen sahen, die um ein Lagerfeuer herumsaßen, sich unterhielten und tranken. Eine von ihnen hielt Grubb im Arm.

»Da ist er«, sagte Calliope, und wollte schon losrennen, doch Sam hielt sie am Arm fest.

»Wenn du da hingehst, ruft die Frau nach Lonnie, und wir haben sie alle auf dem Hals.«

»Was soll ich denn machen? Wir müssen ihn holen.«

»Zieh dich aus«, sagte Coyote.

»Das wird sie nicht«, ranzte Sam den Trickser an.

»Hier, halt das mal«, sagte Coyote und reichte Sam etwas – was genau es war, konnte er in der Dunkelheit nicht sehen, doch es fühlte sich warm und weich an. Sam zuckte zurück und ließ es fallen.

»Aua«, sagte Coyote, dessen Stimme sich nun sanft und feminin anhörte. »Behandelt man so eine Dame?«

Sam schaute verwundert, ging auf den Trickser zu und stellte zu seiner Verblüffung fest, daß er nicht länger ein »Er« war. Es waren zwar noch immer seine schwarzen Hirschlederklamotten, doch nun steckte eine Frau darin.

»Ich kann's nicht glauben«, sagte Sam.

»Du siehst ja süß aus«, stellte Calliope fest.

»Danke«, sagte Coyote. »Gib mir deine Kleider, die hier passen mir jetzt nicht.« Er fing an, sich auszuziehen.

Im trüben Mondlicht, das durch die Bäume schien, sah Sam, wie die beiden Frauen sich auszogen. Calliope hatte recht gehabt, Coyote sah in der Tat umwerfend aus – das weibliche Ebenbild des männlichen Coyote, eine Indianergöttin. Bei diesem Gedanken überfiel ihn ein leichtes Gefühl von Übelkeit, und er schaute weg.

Coyote sagte: »Ich gehe jetzt da runter und hole das Kind. Macht euch darauf gefaßt, daß wir rennen müssen, wenn ich zurückkomme. Und hebt den da auf, ich brauche ihn noch.« Er deutete auf den Boden, wo sein Penis lag, den Sam hatte fallen lassen. Sam ergriff ihn mit spitzen Fingern, hob ihn auf und hielt ihn von sich weg, als würde das Ding beißen.

»So ganz wohl ist mir nicht damit.«

»Ich werd's halten«, sagte Calliope, die sich mittlerweile Coyotes schwarzen Hirschlederdreß übergezogen hatte.

»Nein, das wirst du nicht!« sagte Sam.

»Na gut.« Sie stützte eine Hand in die Hüfte und wartete darauf, daß er endlich eine Entscheidung traf.

Sam steckte den Penis in seine Jackentasche. »Nur damit ihr's wißt, ich fühle mich damit alles andere als wohl.«

»Männer sind manchmal solche Babies«, sagte Coyote. Er umarmte Calliope von Frau zu Frau und ging dann den Hügel hinunter.

Sam schaute dem Trickser nach, als er sich von ihnen entfernte und auf das Feuer zuging. Er konnte einfach den Blick nicht von ihm wenden, und die Gedanken, die ihm durch den Kopf gingen, machten ihn ein wenig nervös. »Das ist schon in Ordnung«, sagte Calliope und tätschelte ihm die Schulter. »Er hat wirklich einen klasse Arsch in meinen Jeans.«

Tinker lag auf der Ladefläche des Pickup und hatte miese Laune. Alles was er tun konnte, war den Frauen zuzuhören, die nicht weit entfernt saßen und sich darüber ausließen, wie schlecht ihre Männer sie behandelten und wie süß das Baby war. Der kleine Mistbraten hatte eine Stunde lang nur geheult. Wie konnte Lonnie auch nur auf die Idee kommen, seinen Balg mitzunehmen zu einem Rockertreffen. Von Zeit zu Zeit richtete Tinker sich auf und warf einen Blick über die Ladekante des Pickup, um sich eine Frau auszusuchen, von der er sich dann einbildete, daß sie ihm einen blasen würde. Was für eine elende Scheiße, in der er hier steckte – dieser verdammte Bonner und seine militärische Disziplin.

»Das hier ist eine Geschäftsreise«, hatte Bonner gesagt. »Und wem haben wir diese Geschäftsreise zu verdanken? Tinker, weil er die Zügel hat schleifen lassen und sich um bestimmte Dinge nicht gekümmert hat. Also wirst du, Tinker, auf den Wagen aufpassen. Das Feiern kannst du vergessen.«

Das war ja wohl voll daneben – da fuhr man mit seinen Kumpels zu einem Treffen, und dann konnte man sich nicht mal die Kante geben und sich ein bißchen rumprügeln? Absolute Scheiße, so was.

Tinker spähte wieder über den Rand des Lasters und sah eine neue Schnecke auf das Lagerfeuer zukommen. Und was für eine Braut! Sah aus wie direktemang aus dem *Playboy* oder so. Irgendwie hatte sie was Indianisches – ganz lange blau-schwarze Haare. Und wie sie gebaut war – absolut spitzenklasse. Er schaute zu, wie sie das Baby streichelte und Cheryls Gesicht berührte. Lonnie hatte es ihr ziemlich eingeschenkt, sie sah echt übel zugerichtet aus. Tinker überlegte sich, wie es wohl war, eine Braut zu verdreschen. Er bekam davon einen Steifen.

Jetzt hielt die Indianerbraut das Kind im Arm und ging mit ihm ums Feuer herum und wiegte es. Sie ging mit ihm hinter eines der Zelte und duckte sich. Tinker sah, wie sie auf der anderen Seite in geduckter Haltung den Hügel hinaufrannte. Zwei Leute kamen ihr entgegen.

»Hey, du Schlampe!« kreischte Cheryl. Die anderen Frauen waren nun auch auf den Beinen und brüllten der Indianerbraut hinterher. Tinker sprang vom Pickup und lief im Bogen den Hügel hinauf, um ihr den Weg abzuschneiden. Im Laufen zog er seine Magnum aus dem Schulterhalfter. Er rutschte aus und zielte, ein Knie auf den Boden gestützt, auf die Indianerbraut. Nein, Scheiße. Wenn er den kleinen Mistbraten traf, würde Bonner ihn fix und fertig machen.

Er rappelte sich wieder auf und stolperte den Hügel weiter hinauf, bis er sah, wie die Indianerbraut den Braten einer blonden Braut gab. Sie waren auf dem Pfad, der oben auf der Anhöhe entlangführte. *Jetzt hab ich sie am Arsch!* Er würde den unteren Pfad nehmen und ihnen auflauern. Sie mußten unten bei dem Feldweg rauskommen.

Während Tinker den dunklen Pfad hinaufhetzte, hörte er, wie unten die Motorräder losröhrten. Na, prima, das lief ja alles bestens. Wenn Bonner und die Jungs aufkreuzten, hätte er schon alles erledigt. Und damit wäre er fein raus und müßte nicht mehr Wache schieben. Er kam zu der Stelle, wo die beiden Pfade zusammentrafen, und blieb stehen. Er konnte hören, wie sie näherkamen; das Baby heulte immer noch. Er hielt seine Magnum auf den Pfad vor ihm gerichtet und wartete. Wenn zuerst der Typ auftauchte, würde er ihn umnieten, ohne auch nur eine Sekunde zu zögern.

Er sah einen Schatten und dann einen Fuß. Die Mündung der Magnum auf die Stelle gerichtet, wo die Brust auftauchen würde, wartete er. Ein Adrenalinstoß jagte durch seinen Körper, er wartete, noch einen Moment. Jetzt!

Eine Eisenklaue schloß sich plötzlich um den Revolver und wand ihn ihm aus der Hand, wobei auch noch ein Fetzen Haut abgerissen wurde. Dann schloß sich ein weiterer Schraubstock um Tinkers Nacken, und er sah sich plötzlich Auge in Auge mit seinen schlimmsten Alpträumen. Er spürte, wie er mit dem Gesicht gegen etwas Hartes krachte und sein Nasenbein brach. Sein Kopf wurde nach hinten gerissen, und dann wurde alles dunkel.

»Sonnenbrille!« sagte Coyote.

Minty Fresh schleuderte Tinkers bewußtlosen Körper zur Seite und sah die Indianerin an. »Wer bist du?«

Sam sagte: »M. F., was machen Sie hier?«

»Gestatten: Minty Fresh.« Er streckte Sam die Hand entgegen, stellte fest, daß er noch immer Tinkers Magnum hielt und ließ sie fallen. »Ich lerne gerade, wie man sich an Leute heranschleicht.« Er sah das Baby und lächelte. »Ihr habt ihn also wieder.«

»Das war ein spitzenmäßiger Trick«, sagte Coyote.

»Wer bist du?« beharrte Minty.

»Dein alter Kumpel Coyote.« Coyote hielt sich die Hände vor den Busen.

Minty trat einen Schritt zurück und betrachtete die Frau etwas genauer. »Irgendwas ist anders, stimmt's? Die Frisur vielleicht?«

»Wir müssen weiter«, sagte Calliope.

»Wohin?« fragte Minty.

Calliope sah Sam fragend an. Panik erfaßte sie. Sam wußte auch keine Antwort.

Coyote sagte: »Nach Montana. Ins Crow Reservat. Komm mit, Sonnenbrille. Du wirst deinen Spaß haben.«

Minty hörte hinter sich das Dröhnen der herannahenden Motorräder und drehte sich um. »Die kommen den Weg hoch«, sagte er. »Ich werde ihnen mit der Limousine den Weg verstellen, solange ich kann.«

Sie hetzten den Weg hinunter zu der Stelle, wo sie den Datsun abgestellt hatten. Die Limousine parkte davor.

»Ich fahre«, befahl Sam. »Cal, du und Grubb, ihr geht nach hinten.« Sie stiegen in den Wagen. Zwischen den Bäumen zeichneten sich bereits die Scheinwerfer der herandröhnenden Harleys ab. Minty stieg in die Limousine und fuhr ein Stück vorwärts, um dem Datsun Platz zu machen.

Vorsichtig, damit die Räder nicht im Schlamm durchdrehten, rollte Sam mit dem Datsun auf den Weg. »Hinten alles klar?« fragte er Calliope, die auf dem Notsitz kauerte und Grubb engumschlungen hielt.

»Los jetzt«, sagte sie.

Die Rocker kamen um die Biegung gedonnert – an ihrer Spitze Lonnie Ray. Minty schaltete das Fernlicht ein, in der Hoffnung, sie blenden zu können. Er schaute in den Rückspiegel, sah, wie der 280 Z sich entfernte und fuhr dann seinerseits rückwärts den Weg hinunter, immer darauf bedacht, links und rechts möglichst keinen Platz für die Motorräder zu lassen.

Lonnie Ray fuhr auf die Limousine zu und zog eine Pistole aus seiner Jacke. Er zielte auf Minty, der sich duckte und dabei aufs Gaspedal trat. Die Limousine machte einen Satz und blieb dann ruckartig stehen. Die Hinterräder des schweren Wagens steckten im Schlamm fest. Lonnie sprang von seinem Motorrad auf die Motorhaube des Lincoln und legte, beide Arme auf das Dach gestützt, auf den Datsun an. Dann drückte er ab.

Als er den Schuß hörte, hob Minty den Kopf und blickte in die Mündung von Lonnies Pistole, die durch die Windschutzscheibe hindurch auf ihn gerichtet war. Die übrigen Rocker, denen der Weg versperrt war, umringten die Limousine.

»Du bist am Arsch, Nachtgespenst«, zischte Lonnie. Er spannte den Abzug des Revolvers. »Beweg den Wagen von der Straße.«

»Keine Lust«, sagte Minty.

Lonnie sprang von der Motorhaube herunter und hielt die Pistole durch das Fenster an Mintys Schläfe. »Ich hab gesagt, beweg die Karre.«

»Mach's doch selber«, sagte Minty und stieß die Fahrertür auf. Lonnie wurde zu Boden geschleudert. Zwei weitere Rocker kamen hinzu. Sie zerrten Minty aus dem Wagen und stießen ihn zu Boden. Er spürte, wie ihm jemand in die Nieren trat und ein anderer ihm einen Schlag in die Magengrube versetzte, dann hagelten die Schläge nur so auf ihn ein.

Er hörte, wie der Datsun in der Ferne beschleunigte, und lächelte.

Als Sam die asphaltierte Landstraße erreicht hatte, hielt er an. »Seid ihr alle okay?« Grubb weinte immer noch. »Calliope, bist du okay?«

Coyote drehte sich auf dem Beifahrersitz um und tastete nach hinten. »Sie ist getroffen. Da ist Blut.«

»Ach Scheiße, ist sie –«

»Sie ist tot, Sam.«

Teil Vier

Zu Hause

Coyote hört sein Herz

Dies ist eine Geschichte aus der alten Zeit, als nur Tiere die Erde bevölkerten. Coyote saß in seinem Kanu. Er war den ganzen Tag und die ganze Nacht hindurch gepaddelt, und er hatte keine Ahnung, wo er eigentlich hinwollte. Also saß er eine Weile reglos in seinem Kanu und ließ sich einfach nur treiben. Irgendwas stimmt nicht, dachte er. Er wollte etwas tun, doch er wußte nicht was, also erschuf er ein paar Berge und gab ihnen Namen. Aber das machte ihn auch nicht recht glücklich. Er versuchte nachzudenken. Doch das war nicht gerade seine große Stärke, und außerdem hörte er die ganze Zeit ein tiefes Pochen, das ihn störte.

»*Wo soll ich nur hin? Was soll ich nur machen? Wie soll ich bloß nachdenken bei diesem Krach?*«

Daß er nicht nachdenken konnte, machte Coyote ganz niedergeschlagen, und so rief er nach der Alten Mutter, der Erde. »*Alte Mutter*«, *sagte er.* »*Kannst du dafür sorgen, daß dieses Pochen aufhört, damit ich endlich herausfinde, wo ich hingehöre?*«

Die Alte Mutter hörte ihn und lachte. »*Du dummer Coyote*«, *sagte sie.* »*Dieses Pochen ist das Schlagen deines eigenen Herzens. Hör ihm zu. Es ist das Schlagen der Trommeln. Wenn du dein Herz hörst, mußt du an die Trommeln denken – den Klang der Heimat, wo du zu Hause bist.*«

»*Hatte ich's mir doch gedacht*«, *sagte Coyote.*

31. KAPITEL

Bei den Crow gibt es keine Waisenkinder

Von Sturgis nach Crow Agency dauerte es fünf Stunden. Coyote, der wieder seine schwarze Wildledermontur trug, fuhr den ganzen Weg. Sam saß ganz benommen auf dem Beifahrersitz und starrte in die Ferne, ohne etwas wahrzunehmen. Er hielt Grubb im Arm und wiegte das Baby im Rhythmus der pulsierenden Leere in seiner Brust. Er vermied es, sich umzudrehen und auf den Rücksitz zu schauen, wo Calliopes lebloser Körper lag. In seinem Kopf herrschte völlige Gedankenleere, gab es keinerlei Erinnerung – sein Verstand hatte ausgesetzt, um ihm die grausame Realität zu ersparen und ihn zu schützen. Coyote schwieg.

Als sie durch den Ort fuhren, erklang tief in Sams Innerem ein Warnsignal, und er murmelte: »Ich sollte nicht hier sein. Ich sitze in der Tinte.«

»Du mußt nach Hause«, sagte Coyote.

»Okay«, sagte Sam. Er dachte, er sollte protestieren, aber er konnte immer noch nicht klar genug denken, als daß ihm wieder eingefallen wäre, warum. »Wenn wir da sind, laß deine Tricks, okay? Benimm dich wenigstens eine Zeitlang wie ein normaler Mensch.«

»Eine Zeitlang«, versprach Coyote.

Eine Meile außerhalb der Stadt bog Coyote in die matschige Auffahrt zum Haus der Hunts Alone ein. Er stieg aus dem Wagen und ging die Zementstufen zur Tür hinauf. Sam schaute sich um. Das Haus erschien ihm wie eine Erinnerung aus längst vergangenen Zeiten. Es war beinahe so wie früher. Ein paarmal war es wohl angestrichen worden und die Farbe wieder abgeblättert, und es standen zwei Pferde, eines gescheckt und eines braun, auf der Wiese hinter dem Haus. Ein alter Airstream-Wohnwagen war neben der Schwitzhütte abgestellt, und zwei schrottreife Autos rosteten auf der freien Fläche neben dem Haus vor sich hin.

Es ergab einfach keinen Sinn – so lange war er fortgewesen, hatte er sich versteckt, nur um hier zu enden, wo alles angefangen hatte? Es drohte ihm noch immer die gleiche Gefahr wie damals, als er geflohen war, und nun, wo Calliope tot war, fühlte er sich noch schwächer als damals mit fünfzehn. Sicher hatte er sich damals gefürchtet, doch gleichzeitig war es auch ein neuer Anfang voller Hoffnungen und Möglichkeiten, die vor ihm lagen. Und nun? Er fühlte sich am Ende.

Coyote klopfte an die Tür und wartete. Eine Crow in Jeans und Sweatshirt, die etwa dreißig Jahre alt sein mochte, öffnete die Tür. Sie hielt ein Baby im Arm. »Ja?«

Coyote sagte: »Ich habe deinen Cousin nach Hause zurückgebracht. Wir brauchen Hilfe.«

»Kommt rein«, sagte sie. Coyote ging ins Haus und kehrte ein paar Minuten später wieder zum Wagen zurück. Als er die Tür öffnete, zuckte Sam zusammen.

»Gehen wir rein«, sagte Coyote. »Ich habe der Frau erzählt, was passiert ist.« Er half Sam aus dem Wagen und deutete auf die Tür, wo die Frau stand und wartete. Unsicher stieg Sam die Stufen hinauf und ging an ihr vorbei ins Haus. In der Mitte des Wohnzimmers blieb er stehen und wiegte Grubb in den Armen. Coyote kam hinter ihm zur Tür herein. »Kann ich sie reinbringen?« fragte er die Frau.

Die Frau sah ihn mit großen Augen an. Der Gedanke an eine Tote im Haus war ihr unheimlich.

Plötzlich drehte Sam sich um. »Nein. Nicht hier ins Haus. Nein.«

Coyote stand da und wartete. Der Frau war die Situation sichtlich unangenehm. »Ihr könnt sie in den Wohnwagen hinter dem Haus legen.«

Coyote ging wieder nach draußen. Die Frau kam auf Sam zu und zog die Decke von Grubbs Gesicht. »Hat er was gegessen?«

»Ich ... ich weiß nicht. Jedenfalls nicht in letzter Zeit.«

»Er braucht eine neue Windel. Komm, gib ihn schon her.« Sie legte ihr eigenes Baby auf die Couch und befreite Grubb aus Sams Armen. Dann breitete sie seine Decke auf dem Couchtisch aus und legte Grubb auf den Rücken.

»Ich habe schon von dir gehört«, sagte sie. »Ich bin Cindy. Die Frau von Festus.«

Sam antwortete nicht. Sie zog Grubb seine alte Windel aus und legte sie beiseite. »Im Augenblick ist er auf der Arbeit, zusammen mit seinem Vater. Sie haben in Hardin einen eigenen Laden. Harry arbeitet auch bei ihnen.«

»Großmutter?« sagte Sam.

Sie blickte auf und schüttelte den Kopf. »Das ist schon Jahre her – noch bevor ich Festus kennengelernt habe.« Ihr Gesicht hellte sich auf, und sie wechselte das Thema, um Sam auf andere Gedanken zu bringen. »Wir haben noch drei Kinder. Zwei Jungs und ein Mädchen. Die sind jetzt aber in der Schule – das Jüngste in Head Start.«

Sam schaute an ihr vorbei zu dem Elchgeweih, das als Hutständer diente und an dem etliche Baseballmützen, ein alter Stetson und ein indianischer Kopfschmuck hingen. Daneben an der Wand hingen eine Büffellanze mit einer Spitze aus Obsidian, eine alte Winchester und der Bademodenkalender des *Sports Illustrated*.

»Ganz schön kräftig, der Kleine«, sagte Cindy und griff nach Grubbs Fäusten, mit denen er in der Luft herumfuchtelte.

Sam schaute sie wieder an. »Pokey?« Er senkte den Blick und wandte sich ab, eine Welle der Trauer überfiel ihn. Er lehnte sich gegen den Türrahmen der Küche und starrte zur Decke. Brennende Tränen stiegen ihm in die Augen.

»Pokey geht's ganz gut«, sagte Cindy. »Er ist letzte Woche ins Krankenhaus gekommen. Er ist beinahe ... er war sehr krank. Sie wollten ihn ins Krankenhaus nach Billings verlegen, aber Harlan hat es nicht zugelassen.«

Cindy war fertig mit dem Windelwechseln und setzte Grubb neben ihr eigenes Baby auf die Couch. »Ich mache ihm eine Flasche.« Sie ging an Sam vorbei in die Küche. Er wich ihrem Blick aus. »Möchtest Du etwas essen? Oder einen Kaffee?«

Sam wandte sich ihr wieder zu. »Sie hat nie irgend jemand etwas getan. Sie wollte nur ihr Baby zurück.« Er schlug die Hände vors Gesicht. Cindy ging auf ihn zu und nahm ihn in die Arme.

Coyote kam zur Vordertür herein. »Sam, wir müssen los.«

Sam nahm Cindy bei den Schultern und schob sie sanft von sich, dann drehte er sich um und warf noch einen Blick auf Grubb, der auf der Couch vor sich hindöste. »Mach Dir seinetwegen keine Sorgen«, sagte Cindy. »Ich passe schon auf ihn auf.« Sam stand da wie angewurzelt.

»Sam«, sagte Coyote, »los, wir gehen zu Pokey.«

Als sie auf dem Weg zum Krankenhaus erneut durch Crow Agency fuhren, bemerkte Sam, daß der Stamm sich offensichtlich ein neues, modernes Versammlungsgebäude samt Sportplatz zugelegt hatte. Auf der anderen Seite des Highway lag nach wie vor Wiley's Tankstelle, und die Kids hingen genauso wie früher rund um den Hamburger-Stand herum. Vor dem Tabakladen teilten sich zwei alte Männer eine Flasche. Angeführt von ihrer Mutter, strömte eine tütenbepackte Kinderschar aus dem Supermarkt.

»Ich sollte nicht hier sein. Es war ein Fehler zurückzukommen«, sagte Sam. Coyote schenkte ihm keine Beachtung und fuhr weiter.

Das Krankenhaus war ein zweistöckiges Gebäude, das am Ortsausgang lag. Im Freien davor stand eine Schlange von Wartenden – hauptsächlich Frauen und Kinder. Coyote fuhr auf den matschigen Parkplatz und hielt neben einer Rostlaube, die früher einmal ein Buick gewesen war. Sie hievten sich aus dem Wagen und gingen zum Eingang. Einige der Kinder zeigten auf Coyote und fingen an zu flüstern und zu kichern. Ein alter Mann mit Sauerstoffflasche im Schlepptau sagte: »Das Stammesfest ist doch erst im Sommer, mein Junge. Du bist ja ausstaffiert wie fürs Powwow. Warum denn das?«

»Cool bleiben«, sagte Sam zu Coyote. »Mach ihm keine Angst.«

Coyote zuckte die Achseln und folgte Sam ins Wartezimmer, einen drei mal drei Meter großen Raum mit schwarz-weißen Linoleumfliesen und minzgrünen Wänden voller Regale, in denen sich irgendwelche Broschüren stapelten. Zwanzig Leute saßen auf Klappstühlen und lasen alte Ausgaben von *People* oder starrten einfach nur auf ihre Schuhspitzen. Sam ging auf eine Kabine zu, hinter deren Fenster eine Crowfrau mit Hingabe Karteikarten ausfüllte und sich so der Notwendigkeit enthoben sah, den Wartenden einen Blick zu schenken.

»Entschuldigen Sie«, sagte Sam.

Ohne ihn eines Blickes zu würdigen, schob sie ihm ein Formular samt Kugelschreiber über den Tresen. »Füllen Sie das hier aus. Wenn Sie es abgeben, und zwar zusammen mit dem Kuli, gebe ich Ihnen eine Nummer.«

»Mir fehlt gar nichts«, sagte Sam, und endlich hob die Frau den Kopf. »Ich bin hier, weil ich Pokey Medicine Wing sehen will.«

Das paßte ihr offensichtlich nicht in den Kram. »Warten Sie einen Moment.« Sie stand auf und verschwand durch die Tür nach hinten. Kurz darauf wurde eine andere Tür zum Wartezimmer geöffnet, und alle blickten auf. Ein junger, weißer Arzt streckte den Kopf herein, entdeckte Sam und Coyote und gab ihnen ein Zeichen, ihm zu folgen. Alle anderen senkten wieder die Köpfe. Kaum hinter der Tür, musterte sie der Arzt von oben bis unten. Sams Hose und Jacke waren voller Schlammspritzer, und Coyote bot in seinem schwarzen Wildlederdress auch keinen alltäglichen Anblick. »Gehören Sie zur Familie?«

»Er ist mein Patenonkel«, sagte Sam.

Der Arzt nickte Coyote zu. »Und Sie?«

»Er ist nur ein Freund«, sagte Sam.

»Dann müssen Sie leider draußen warten«, sagte der Arzt.

Sam schaute Coyote an. »Reiß dich am Riemen, okay?«

»Hab ich doch schon versprochen.« Der Trickser ging zurück ins Wartezimmer.

»Er gehört in eine richtige Klinik«, sagte der Arzt. »Er war bereits zweimal klinisch tot. Wir haben ihn jedesmal mit dem Defibrilator wieder zurückgeholt. Sein Zustand ist jetzt stabil, aber wir haben kein Personal, um ihn zu beobachten. Er gehört eigentlich auf eine Intensivstation.«

Was er sagte, rauschte an Sam glatt vorbei. »Kann ich ihn sehen?«

»Folgen Sie mir.« Der Arzt drehte sich um und ging Sam voran durch einen schmalen Flur und dann eine Treppe hinauf. »Er litt unter akutem Flüssigkeitsmangel und Unterkühlung. Ich vermute, daß er getrunken hat, bevor er anfing zu fasten. Dadurch wurde nahezu die gesamte Flüssigkeit aus seinem Körper geschwemmt. Seine Leber zeigt Schatten, und sein Herz wurde ebenfalls in Mitleidenschaft gezogen.«

Der Arzt blieb stehen und öffnete eine Tür. »Aber nur ein paar Minuten. Er ist sehr schwach.«

Der Arzt begleitete Sam in das Krankenzimmer. Pokey lag in einem Krankenhausbett, Schläuche und Drähte verbanden ihn mit diversen Flaschen und Maschinen. Seine Haut schimmerte grau-braun. »Mr. Medicine Wing«, sagte der Arzt sanft, »hier ist jemand für Sie.«

Pokeys Augen öffneten sich langsam. »Heh, Samson«, sagte er. Er lächelte, und Sam fiel auf, daß er sich noch immer kein Gebiß zugelegt hatte.

»Heh, Pokey«, sagte Sam.

»Du bist ganz schön gewachsen.«

»Klar«, sagte Sam. Jetzt, wo er Pokey sah, lichtete sich der Nebel in seinem Kopf, und sein Schmerz wurde ihm wieder bewußt.

»Du siehst aus wie ein Haufen Scheiße«, sagte Pokey.

»Du siehst auch nicht besser aus.«

»Das liegt anscheinend in der Familie.« Pokey grinste. »Hast du was zu rauchen?«

Sam schüttelte den Kopf. »Das ist keine so gute Idee, glaube ich. Ich habe gehört, du säufst immer noch.«

»Ja. Ich war ein paarmal bei den Anonymen Alkoholikern. Dort haben sie mir gesagt, daß ich mich einer höheren Macht anvertrauen soll, wenn ich aufhören will. Ich habe ihnen gesagt, daß ich wegen einer höheren Macht erst angefangen habe zu trinken.«

»Er ist jetzt draußen und wartet.«

Pokey nickte und schloß die Augen. »Ich hatte zweimal eine Vision, daß du ihn getroffen hast. Die ganzen Jahre hat er sich nicht gerührt, und auf einmal habe ich all diese Visionen. Ich dachte schon, du wärst tot, aber dann fing das an.«

»Ich konnte nicht nach Hause zurückkommen. Ich hätte nicht ...«

Pokey wischte den Gedanken mit einer schwachen Handbewegung beiseite. »Du mußtest weg von hier. Enos hätte dich umgebracht. Er hat uns die ganzen Jahre nicht aus den Augen gelassen, er hat den Briefkasten nach Post von dir durchsucht und das Haus beobachtet. Er hat sich völlig verrannt in die Sache. Aufgegeben hat er erst, als Großmutter gestorben ist und du nicht nach Hause gekommen bist.«

Bei Pokeys letzten Worten wurden Sam die Knie weich, daß er sich mit dem Rücken zu seinem Onkel auf die Bettkante setzen mußte. Enos war also noch am Leben. Er starrte zur Tür. »Ich fühlte mich völlig leer«, sagte Sam.

»Bist du okay?« fragte Pokey und streckte die Hand nach dem Arm seines Neffen aus.

»Ich habe nichts. Ich habe noch nicht einmal Angst.«

»Was ist denn?«

Sam schaute Pokey über seine Schulter hinweg an. »Ich dachte, ich hätte ihn umgebracht.«

»Du hast es ihm gut besorgt. Er hat sich beide Beine und einen Arm gebrochen, als er die Staumauer runtergerauscht ist. Der alte Fettsack ist noch nicht mal abgesoffen.«

»Ich bin also wegen nichts weggerannt. Ich ...«

»Ich hätte dir die Coyote-Medizin niemals geben sollen«, sagte Pokey, dessen Atem zu rasseln begann. »Ich war immer so durchgedreht und dachte, wenn ich die Medizin loswerde, hört das vielleicht auf.«

»Ist schon in Ordnung.« Sam streichelte Pokeys Arm. »Ich denke, du hattest keine andere Wahl.«

Pokeys Atem ging immer noch schwer. »Ich habe einen Schatten gesehen, der gesagt hat, daß dort, wo du hingehst, der Tod lauert. Ich hatte keine Ahnung, wo ich dich finden sollte. Ich sprach mit Old Man Coyote darüber. Er hat gesagt, er wüßte es.« Pokeys Finger gruben sich in Sams Arm. »Er hat gesagt, er wüßte Bescheid, Samson. Du mußt ihn loswerden.«

»Ganz ruhig bleiben, Pokey, reg dich nicht auf.« Sam stand auf und legte Pokey die Hände auf die Schultern. »Schon in Ordnung, Pokey. Es war nicht *mein* Tod. Soll ich den Arzt rufen?«

Pokey schüttelte den Kopf. Er atmete jetzt ein bißchen ruhiger. Sam goß ihm etwas Wasser aus dem Krug auf dem Nachttisch in einen Pappbecher. Er hielt den Becher fest, während Pokey trank, und stützte dem Alten den Kopf, als er sich wieder zurücklehnte. »Wessen Tod?« fragte Pokey.

Sam stellte den Becher zurück. »Ein Mädchen.« Er senkte den Blick.

»Hast du sie geliebt?«

Sam nickte, schaute Pokey aber immer noch nicht an. »Sie hatte ein Baby. Cindy paßt jetzt darauf auf.«

»Wann ist das passiert?«

»Heute morgen.«

»War Old Man Coyote bei dir, als es passiert ist?«

»Ja.«

»Sag ihm, er soll sie zurückholen. Das ist er dir schuldig.«

»Sie ist tot, Pokey. Sie ist nicht mehr da.«

»Ich war in den letzten zwei Tagen zweimal tot. Ich bin immer noch da.«

»Sie ist erschossen worden, Pokey. Eine Kugel ging direkt durch ihr Rückgrat.«

»Samson, sieh mich an.« Mühsam richtete sich Pokey

auf, damit er Sam in die Augen schauen konnte. »Das ist er dir schuldig. Es gibt eine Geschichte, daß Old Man Coyote den Tod erfunden hat, damit es nicht zu viele Menschen gibt. Und dann gibt es noch eine Geschichte, in der es heißt, daß seine Frau getötet wurde und er in die Unterwelt hinabgestiegen ist, um sie zu holen. Es gab dort einen Schatten, der sie unter einer Bedingung gehen ließ: Coyote mußte ihm versprechen, sie nicht anzusehen, bis er wieder in die Welt zurückgekehrt war. Doch er hat sich nicht daran gehalten und sie angesehen, und seitdem kann niemand mehr zurückkehren.«

»Pokey, das ist mir im Moment zuviel. Ich kann mir so was nicht anhören.«

»Er hat dir dein Leben gestohlen, Samson.«

Sam schüttelte heftig den Kopf. »Das alles ist über mich hereingebrochen. Es lag nicht in meinen Händen.«

»Dann nimm dein Schicksal jetzt endlich in die Hand!« schrie Pokey. Sam verstummte. »In den Tagen der Büffel hieß es, daß ein Krieger, der wagemutig und verschlagen war und ein Pfeilbündel mit sich trug, in die Unterwelt eindringen und auch wieder hinausgelangen konnte. Er konnte sich so vor seinen Feinden verstecken. Also los, Samson, Old Man Coyote kann dir helfen, dein Mädchen zu finden.«

»Sie ist tot, Pokey. Die Unterwelt ist nur ein alter Aberglaube.«

»Bloß Quatsch?« sagte Pokey.

»Ja.«

»Verrücktes Gerede?«

»Richtig.«

»Voodoo?«

»Genau.«

»Wie Coyote Medizin?«

»Nein.«

»Also?«

Sam gab keine Antwort. Zähneknirschend starrte er seinen Onkel an.

Pokey lächelte. »Du kannst es immer noch nicht hören, wenn ich über die alten Bräuche rede. Versuche es einfach, Samson. Was hast du zu verlieren?«

»Nichts«, sagte Sam. »Absolut nichts.«

Der Arzt öffnete die Tür und sagte: »Das reicht jetzt. Er braucht Ruhe.«

»Verpiß dich, Bleichgesicht«, sagte Pokey.

»Nur noch eine Minute«, bat Sam.

»Eine Minute«, sagte der Arzt mit erhobenem Zeigefinger und verließ das Zimmer.

Sam schaute Pokey an. »›Verpiß dich, Bleichgesicht‹?« Er lachte und fühlte sich blendend dabei.

»Mach's halblang, Squats Behind the Bush. Ich bin ein kranker Mann.«

Sam grinste Pokey an, und in diesem Moment fühlte er, wie etwas Warmes in ihm aufstieg – Hoffnung? »Jetzt aber schnell, bevor du noch mal stirbst, du alter Mistbock. Wo läßt sich ein Pfeilbündel auftreiben?«

Beschwingt schritt Sam aus dem Krankenhaus und packte Coyote am Arm, um ihn von einer Horde Kinder wegzuzerren, denen er gerade etwas vorflunkerte. Die lähmende Trauer, die auf ihm gelastet hatte, war von ihm gewichen. Er hatte nun ein Ziel. Er sprühte vor Lebensenergie.

»Los jetzt. Gib mir die Schlüssel.«

»Was ist los?« fragte Coyote. »Warum die Eile? Ist der alte Mann gestorben?«

Sam kletterte in den Datsun und ließ den Motor an. »Ich muß telefonieren, und außerdem brauche ich etwas zum Anziehen.«

»Was ist da drin passiert?«

»Du wußtest, daß sie umgebracht würde, stimmt's?«

»Ich wußte, daß irgend jemand sterben würde.«

»Pokey sagt, du kannst im Reich der Toten ein- und ausgehen?«

»Das kann ich? Ach so, die Unterwelt! Klar kann ich das. Es macht mir aber keinen Spaß.«

»Wir machen uns auf den Weg.«

»Es ist so deprimierend dort. Es wird dir nicht gefallen.«

»Pokey glaubt, daß du Calliope zurückbringen kannst.«

»Ich habe das einmal probiert; es hat nicht funktioniert. Ich bin dafür nicht zuständig.«

»Dann gehen wir jetzt zu dem, der dafür zuständig *ist*.«

»Hast du gar keine Angst?«

»Da bin ich durch.«

»Warum brauchst du neue Klamotten?«

»Wir fahren jetzt nach Billings. Dort kaufen wir was.«

»Da ist es auch deprimierend. Es wird dir nicht gefallen. Es gibt dort einen tiefen Abgrund, von dem sich die Büffel reihenweise heruntergestürzt haben. Es lag allerdings nicht daran, daß die Crow sie dort hingetrieben hätten. Vielmehr sagte sich jeder Büffel, der zufällig an den Rand des Abgrunds geraten war: ›Ach nein, das ist doch Billings, bloß das nicht.‹ Und dann stürzte er sich aus schierer Depression hinunter. Nach Billings zu fahren ist keine gute Idee, laß dir das gesagt sein.«

Sam bog in die Auffahrt zum Haus der Hunts Alone ein, stellte den Motor ab und wandte sich an Coyote. »Was gibt es in der Unterwelt? Wovor hast *du* solche Angst?«

32. KAPITEL

Doktor Lug und Trug

Laut Pokey gab es zur Zeit der Ankunft des Weißen Mannes sieben heilige Köcher mit Pfeilen. Jedes dieser Bündel war von vier Medizinmännern gemacht worden, die zum gleichen Zeitpunkt die gleiche Vision gehabt hatten. Sobald die Bündel verschlossen waren, schworen die Medizinmänner, niemals wieder zusammenzukommen, denn sie hatten Angst, wenn einer ihre gemeinsame Macht an sich riß, würde er unbesiegbar werden und diese Macht mißbrauchen können. Diese Köcher enthielten die mächtigste Kriegermedizin. Wer in ihrem Besitz war, dem konnten die Waffen des Feindes nichts anhaben, der war fähig, sich blitzschnell fortzubewegen und im Notfall sogar in die Unterwelt zu fliehen, aus der er später unversehrt wieder zurückkehren konnte. Von den sieben ursprünglichen Köchern waren zwei verbrannt, zwei bei Überschwemmungen zerstört worden und zwei landeten hinter Schloß und Riegel in irgendwelchen Museen in Washington. Auch das letzte der Medizinbündel befand sich nicht mehr in der Reservation, sondern in Besitz eines Privatsammlers in Billings, der es einer Familie abgekauft hatte, die zum Christentum übergetreten war und sich aus Angst um ihr Seelenheil von dem Bündel getrennt hatte.

Sam hatte Pokeys Geschichte zunächst mißtraut. Als er sich schließlich durchrang, sie doch zu glauben, folgte er mehr seinem Herzen als seinem Verstand. Ob die Geschichte mit den heiligen Köchern nun stimmte oder nicht, war nicht so wichtig wie die Hoffnung, die er daraus schöpfte. Sich von Hoffnung zum Handeln verleiten zu lassen, war jedenfalls ein besseres Gefühl, als von einer Gewißheit gelähmt zu sein.

Als Sam durch die Tür des Hauses der Familie Hunts Alone trat, erkannte ihn Cindy kaum wieder. Bei ihrer ersten Begegnung hatte er fix und fertig gewirkt, ein Mann, der völlig am Ende war und keinen Lebensmut mehr hatte. Jetzt sprühte er vor Energie und Entschlossenheit.

Sam sagte: »Entschuldige wegen vorhin. Ich möchte euch nicht zur Last fallen.«

»Du gehörst doch zur Familie«, erwiderte sie. Mehr brauchte sie nicht zu sagen, damit er sie verstand.

»Danke«, sagte Sam. »Wir waren bei Pokey im Krankenhaus. Es geht ihm gut.«

»Haben sie gesagt, wann er entlassen wird?«

»Wir können ihn heute abend abholen, wenn alles glattgeht. Kann ich mal telefonieren?«

Cindy deutete zum Küchentisch, wo zwischen etlichen Cornflakesschachteln und -schüsseln das Telefon stand. Sam schaute nach, was Grubb machte – er schlief, und so ging Sam zum Telefon.

Er rief zuerst das Museum of the West in Cody, Wyoming, an. Ja, sie kannten einen renommierten Sammler indianischer Kunst in Billings; sie hatten über Jahre mehrere Stücke aus seiner Sammlung erworben. Sein Name war Arnstead Houston.

Der nächste Anruf galt seinem Büro in Santa Barbara. »Gabriella, nehmen Sie den Schlüssel, den ich Ihnen gegeben habe, und fahren Sie zu mir nach Hause. In meinem Schrank hängt ein Jacket mit ledernen Ellbogenflicken. Packen Sie es bitte zusammen mit den Khakihosen, dem Flanellhemd und dem dämlichen Indiana-Jones-Hut – Sie wissen schon, der, den mir Aaron zu Weihnachten geschenkt hat – in den Kleidersack. Außerdem den blauen Nadelstreifenanzug – Hemd, Schuhe und eine passende Krawatte. Dann schnappen Sie sich meine Aktentasche und packen Sie alles in den nächsten Flieger nach Billings, Montana. Wenn nötig, kaufen Sie ein Sitzplatzticket dafür. Lassen Sie es über die Geschäftskarte laufen. Und jagen Sie den Namen Arnstead Houston durch all unseren Klientendateien – wenn's sein muß, durchforsten sie auch das Zentralregister des Versicherungsverbandes. Es handelt sich um eine Adresse in Billings.«

Er wartete, während Gabriella den Computer mit den entsprechenden Angaben fütterte. Schließlich meldete sie ihm, bei welcher Gesellschaft Arnstead Houston eine Hausratsversicherung abgeschlossen hatte. »Geben Sie mir den Namen des Vertreters.« Sam machte sich eine Notiz. »Rufen Sie mich unter dieser Nummer an, sobald Sie genau wissen, wann mein Kram in Billings ankommt.« Er gab ihr die Telefonnummer der Familie Hunts Alone.

Er wählte die Nummer von Houstons Versicherungsvertreter in Billings und sprach mit Oklahoma-Akzent. »Ja, ich bin daran interessiert, einige wertvolle indianische Kunstgegenstände zu versichern. Sie sind mir von Arnie Houston empfohlen worden.« Sam wartete. »Ich wußte gar nicht, daß Sie so was machen. Wissen Sie noch, an welche Gesellschaft Sie Arnie vermittelt haben? Boulder Versicherungen? Haben Sie die Nummer von denen? Danke, Partner.«

Sam legte auf, und sofort klingelte das Telefon. »Hallo, heute um fünf? Früher geht's nicht? Danke, Gabriella. Ach so, da fällt mir noch was ein – rufen Sie den Flughafen in Billings an und reservieren Sie einen Wagen – einen mit Vierrad-Antrieb. Einen Blazer oder Bronco oder so was Ähnliches. Wenn's geht in Weiß. Ich hole ihn um fünf Uhr ab.

Klar, auf die Geschäftskarte. Aaron soll sich ins Knie ficken. Sagen Sie ihm, ich mache einen Jagdausflug. Und noch was, Gabby, Sie sind großartig, wirklich. Ich weiß, daß ich Ihnen das noch nie gesagt habe. Es wurde langsam mal Zeit. Passen Sie auf sich auf.«

Er legte auf und wählte eine andere Nummer, wartete und sprach dann mit englischem Akzent. »Hallo, ist dort Boulder Versicherungen? Hier Samuel Smythe-White von Sotheby's, London. Ich bin untröstlich, Ihre Zeit in Anspruch nehmen zu müssen, aber ich stehe vor einem kleinen Problem, das mit Ihrer Hilfe eventuell gelöst werden könnte. Aus meinen Unterlagen ersehe ich, daß unserem Haus kürzlich einige Gegenstände indianischer Herkunft anvertraut wurden – etwas ungewöhnlich für Sotheby's –, und nun suchen wir händeringend nach jemandem, der deren Echtheit bestätigen kann. Der Eigentümer, der verständlicherweise anonym bleiben muß, hat den Namen Ihrer Gesellschaft ins Spiel gebracht, da Sie solche Gegenstände versichern und von daher eventuell einen Sachverständigen an der Hand haben. Ja, ich warte.«

Sam zündete sich eine Zigarette an und wartete. »Nein, nein, der Standort ist kein Problem. Sotheby's wird ihn nach London einfliegen.« Sam machte sich eine Notiz. »Ausgezeichnet. Ja, vielen Dank.«

Er legte auf und wählte dann die Nummer von Arnstead Houston. »Hallo, Mr. Houston. Mein Name ist Bill Lanier. Ich bin der neue Leiter der ethnologischen Abteilung an der Universität von Washington. Ja. Der Grund, warum ich Sie anrufe, ist folgender: Ich habe gerade einen Anruf der Boulder Versicherungen erhalten, und es scheint, daß eines der Stücke Ihrer Sammlung im Wert erheblich zu niedrig eingeschätzt wurde. Boulder Versicherungen haben mich gebeten, den Gegenstand in Augenschein zu nehmen, um sicherzustellen, daß ein ausreichender Versicherungsschutz gewährleistet ist. Natürlich können Sie in Folge dieses Gutachtens bei einem eventuellen Verkauf einen höheren Preis erzielen.« Sam hörte schweigend zu.

Er fuhr fort: »Ein Medizinbündel der Crow. Ja. Und zwar geht es um einen Holzzylinder, einen ausgehöhlten Zedernast, um genau zu sein. Das ist richtig. Nun Sir, wir müßten ihn uns schon persönlich ansehen. Zufällig ist bei uns gerade ein Stammesexperte zu Gast. Wir könnten heute abend um halb sechs in Billings sein. Nein, ich fürchte, er muß morgen weiterfliegen nach Arizona, um dort bei einer Ausgrabung dabeizusein. Es geht nur heute abend. Ja, Ihre Adresse habe ich. Vielen Dank, Sir.«

Sam legte auf, lehnte sich zurück und stieß einen langen Seufzer aus. Die gesamte Angelegenheit hatte weniger als fünf Minuten gedauert. Er drehte sich um und sah, daß Coyote und Cindy ihn voller Verwunderung anstarrten. Cindy war so baff, daß sie den Mund nicht mehr zubekam.

»Was war denn das?« fragte Coyote

»Was dich angeht«, sagte Sam, »so arbeitest du ab sofort in gewisser Weise für die Boulder Versicherungsgesellschaft als Experte für Kunstgegenstände. Und ich bin jetzt Professor der Anthropologie an der Universität von Washington.«

»Ich war ja auch schon auf Arbeitssuche«, sagte Cindy kopfschüttelnd, »aber ich mußte jedesmal einen Bewerbungsbogen ausfüllen.«

Coyote schaute Cindy an. »Er hat verschlagene Augen, findest du nicht auch?«

Arnie Houston saß in seinem Wohnzimmer und betrachtete den Köcher, der vor ihm auf dem Kaffeetisch lag: ein ausgehöhlter Ast voller Schund. Andererseits bereitete ihm nichts so viel Vergnügen, wie Schund zu Geld zu machen.

Bei diesem Gedanken geriet er so aus dem Häuschen, er hätte sich glatt in die Hosen pissen können. Gott segne die Archäologie. Gott segne die Museen. Gott segne die Bewahrung des kulturellen Erbes. Gott segne Amerika!

Wo sonst war es möglich, daß jemand, dessen Eltern als Hilfsarbeiter auf den Ölfeldern gerackert hatten und der nach der vierten Klasse von der Schule abgegangen war, in einem Haus mit zwanzig Zimmern wohnte, eine neue Corvette in der Garage stehen hatte, und Stiefel aus Meeresschildkrötenleder trug, die zweitausend Dollar kosteten und mit zwei Pfund Silber- und Türkisschmuck behangen war? Und das nur durch den An- und Verkauf von Indianerplunder. Ein Hoch auf alle sammelwütigen Anthropologen-Spinner, die jemals einen Artikel schrieben oder ein Loch buddelten. Gott segne sie alle, verdammt noch mal!

Arnie stand auf, ging zu seiner Hausbar und schenkte sich einen ordentlichen Schluck Patrón Tequila ein – die Flasche zu dreißig Dollar, aber dafür Kaktus in seiner feinsten flüssigen Form, ein Tropfen, der einem glatt die Haare auf der Zunge versengte. Und außerdem beruhigend. Bei diesen Klugscheißern durfte man nicht den Eindruck erwecken, daß man nur scharf war auf den Zaster. Die meisten von ihnen konnten in siebenunddreißig toten Sprachen »Tach« sagen und einem die exakte Uhrzeit sagen, zu der ein Schamane vor zweihundert Jahren geschissen hatte, inklusive des dazugehörigen Rituals, aber sie waren nicht in der Lage, einen Groschen von einem Knopfloch zu unterscheiden, wenn es ums Geschäftliche ging.

Immer, wenn sie etwas kaufen wollten, liefen sie zur Stammesversammlung oder zu einem Medizinmann – und das war ihr Fehler. Man mußte seine eigenen Nachforschungen anstellen, herausfinden, welche Familie was besaß und dann denjenigen in der Familie ausfindig machen, der am meisten trank. Danach brauchte man nur noch zu warten, bis das Feuerwasser zu wirken begann, und das Bargeld über den Tisch zu schieben. Und schon war man stolzer Besitzer eines indianischen Kunstgegenstandes von unschätzbarem Wert und hatte nur einen Spottpreis gelatzt. Arnie hatte sich gerade erst im Yakima-Reservat einen ganzen Korb Perlenstickereien unter den Nagel gerissen und dafür lumpige hundert Dollar hingeblättert. Bei den Yakima war Crack-Kokain gerade in, und Arnie war zum richtigen Zeitpunkt mit dem nötigen Investitionskapital vor Ort. Die Perlenstickereien waren seit Hunderten von Jahren im Besitz der Familie, und er hatte bereits ein Angebot über zehntausend Dollar vom Museum of the West – natürlich, nachdem sie auf ihre Echtheit überprüft worden waren.

Auf euer Wohl, Anthropologen! dachte Arnie. Er prostete den Fischen im Aquarium neben der Bar zu und kippte den Patrón hinunter. Dann schaute er auf gut Glück zum Fenster hinaus. Ein Chevrolet Blazer hielt in der kreisförmigen Auffahrt, und zwei hochgewachsene Männer stiegen aus. Der eine – ein Indianer – trug einen Anzug, der andere Cordjackett und Khakihosen, das mußte der Anthropologe sein. Der Indianer war vermutlich der Experte, von dem am Telefon die Rede gewesen war. Ein typischer Berufsindianer, der einen Haufen Geld damit verdiente, daß er endloses Geschwafel über die Ausbeutung der indianischen Völker vom Stapel ließ. *Solche Kasper machen nur Ärger und sind zu nichts nutze. Solche Typen sind nicht mal das Pulver für eine Kugel wert.*

Arnie ließ sein Glas unter dem Bartresen verschwinden und ging zum Eingang. Er strich sich die Haare an den Seiten zurück, vorsichtig darauf bedacht, die akurat drappierten fünf Strähnen auf seiner Schädeldecke nicht in Unordnung zu bringen, und öffnete die Tür.

»Mr. Houston, ich bin Dr. Lanier von der Universität Washington. Das ist Running Elk, der Herr, den ich am Telefon erwähnt habe.« Der Indianer nickte.

»Treten Sie ein«, sagte Arnie und bat sie in die gefliese Halle. »Ich habe den Köcher bereits aus dem Safe genommen und ihn auf den Tisch gelegt, damit Sie ihn begutachten können.« Arnie hatte gar keinen Safe, aber eine solche Bemerkung machte sich immer gut.

Er führte sie in sein Wohnzimmer und deutete auf den Tisch. »Da haben wir das gute Stück.«

Der Indianer ging auf das Aquarium zu und warf einen Blick durch die Scheibe. Der Professor ging um den Tisch herum und betrachtete den Köcher. Es schien beinahe, als traute er sich nicht, das Ding anzufassen. »Haben Sie ihn geöffnet?«

Arnie mußte nachdenken. Was war die beste Antwort? Diese Typen spielten gerne Detektiv, sie waren ganz scharf drauf, alles mögliche selbst herauszufinden. »Nein, Sir. Der Kerl, von dem ich es gekauft habe, hat mir erzählt, was drin ist. Vier Pfeile, der Schädel eines Adlers und etwas ... ähmm ...« Verdammt, wie sollte man es beschreiben? Es sah irgendwie aus wie pulverisierte Scheiße. »Und geweihtes Pulver.«

»Und von wem haben Sie es?«

»So ein Kerl aus dem Reservat. Alte Familie. Er wollte allerdings nicht, daß ich seinen Namen nenne. Er hat Angst vor der Rache der Traditionalisten.«

»Um den Wert schätzen zu können, werde ich es öffnen müssen.«

»In der Tat«, sagte der Indianer, der nach wie vor in das Aquarium starrte. Der Anthropologe warf ihm einen finsteren Blick zu. Was war los mit diesen beiden? Ein Indianer mit britischem Akzent – war das denn zu fassen?

»Von mir aus«, sagte Arnie. »Es sieht ganz so aus, als könne man die Deckel einfach abdrehen, wie bei 'ner Flasche.« Genauso hatte er nämlich die Deckel aufgekriegt.

»Ausgezeichnet, alter Knabe«, sagte der Indianer. »Die Fische behaupten, der Köcher sei schon einmal geöffnet worden.«

»Vielen Dank, Running Elk«, sagte der Professor. Er wirkte ein wenig gereizt.

Er legte seinen Aktenkoffer neben das Medizinbündel auf den Tisch, klappte ihn auf und nahm ein Paar weiße Handschuhe heraus. »Eigentlich würde ich diese Untersuchung lieber im Labor durchführen, doch ich kann Ihnen versichern, daß ich mit äußerster Vorsicht vorgehen werde.«

Von mir aus kannst du das verdammte Ding in die Luft jagen, wenn du willst, dachte Arnie, *solange die Kohle stimmt, ist mir das wurscht.* Aber was für eine Nummer zog der Indianer da am Aquarium ab?

Der Professor entfernte das Ende des hölzernen Zylinders und legte es auf den Tisch. Er zog einen der vier Pfeile heraus und überprüfte dessen Länge. Als er die Pfeilspitze betrachtete, hellte sich sein Gesicht auf.

»Mein Gott, Running Elk, sehen Sie, was ich sehe?«

»Was? Was?« fragte Arnie. Was hatte das zu bedeuten? War das ein gutes oder ein schlechtes Zeichen?

Der Indianer sah vom Aquarium auf. »Heiliger Strohsack! Er hat Ihnen einen dieser blubbernden kleinen Taucher aus Plastik versprochen, wenn er das Ding verkauft.«

»Was?« sagte Arnie.

Der Professor warf dem Indianer einen finsteren Blick zu und hielt den Pfeil in die Höhe, um Arnie etwas zu zeigen. »Mr. Houston. Sehen Sie diese Pfeilspitze?«

»Hm, ja.«

»Diese Pfeilspitze wurde zur Jagd auf Rehe und anderes

Kleinwild verwendet. Die Wetzspuren weichen erheblich von denen ab, die normalerweise für die Pfeilspitzen der Crow aus den Zeiten des Büffels typisch sind.«

»Und?«

»Das heißt, vermutlich stammt dieses Medizinbündel aus der Zeit, bevor sich die Crow von den Hidatsa abgespalten haben. Wenn das tatsächlich der Fall sein sollte, so wäre dieser Köcher von unschätzbarem Wert.«

Arnie sah hinter seinem Haus einen Swimmingpool auftauchen, um den ein ganzer Arsch voll Weiber in Bikinis herumsaßen und ihm den Rücken einölten. »Wie können Sie das genau feststellen?«

»Ich muß es zur Universität mitnehmen, um eine Kohlenstoffanalyse durchzuführen.« Der Professor steckte den Pfeil in den Köcher zurück und nahm ein Formular aus seinem Aktenkoffer. »Ich hoffe, Sie haben Verständnis dafür, Mr. Houston, daß die Universität bei einem Gegenstand wie diesem keine Haftung in voller Höhe des Wertes übernehmen kann, doch ich kann Ihnen eine Kaution von, sagen wir mal, zweihunderttausend Dollar bieten.« Der Professor wartete, sein Füller schwebte über dem Formular.

Arnie tat so, als müßte er darüber nachdenken. Er dachte auch tatsächlich nach, doch kreisten seine Gedanken um das neue Schwimmbad – mittlerweile war es ein ausgewachsenes Hallenbad mit einem Heißwasserbecken voller Weiber. »Ich denke, das ist in Ordnung«, sagte er.

Der Professor begann, das Formular auszufüllen. »Vermutlich werden Sie es in einer Woche wieder zurückbekommen. Ich werde mich persönlich darum kümmern, daß es mit äußerster Vorsicht behandelt wird. Wenn Sie bitte hier unterschreiben.« Er schob Arnie das Formular hin.

Da stand es: 200 000,00 $ in großen Zahlen, Schwarz auf

Weiß. Mehr brauchte Arnie nicht zu sehen. Er unterschrieb und schob dem Professor das Formular zurück.

Der Professor klappte seinen Aktenkoffer zu und erhob sich. »Nun, ich würde das gerne ins Labor bringen, um mich heute abend noch an die Arbeit zu machen. Ich rufe Sie an, sobald wir Gewißheit haben.« Er nahm das Medizinbündel und ging zur Tür.

»Passen Sie gut auf, und vielen Dank«, sagte Arnie und hielt ihnen die Tür auf.

»Nein, wir müssen Ihnen danken, Mr. Houston.«

»Tschüß«, sagte der Indianer, als er in den Blazer stieg. »Ach ja, Ihre Kumpels meinten, sie würden ganz gerne ein paar Flipper-Videos gucken und dazu eine Portion Salinenkrebse verputzen.«

Arnie sah zu, wie der Blazer davonfuhr. Mannometer, dieser Professor machte Running Elk vielleicht die Hölle heiß! So eine Bande von Spinnern. Einen Augenblick lang wunderte er sich, warum die Nummernschilder des Blazers ganz schlammverschmiert waren, obwohl der Wagen sonst ganz sauber war, doch was sollte es. Verdammt noch mal, jetzt mußte gefeiert werden. Ein Kumpel hatte ihm einmal die Nummer von einer süßen kleinen Puppe gegeben, die für zweihundert Dollar in ihrem Cheerleaderkostüm rüberkommen würde. Er hatte sich diese Telefonnummer für eine besondere Gelegenheit aufgehoben, aber jetzt sah es so aus, als sei es an der Zeit, den Zettel rauszukramen und festzustellen, ob sie wirklich das gesamte Mobiliar eines Zimmers durch das Schlüsselloch rauslutschen konnte.

Sobald sie außer Sichtweite von Arnies Haus waren, nahm Sam den Indiana-Jones-Hut ab und drosch damit auf Coyote ein. »Was geht bloß in deinem Kopf vor? Du hättest beinahe alles vermasselt!«

»Die Fische haben gesagt, er hätte jemand reingelegt, um an den Köcher zu kommen.«

»Und was haben wir gerade getan?«

»Das ist etwas anderes. Es war ein Medizinbündel der Crow.«

»Du hast es doch richtig drauf angelegt, das Ding zu verbocken. Warum hast du nicht gleich sein Sofa durchgerammelt? Oder ihm einfach die ganze Geschichte erzählt?«

»Na ja«, sagte Coyote. »Ich dachte, wenn dein Trick funktioniert, gibt das eine gute Geschichte ab.«

»Ich betrachte das als Kompliment.« Sams Zorn war verraucht. Sie hatten das Medizinbündel; jetzt ging es darum, den nächsten Schritt in Angriff zu nehmen. Er hatte geglaubt, was Pokey ihm erzählt hatte, und das war das einzige, worum Pokey je gebeten hatte – daß man ihm glaubte. Also sagte Sam: »Coyote, würdest du mir helfen, Pokey aus dem Krankenhaus zu holen?«

»Noch ein Trick?« fragte Coyote.

»Irgendwie schon.«

»Ich werde dir helfen. Aber ich komme nicht mit dir in die Unterwelt.«

33. KAPITEL

Türen

Pokeys Gesicht hatte wieder etwas mehr Farbe bekommen. Außerdem hatte jemand seine Zöpfe gelöst und ihm die Haare gekämmt. Als Sam zur Tür hereinkam, öffnete er die Augen.

»Hast du es?« fragte Pokey.

»Es liegt im Auto«, antwortete Sam. Hinter ihm kam Coyote herein. Pokey grinste. »Old Man Coyote.«

»Wie geht's«, sagte Coyote. »Wieviele Male bist du jetzt schon gestorben, alter Mann?«

»Oft genug. So langsam habe ich die Nase voll davon«, erwiderte Pokey. »Der Medizinmann hatte keine Lust mehr, das Totenlied zu singen und ist nach Hause gegangen. Ich glaube, er hat es mit der Angst bekommen.« Pokey zog eine Kassette unter der Decke hervor und hielt sie hoch. »Ich hab's auf Band, für das nächste Mal.«

Sam sagte: »Pokey, wir haben den Köcher mit den Pfeilen. Was müssen wir jetzt tun?«

»Frag ihn«, sagte Pokey und deutete auf Coyote.

»Ich komme nicht mit«, sagte Coyote. »Er muß alleine gehen.«

»Samson braucht einen Medizinmann, der das Lied des Bündels singt.«

»Deswegen sind wir hier«, sagte Sam.

»Du willst, daß ich das mache? Ich habe immer gedacht, du glaubst gar nicht, daß ich Medizin habe, Samson?«

»Manche Sachen ändern sich halt, Pokey. Ich brauche dich.«

»Nun, dann schafft mich mal hier raus.« Pokey versuchte, sich aufzurichten.

Sam schob ihn sachte zurück. »Pokey, ich glaube nicht, daß du laufen solltest.«

»Samson, wie oft hab ich's dir schon gesagt: Ich hatte eine Vision von meinem Tod. Ich sterbe nicht in einem Krankenhaus, ich werde erschossen. Und jetzt hilf mir endlich aufzustehen.« Mühsam richtete er sich auf, und Sam half ihm dabei, sich umzudrehen, so daß seine Beine von der Bettkante herunterbaumelten. »Du hast recht, ich glaube nicht, daß ich gehen kann.«

Sam wandte sich an Coyote. »Du hast versprochen, daß du helfen wirst.«

Das Krankenhaus war offiziell schon geschlossen, doch zwei Schwestern waren immer noch im Dienst, um den Betrieb aufrechtzuerhalten. Im Wartezimmer saß Adeline Eats mit ihren sechs Kindern, die vor Grippe schon ganz grün im Gesicht waren, und beharrte darauf, daß sie sich nicht von der Stelle rühren würde, bis sich jemand um sie kümmerte, und wenn sie die ganze Nacht hier warten mußte.

Zum zwanzigsten Mal erklärte ihr die Schwester hinter der Scheibe, daß der Arzt schon nach Hause gegangen war, als plötzlich Hufgetrappel auf der Treppe zu hören war. Die Schwester ließ ihr Klemmbrett fallen und rannte gerade rechtzeitig aus dem Büro, um zu sehen, wie ein schwarzes Pferd mit einem halbnackten alten Mann auf dem Rücken die Treppe herunterkam. Sie ging in ihrer Kabine in Deckung, um nicht niedergetrampelt zu werden, und als sie den Kopf wieder rausstreckte, sah sie gerade noch, wie ein Mann in einem Cordjackett hinter dem Pferd zum Haupteingang rauslief.

Die Krankenschwester rannte durch das Wartezimmer zur Vordertür, deren kümmerliche Überreste an den Scharnieren baumelten, und sah, wie das Pferd neben einem weißen Blazer stehenblieb und sich aufbäumte. Der alte Mann, dessen graues Haar im Wind wehte, stieß einen Kriegsruf aus und fiel dem Mann in der Cordjacke in die Arme.

Als dann das Pferd vor ihren Augen Falten und Runzeln bekam und sich in einen Mann in schwarzer Hirschledermontur verwandelte, war das einfach zuviel für ihre Nerven. Sie taumelte rückwärts ins Wartezimmer. Jemand tippte ihr von hinten auf die Schulter, und die Krankenschwester sprang einen halben Meter in die Luft. Sie hielt sich die Brust und rang nach Atem. »Jetzt ist doch wohl Platz für meine Kinder, oder was?«

Während der Fahrt sagte Pokey: »Old Man Coyote, wie schicke ich Samson in die Unterwelt?«

»Mach einfach nur das Bündel auf und sing das Lied. Dann wird er sich auf den Weg machen.«

Sam fragte: »Und was passiert danach? Was muß ich tun?«

»Meine Medizin hört auf zu wirken, sobald du dort ankommst. Du wirst dem begegnen, der die Seelen wiegt. Du brauchst vor ihm keine Angst zu haben. Frag ihn einfach, ob du das Mädchen mitnehmen kannst.«

»Das ist alles?«

»Mach dir keine Sorgen wegen des Ungeheuers. Die Unterwelt ist nicht so, wie du denkst.« Coyote kurbelte das Fenster herunter. »Ich habe zu tun. Ich bin da, wenn du zurückkommst.« Mit einem Satz hechtete Coyote durchs Fenster und verwandelte sich augenblicklich in einen Falken, der am Nachthimmel verschwand.

»Warte!« rief Sam. »Was für ein Ungeheuer?« Er hielt den Wagen an.

Pokey kicherte wie ein kleines Kind. »Ein Pferd und ein Falke in einer Nacht. Samson, weißt du überhaupt, was wir für ein Glück haben?«

Sam ließ seinen Kopf aufs Lenkrad sinken. »*Glück* war nicht gerade das Wort, das mir dazu eingefallen wäre, Pokey.«

Pokey hatte in Hardin angerufen und Harlan und seinen Jungs Bescheid gesagt. Sie bereiteten nun die Schwitzzeremonie vor, während Sam vor der Tür des Wohnwagens stand und mit sich rang. Er brachte es nicht über sich, die Tür zu öffnen. Nach all den Jahren wurde ihm bewußt, daß er die Ängste aus den Tagen seiner Kindheit – die Furcht vor den Toten und den ungerächten Geistern – nicht abgelegt hatte. Seit Pokey in ihm die Hoffnung geweckt hatte, daß er Calliope zurückholen konnte, hatte er sie nicht als tot betrachtet. Er wollte sie noch einmal sehen, bevor er in die Unterwelt hinabstieg, doch er hatte Angst. *Seltsam*, dachte er, *jahrelang habe ich mit der Furcht vor dem Tod Geschäfte gemacht. Jeden Tag habe ich darüber geredet. Und jetzt habe ich Angst. Sie ist nicht tot, nicht wirklich tot.*

Er riß die Tür auf und betrat den Wohnwagen. Calliopes Leiche lag in der Schlafkoje zwischen Campingsachen und Angelruten. Coyote hatte sie mit einem Laken zugedeckt, ihr Gesicht jedoch frei gelassen. Es sah aus, als würde sie schlafen.

Sam ließ sich auf der Koje nieder und strich ihr eine blonde Haarsträhne aus dem Gesicht. Sie war kalt. Er schaute weg.

»Ich wollte, daß du weißt ...« Er wußte nicht, was er sagen sollte. Vor diesem Gesicht konnte man nicht einfach in irgendeine Rolle schlüpfen oder eine Maske aufsetzen. Wenn sie doch nur die Augen aufschlagen würde! Er schluckte schwer. »Ich wollte, daß du weißt, daß ich alles für dich tun würde. Daß alles, so verrückt es auch erscheinen mag, sich gelohnt hat – und lohnen wird – wenn ich dich nur zurückholen kann. Ich bin mein ganzes Leben lang davongelaufen, und jetzt habe ich einfach genug davon. Egal – ich wollte, daß du weißt, daß Grubb versorgt ist. Meine Familie wird sich um ihn kümmern. Und ich werde bei dir sein – egal, wie es ausgeht.«

Sam beugte sich vor und küßte sie. »Bis bald«, sagte er. Dann stand er auf und verließ den Wohnwagen.

Am anderen Ende des Hofes loderten die Flammen des knisternden Feuers, in dem die Steine für die Schwitzzeremonie erhitzt wurden. Mit dem Pfeilbündel auf dem Schoß saß Pokey auf einem Gartenstuhl. Der Feuerschein verlieh seinen Augen einen orangefarbenen Glanz. Sam stellte sich zu Harry und Festus, die zuschauten, wie Harlan die heißen Steine aus dem Feuer holte und in die Grube im Inneren der Schwitzhütte trug. Mittlerweile hatten die beiden ihr anfängliches Staunen darüber, daß Sam überhaupt noch am Leben war, abgelegt und verbrachten wie üblich die Zeit damit zuzuhören, wie ihr Vater mit Pokey herumstritt. Sam fiel auf, wie ähnlich sie ihrem Vater sahen – der gleiche drahtige Körperbau, das gleiche kantige Kinn. Harlan hatte zwar etwas abgenommen und graue Haare bekommen, aber ansonsten sah er noch genauso aus, wie Sam ihn in Erinnerung hatte.

»Die Jungs und ich müssen morgen früh zur Arbeit«, sagte Harlan. »Wir können nicht allzu lange bleiben, Pokey. Und laß bloß die Finger vom Fusel.«

»Ich werd nicht saufen«, sagte Pokey.

Harlan ließ einen Stein in die Grube fallen und wischte

sich den Schweiß von der Stirn. »Ich kann einfach nicht glauben, daß der Arzt dich hat heimgehen lassen. Gestern hat er noch gesagt, ich wäre schuld, wenn du stirbst, nur weil ich dich nicht ins Krankenhaus nach Billings bringen lassen wollte.«

»Der ist halt ein Pisser«, sagte Pokey. »Wie weit sind wir?«

Harlan scharrte mit der Mistgabel einen weiteren Stein aus dem Feuer. »Das sollte reichen.« Er schnallte seinen Gürtel auf und fing an, sich auszuziehen. Die anderen folgten seinem Beispiel und legten ihre Kleider auf Pokeys Stuhl.

Sam nahm Pokey den Köcher ab und legte ihn in die Schwitzhütte, dann half er dem alten Mann aus seinem Krankenhauskittel. Pokey kroch in die Schwitzhütte, und die anderen ließen sich ihm gegenüber im Halbkreis nieder.

»Bevor ich die Tür runterlasse, muß ich dieses Bündel hier aufmachen. Es ist mächtig alt, und es gibt niemanden, der das richtige Lied dazu kennt. Also muß ich mir was ausdenken, während ich singe. Okay?«

Pokey hielt das Bündel hoch und sang ein Gebetslied, in dem er den Geistern für die Segnungen der Schwitzzeremonie dankte. Er breitete auf dem Boden ein quadratisches Stück Wildleder aus, auf das er die verschiedenen Gegenstände aus dem Medizinbündel legen wollte. »Ich weiß nicht, was geschehen wird, aber Harlan, du und die Jungs, ihr müßt dafür beten, daß Samson auf seiner Reise nichts geschieht. Er macht sich auf die Suche nach einer Vision, doch er geht nicht in die Welt der Geister.« Pokey wandte sich an Sam: »Du hast sie gesehen, seitdem du hier bist, stimmt's?«

»Ja«, sagte Sam.

»Und sie ist noch im Wohnwagen?«

»Ja.«

»Wer?« fragte Harry.

»Spielt keine Rolle«, erwiderte Pokey. Er und Sam hatten Harlan und den Jungs nichts von Calliope oder Coyote erzählt. »Dann mal los.« Er warf eine Handvoll Salbei auf die Steine. Als Rauch aufstieg, hielt er den Köcher hinein und nahm dann den Deckel ab. Er nahm die einzelnen Gegenstände heraus und legte sie auf die Unterlage aus Wildleder. Gleichzeitig fing er an zu singen. Sam schloß die Augen und konzentrierte sich auf seinen Abstieg in die Unterwelt und darauf, was er dort zu tun hatte.

»Heya, heya heya, ein Pfeil
Heya, heya heya, noch ein Pfeil
Heya, heya heya, noch ein Pfeil
Heya, heya heya, der letzte Pfeil
Heya, heya heya, ein Adlerschädel
Heya, heya heya, etwas braunes Pulver.«

»Etwas braunes Pulver?« fragte Harlan.

»Na ja, ich weiß auch nicht, was es ist«, sagte Pokey. »Für mich sieht's aus wie braunes Pulver.«

»Egal, was es ist, es funktioniert«, sagte Festus und deutete auf Sam, der dasaß und zitterte, obwohl es in der Schwitzhütte brütend heiß war. Seine Augen waren offen, doch ganz in den Kopf zurückgerollt, so daß man nur das Weiße sehen konnte.

»Ich lasse die Tür runter«, sagte Pokey. »Jetzt betet für seine Wiederkehr, wie ihr noch nie gebetet habt.«

34. KAPITEL

Laß die Hunde der Ironie von der Leine

Die Eule saß noch immer auf dem Leitungsmast.

Adeline Eats saß in ihrem Lehnstuhl, las das Buch Hiob und kämpfte mit ihrem Abendessen. Auf dem Rückweg vom Krankenhaus waren die Kinder auf die Idee verfallen, daß sie Pfannkuchen zum Abendessen wollten, und Adeline hatte einen Riesenberg davon sowie sämtliche mißratenen Probeexemplare verspachtelt. Das Ergebnis war, daß sich nun die Mutterfiguren der amerikanischen Frühstückskultur, Aunt Jemima, die Ikone des Ahornsirup, und Mrs. Butterworth, Schutzheilige der Butter, einen blasenreichen Kampf in ihrem Magen lieferten, während Adelines Kinder vor Fieber glühten und Hiob verbrüht wurde.

Adeline bewunderte, wie Hiob seinen Glauben bewahrte. Sie hatte nur eine Horde kranker Kinder, einen Ehemann mit Peyotekater, eine Eule vor dem Haus sowie leichte Probleme, die kleingedruckte Schrift trotz Sonnenbrille zu lesen, aber am liebsten hätte sie schon alles hingeschmissen und wäre zur Hölle gefahren, wo bestimmt schon ein Platz für sie reserviert war. Der alte Hiob hatte es wirklich drauf, zumal sich Gott ihm gegenüber tatsächlich aufführte wie der letzte Arsch. Was sollte das überhaupt? Wenn ihre Schwestern mit ihr über die Bibel sprachen, drehte es sich immer nur um die Bergpredigt, das Hohelied des Salomon, die Sprüche und die Psalmen – nie um Plagen und Strafen. Außerdem erwähnten ihre Schwestern nie, daß Gott Rassist war. Die alten Philister haßte er ja wohl aus ganzem Herzen. Adeline hatte eine Cousine in Philadelphia, sie trug vielleicht ihren Lidschatten zu dick auf, aber das war doch wirklich keine Sünde, für die man mit ewiger Verdammnis geschlagen werden mußte.

Eine wahre Flutwelle von Magensäure brandete in Adelines Bauch auf und riß sie aus ihrer religiösen Gedankenverlorenheit. Sie legte die Bibel nieder und ging in die Küche, um sich eine Tablette gegen Magenverstimmungen zu holen. Sie fand die Flasche und quälte sich fünf Minuten mit dem kindersicheren Verschluß ab, bis sie den Entschluß fällte, einfach das Fleischerbeil zu nehmen, mit dem Milo seine Rehkeulen zerkleinerte, und der blöden Flasche damit den Hals abzuhacken. Sie hielt gerade das Hackebeil in die Höhe, da klingelte es an der Tür, als sei es der Gouverneur persönlich.

Sie watschelte zur Tür und riß sie auf. Ein unglaublich fetter weißer Mann in einem taubenblauen Anzug stand auf der Treppe, den Hut in der Hand und seinen Musterkoffer neben sich, und grinste wie eine Beutelratte, die Scheiße frißt. Er kam ihr irgendwie bekannt vor.

»Entschuldigen Sie, Ma'am«, sagte er. »Ich war auf der Suche nach einer Mrs. Adeline Eats, doch ich bin offensichtlich im Haus eines Filmstars gelandet.«

Adeline fiel ein, daß sie eine Sonnenbrille trug und die Haare hochgesteckt hatte. Sie schob die Brille hoch. »Ich bin Adeline Eats«, sagte sie. Sie spähte über seine Schulter und zuckte zusammen. Die Eule war immer noch da.

»Aber sicher sind Sie das. Und ich bin Lloyd Commerce und präsentiere Ihnen den besten Vitaminkomplex auf Heilkräuterbasis, den die Welt je gesehen hat: Miracle Medicine. Darf ich eintreten?«

Adeline schaute ihn mißtrauisch an. »Haben Sie mir nicht vor langer Zeit einen Staubsauger verkauft?«

»Mrs. Eats, Ihr Erinnerungsvermögen ist ja unglaublich!

Ich hatte tatsächlich das Privileg, den Strahl blitzsauberen Glanzes, auch bekannt als ›Miracle‹, ins Leben der Menschen zu bringen. Wie funktioniert er?«

»Keine Ahnung. Ich habe keine Teppiche.«

»Sehr scharfsinnig, Mrs. Eats. Wie lassen sich schmutzige Teppiche besser vermeiden, als wenn man auf ihre Anschaffung überhaupt verzichtet? Aus diesem Grund habe ich beschlossen, mein Wirken in den Dienst eines Produkts zu stellen, das auf das Hauptproblem der Familien heutzutage abzielt.«

»Und was ist das?«

Lloyd legte seine Hand, in der er den Hut hielt, auf sein Herz. »Wenn Sie eine Minute Ihrer Zeit für mich entbehren könnten, werden Sie in den Genuß der Früchte jahrelanger Forschungsarbeit kommen.«

»Okay, kommen Sie rein. Aber Sie müssen leise sein. Meine Kinder sind krank, und mein Mann schläft.« Adeline trat zur Seite, und der Vertreter schwebte an ihr vorbei auf die Couch.

Als Adeline sich ihm gegenüber auf einen Sessel setzte, fing ihr Magen an zu rumoren. Mit Mühe unterdrückte sie einen Rülpser. »Entschuldigen Sie.«

»Magenverstimmung!« rief Lloyd, als hätte er gerade das Heilmittel gegen Krebs entdeckt. »Fortuna lächelt Ihnen zu, Mrs. Eats. In meinem Koffer hier habe ich die Krönung aller Heilmittel gegen Magenverstimmung.« Er zog eine braune Flasche aus seinem Koffer und hielt sie Adeline voller Ehrerbietung hin. »Mrs. Eats, darf ich Ihnen vorstellen? Miracle Medicine.«

Adeline hob abwehrend die Hände. »Ich weiß nicht, ob ich es mir leisten kann. Ich war jetzt ein paar Tage nicht arbeiten, weil ich mich um die Kinder kümmern mußte.«

»In diesem Fall können Sie es sich nicht leisten, darauf

zu verzichten. Und mit dem Haus voll kranker Kinder können Sie es sich nicht leisten zu warten.«

»Hilft dieses Zeug denn gegen die Grippe?«

»Die Grippe? Die Grippe?« Lloyd fuchtelte mit der Flasche vor Adeline herum. »Die Grippe hört auf zu existieren, wenn Sie Miracle Medicine haben. Sie macht die Kranken gesund und steigert das Wohlbefinden der Gesunden. Dies ist kein rückständiges, primitives Heilmittel, Ma'am, sondern eines der besten Produkte, das die Natur und die moderne Wissenschaft hervorbringen konnten. Miracle Medicine wirkt gegen Krupp, Krämpfe, Krebsgeschwüre und Altersschwachsinn.«

»Ich weiß nicht ...«, sagte Adeline.

»Wie sollen Sie es auch wissen, wenn Sie es noch gar nicht probiert haben? Ich sage Ihnen, Miracle Medicine wird sogar Ihr Selbstbewußtsein stärken. Übermäßiger Speichelfluß, peinlicher Mundgeruch, Blähungen, Schuppen, Schuppenflechte, die meisten Geisteskrankheiten sowie Peyotekater – nichts kann Sie mehr schrecken.«

»Das glaube ich nicht«, sagte Adeline.

»Sie glauben das nicht? Mrs. Eats, kann ich einmal einen Blick in Ihren Medizinschrank werfen?« Lloyd zog eine Plastiktüte aus seinem Musterkoffer.

»Ich denke schon«, sagte Adeline. »Das Badezimmer ist da drüben.«

»Kommen Sie mit«, sagte Lloyd. Er erhob sich und führte Adeline ins Badezimmer. Er riß die Tür des Medizinschranks auf, nahm ein Fläschchen Aspirin heraus und hielt es in die Höhe. »Wozu ist das gut, Mrs. Eats?«

»Kopfschmerzen.«

»Brauchen Sie nicht mehr.« Lloyd warf das Fläschchen in den Müllbeutel.

»Heh«, protestierte Adeline.

»Mit Miracle Medicine gehören Kopfschmerzen der Vergangenheit an.« Er langte nach einer Tube und schleuderte sie in den Beutel. »Mit Hämorrhoiden haben Sie nichts mehr zu schaffen, Mrs. Eats.« Dann folgten Hustensäfte, das Pflaster, die Pilzsalbe und eine alte Mixtur gegen Blasenentzündung.

»Heh, das Zeug da brauche ich.«

»Nicht *mehr*«, sagte Lloyd. »Nicht mit Miracle Medicine.«

Adeline wurde allmählich sauer. »Stellen Sie den Kram wieder zurück.«

Lloyd schob Adelines Sonnenbrille hoch und schaute ihr in die Augen. »Mrs. Eats, Sie sagen, Sie haben das Haus voll kranker Kinder. Was genau haben Sie getan, damit es ihnen besser geht?«

»Ich bin mit ihnen im Krankenhaus gewesen, aber sie haben uns nicht aufgenommen. Und dann habe ich noch gebetet.«

Lloyd nickte wissend. »Das Beten können Sie sich in Zukunft auch sparen.« Er stürmte ins Wohnzimmer, schnappte sich die Bibel und schleuderte sie in den Müllsack. »Sie brauchen nicht zu beten, wenn Sie eine Medizin im Haus haben, die Geschwülste ab- und den Sexualtrieb anschwellen läßt und darüber hinaus einen direkten Beitrag zum Ausgleich der nationalen Handelsbilanz leistet.«

»Nein«, sagte Adeline, die ihm hinterhergekommen war. »Ich will nichts davon.«

Er ging zu dem Kruzifix an der Wand, riß es ab und schleuderte es in den Müllsack. »Stillt den Husten, dient der Ausgeglichenheit, erhöht die Antriebskraft...«

»Nein!« sagte Adeline.

Lloyd nahm das 3-D-Bild von Jesus vom Fernseher und warf es in die Tüte.

»Beruhigt die Nerven.«

»Nein!«

»Hilft gegen Akne.«

»Nein!«

»Hilft gegen Filzläuse, religiöse Unentschlossenheit und Zweifel, Brennesselallergie, Tollwut, und...«

»Nein!«

»Verscheucht unerwünschte Eulen.«

»Wieviel kostet es?« fragte Adeline.

»Bar oder Scheck?« fragte Lloyd und setzte sich wieder auf die Couch.

Adeline hörte, wie die Schlafzimmertür aufging. Sie wandte sich um. Es war Milo, der mit einer Sonnenbrille auf der Nase ins Wohnzimmer kam. Nach einer Peyotezeremonie konnte er ein bis zwei Tage kein helles Licht ertragen. »Was zum Teufel ist denn hier los?«

»Ich habe mich gerade mit diesem Vertreter unterhalten«, sagte Adeline.

»Mit welchem Vertreter?«

Adeline drehte sich um. Der Vertreter, sein Musterkoffer und die Plastiktüte samt Inhalt waren verschwunden. Lediglich die braune Flasche mit der Miracle Medicine thronte auf dem Tisch.

»Hier mein Schatz, nimm etwas davon«, sagte sie, »dann geht's dir gleich besser.«

Sie fühlte sich jetzt schon besser.

Sam dachte, er würde ohnmächtig. Ihm wurde schwindelig, und er hatte das Gefühl zu fallen. Die Geräusche um ihn herum wurden immer leiser: Pokeys Stimme schien sich zu entfernen, dann herrschte völlige Stille. Sein Magen wurde durchgeschüttelt wie in einer Achterbahn, wenn sie in die Tiefe rauscht. Dann hatte er das Gefühl, als würde er auf dem Boden plattgedrückt. Er schaute sich um, in der Erwartung, die anderen in der Schwitzhütte zu sehen, doch die Hütte und alle, die darin gewesen waren, waren verschwunden. Es gab nichts außer schwärzester Finsternis und dem Geräusch seines eigenen Atems.

Tausend Fragen ratterten durch sein Hirn, aber jede Frage warf eine weitere auf, und er kam zu der Erkenntnis, daß es am besten wäre, weiterhin zu handeln, ohne nachzudenken, und sich in Erinnerung zu rufen, warum er hier war. Er stand auf und blinzelte in die Dunkelheit. Zwei goldene Augen schwebten vor ihm. Er hörte das Atmen eines Tieres.

Plötzlich schimmerte vor ihm eine Plattform aus Stein. Auf ihr stand eine sonderbare Gestalt. Sie hatte den Körper eines Menschen und den Kopf eines Hundes und trug ein ägyptisches Gewand. Abgesehen von den goldenen Augen war das Wesen schwarz, und zwar so schwarz, daß es alles Licht aus der Umgebung zu schlucken schien. In der Hand hielt es einen goldenen Stab mit einer Falkenfigur an der Spitze. Neben ihm auf der Plattform war die Quelle der Atemgeräusche: ein Ungeheuer so groß wie ein Nilpferd mit den Kiefern eines Krokodils und dem Körper eines Löwen. Es schnaubte und schnappte in die Luft, wobei ihm der Schaum von den Lefzen troff. Hinter beiden stand eine Waage von gigantischem Ausmaß.

Sam hatte ja schon einiges durchgemacht, doch nun wurde er von einer Woge der Panik erfaßt, die jeden anderen Gedanken auslöschte. Am liebsten wäre er davongerannt, doch er war unfähig, sich zu bewegen. Im schwachen Lichtschein der Plattform erkannte Sam, daß er inmitten menschlicher Knochen stand. Er merkte, daß er auf Zehenspitzen stand und jede Faser seines Körpers angespannt war.

Der schwarze Hundemensch ließ seinen Stab auf die

Plattform knallen. »Okay, rauf auf die Waage«, sagte er. Er musterte Sam etwas genauer und stieg von der Plattform herunter. »Augenblick mal, du bist ja noch am Leben. Hau ab. Wir kümmern uns nur um die Toten. Raus hier, verschwinde – aber zackig.«

Sam hatte in der vergangenen Woche jede Menge sonderbare Dinge gesehen, doch der Anblick einer Hundeschnauze, die redete wie ein Mensch, schlug dem Faß den Boden aus. Er sah aus, als hätte die Gestalt einen Hühnerknochen verschluckt und versuchte nun, ihn wieder herauszuwürgen. Sams Angst war plötzlich wie weggeblasen. Dieser Anblick war gar zu dämlich, wie ein Werbefilm für Schappi, den man in der Hölle gedreht hatte.

»Bist du derjenige, mit dem ich sprechen soll ... der mir weiterhelfen kann?«

»Paß mal auf. Ich wußte, daß mein Bruder dir nur Ärger machen würde. Ich habe versucht, dich zu warnen und dir deshalb meinen Vertreter geschickt.«

»Dein Bruder?«

»Coyote ist mein Bruder. Hat er dir das nicht gesagt?«

»Nein, er hat niemals einen Bruder erwähnt. Er sagte, ich soll mich auf die Suche nach demjenigen machen, der die Seelen wiegt.«

Der Hundemensch war eingeschnappt. »Tja, hier ist die Waage. Und hier bin ich. Jetzt kombiniere mal. Na los, Herr Einstein. Er hat mich nicht erwähnt. Es ist nicht zu fassen.« Er setzte sich hin, ließ den Kopf hängen und kratzte sich hinter den Ohren. »So was von undankbar.«

Das Ungeheuer knurrte, und Sam machte einen Satz rückwärts.

»Das ist Ammut«, sagte der Hundemensch. »Er will dich auffressen.«

Sam zuckte zusammen. »Vielleicht später. Ich möchte

dich eigentlich um einen Gefallen bitten, deswegen bin ich hier.«

»Du hast keine Ahnung, wer ich bin, stimmt's? Das schmerzt. Daß ich auch Gefühle haben könnte, darauf kommst du nicht.«

»Es tut mir leid«, sagte Sam. »Ich bin ein bißchen durcheinander. Ich wollte nicht unhöflich sein.« Durcheinander? Nackt, in einer übernatürlichen Welt, im Gespräch mit dem Hundefuttergott, bei dem Versuch, die Frau zurückzubekommen, die er liebte. *Entschuldigen Sie mein Benehmen*, dachte Sam. »Ich bin Sam Hunter, und wer bist du?«

»Anubis, der Sohn des Osiris, Gott der Unterwelt.« Er kratzte sich noch heftiger hinter den Ohren, und sein Bein zuckte und zappelte dabei mit.

»Osiris? Bist du Ägypter?«

»Mein Volk lebte im Niltal, ja.«

»Aber du hast gesagt, Coyote wäre dein Bruder.«

»Die Geschichte hat er dir also auch nicht erzählt?« sagte Anubis indigniert.

»Nein, tut mir leid«, sagte Sam. Nicht nur, daß Calliopes Leben in den Händen eines Hundes lag, nein, eines neurotischen noch dazu. War es denn zu fassen? Er versuchte, den Gott bei Laune zu halten. »Aber ich würde sie gerne hören.«

Anubis spitzte seine langen Ohren. »Es ist lange her«, fing er an zu erzählen. »Und der Gott Osiris lehrte die Menschen im Niltal, wie man Getreide anpflanzt, und er ließ den Fluß über die Ufer treten, damit die Saat gedieh. Gemeinsam mit seiner Königin Isis herrschte er über die gesamte zivilisierte Welt. Doch sein Bruder Set, der Dunkle, wurde von Eifersucht gepackt und tötete Osiris. Er zerstückelte seinen Körper in vierzehn Teile und verstreute sie über das ganze Niltal.

Allerdings hatte Osiris mit Sets Frau Nephtys geschlafen, und sie brachte zwei Söhne zur Welt. Beide hatten Hundeköpfe, und sie hießen Anubis und Aputet. Als Set die Jungen fand, steckte er jeden in einen Korb und setzte sie auf dem Nil aus. Kurz darauf wurde Anubis von Isis gefunden und adoptiert. Aputet jedoch trieb weiter bis ans Meer und über den Ozean, zu einem anderen Land im Westen.«

Hier warf sich der hundeköpfige Gott vor Stolz an die Brust. »Anubis war immer der Pflichtbewußte, der Treue. Er suchte die verstreuten Teile unseres Vaters und setzte sie wieder zusammen, so daß Osiris erneut zum Leben erwachte. Dafür erhielt er die Aufgabe, die Wahrhaftigkeit der menschlichen Seelen zu wiegen und die Menschen in die Unterwelt zu geleiten.«

Und mein Bruder«, fuhr Anubis fort, »wuchs in einem wilden Land heran. Er hatte göttliche Kräfte, aber keinerlei Pflichtgefühl und Sinn für Gerechtigkeit. Alles, was ihn interessiert, sind die Geschichten, die man sich über ihn erzählt. Daß er einen Bruder hat, vergißt er, obwohl ich ihn schon so oft gerettet habe. Er besucht mich nie. Bist du sicher, daß Coyote nie davon erzählt hat?«

Sam wußte nicht, was er antworten sollte. Er dachte an die Geschichten über Coyote, die er schon als Kind gehört hatte, und wie sich alles zusammenfügte. »Nein, mir wurde erzählt, daß er meinem Volk den Büffel brachte und uns lehrte, das Land zu bestellen.«

»Das hat er aus schierem Eigeninteresse getan. Wenn die Menschen nicht wissen, wie man sich am Leben erhält, wie sollen sie sich dann Geschichten über ihn erzählen? Er hat mich jahrelang dazu benutzt, um seine Geschichten zu konstruieren. Jetzt ist er auf die Erde zurückgekehrt und hat dich benutzt.«

Es paßte alles zusammen. »Er hat mein Leben vermasselt

und dafür gesorgt, daß Calliope getötet wird, nur damit es etwas zu erzählen gibt.« Sam gab sich alle Mühe, seine Wut zu unterdrücken. »Und ich bin hier, damit sich die Leute noch mehr Geschichten über ihn erzählen?«

»Er hatte keine andere Wahl, oder er wäre geendet wie ich.« Anubis senkte seine Stimme. »In der Sprache deines Volkes gibt es keine Worte für ›Computer‹, ›Videorecorder‹ oder ›Fernsehen‹. Die alten Geschichten geraten in Vergessenheit, die Kinder kennen sie kaum noch. All die Geschichten von den Büffeljagden und tapferen Kämpfen. Das ist nicht mehr ihre Welt. Coyote hatte Angst, in Vergessenheit zu geraten, so wie ich. Durch diese neuen Geschichten wurde er wieder lebendig. Du hast die Geschichten durchlebt, durch die er wieder in das Bewußtsein der Menschen zurückkehrt. Die Menschen selbst sind ihm egal. Für ihn zählt nur, daß sie wieder über ihn reden. Ich habe mein möglichstes getan. Ich habe dir meinen Vertreter geschickt, um dir zu helfen.«

Sam sah Anubis an. »Den großen schwarzen Kerl, Minty? Du hast ihn geschickt?«

»Er ist mein Sohn, aber er weiß es nicht«, sagte Anubis. »Ich kann eure Welt nicht betreten. Ich bin ein toter Gott, gestorben daran, daß sich die Welt verändert hat. Also habe ich dir den Schwarzen geschickt, damit er dir beisteht. Er gehört mir, wie du Aputet gehörst.«

»Ich gehöre ihm? Was soll das heißen?«

»Du bist für seine Geschichten geboren. Du mußt sie durchleben und weitergeben.«

»Er möchte, daß kleine Kinder Geschichten zu hören bekommen, in denen unschuldige Frauen umgebracht werden? So was soll gut sein für ein Volk?«

»Das ist ihm egal. Solange die Geschichten erzählt werden, wird sein Volk durch sie zusammengehalten. Er sagt, die Menschen brauchen ein gutes schlechtes Beispiel. Es erfüllt sie mit Stolz, das Richtige zu tun. Ich habe immer recht gehandelt, und deswegen ist mein Volk verschwunden, verschluckt vom Gott der Christenheit.«

»Und wie endet die Geschichte?« fragte Sam. »Kann ich Calliope zurückholen? Sie hat nichts Unrechtes getan.«

»Ich wiege die Seelen der Toten gegen die Wahrheit auf. Wenn es ein Gleichgewicht gibt, kann sie passieren, wenn nicht, werfe ich sie Ammut zum Fraß vor.« Bei der Erwähnung seines Namens begann Ammut zu knurren. »Ich hänge hier fest und muß mich mit dieser blöden Arbeit rumquälen, während mein Bruder in der Welt herumzieht und sich amüsiert. Das ist einfach ungerecht.«

Sam blieb beharrlich. »Laß mich das Mädchen mitnehmen. Es ist doch nicht ihre Schuld, daß Coyote so ein Mistkerl ist.«

»Nein«, sagte Anubis. »Es ist an der Zeit, daß meinem Bruder mal ein Denkzettel verpaßt wird. Er hat immer alles bekommen, was er wollte.«

»Laß sie leben, und ich werde deine Geschichte weitererzählen. Man wird sich an dich erinnern. Die Menschen werden daran glauben.« Sam durfte nicht lockerlassen.

»So wie die anderen Geschichten?« Der Gott verfiel in einen nöligen Singsang. »›Dann kam Coyotes Bruder und sprang viermal über ihn hinweg, wodurch er ihn wieder zum Leben erweckte.‹ Nicht einmal mein Name wird erwähnt.«

»Bitte«, flehte Sam.

Anubis schüttelte langsam den Kopf. »Nein. Sag meinem Bruder, daß er lernen muß, für sein Volk Opfer zu bringen. Ich habe getan, was ich konnte.« Der schakalköpfige Gott erhob sich und schritt, gefolgt von dem Ungeheuer, hinaus in die Finsternis.

»Warte!« Sam wollte ihm hinterherrennen. Die Plattform wurde dunkel, und Sam wurde der Verlust seiner Liebe schmerzlich bewußt, als sich plötzlich unter ihm ein endloser Abgrund auftat.

Kurz vor Sonnenaufgang kam Coyote in die Schwitzhütte gekrochen und setzte sich neben Pokey. Sam zitterte am ganzen Leib, und von seinen Augen war noch immer das Weiße zu sehen. »Warte!« schrie er. Er zuckte unter einem Stromschlag zusammen und rollte mit den Augen, bis die Pupillen wieder erschienen. Die Türklappe der Schwitzhütte wurde aufgerissen, und die ersten Lichtstrahlen der Morgendämmerung krochen ins Innere.

»Wie geht's meinem Bruder?« fragte Coyote.

Sam sprang Coyote an die Gurgel. »Du hast sie umgebracht, damit die Leute sich Geschichten über dich erzählen!« Pokey nahm ihn von hinten in den Schwitzkasten.

»Nein, Samson.« Pokey hatte alle Mühe, Sam festzuhalten. »Du warst die ganze Nacht weggetreten. Harlan und seine Jungs sind schon gegangen. Jemand namens Minty Fresh hat für dich angerufen. Er hat gesagt, daß einige Rocker auf dem Weg hierher sind, um das Kind zu holen. Er sagte, sie würden vermutlich gegen Morgen hier ankommen.«

35. KAPITEL

Verrückte-Hunde-die-Sterben-Wollen

Durch den Besuch in der Unterwelt wurde Calliopes Tod für Sam zu einer unwiderruflichen Tatsache. Seiner letzten Hoffnung beraubt, als wäre ihm die Haut vom Leibe gezogen worden, wollte er nur noch schreien vor Schmerz. Nackt wie er war, rannte er aus der Schwitzhütte und stürzte sich kopfüber in die abkühlende Feuerstelle.

»Samson, hör auf!« rief Pokey.

Samson langte mit beiden Händen in die Asche und rieb sich Gesicht und Brust damit ein. Dann stürmte er, Coyote und Pokey im Gefolge, über den Rasen ins Haus.

Als die beiden hereinkamen, war er gerade dabei, die Lanze von der Wand im Wohnzimmer zu reißen. Die Frauen hatten sich mit den Kindern in die Schlafzimmer verzogen. Pokey hörte, wie sie weinten. Coyote packte Sam an der Schulter. »Hör auf.«

Sam stieß einen Schrei aus und schnellte herum. Die lange Obsidianspitze strich über Coyotes Brust. Blutend fiel der Trickser hinterrücks hin. Sam rannte aus dem Haus.

»Schnapp ihn dir«, sagte Pokey zu Coyote.

Coyote erhob sich, rannte zur Tür und sah gerade noch, wie Sam über den Zaun der Koppel neben dem Haus sprang. Er schwang sich auf den Rücken des fuchsbraunen Pferdes, wickelte eine Hand in die lange Mähne, drückte dem Tier die Fersen in die Flanken und klatschte ihm mit der Lanze aufs Hinterteil. Das Pferd machte einen Satz und sprang über den Zaun ohne sich dabei um den Stacheldraht zu kümmern, den es mit den Vorderläufen mitriß.

»Sam, warte!« rief Coyote. Sam zog das Pferd an der Mähne und brachte es zum Stehen. Er warf einen Blick auf den Trickser. Pokey trat zu Coyote auf die Veranda.

»Laß es bleiben, Samson«, sagte Pokey.

»Ich habe es satt, Angst zu haben, Pokey. Heute ist ein guter Tag, um zu sterben.« Sam schlug dem Pferd mit der Lanze in die Flanke und galoppierte die Straße hinunter.

»Mach das Tor auf«, rief Coyote Pokey zu. Er rannte zur Koppel, langte dabei in die matschigen Reifenspuren und rieb sich Gesicht und Brust damit ein. Er grätschte über den Zaun. Aufgeschreckt durch den Tumult lief das gescheckte Pferd an das andere Ende der Weide. »Hierher«, befahl Coyote.

Das Pferd blieb stehen, als wäre es von einem unsichtbaren Lasso zurückgerissen worden. Es machte eine Kehrtwende und galoppierte zurück zu dem Trickser. Coyote beruhigte es und sprang dann auf seinen Rücken.

Pokey schwang das Gatter auf, und Coyote ritt aus der Koppel, über die Auffahrt hinunter zur Straße und machte sich an die Verfolgung von Sam.

Es gibt wenige Kombinationen menschlicher Eigenschaften, die so furchterregend sind wie Psychopathentum in Verbindung mit Zielstrebigkeit. Doch bei Anbruch der Morgendämmerung rollten gleich vierzig Beispiele dieser unseligen Verbindung in Zweierreihen auf ihren Harley Davidsons die Abfahrt des Highway 90 hinter, passierten Wiley's Tankstelle und tuckerten auf der Hauptstraße durch die Stadt. Lonnie Ray Inman fuhr an der Spitze der Kolonne, dicht gefolgt von Bonner Newton und Tinker. Hinter ihnen kamen die übrigen Mitglieder der Bruderschaft aus Santa Barbara und hinter jenen wiederum verschiedene Mitglieder anderer Ortsgruppen, die, beflügelt von der Aussicht auf brutale Selbstjustiz und Rache, bereitwillig mitgekommen waren, um ein bißchen Farbe in ihren tristen Alltag zu bringen.

Als sie in die Stadt einfuhren, machte sich eine gewisse Ratlosigkeit unter ihnen breit, und sie warfen sich fragende Blicke zu. Sie wußten, daß sie ins Crow Reservat fuhren, um ein entführtes Kind zurückzuholen, aber nun, wo sie da waren, was sollten sie tun? Um diese Zeit trieb sich kein Mensch auf den Straßen herum, der ihre wilde Entschlossenheit und geballte Macht hätte würdigen können. Und so entwickelte sich die ganze Angelegenheit zu einem ziemlich unbefriedigenden Ereignis, besonders für jene, die nicht an Schulterhalfter gewöhnt und schon etwas wundgescheuert unter den Armen waren.

Lonnie drosselte das Tempo der Kolonne, und sie schlichen die Hauptstraße entlang, während Lonnie in den Nebenstraßen Ausschau nach dem orangefarbenen Datsun hielt. Beim Tabakladen am Ortsende gab er das Signal anzuhalten. Vor ihnen lag nur noch offenes Weideland. Die metallischen Flatulenzen der schweren Motorräder, die im Leerlauf vor sich hin knatterten, ließen die Fensterscheiben im ganzen Ort erzittern. In einigen Häusern gingen die Lichter an, und ein paar Köpfe tauchten hinter den Fenstern auf. Lonnie Ray machte Bonner ein Zeichen, daß er sich mit ihm beratschlagen wollte. Als Bonner neben ihn rollte, hörten sie das Kriegsgeschrei.

Als Lonnie und Bonner die Straße hinunterschauten, sahen sie zwei Reiter, die auf sie zugerast kamen. Einer von ihnen schwang einen Speer über seinem Kopf und schrie. Bonner erholte sich als erster von seinem Schreck und wollte gerade die Pistole ziehen, als irgendwo links von ihm ein Schuß losging. Das Tachometer seiner Maschine zerplatzte, und er wurde mit Glas- und Metallsplittern übersät.

»Ich würde die Finger von dem Ding lassen.« Die Stimme kam von einem Dach. »Ich würde mich verdammt noch mal nicht bewegen.« Bonner schaute sich um und sah, daß ihn jemand durch das Zielfernrohr eines Jagdgewehres anvisierte. Die Reiter kamen mit unverminderter Geschwindigkeit auf sie zugaloppiert. Einer der Rocker griff zur Waffe, und aus einer anderen Richtung krachte ein Schuß, der ihm den Scheinwerfer seiner Maschine wegpustete. Auf einem der Dächer auf der anderen Straßenseite stand ein weiterer Schütze. Die Rocker schauten sich nach allen Richtungen um, bis sie feststellen mußten, daß insgesamt vier Männer mit großkalibrigen Präzisionsgewehren von verschiedenen Dächern aus auf sie zielten.

»Mit diesem Ding hier kann ich auf zweihundert Meter 'ner Mücke den Arsch wegblasen«, rief Harlan über seinen Gewehrlauf hinweg. »Laßt eure Spritzpistolen bloß stekken.«

Erneut stieß Sam einen Schrei aus. Es war ein langer, kehliger Klagelaut.

»Der Arsch bleibt einfach nicht stehen«, sagte Tinker. Er zog seine Magnum und drückte ab, bevor ihm Harlan eine Kugel in die Schulter jagte und er von seinem Motorrad auf die Straße geschleudert wurde. Coyote faßte sich an die Brust, sackte von seinem Pferd und landete im Straßengraben. Als Bonner Newton klarwurde, daß Sam nicht anhalten würde, ließ er sein Motorrad umkippen und ging im Rinnstein in Deckung. Wie angewurzelt starrte Lonnie auf den offensichtlich Wahnsinnigen, der dreck- und schweißverschmiert auf ihn zugebrettert kam. Als Sam nur noch einige Meter entfernt war und die Lanze zum tödlichen Stoß hob, griff Lonnie nach seiner Pistole. Sam zerrte an der Mähne des Pferdes, und es sprang der Länge nach über das Motorrad. Ein Huf traf Lonnies Brustkorb, ein anderer zerfetzte ihm das rechte Ohr, bevor das Tier inmitten der Rocker landete. Sam löste sich aus dem allgemeinen Gewirr und rannte zu Lonnie zurück. Er hob die Lanze über den Kopf des Rockers, der ihn mit weit aufgerissenen Augen anstarrte, und stieß einen Schrei aus.

»Samson!« brüllte Harlan.

Sam streckte sich und stieß mit voller Wucht die Lanze nieder. Er schrie wie am Spieß. In allerletzter Sekunde drehte er die Lanze um und setzte Lonnie das stumpfe Ende auf die Brust. »Hau ab«, sagte er.

Dann wankte er davon und ließ die Lanze fallen.

»Das war's«, rief Harlan. »Macht euch vom Acker, dahin, wo ihr hergekommen seid. Eine falsche Bewegung, und es knallt.«

Die Rocker warfen sich ratlose Blicke zu. Festus, Harry und Billy Two Irons behielten ihre Gewehre auf die Kolonne gerichtet im Anschlag. Bonner Newton rappelte sich auf. »Umdrehen«, sagte er und machte eine entsprechende Handbewegung. Er sah Lonnie an. »Sieh mal nach, ob Tinker noch fahren kann, und dann laß uns verschwinden.«

Sam ging die Straße hinunter zu der Stelle, wo Coyote vom Pferd gefallen war. Der Trickser lag nackt im Straßengraben. Er war völlig mit Matsch beschmiert, ein Bein unter ihm begraben. Aus einem Loch in seiner Brust sickerte ein Blutstrom. Er atmete in kurzen Stößen. Sam beugte sich über ihn und hielt seinen Kopf. Coyote schlug langsam die Augen auf. »Das war der letzte große Coup«, sagte Coyote. »Du warst beim letzten Coup dabei. Jetzt bricht eine neue Zeit an.« Der Trickser hustete; blutiger Schaum trat auf seine Lippen.

Sam hatte keine Wut mehr, keine Gedanken, keine Worte. Eine Minute verstrich. Er hörte die Hupe eines Autos und Harlan, der sagte: »Laßt ihn durch.«

Schließlich sagte Sam: »Kann ich irgend etwas tun?«

»Erzählt die Geschichten weiter«, sagte Coyote. Er schloß die Augen, und sein Atem erlosch. Sam ließ den Kopf des Tricksters sanft zu Boden sinken und legte sich neben ihn in den Graben. Er hörte, daß auf der Straße ein Wagen hielt, schaute aber nicht hin. Das Geräusch einer Wagentür, Schritte und Hände, die ihn aufhoben. Er öffnete die Augen und blickte in ein schwer mitgenommenes schwarzes Gesicht mit goldfarbenen Augen.

»Bist du okay?« fragte Minty Fresh. Sam antwortete nicht. Er spürte, daß man ihn in den Wagen hob. »Ich bring dich nach Hause«, sagte Minty.

Sam saß in der Limousine und starrte auf das Armaturenbrett. Die Wagentür stand offen. Jemand tauchte neben ihm auf und sagte: »Schickes Outfit, Hunts Alone.« Sam sah auf und erblickte Billy Two Irons: er war zwar älter geworden, aber noch genauso dürr wie früher, ganz der alte Billy Two Irons.

Sam schaffte es, schwach zu lächeln. »Du bist deine Pickel losgeworden.«

»Klar«, sagte Billy. »Ich hab sogar schon mal gebumst. Zwar erst letzte Woche, aber nach fünfunddreißig Jahren kommt es nicht mehr so genau drauf an.«

Sam blickte starr nach vorne und versuchte, sich die Tränen zu verbeißen. Billy trat verlegen von einem Fuß auf den anderen. »Dieser Kerl bringt dich nach Hause. Ich komme vorbei, wenn sich die Dinge etwas beruhigt haben.«

Sam nickte. »Es war ein guter Tag, um zu sterben.«

»Du willst mich bloß zum Lachen bringen«, sagte Billy. »Hau nicht wieder ab, okay?« Er tätschelte Sams Schulter und hielt Minty Fresh die hintere Tür der Limousine auf, damit er den toten Coyote auf den Rücksitz legen konnte. Dann machte er die Tür zu.

Minty schloß auch die Beifahrertür, ging um den Wagen herum und nahm hinter dem Steuer Platz. Er steckte den Schlüssel ins Zündschloß und blieb einen Moment reglos sitzen. Ohne Sam anzusehen sagte er: »Es tut mir leid. Dein Onkel hat mir von dem Mädchen erzählt. Sie haben mich ziemlich übel zusammengeschlagen, und irgendwann habe ich ihnen erzählt, wo ihr hinfahrt. Ich hab's versaut. Es tut mir leid. Wenn ich es irgendwie wiedergutmachen kann ...«

Sam blickte nicht auf. »Wie hast du es geschafft wegzukommen?«

»Sie haben meinen Kasinoausweis gefunden. Ich glaube, das Gerücht, daß die Mafia die Kasinos betreibt, hat sie gestoppt.

Sie hatten wohl Angst vor Vergeltungsmaßnahmen. Ich habe im Kasino angerufen und mir die Nummer von deinem Büro geben lassen. Deine Sekretärin hat mir die Nummer von hier gegeben, und ich habe angerufen, sobald ich wegkonnte.«

Sam schwieg. Minty ließ den Wagen an und bog langsam in die Straße ein, stadtauswärts zum Haus der Familie Hunts Alone.

Sam sagte: »Was machst du mit seiner Leiche?«

»Keine Ahnung. Ich werde einfach meiner Eingebung folgen, so wie bei allem, was ich in den letzten zwei Tagen gemacht habe.«

Sam schaute Minty an und sah zum ersten Mal die goldfarbenen Augen, die von Blutergüssen umrandet waren. »Weißt du, was hier passiert ist? Weißt du, was wir sind?«

Minty schüttelte den Kopf. »Was wir sind? Nein. Bis gestern war ich noch Troubleshooter in einem Spielkasino. Jetzt bin ich wohl ein Autodieb.«

»Du hattest keine andere Wahl. Aber ich glaube, jetzt ist es ausgestanden. Du bist ein freier Mann.«

«Klar, hals mir ruhig die Verantwortung auf«, sagte Minty grinsend.

Sam ging tief in sich und zauberte noch ein letztes Lächeln aus dem Hut. Sie näherten sich dem Haus der Familie Hunts Alone. Minty bog in die Einfahrt und hielt an. »Brauchst du noch irgendwelche Hilfe?«

»Nein, es wird schon gehen«, sagte Sam automatisch. Er hatte nicht den geringsten Schimmer, was er wirklich brauchte. Er öffnete die Tür. »Wohin fährst du jetzt?«

»Wie schon gesagt, ich werde einfach meiner Eingebung folgen. Vielleicht nach San Diego.«

»Du kannst auch hierbleiben, wenn du willst.«

»Nein danke. Es ist sehr nett, aber ich habe das Gefühl, als hätte ich noch irgendwas zu erledigen.«

»Wenn die Eingebung dich überkommt, dann denk dran: die heilige Zahl ist die Vier. Du mußt viermal über die Leiche springen.«

»Sollte ich wissen, was das bedeutet?«

»Wenn's soweit ist«, sagte Sam, »wirst du's schon merken. Viel Glück.« Er stieg aus dem Wagen und blickte Minty vom Ende der Einfahrt aus nach, wie er davonfuhr. Was nun? Er war nicht gestorben, und er hatte kein Leben, zu dem er hätte zurückkehren können. Nichts. Leere. Innerlich tot.

Er wandte sich um und ging auf das Haus zu. Cindy und eine andere Frau erschienen in der Tür und warteten. An ihren entsetzten Gesichtern wurde ihm bewußt, was für einen Anblick er bot: nackt, rußverschmiert, gezeichnet von Tränen und Schweiß. Er winkte ihnen zu und verschwand hinter dem Haus, um sich an dem Faß neben der Schwitzhütte zu waschen.

Als er am Wohnwagen vorbeikam, hörte er, wie die Tür aufging, und er schaute sich um.

Calliope trat aus dem Wohnwagen. »Sam?« sagte sie. »Ich habe vielleicht einen seltsamen Traum gehabt.« Sie betrachtete den Rasen und dann den Wohnwagen. »Ich bin doch nicht etwa auf der Bösen Hexe des Ostens gelandet, oder?«

Sam schloß die Augen und nahm sie in den Arm. Er hielt sie fest und drückte sie lange an sich, lachte, schluchzte, dann lachte er wieder und wußte, daß er nun endlich zu Hause angekommen war.

Coyote und der Cowboy

Eines Tages vor langer Zeit begegnete Coyote einem Cowboy, der auf seinem Pferd saß und sich eine Zigarette drehte. Coyote schaute zu, wie der Cowboy einen kleinen Tabaksbeutel aus seiner Hemdtasche zog und dann ein Zigarettenpapier. Er streute etwas Tabak auf das Papier, dann zog er die Schnur des Tabakbeutels mit den Zähnen zu und steckte ihn zurück in die Tasche. Danach rollte er das Papier zusammen, leckte es an und steckte sich die Zigarette in den Mund. Mit einem Streichholz zündete er sie an.

Coyote hatte zwar schon oft Pfeife geraucht, doch etwas so Wunderbares wie das Drehen einer Zigarette hatte er noch nie gesehen. »Das will ich auch machen«, sagte Coyote. »Laß mich auch mal.«

»Das geht nicht«, sagte der Cowboy.

»Warum nicht?«

»Du hast kein Hemd, also hast du auch keine Hemdtasche für deinen Tabaksbeutel.«

Damals trug Coyote keine Hemden. Er betrachtete seinen nackten Oberkörper und dann das Hemd des Cowboys. »Ich kann mir eine Tasche in die Brust machen.«

»Na dann mal los.« Der Cowboy klappte ein Taschenmesser auf und reichte es Coyote. Coyote sah sich noch einmal die Tasche des Cowboys an, damit er die Größe auch richtig hinbekam, und machte dann einen tiefen Schnitt in seine Brust. Er guckte etwas belämmert aus der Wäsche und fiel dann tot um. Der Cowboy nahm sein Taschenmesser und ritt davon.

Kurze Zeit später kam Coyotes Bruder vorbei und sah

den Trickser tot auf der Erde liegen. Er sprang viermal über Coyotes Leiche, und Coyote stand auf, als wäre nichts geschehen.

»Du hast es schon wieder geschafft«, sagte Coyotes Bruder.

»Ich wollte unbedingt eine Zigarette drehen wie der Cowboy.«

Coyotes Bruder schüttelte den Kopf. Er sagte: »Wenn du unter diesen Weißen leben willst, mußt du noch einiges lernen, Coyote. Nur weil du etwas willst, heißt das noch lange nicht, daß es auch gut für dich ist.«

»Das wußte ich«, sagte Coyote.

36. KAPITEL

There Ain't No Cure for
Coyote Blue

Ein Sprichwort aus den Tagen des Büffels besagt: Bei den Crow gibt es keine Waisen. Selbst heutzutage wird jemand, der eine längere Zeit im Reservat lebt, von einer Crow-Familie adoptiert, unabhängig von seiner Hautfarbe. Die Vorstellung, daß jemand keine Familie haben könnte, bereitet den Crow Unbehagen. Und so kam es, daß Samuel Hunter, als er wieder zu Samson Hunts Alone wurde, feststellte, daß eine Familie ebenso auf ihn wie auf seine neue weiße Frau und ihren Sohn wartete. Pokey sagte dazu: »Es gibt nicht annähernd genug blonde Indianer, wenn du mich fragst.«

Allerdings behielt Sam selbst, nachdem er seinen alten Namen zusammen mit seinem alten Leben hinter sich gelassen hatte, seine Verwandlungskünste bei und schlüpfte zu jeder Gelegenheit in die passende Rolle. Manchmal war er schwer auf Draht, bei anderen Gelegenheiten kehrte er eher den Simpel nach außen, wenn es seinen Zwecken dienlich war. Wenn er als Vertreter der Crow mit der Regierung verhandelte, trug er die traditionelle Stammeskleidung und eine Adlerfeder im Haar. Wandte er sich jedoch an sein eigenes Volk, um Bericht zu erstatten, kramte er einen seiner Armani-Anzüge heraus und seine Rolex (die schon lange nicht mehr ging), denn so wollten sie ihn nun mal sehen. Ihm wurde die Ehre zuteil, den Aufguß während der Schwitzzeremonien zu übernehmen, und die Aufgabe übertragen, die alten Traditionen zu bewahren und fortzuführen. Also programmierte er einen Computer mit der Sprache der Crow, und so kam es, daß Pokey Medicine Wing, beflügelt durch die Segnungen der Technik, im Alter von achtzig Jahren endlich lernte, seine eigene Sprache zu sprechen.

Wenn er Geschichten erzählte, spiegelte sich in Sams Gesicht eine Unzahl verschiedener Rollen. Wenn er die alten Geschichten erzählte – wie Old Man Coyote die Welt erschaffen hatte oder wie er seine Fähigkeit erhielt, jede Gestalt anzunehmen, die Geschichten von Karnickel und Rabe und all den anderen – dann glaubte man, den Trickser leibhaftig vor sich zu haben. Sam grinste und lachte, gab obszöne Geräusche von sich, und seine goldfarbenen Augen glühten wie Feuer. Wenn er die neuen Geschichten erzählte – von dem Crow, der vergessen hatte, wer er war, von einem japanischen Geschäftsmann, der einem alten Schamanen das Leben rettete, von einem schwarzen Mann, der geholfen hatte, ein weißes Kind aus den Klauen der Feinde zu retten, von all den Tricks und Maschinen, die Coyote benutzt hatte, um den Crow wieder nach Hause zurückzubringen, und von seinem letzten großen Coup – verfiel seine Stimme in eine sanfte Melancholie, und seine Augen wurden groß und glänzten vor Staunen, welche wunderbaren Wendungen das Leben in sich birgt. Wenn er von seinem Abstieg in die Unterwelt erzählte, davon, wie Coyotes Bruder Calliope das Leben zurückgab, weil der Trickser sein eigenes Leben opferte, wurde Sam ernst und düster, und diejenigen, die daran zweifelten, waren schnell überzeugt, wenn sie die Narbe sahen, die die tödliche Kugel auf Calliopes Rücken hinterlassen hatte. Doch egal, in welche Rolle Sam schlüpfte oder welche Maske er auch aufsetzte, er wußte genau, wer er war. Er war glücklich.

Nach einiger Zeit wurde Calliope schwanger, und Sams

inneres Gleichgewicht geriet wieder ein wenig aus dem Lot. Eine unsichere Nervosität überkam ihn und wich nicht mehr bis zu jenem Tag, an dem das kleine Mädchen zur Welt kam und er feststellen durfte, daß sie Calliopes tiefbraune Augen hatte und nicht die goldfarbenen des Tricksers. Andererseits fand Grubb im Laufe der Zeit heraus, daß er seinem Adoptivvater einen gehörigen Schreck einjagen konnte, indem er sich versteckte und das Geheul des Coyoten nachahmte. Dafür mußte er endlose Vorträge seines Onkels Pokey über den nötigen Respekt vor dem Alter über sich ergehen lassen.

Als Grubb neun Jahre alt war und das Gras zu grünen begann, nahm Sam ihn mit zu seiner ersten Fastenzeremonie am Großen Medizinrad. Während der Fahrt in Pokeys uraltem Pickup erklärte Sam Grubb, wie man eintrat in die Welt der Geister und was ihn dort erwartete. »Und noch ein Letztes«, sagte Sam, als er den Jungen auf dem Berg zurückließ. »Falls ein fetter Kerl in einem großen blauen Wagen vorbeikommt und dich fragt, ob er dich mitnehmen kann, steig bloß nicht ein.«

Was Grubb bei seiner ersten Vision erblickte und was passierte, als er erwachsen wurde, das ist eine andere Geschichte. Doch es sollte hier angemerkt werden, daß über die Jahre, in denen er zu einem Mann heranwuchs, das Braun seiner Augen verblaßte und sie einen strahlenden Goldschimmer annahmen.

»Coyote Medizin kann auch dem Weißen Mann nichts schaden«, sagte Pokey mit breitem Grinsen.

DANKSAGUNGEN

Der Autor möchte den folgenden Personen seinen Dank dafür aussprechen, daß sie ihm bei den Nachforschungen und während des eigentlichen Schreibens von *Coyote Blue* mit Rat und Tat zur Seite standen:

In Cambria, Kalifornien: Darren Westlund, Dee Dee Leichtfuß, Jean Brody, Kathy O'Brian, Mike Molnar, Allison Duncan und Elisabeth Sarwas.

In Livingston, Montana: Tim Cahill, Bev Sandberg, Marnie Ganon, Cal Sorensen, Scott McMillan, Steve Potenberg, Dana und David Latsch sowie Libby Caldwell.

In Crow Country: Larry Kindness, der Familie Oliver und Elisabeth Hugs, der Familie Hartford Stops, Dale Kindness, Clara Whitehip Nomee, Melody Birdin Ground, John Doyle sowie Barbara Booher vom Custer Battlefield Monument.

In Washington: Kathe Frahm in Seattle dafür, daß ich bei ihr auf der Couch einen Monat lang meine Krankheit auskurieren durfte; Adeline Fredine, der Stammeshistorikerin der Colville; Deborah J. MacDonald sowie Mike Robinson.

Darüber hinaus Nick Ellison in New York, Paul Haas in Los Angeles sowie Rachelle Stambal an meiner Seite. Vielen Dank.

GOLDMANN

John Fante

»*Eines Tages holte ich ein Buch heraus. Mit leichter Hand waren die Zeilen über die Seite geworfen. Hier endlich war ein Mann, der keine Angst vor Emotionen hatte: John Fante. Er sollte einen lebenslangen Einfluß auf mein Schreiben haben ...*« Charles Bukowski

Ich – Arturo Bandini   8809

Warte bis zum Frühling
Bandini   9401

Unter Brüdern   8919

Warten auf Wunder   8845

Goldmann · Der Taschenbuch-Verlag

GOLDMANN

Terry Pratchett

Terry Pratchett ist »der Dickens des 20. Jahrhunderts« (Mail on Sunday), aber vor allem eines – die weltweite Nummer eins in Sachen Fantasy.

Terry Pratchett, Alles Sense! 41551

Terry Pratchett, Total verhext 41557

Terry Pratchett, Voll im Bilde 41543

Terry Pratchett, Lords und Ladies 42580

Goldmann · Der Taschenbuch-Verlag

GOLDMANN

Frauen heute

Mitreißende und spritzige Unterhaltung über Liebe und Karriere, Familie und Freundschaft – und über Frauen, die mit beiden Beinen im Leben stehen und dennoch wagen, Träume zu haben.
Witzig und frech, provokant und poetisch, selbstironisch und romantisch zugleich.

Endlich ausatmen   42936

Das ganz große Leben   42626

Tiger im Tank   42630

Pumps und Pampers   42014

Goldmann · Der Taschenbuch-Verlag

GOLDMANN

Frauen heute

*Mitreißende und spritzige Unterhaltung über Liebe und Karriere, Familie und Freundschaft – und über Frauen, die mit beiden Beinen im Leben stehen und dennoch wagen, Träume zu haben.
Witzig und frech, provokant und poetisch, selbstironisch und romantisch zugleich.*

Liebling, vergiß die Socken nicht! 42964

Die Putzteufelin 43065

Zucker auf der Fensterbank 42876

Und das nach all den Jahren 43205

Goldmann · Der Taschenbuch-Verlag

GOLDMANN

Das Gesamtverzeichnis aller lieferbaren Titel erhalten Sie im Buchhandel oder direkt beim Verlag.

Taschenbuch-Bestseller zu Taschenbuchpreisen
– Monat für Monat interessante und fesselnde Titel –

✳

Literatur deutschsprachiger und internationaler Autoren

✳

Unterhaltung, Thriller, Historische Romane
und Anthologien

✳

Aktuelle Sachbücher, Ratgeber, Handbücher
und Nachschlagewerke

✳

Esoterik, Persönliches Wachstum und
Ganzheitliches Heilen

✳

Krimis, Science-Fiction und Fantasy-Literatur

✳

Klassiker mit Anmerkungen, Autoreneditionen
und Werkausgaben

✳

Kalender, Kriminalhörspielkassetten und
Popbiographien

Die ganze Welt des Taschenbuchs

Goldmann Verlag · Neumarkter Str. 18 · 81673 München

Bitte senden Sie mir das neue kostenlose Gesamtverzeichnis

Name: _____

Straße: _____

PLZ/Ort: _____